닭이 두 번 울기 전에

닭이 두 번 울기 전에

초판인쇄 / 2017년 4월 20일
초판발행 / 2017년 4월 25일

지 은 이 / 설정실
편집주간 / 배재경
펴 낸 이 / 배재도
편 집 / 신수진
교 정 / 박일영
펴 낸 곳 / 도서출판 작가마을
등 록 / (제2002-000012호)
주 소 / (48930)부산시 중구 대청로141번길 15-1 대륙빌딩 301호
T. (051)248-4145, 2598 F.(051)248-0723
E-mail : seepoet@hanmail.net

정가 / 13,000원

국립중앙도서관 출판예정도서목록(CIP)

닭이 두 번 울기 전에 : 설정실 소설집 / 지은이 : 설정실. --
부산 : 작가마을, 2017
p. ; cm
ISBN 979-11-5606-067-3 03810 : ₩13000
한국 현대 소설 [韓國現代小說]
813.7-KDC6
895.735-DDC23 CIP2017009153

이 도서의 국립중앙도서관 출판예정도서목록(CIP)은 서지정보유통지원시스템 홈페이지(http://seoji.nl.go.kr)와 국가자료공동목록시스템(http://www.nl.go.kr/kolisnet)에서 이용하실 수 있습니다.
(CIP제어번호: CIP2017009153)

설정실 소설집

닭이 두 번 울기 전에

작가의 말

여자의 내려앉은 눈꺼풀엔 불면이 실렸다.
무딘 칼을 든 여자는 초록 잎을 향해 낮게 엎드렸다.
삼라만상이 목욕재계한 사월의 초원
검은 조끼가 돌아온 탕자처럼 홀로 낡았다.

은하수처럼 총총하게 원고지를 채우던 시간이 있었다.
파리한 손가락이 백열등을 이고 앉아 A4용지에 공을 들였다.
장원급제 하라 안하마. 입이 거짓말을 할 때
새끼 가슴에 부처님 우표 붙이며 읍소하던 손.

신춘의 계절은 가고
집 떠난 자식들은 행방이 묘연했다.
잃은 자식이 못내 가여워도
없었던 자식이거니…

아픈 그림자 땅에 묻히는 결별의 정오.
대바구니는 여자의 검버섯처럼 쑥이 차오르고
파리했던 손가락이 검게 물드는 성찰의 한 낮.
초원을 향해 낮게 엎드린 겸허.

'쑥' 전문

없었던 자식이거니…. 잊어버리겠다고, 납작하게 엎드려 겸허해지겠다고 너스레를 떨었지만 작심삼일, 꿈이었던 모양이다. 팔자에 타고나지 않은 겸허가 내 신상에 존재할리 없다.

집 나가 소식이 묘연한 새끼들을 찾아 책 한 권에 묶었다. 그러잖아도 가여운 것들을 조류독감에 걸린 닭처럼 내칠 수 없었다. 새끼들에게 이름표나 달아주겠다는 요량이지만 사실은 나도 지금 내가 하는 이 짓을 다 이해하지 못한다.

늦은 공부를 할 무렵 컴퓨터 자판 두드리는 법을 배웠다. 그 덕에 연애질과 편지질을 같이 해댈 수 있었다. 이름도 얼굴도 모르지만 대머리 아저씨는 숨겨둔 내 애인이고 글 선생이었다. 그는 언문에 두려움이 있었는지 그의 편지는 늘 두 문장을 넘기지 않았다. 대신 아름다운 시와 그림, 그리고 음악을 보내주어 날 감동케 했다. 물론 빌려온 글이었다. 다행이었다. 그 아름다운 글들이 그의 것이었다면 난 버선발로 뛰쳐나가 외간남자를 찾아 헤매는 푼수가 되고도 남았으리라. 난 매번 환호하며 보내준 글에 감사했다. 화려한 미사여구 말미에는 의례 그리움 타령으로 약간의 거짓말도 보탰다.

그는 나보다 순진했던 것 같다. 어느 날부턴가 날 만나고 싶다는 간절한 연서를 두 문장을 넘겨 보내곤 했다. 난감했다. 그 때만 해도 난 젊었고 지금보다 예뻤다. 그러므로 그가 나를 보면 숙명처럼 진짜 날 좋아하게 되리라는 것은 불을 보듯 자명했다. 물론 편작이나 화타같은 명의가 나서도 고치지 못할 내 나르시즘과 과대망상이긴 하지만. 어쨌거나, 낮잠 늘어졌던 내 삼강오륜이 이 때 기지개를 켜고 일어났다. 그리고 뒤늦게 상황을 인식한 삼강오륜이 비명을 질렀다. '안 돼!' 옆구리가 허전했지만 난 독하게 그의 메일을 열지 않았다. 어쩌겠는가, 안된다는데. 대머리 아저씨와 왕눈이 아줌마의 애틋한 연서는 이렇게 수명을 다하고 결별했다. 내가 나름의 나잇값을 한 셈이다.

연애편지질로 시작한 내 문학의 르네상스는 그렇게 해서 땡! 종쳤다.

한동안 내 처신은 조신했다. 그러던 어느 날, 우연히 그때 편지를 꺼내 읽으며 깨달았다. 내가 글쓰기를 좋아한다는 사실을. 잘하는 게 없어도 너무 없어서 열등감에 시달리던 내가 깨달은 고육지책이었다. 본격적인 소설공부는 그렇게 해서 찾아 나서게 됐다. 그와 함께 조신하게 숨죽였던 푼수가 부활해 A4용지에서 활개를 쳤다.

책 한 권 엮었다 해서 열등감을 극복한다거나 없던 자신감이 생길 것 같진 않다. 감개무량이나 자부심 같은 건 더더욱 기대하지 않는다. 출판에 특별한 의미가 있는 것도 아니다. 다만 내 손에서 태어났으니 어미의 도리나 하자는 거다. 못난 새끼나마 이름표 가슴에 달아 밖에 내보내는 심사다. 문밖에 나가는 순간 살 처분 못지않게 여기저기 얻어터질 게 빤하지만 어쩌랴. 못난 어미를 두었으니 맷집이나 기대할 밖에.

나도 몰랐던 꿈, 그 꿈을 찾으라고 부추기며 등 떠민 은주, 정숙, 영숙, 유미, 숙정, 미선, 요순 씨 비상동아리 멤버에게 감사한다. 글공부 함께 하며 힘 북돋아준 추리문학 동료들과 혹독한 비평으로 지도해주신 선생님들께 고마운 말씀 드린다.

소 닭 보듯이 데면데면 했지만 많은 부분 내 글에 소재와 모델을 제공해준 남편에게 지면을 빌어 감사한다. 남자주인공의 절반은 그를 관찰하면서 형상화 했다고 하면 얼추 맞다.

해리포터를 쓴 롤링의 억대 수입을 들먹이며 날 주눅 들게 했지만 이면의 언어로 엄마는 글쟁이라는 등식을 세워준 아들, 글의 오타와 불편한 문장을 족집게처럼 집어준 며느리에게도 고맙다는 인사 전한다.

내 글을 허접한 음식솜씨와 한 묶음으로 엮어 무반응으로 일관했던 딸도 고맙다. 책이 서점에 걸리면 쌈짓돈 풀어 구매해 줄 사람이 딸이라는 걸 믿기 때문이다. 바쁜 중에도 소설 꼼꼼하게 읽어주고 용기 북돋아주었던 사위에게 밥 한번 사야겠다.

문학엔 쥐꼬리만큼의 관심 없으면서도 끈기 있게 내 글을 읽으며 재밌어 해서 나를 기고만장하게 했던 올케언니, 이선희 여사에게 넙죽 엎드려 절이라도 하고 싶다.

언젠가 두 눈 반짝이며 내 책 읽어줄 조무래기들, 영인이, 준혁, 준서, 규영에게도 넘치는 사랑과 함께 고맙다고 해야겠다. 세대차와 내 지식의 한계로 인해 녀석들의 혹독한 비평을 피할 수 없겠지만 뭐, 괜찮다.

늙어서 좋은 게 호박만은 아니다. 노년의 자제력은 타인의 시선에서 얼마간 날 자유롭게 한다. 말이 나왔으니 하는 말이지만 늙은이들은 매일 쏟아져 나오는 정보의 바다에서 허우적거릴 일이 없다. 자녀교육 등 무거운 책임감에서도 해방된다. 무딘 감성 덕에 교양과 외양의 집착에서도 벗어난다. 맷집은 그에 따른 부가가치다. 때문에 노후엔 쏟아지는 비판에도 비교적 초연할 수 있다. 세월에서 얻는 축복이다. 내가 지금의 내 나이를 정말 사랑 할 수밖에 없는 조건이고 이유다.

예리한 비평과 함께 관심과 격려 아끼지 않은 정숙 선생님께 다시 한 번 뜨거운 감사를 전한다.

끝으로 나이 때문에 뭔가를 망설이는 사람이 있다면 내 이런 객기가 그들에게 힘이 되었으면 하는 바람을 가져본다.

2017년 정유년 봄

설 정 실

설정실 소설집

닭이 두 번 울기 전에

목차

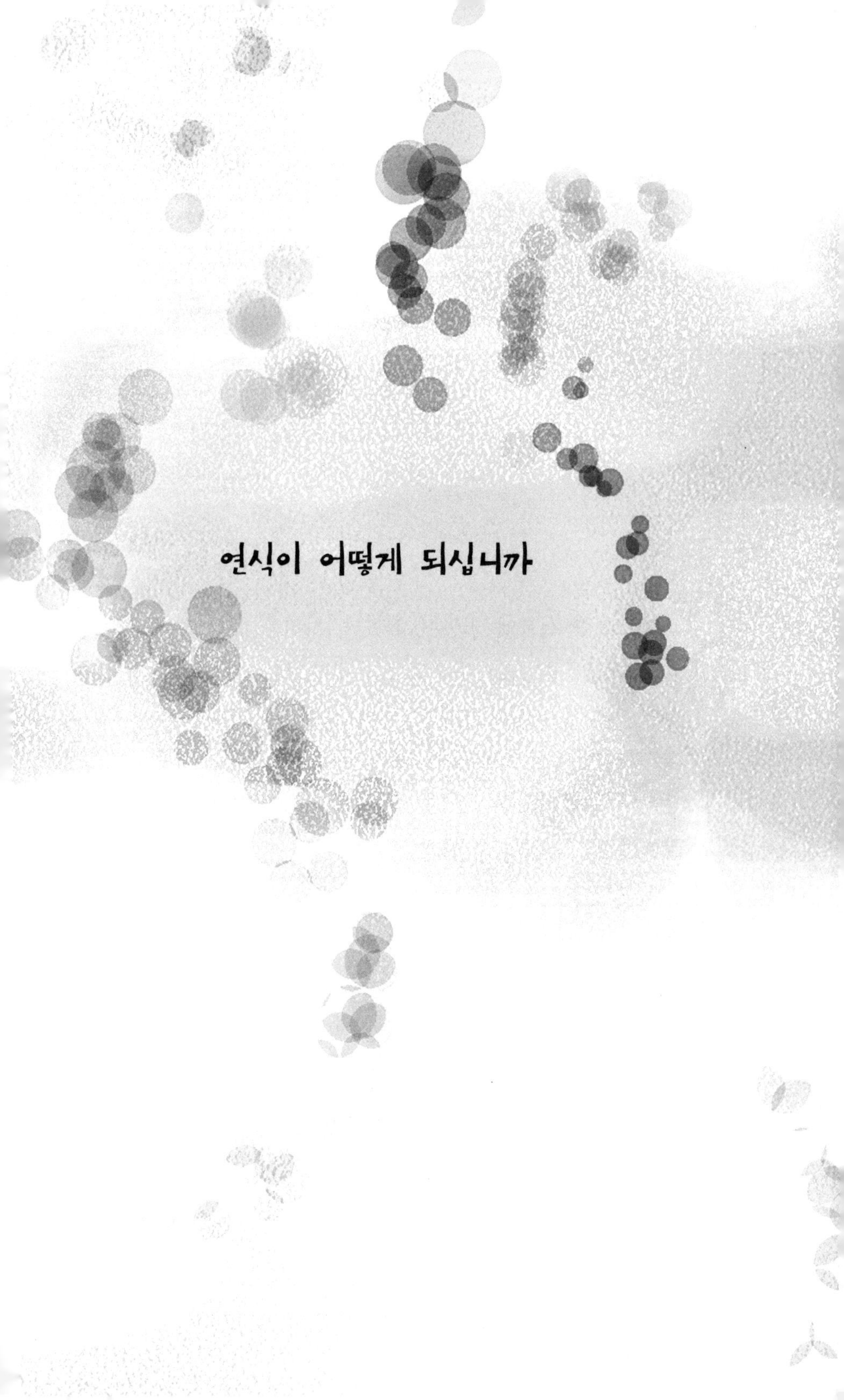

연식이 어떻게 되십니까

어스름한 실루엣 커튼이 걷혔다. 샤워를 마친 해가 빨갛게 익은 맨얼굴을 욕조 밖으로 드러냈다. 멀리 광안대교를 질주하는 자동차들이 스카이보드처럼 미끄러진다. 외줄에서 묘기를 부리는 서커스의 광대 같다. 시월의 공원은 젖은 머리도 말리지 못한 듯 찹찹했다. 박하 냄새가 콧속이 뻥 뚫리도록 상쾌하다.

이 좋은 날에 그는 우장바우같은 솜 잠바를 입고 있었다. 게다 머리에 앉은 서리며 활처럼 굽은 어깨는 한눈에도 칠십은 훨씬 넘어보였다. 그가 아까부터 내 곁에서 얼쩡거린다. 자기 친구와 닮았다는 이유에서다. 세상에 닮은 사람이 어디 한둘 일까마는 노인의 태도는 지칠 줄 모른다. 내가 그럼 저처럼 늙어 보인단 건가. 지겹고 눈치 없는 늙은이였다. 역기를 든 손에 맥이 풀렸다. 기구를 자리에 놓고 늙은이를 피해 철봉으로 자리를 옮겼다. 훌라후프 돌리던 여자가 우리의 행동거지를 흘끔거렸다. 코미디가 한 편 나오는가 하는 눈빛이다.

"허어! 거, 참…"

늙은이는 어느새 내 곁에 와서 뒷짐 지고 섰다. 그가 한우 등수 매기듯 내 면상을 세세히 다시 훑었다. 참 못 말리는 오지랖이다.

"이 동네 사슈?"

"예에. 뭐, 근방에 삽니다만…"

마지못해 대답했다. 이런 부류라면 대충 안다. 어느 때든 아무한테나 무슨 일이든 간섭하려드는 사람들이다. 바둑이나 화투판에서도 필요 없이 훈수를 두려고 해서 진저리치게 만드는 사람이 꼭 이런 종류다. 말려들면 골치 아프다. 호적에 출생신고가 잘못됐는데 그것 좀 바로잡아서 기초연금 따위를 제 때 받을 수는 없을까, 하는 자문을 해 오는 부류도 이런 사람이다. 물론 내가 과거에 소도시 시청 공무원이었다는 사실을 알게 된다면 말이다. 말 트고 지내서 이로울 게 없다.

"내는 저어기 영도서 살다가 용호동으로 얼마 전에 왔구마요. 여긴 자전거 타기가 수월해서 더러 옵니더. 그 친구는 여즉 영도서 사는데… 봐도, 봐도… 어찌 그리 닮았을꼬. 참 신기하제."

늙은이는 낡은 자전거를 가리키며 남은 말을 마저 했다. 의사는 걷기운동을 하라고 했다한다. 하지만 당뇨가 심해진 후 발바닥이 아파 걷기 대신 자전거를 탄다는 얘기였다. 그러고 보니 땅이 꺼질 듯 엉거주춤한 폼이 어디 한 구석 정상은 아니다. 그런데 당뇨라니, 겉늙은 이유가 거기 있었던 모양이다.

"첨엔 말이요. 내를 보고도 모른 체 해서 괘씸하고 의아했었소. 그런데 자꾸만 보니 어딘가 다르긴 하더만. 분위긴가, 그런데도 볼이랑 인중이…"

역시 그 소리였다. 날 닮았다고 하면서 인중이 빠지면 말이 안 된다. 대표적으로 추기경이다. 김수환 추기경이 죽기 전까지 친구들은 술자리에서 나를 남 추기경이라고 부르곤 했다. 노동쟁의가 한참일 때였다. 어이, 남수환 추기경, 거 하늘에 계시다는 분에게 부탁 좀 해서 조용한 세상에서 살게 좀 해봐. 이거 세상이 너무 시끄럽잖아. 걸핏하면 사람들이 거리로 쏟아져 나오고 말야.

더 거슬러 올라가면 브레즈네프 소련 서기장이다. 동서냉전이 심할 때였다. 야야, 브레즈네프. 고래싸움에 새우 등 터지겠어. 그놈의 핵 좀 어떻게 할 수 없냐? 세상이 너무 위태위태해서 피라미들 다리 뻗고 살 수가 있어야 말이지.

그 외에도 인중 길고 볼이 쳐진 사람치고 그냥 지나친 적이 없다. 하다못해 친구 중엔 돌배기 자기 아들을 두고도 인중이 길고 볼이 통통한 이유로 꼭 남경식이 닮았다며 야, 내 자식이 왜 너랑 똑같냐. 그러면서 의례 수첩 첫 장에 끼워진 자기 아들사진을 돌려 보게 했다. 어처구니가 없었지만 나도 한마디 했다. 모르지, 니 마누라랑 전생에 견우직녀처럼 몇 차례 엮였는지도.

"연식이 어떻게 되시오?"

노인이 아직도 곁에서 얼쩡거렸다. 그는 내가 자기 친구와 출생년도까지 비슷하리라고 믿는가보다. 그걸 확인하고 싶어 늙은이는 몸살이 나는 눈치다. 하지만 나는 노인의 친구라고 하기엔 자존심이 상한다. 그는 정말이지 너무 늙었다. 게다가 초라하다. 그리고 연식이란 사람의 출생 시기에 붙이는 게 아니다. 아마도 노인은 친구와 나를 벌써 혼동하는 모양이다. 하긴 친구라면 그런 농담도 가능하긴 하겠다.

"사십 오년 생입니다만…"

국장 시절이라면 어림없는 태도였다. 세상은 그저 내게 줄을 대서 뭐 하나 건지려는 무리와 뒤에서 콧방귀 크게 뀌며 인품이 됐니 안됐니 등급을 매기려는 무리였다. 생면부지의 초라한 늙은이가 내게 연식을 물어도 될 만큼 만만한 존재는 아니었다. 하지만 끗발 날리던 시절은 갔다. 소도시에서 관직은 십년 전에 끝냈다. 처음 퇴직하고는 그래도 여기저기 초대받아 다니느라고 다리품 명목으로 교통비도 얼마간 손에 쥐어졌다. 하지만 아무도 지나간 버스에 교통비 지불하지 않는다. 인사치례의 교통비는 그야말로 노루꼬리도 안 될 만큼 그 시기가 짧았다. 그래서 아내가 처가식구 버글버글하고 자식들이 사는 이곳으로 옮기자고 할 때 어영부영 따라 나섰다. 해서 얻어진 게 지금 사는 남천동로에 주소를 둔 25평 아파트다. 타지로 옮겨오고 부터는 누구 하나 내 존재에 관심 가져주는 사람이 없다. 그야말로 '아 옛날이여'를 길게 뽑아 봐도 지나가는 강아지 하나 눈길 주는 법 없다. 내가 지금 초라한 늙은 이에게 고분고분 대거리 하는 까닭이 거기에 있다.

"하이고, 글쿠만. 어쩐지 내 또래라 했소. 내 친구랑 연식이 같구마. 그 놈아도 사십오 년생 해방둥이 닭띠라요."

처음부터 만만하게 말을 붙이더니 그 친구라는 자와 나는 동갑인 모양이다. 그러니 이 노인도 외모와 달리 연식이 나와 비슷한가보다. 그렇다면 노인이라는 생각은 일단 접어야겠다.

남자가 그만하면 오늘의 건수는 확실하게 건진 듯, 자전거에 아픈 발을 얹었다. 샤워 후, 눈이 부시도록 치장을 한 태양이 그의 그림자를 길게 늘여 전송했다. 바쁜 건 없지만 나도 하던 운동 대충 마치고 돌아섰다. 기분이 싱숭생숭했다. 낙하산도 없이 땅에 헤딩한 느낌이었다. 그렇다면 기분이 아찔하게 더러워야 하는데 꼭 그렇지만도 않은 게 정말 이상했다. 누구 노래처럼 그동안 내가 고독과 몸부림치느라고 기진해서 감각이 마비됐는지도 모른다.

집에 돌아오니 아내가 바쁘게 설치고 있었다.

"어딜 또 가려고."

"내 어제 얘기 했는데 잊었소? 쌍둥이들 오늘 예방주사 맞는다고 했구마."

재범이 재승이는 친손자다. 녀석들이 떨어지려 들지 않아서 아내는 하루 걸음이 어렵다고 늘 엄살을 피우는 쌍둥이다. 내 짐작으로는 녀석들보다는 고부간에 쿵 짝이 맞아서지 싶다. 그들은 만나기만 하면 정치판 어르신들에게 하듯이 인중이 긴

두 남자를 도마 위에 놓고 마구 두들겨 댈 것이 뻔했다. 그렇게 서로의 가려운 곳을 긁으며 상부상조하느라 가장은 만날 뒷전이다.

"당신 아니면 주사 못 맞나? 그만이나 쫓아 다녔으면 집식구한테도 관심을 가져야지."

푸하하하… 아내가 웃음을 터뜨렸다. 하긴 내가 말을 하고도 뭔가 어색하다는 생각이 들었다. 집식구라니, 집식구는 보통 남자들이 자기 아내를 소개할 때 쓰는 단어가 아니던가.

"맞누마요. 집식구 신경 쓰느라고 여지껏 주방에서 종종거렸수. 차려 논 밥 자시고 말끔히 치우소. 식기세척기 그냥 있는 거 아니라카이."

제기럴! 이럴 줄 알았으면 더 있다 올걸. 그 노인네 친구의 인물 됨됨이도 들어볼 겸. 별수 없이 오늘 하루도 텔레비전이나 혼자 떠들게 하고 시사주간지나 뒤적여야 할 모양이다.

"일찍 들어와. 할 말이 있어."

"뭔 말인교."

아내가 눈꼬리를 삼각형으로 세우며 삐딱하게 올려다봤다. 한두 번 속은 게 아니라는 표정이다.

"다녀오면 얘기할게."

"오늘 못 올지도 모르요. 가들이 떨어지려 들질 않아서. 가능하면 오겠지만."

이렇게 말하면 최소한 외박이다. 최대한은 사나흘 외박이다. 난 점쟁이가 아니라도 냉장고에 내 사흘 치 밥과 찬이 칸칸이 들어있을 것을 손금 보듯이 알 수 있다. 혹 내 점괘가 맞지 않더라도 아내에겐 구원투수가 있다. 싱크대 왼쪽 구석선반을 열면 일회용 밥이 고층빌딩처럼 서서 내려다보며 큰 입 벌려 허옇게 웃는다.

"친구들이 또 남해로 오라고 하던교. 지치는 얘긴 더 마소. 내는 여기 있을기요."

"나랑 닮았다는 사람이 영도에 산다누만. 동갑이고, 많이 닮은 모양이야."

"푸하하…, 또 김수환 추기경을 만났구마요. 친구하자고 하지 그랬수."

"그래볼 생각이야. 이름이라도 물어볼 걸. 늙수그레한 사람이 자꾸 자기 친구랑 닮았다 하는데 나이는 나랑 비슷했던 모양이지. 칠십은 훨씬 넘은 줄 알았어. 그런데 동갑이라니, 노동 품이나 팔던 사람 같던데."

자존심이 상해서 그 노인과는 통성명도 없이 헤어졌다는 말은 하지 않았다. 아내가 그런 나를 어떻게 충고하리란 것은 불을 보듯 뻔했다. 아내는 보기보다 오지랖이 넓다. 그런 까닭에 가는 곳마다 친구고 보는 사람마다 형님아우다. 그러니 쌍둥이를 키우는 며느리와 만나면 엔극과 에스극처럼 붙어 떨어지지 않는다. 며느리는 얼마간 쌍둥이들에게서 해방되어 제 서방과 저녁 나들이라도 할 것이고 아내는 아직도 왕성한 에너지로 손자들에게 뜨거운 봉사를 할 수 있으니 짜장 시너지 효과가 팡, 팡 터질 것이다. 그러니 허우대만 멀쩡하고 별 쓸모없이 연식이 오래 된 서방이 살가울 까닭이 없다.

처음엔 아내도 자식 집에 갈 때면 같이 가보지 않겠냐고 은근히 떠보곤 했다. 하지만 지금은 그런 추파도 없다. 얼라들 빽빽 울면 당신 지레 늙을 기요. 말은 이렇게 하지만 난 안다. 늙은 서방은 나서봐야 그야말로 삼식이, 짐이기 때문이다. 더구나 나같이 부모자식 간에 데면데면한 상황에서는.

"노동 품 팔던 사람이면 됐구마요. 당신한테 보증서 달라지도 않을 기고."

"노동은 내가 생각하는 말이야. 날 닮았다는 사람은 영도서 산다는구먼. 가까운데 있으면 우연인 척 한 번 보겠지만 뭐… 영도라니."

"그러게, 영도바닥이 손바닥 만 하지도 않을 기고."

관심 없는 아내 대꾸다. 아내가 서둘러 나가고 나서야 아침을 먹었다. 늘 먹던 그 밥상이다. 잘 나갈 때는 미스터 까칠이란 소리를 들을 만큼 한 끼니 식사도 허술히 하지 않던 나다. 하지만 지금은 내 처지가 그때와 많이 다르다. 반찬투정이라도 할라치면 아내는 푼돈 찔러주며 밖에서 해결하라고 할 것이다. 매력적인 월급봉투는 사라진지 오래다. 어느 여자가 환갑 넘어서까지 주방에서 종종거리며 삼식이 수발을 즐기려 하겠는가. 누울 자리보고 다리 뻗는 법인데 지금의 내 누울 자리는 그리 널럴해 보이지 않는다.

라디오의 우수개 소리를 들으며 아침을 먹었다. 그리고 아내의 지시대로 식탁을 치우고 설거지를 했다.

언젠가, 아내가 친구들과 해외여행에서 닷새 만에 들어왔을 때였다. 그 때만 해도 난 간이 배 밖에 있었다. 내가 배포도 크게 그 많은 설거지를 개수대에 산처럼 쌓아 두었다. 아내는 입도 벙긋 않고 주방을 치웠다. 그리고 다음날, 식기 세척기를 월부로 들였다. 그야말로 25평 아파트, 손바닥만 한 주방에 식기세척기를 상전으로 모시게 된 셈이었다. 내가 직장상사였다면 아내 같은 직원은 댕강! 목이 열 개라도 남아나지 않을 일이었다. 걸핏하면 집 비우고 나돌아 다니는 여편네가 괘씸해서 쓴 꼼수였는데 된통 깨졌다. 혹 떼려다 그 혹이 따따블로 붙은 셈이다. 그 식기세척기엔 지금 내 주전부리와 라면이 복닥거리며 들어앉아 주인행세를 한다.

두 식구 살림에 식기세척기가 될 말인가. 하지만 난 아내에게 쓴 소리 한마디 못한다. 방바닥에 나앉은 청소기를 모른 체 건너다니며 먼지 풀풀 날리면 로봇청소기 들이려고 할 사람이다. 그것도 월부로. 경제력 없이 씀씀이 절제하지 못하면 후환이 두렵다. 어느 때 지름神이 아내에게 강림할지 예측가능하면 피하는 게 수다. 자식들 남 못지않게 공부시키고 통 큰 아내의 뜻에 따라 그 애들 구색 맞춰 시집 장가보낸다고 내 퇴직금은 허리가 뚝 잘렸다. 게다가 몇 년 전에는 이종사촌의 병원개업에 통 큰 척 빚보증을 섰다가 사고를 쳤다. 일개미처럼 바지런을 떨었던 두 여자, 어머님이 장만하고 아내가 덩치를 키운 남해 변두리의 땅뙈기가 날아간 것이다.

똥 뀐 놈이 성내더라고, 울화로 생긴 위궤양을 가슴 하나에 보듬고 내가 병원에 죽은 듯이 누웠을 때였다. 아내가 등 두드리며 말했다.

"보소, 그 땅떼기 날아갔다 해서 지금 우리가 거리에 나앉았는교, 아님 밥을 굶소. 마, 전생에 갚아야 할 빚이 있어 생긴 일이거니 생각하소."

아내가 필요 이상으로 내게 당당할 수 있는 건 그런 내 과오를 너그럽게 용납해 준 때문이다. 때문에 은근히 하루 용돈에도 난 신경을 쓰며 그만큼 운신이 자유롭지 못하다.

난 가능하면 아내의 눈 밖에 나는 짓은 피한다. 빤한 생활비다. 얻어 쓰는 용돈이 감질 난다고 하룻밤에 왕창 쓰고 손 벌리는 짓은 가능한 삼간다. 가진 거라고 달랑 집문서뿐인 내가 왕년의 여왕개미처럼 설치면 게도 우럭도 다 놓친다.

젊어선 내게 은밀하게 추파를 던지는 여자도 없지 않았다. 마음만 먹으면 숨겨둔 애인이 부족하지 않을 나였다는 뜻이다. 하지만 건강하고 몸이 뜨거운 아내 하나만도 내겐 부쳤다. 내가 도덕적이거나 남보다 더 윤리적이어서는 아니었다. 친구들로부터 듣는 추기경, 그놈의 남 추기경 소리가 족쇄가 됐는지도 모른다. 그래서 여자를 멀리했느냐면 그건 아니다.

어느 땐가 한번 질펀하게 놀던 끝이었다. 유난히 내게 친절한 직장 관계자가 여자를 사줬다. 그리고 아내 말마따나 운수 불길하게도 우리 부부는 성병에 걸렸다. 집이 크게 뒤집어질 줄 알았지만 아내는 짧게 끝냈다.

"보소! 당신이 기집에게 환장해서 한 짓이 아닌 거는 내 다아요. 운수불길해서 생긴 일이요. 마, 잊어뿌소. ”

주방을 치우고 방으로 들어왔다. 아내 없는 방은 늙은 창부처럼 고독과 궁상만 흥건했다. 이런 날은 남해에 두고 온 친구가 그리워서 그야말로 온몸이 다 아플 지경이다. 다시 한 번 그 늙수그레한 어깨동갑내기라도 통성명을 해 둘 걸 하는 후회로 가슴이 빽빽했다. 방엔 아내 대신 청소기 줄이 뱀의 혀처럼 길게 빠져서 소켓에 꼽혔다. 청소기를 돌리라는 아내의 명령이다. 집이 더럽거나 아내가 무서워서가 아니다. 난 청소기가 혀를 길게 내 물고 널브러진 모습이 짜증스러워서 청소를 하기 시작했다. 아내가 미처 정리하지 못한 여자의 속곳을 개어 서랍장에 넣었다. 색과는 줄곧 무관했던 나로 하여금 아내의 뭉근한 유방과 투실한 엉덩이를 떠올리게 하는 성인용품이었다.

지난 봄, 모처럼 고교 친구들과 어울려 '울어라 열풍아'를 목청껏 뽑았다. 그랬으면 침대 한쪽에 다소곳이 들어 숨소리 죽이고 잤어야 했다. 그런데 그 땐 무슨 객기였을까. 실수했다. 지금 생각해도 그 때 아내의 몸을 이리 뒤적, 저리 뒤적 철판에 전 뒤집듯 주무른 것은 내 생식기가 뜨겁게 불끈 성이 나서 그런 건 아니었다. 허리 아래 춤이 팽팽하게 성질부리던 때가 언젠지 나도 감감하다. 난 다만 허접한 잠옷 속에 있는 투실하고 따뜻한 여편네의 맨 살을 안고 싶었다. 술김이었겠지만 둘이 하나가 된 육체는 아직도 유효하다고 믿던 때였다.

관대한 아내가 이그, 술 냄새! 하면서도 내 등을 도닥거렸다. 그리고 미끄러지듯이 손이 아래 춤으로 내려왔다. 안 돼! 비명은 내 귓구멍만 울렸다. 따뜻하고 투박한 손이 물컹한 것을 쥐었다. 취중에도 난 호흡을 고르고 아랫도리로 잔뜩 힘을 모았다. 내 연장은 여자의 손에 반응하지 않았다. 이건 그냥 죽어 나자빠진 생쥐였다. 나만큼 아내도 실망했던 것 같다. 민망했을지도 모른다. 아내의 손이 배터리 나간 안마기처럼 움직임을 멈췄다. 예전, 엉성하나마 내 물건이 받들어총을 했을 때처럼, 이 건달은 언제 시근이 드노. 하는 농담 한마디 하지 않았다. 잠시 후, 아내의 몸이 곰 묘기 부리듯이 조용히, 아주 조용히 굴러 내 몸을 빠져나갔다. 그리고 잠든 척 오랫동안 움직이지 않았다. 베란다에 라일락 향기는 맛이 갔는지 싸구려 양주 삭은 냄새만 질편해서 늙은이 주눅 들게 하던 지난 봄이었다.

주제파악이 안된 만용엔 후유증이 남았다. 며칠 후, 먹구름이 낀 아내의 표정이 어쩐지 불길했다.

"내 친구 중에 영순이라구 안 있는갑요."

"그 해운대서 금방 한다는?"

"맞구마요. 그 친구, 부부 금슬이 얼마나 좋은지 영감이 손자들을 침실에 못 들게 하고 잠자릴 한다고 하던 친구 아닌감. 그런데 지금은 고무호수로 숨 쉬며 병원에 누워 있더마요."

"갑자기 왜?"

쳐진 내 눈꺼풀도 이럴 땐 번쩍 올라간다.

"이거언, 내 짐작인데…"

아내가 형사 콜롬보 얼굴을 하고 내 얼굴을 더듬었다. 그가 은밀하게 말소리를 낮췄다.

"그눔의 색을 시도 때도 없이 밝히다 뇌혈관이 빵! 터진 게 아닐까? 가아 서방 혈압이 높다 했단 말입니더."

내 물컹한 생식기에 대한 절교 선언이었다. 아내의 가혹한 판정이었다. 그 뒤, 아내는 아예 자기 이부자리는 거실에 펴고 TV리모컨을 안고 잔다. 내가 쓸모없는 연장 달고 술 냄새 풍기며 아내의 몸을 더듬은 형벌이었다. 봄밤은 그렇게 가고 다시 오지 않았다.

굳이 투실한 여자의 몸이 그리워서가 아니다. 밤마다 이별한 연인처럼 이부자리 들고 방 나가는 아내를 지켜보는 일은 괴로웠다. 난 밤이면 덜그렁한 방에 혼자 갇힌 느낌이 들어 잠이 오지 않는다. 하지만 내색하지 않았다. 혈압은 아내 친구의 남편만 높은 게 아니다. 게다가 난 술에 취하면 천장이 들썩이도록 코를 곤다. 술이나 담배냄새 아니라도 연식이 오래된 남자에게서 나는 쾌쾌한 냄새를 나도 가끔 맡을 때가 있다. 나도 저러면 어쩌지? 하는 걱정은 몇 년 전까지 했다. 지금은 나도 저럴 것이다. 하는 생각이 지배적이다. 새우젓은 관두고 절간에서 쫓겨나지 않으려면 눈치껏 처신해야한다. 아내는 내 절간에서 가장 두려운 주지승이다.

노동이라면 측간에서 일보고 뒤 닦는 게 전부였던 나다. 그런 내가 지금은 아내의 가르침에 따라 청소를 마치고 소켓에서 얌전히 전선을 뽑아 또르르 말아서 창고 속에 모셨다. 그나마 오늘은 청소막대와 걸레가 없다. 금방 물에서 짜여 탁, 탁 털린 채로 식탁아래 널브러져 있는 걸레들만 없어도 어디냐. 색색의 물걸레 네 개가 나란히 짜여져 있으면 그건 베란다까지 걸레질을 하라는 뜻이다. 청소가 힘겹거나 어려워서가 아니다. 그러나 스스로 하는 일과 시켜서 마지못해 하는 일엔 엄격한 차이가 있다. 물론 난 한 번도 스스로 해본 적은 없지만. 어쨌거나, 오늘은 그 물걸레가 하나도 없다. 아내는 생각보다 일찍 들어올지도 모르겠다.

텔레비전 소리를 죽이고 들고 온 벼룩신문을 펴 들었다. 어디 공짜 강연이라도 있으면 찾아갈 심산이었다. 하지만 명사의 초청 강연은 이 잡듯이 뒤져도 내 집 주변에선 없는듯했다. 돋보기를 벗고 대자로 길게 누웠다. 그대로 한 숨 자면 딱 그만이겠다. 하지만 내 24시간이 그렇게 만만한 게 아니다. 야수 같은 불면증을 무시할 수 없어서다. 젊어선 아침잠 한 번 실컷 자는 게 소원이곤 했는데 지금은 어찌된 영문인지 가진 건 시간뿐인데도 새벽 4시면 눈이 발딱 뜨인다. 게다가 고양이 낮잠이라도 슬쩍 맛봤다 싶으면 끝장이다. 그야말로 독이 든 성배를 들이킨 날 밤은 불면증과 대전을 치러야 한다. 이럴 땐 텔레비전도, 시사주간지나 소설 나부랭이도 다 위험물질이다. 그것들은 마약과 같은 달콤한 낮잠에 바로 날 골인시킬 것이다. 죽는 일보다 더 성가신 게 불면인데 안 될 일이었다.

벌떡 일어났다. 아침에 한차례 출석했던 방파제 공원을 다시 돌기로 했다. 지공선사가 공대인지 하대인지 모르겠으나 공짜 지하철만 타면 여기저기 새로운 곳이 없지 않지만 오늘은 관두기로 했다. 친구도 없이 홀로 찾는 새로운 곳이란 남의 눈이 성가신 장소다. 빵빵한 등산백과 유명 메이커로 무장하지 않고서는 내 나이엔 비관자살의 의심을 받을 소지가 있다.

내심 아침에 만났던 영감을 만나게 되지 않을까 하는 생각이 은근히 들었다. 뭐, 아내 말마따나 나이 오십 넘으면 가방끈 기나 짧으나 매한가지고, 육십 넘으면 왕년에 지게를 졌던, 회전의자에 앉아 목에 기브스 하고 눈동자 하나로 아랫사람을 부렸던, 인격이나 교양이나 엇비슷할 게다. 더구나 농군이거나 일당쟁이였다면 끈끈한 유대를 가져도 이종사촌이나 내 상관이었던 이 아무개처럼 보증 서달라는 부탁은 없을 것이다.

하릴없이 왕복 1.6킬로 방파제 공원을 걸었다. 평소엔 한가하지 않은 척하려고 잰 걸음으로 바쁘게 걷던 공원이다. 하지만 지금은 혹시나 하는 기대에서 낡은 자전거마다 바쁘게 눈동자를 굴리느라 황소걸음을 했다. 비슷한 사람은 만나지 못했다. 다시 한 번 영감에게 관심두지 않은 데 반성과 후회가 일었다. 긴 의자에 앉아서 눈치껏 오가는 사람들을 살펴보기로 했다. 더러 따뜻한 눈인사를 나누던 사람을 만나게 될지도 모른다. 어쨌든 배꼽시계가 울릴 때까지는 이 공원에서 버티다 들어갈 작정이었다. 아내 없는 집에 들어가면 위험하다. 저승사자보다 두려운 낮잠의 유혹에서 안전할 수 없기 때문이다. 쌍둥이 유모차가 곁으로 왔다.

"자아, 여기서 우리 공주님들 놀아 볼까나?"

이마에 새겨진 중사계급장으로 봐서 연식이 나와 비슷한 남자였다. 그가 쌍둥이들을 신주단지 모시듯이 조심스레 안아서 공원에 풀어 놓은 뒤 벤치에 앉았다. 꼬맹이들은 세 네 살은 됨직했다. 곁에 따라온 여자는 딸이나 며느리인 듯싶다.

"손줍니까."

"허허… 그렇습니다. 녀석들이 하도 보채 싸서, 어이구! 자 좀 봐라. 또 엠한데로 내뺀다."

귀에 걸쳐진 입과 꼬맹이들을 좇는 불안한 눈동자가 중사계급장 아래서 따로 놀았다. 젊은 여자가 두 아이의 뒤를 좇았다.

"귀엽구먼요."

나도 여섯 살 쌍둥이 손자 놈이 있다는 말은 하지 않았다. 남의 음식 앞에서 질질 침 흘리는 짓은 내 스타일이 아니다. 자존심 하나만은 하늘을 찌르던 나다. 내 손자 놈이 저놈들 만할 때도 아들 며느리는 아내만 숨넘어가게 불러댔지 아버지 찾는 일은 결코 없었다. 아무렇지도 않은 척 내색하지 않았지만 난 속이 쓰렸다. 토끼 간처럼 내 속을 꺼내서 들여다보면 헐어서 너덜너덜 할게다.

말단으로 시작해서 국장까지 올라간 나다. 그 땐 세상이 돈짝만 해 보이고 모두들 내 눈 아래 있었다. 그런 내가 정년을 맞으면서 끊어진 연처럼 추락했다. 공직자 시절엔 내 집 식구들과는 비적거릴 틈도 없었던 나다. 나를 나라님처럼 모시는 사람하고만 시간약속을 해도 수첩은 늘 빽빽했다. 더러, 동료들이 자식 핑계로 약속을 펑크 내면 난 돌려세우고 웃었다. 허허… 팔불출이었구먼.

그러던 내가, 여왕개미처럼 화려하고 존귀했던 내가 지금 이게 무슨 영문이냐. 어쩌다 식구들이 모이면 난 그들과 무슨 대화를 해야 할지를 모른다. 손주 놈들에게도 어떻게 해야 점수를 얻는지를 당최 모른다. 가족 모임이라도 있으면 식구들은 그 중심에 날 앉혀 놓기는 했다. 하지만 떠들기는 늘 저들끼리만 떠들고 모르는 소리로만 소통했다. 그러므로 난 아내의 지시에 눈치껏 움직이다가 슬그머니 뒤로 물러서곤 한다. 그렇다고 지금에 와서 전화기 들고 왕년의 술친구들에게 뭉치자! 는 호기를 부릴 수는 없는 노릇이다. 지금은 잘나가던 시절에 비해 수입이 반도 안 된다. 그나마도 그 돈은 오징어 다리처럼 나의 마나님 손에서 이리저리 찢어진다.

"힘드시겠습니다. 그래도 얼마나 이쁩니까."

"하모요. 힘들다마다. 그래도 새끼가 뭔지, 저 여리디여린 것이 지 새끼한테 하는 거 보믄, 원 가슴이 저려서…"

내가 보기에 그의 딸인지 며느리인지는 전혀 여리디여려 보이지 않는다. 오히려 꽃돼지라고 부르면 좋을 만큼 허리며 종아리, 볼까지 통통하다.

"외손줍니까."

"예에. 딸이 하도 안쓰러워서 같이 살게 됐구마요. 내도 나가면 바쁜 사람인데."

우리 세대에선 이런 사람은 별종으로 분류된다. 그야말로 팔불출이다. 난 내 사회적 위치 때문에라도 스스로 팔불출을 경계했다. 그런데 지금은 그게 과연 옳았는지 혼자 반문하곤 한다. 난 왜 자식들과 저런 시간도 한 번 없었을까. 하긴, 그 많던 친구나 동료들과 어울릴 때는 그 자체로 긍지가 있었다. 국가의 고속 성장에 이바지한다는, 번지를 매길 수 없는 충성심 같은 거였다.

"안댁도 있습니까."

"칠년 전에 먼저 가서… 집에선 제가 설거지하고 청소당번입니다. 허허허…"

"그것 참, 쌍둥이 두 번 됐다간 몸이 남아나지 못하겠습니다."

남자가 중사계급장을 펴며 빙긋이 웃었다. 두루 누리는 자의 만족한 표정이었다.

"다아 겪어지는 것 같습니다. 사실은 나도 내 형과 쌍둥입니다."

"예에? 그럴 수도 있습니까. 할아버지와 손녀가? 쉽지 않은 일인데요."

"아마 내림인 같습디다."

내림? 쌍둥이도 유전되나? 순간 뭔가가 번쩍 했다. 그 뭔가가 내 주변에서 잡힐 듯 말 듯, 그게 유전이라… 유전이라고 하면, 내 손자 놈들은 대체 어디서 그 유전자를… 그러나 내 식구들 중엔 아무도 쌍둥이가 없다. 아내 쪽도 마찬가지다. 그런데 아침에 만났던 영감은 나와 똑같은 사람이 자기 친구라고 하지 않던가. 혹시 그 친구가 나와? 에이, 그럴 리가. 상상을 해도 엔간해야지.

"쌍둥이 형제와도 더러 만납니까."

"하모요. 안식구 가고 한동안 붙어살다시피 했지요. 그런데 우리 딸년이 지 어미 없이 얼마나 힘들까 싶어 결국 딸네로 왔습니다. 지금도 그 형과는 오거니 가거니 자주 봅니다. 전화도 매일 하다시피 하고."

"부럽군요. 딸네 식구와도 그렇고, 형제분이 또 계시다니까. 전 혼잡니다. 쌍둥이는 꿈도 못 꾸고, 외붓형제라도 있었음 할 때가 있습니다."

내 자존심이 고장 난 수도처럼 어디론가 줄줄 샌다.

"고적하시겠습니다."

고적이다마다. 자식들이사 늘상 제 어미만 찾아쌌고. 에이! 쌍둥이 놈들을 본 지가 언제냔 말이다. 녀석들이 여섯 살인데 본지는 십년도 넘은 듯하다. 쌍둥이는 관두고, 하다못해 사촌이라도 가까이 있으면 안 좋을까.

냉수도 후- 불어 마신다던 내다. 그런 내가 이종사촌에게 빚 보증을 서게 된 건 순전히 그놈의 혈육의 정이 아쉬워서였다. 잘나가던 시절이었다. 전직 상관이나 친구가 와서 보증을 부탁했지만 한 번도 응하지 않았다. 적당히, 척지지 않을 정도로 이야기하고 적정금의 금일봉을 줘서 돌려세웠다. 아내의 요령 덕분이었다. 그런데, 같은 도시 아래 단 하나 있는 이종사촌이었다. 그가 자식이 치과개업을 한다며 보증을 부탁할 때는 금일봉으로 돌려 세울 수 없었다. 혈육이라는 뜨거운 매개체가 내 이성을 마비시킨 까닭이었다. 덕분에 두 일개미, 어머니와 아내가 장만한 부동산은 새벽안개처럼 사라졌다. 그리고 이종사촌과는 소원해졌다. 결국 울화를 못 이긴 여왕개미도 이사꾸러미에 묻혀 작년에 남해를 떴다. 아내등쌀이라고 하지만 남해는 아직도 내 아픈 상처다. 일개미의 충언을 무시했다가 재산과 사촌을 같이 날려버린 형벌의 땅이 남해다.

"쌍둥이라 더 애틋하겠습니다. 얼마나 좋습니까."

"뭐, 자랄 때는 그렇지도 않았습지요. 만날 치고받고 싸움질이었으니. 나일 먹으니까 그것도 다 추억이더마요. 지금은 그 몸이 내 몸이거니, 생각 들곤 합니다."

그 몸이 내 몸이거니, 쳇, 쌍둥이는 관두고 데면데면한 형제라도 하나 있음…

"아빠, 배고파."

오리 새끼 같은 쌍둥이가 꽃 돼지 엄마 손에 잡혀 뒤뚱거리며 왔다.

"그만 갈까? 어구구구, 이쁜 똥강아지들."

남자가 쌍둥이들을 양 팔로 안으며 볼에 쪽쪽거렸다. 그런데 왜 남의 꽃 돼지와 똥강아지에 내 코끝이 자꾸 시큰해지냐. 남자가 쌍둥이들 엉덩이를 폴폴 털어 유모차에 태웠다. 그리고 여리디여린 꽃 돼지와 어깨를 나란히 했다. 그들은 주거니 받거니 도란거리며 멀어졌다. 그 뒤를 쫓는 내 눈에 안질이 오려는가? 눈가가 자꾸 질퍽거린다.

아내 먼저 가면 우리 딸이 나도 저네 집으로 끌어들이려 할까? 그리고 저 싸가지 없는 꽃 돼지처럼 아빨 종 부리듯이 마구 부릴까? 설거지와 청소라면 내 경력도 만만찮다. 끗발은 관두고, 초급 시절의 내 능력만으로도 충분하다. 지금은 주방칼 손질도 전문가 수준이고, 라면 삶기는 도사 급이다. 하지만 가당찮은 꿈이다. 딸은 아직도 다섯 살 때 일을 기억한다.

내가 등산을 하다 다리를 삐끗하고 기브스를 했을 때였다. 아내는 출타 중인데 담배가 떨어졌다. 불안하긴 했지만 다섯 살 딸에게 담배 심부름을 시켰다. 그런데 시간이 엔간히 지났는데도 딸이 돌아오지 않았다. 더 중요한 문제는 아이보다 먼저 아내가 들어와 그 사실을 알게 된 것이었다.

"에비 맞는교! 미쳐도 정말 더럽게 미쳤소."

참하단 소리를 듣는 색시 입에서 나온 말이었다. 얼마 후에 파출소에서 연락이 왔다. 아이를 잃어버리지 않았냐는 연락이었다.

"시엄니가 외아들이라꼬 거 버릇 더럽게 키웠소. 정말 인정머리라곤 씨알머리도 없구마. 징그럽게도 모자가 쿵 짝이 맞더니만. 에구! 그 엄니에 그 자식 틀림없소."

아내가 부산댁이라고 불리던 시절이었다. 군소리 없이 삼년이나 시어머니 병수발을 들어 남씨 집 며느리 후덕하다는 소문이 자자했던 내 아내 입에서 나온 말이었다.

담배 심부름은 실패였다. 그리고 난 아직도 그 실패를 만회하지 못했다. 파출소에서 딸을 찾아오고도 난 아내가 말하는 그 더러운 버릇을 남 주지 못했다. 자식을 미워해서가 아니었다. 혹시라도 내 자식들에게 불치병이라도 생긴다면 내 장기를 자식들에게 모두 주고도 남을 사람이 나다. 맹세할 수 있다. 그런데 몸과 마음이 늘 따로 놀았다. 아이들이 징징거리거나 빽빽거리거나 우는 소리는 내겐 고문이었다. 차라리 아이들 양육비가 부족하다면 도둑질이라도 해 보겠지만 집이 소란스럽고 어수선 한 건 견딜 수 없었다. 난 어떻게 이 집을 빠져나가나 그 궁리만 했다. 집에 붙어있지 못하는 나를 두고 아내는 놓아먹인 망아지라고 했다.

"형제가 우글우글 부대끼면서 살아야 하는 긴데 혼자 온냐 온냐 옥황상제 아들처럼 모셔서 그럴 끼요. 나가 보소."

내 공직자 호봉만큼 꽁무니 빼는 방법도 다양했다. 난 필요이상으로 직장생활의 고달픔을 늘어놨다. 그리고 이렇게 마무리했다.

"사람 관계가 그렇게 만만해? 나도 다아 먹고 살자고 하는 짓이야."

"그럴 기요. 무당이 지 굿 못한다는데 낸들 어쩌겠소. 마 생긴 대로 사소."

내 아이들이라고 마냥 어린이로만 있지는 않았다. 그 애들은 어느 틈엔지 훌쩍 컸고 내 집은 원시상태로 돌아왔다. 그러나 사람은 가던 길로 가게 돼있고 질이 난 길에선 가속이 붙어 멈출 수 없다. 전문가들은 그걸 관성의 법칙이라는 어려운 용어를 써서 유식한 척하지만 초등학생도 아는 습관이다. 그런 까닭에 놓아먹인 망아지는 여전히 집 밖에서 인맥이니 동맥이니 뭉쳐 다니며 받들어 술! 을 외쳤다.

그런데, 오호라! 슬픈 일이었다. 이른바 중력, 뉴턴이 사과나무 아래서 빈둥거리다 번쩍 도가 터서 알아냈다는 중력이 내게도 적용된 것이다. 모든 것은 높은데서 떨어진다는 그 만유인력의 법칙 말이다. 난 내가 오를 수 있는 최대치에서 퇴직했다. 하루아침에 여왕개미가 그 빛나는 날개를 잃은 것이다. 동시에 관성의 법칙과 끗발은 수명을 다했다.

아내는 처가에서 아홉 남매 중 셋째 딸이었다. 그 중 내 바로 위 동서가 소문난 오입쟁이였다. 난 그 동서 덕을 톡톡히 봤다. 순망치한이라던가, 입술이 없으면 이가 시린 법이다. 어이없게도 내 입술은 손윗동서 그 오입쟁이였던 셈이다. 오입쟁이 덕분에 아내와 처가는 내게 관대했다. 내가 먹고살자고 하는 짓, 풀어 논 망아지처럼 집밖으로 나돌아도 끌끌 혀를 찰 뿐 어지간하면 덮어주었다. 그런데 내 자식들의 친구 아비들은 모두 모범생이었던 모양이다. 자식들이 날 바라보는 눈길은 늘 새초롬해서 내 이와 가슴을 같이 시리게 했다. 그런 애들이 성인이 돼서까지 나를 이방인처럼 뜨악하게 바라보더니 끝내 날 왕따로 만들었다.

배꼽시계가 진동했다. 일어서야, 하면서도 머무적거리는 건 혹시 낡은 자전거 주인을 보게 되지 않을까 하는 기대감 때문이다. 뭐 그렇다고 그와 딱히 친구하고 싶은 마음이 있는 건 아니다. 적어도 내 친구가 되려면 왕년에 대학 교수 정도는 했어야 하지 않겠냔 말이다. 뭐, 지금에 와선 그냥 칠, 팔 급 공무원이라도 상관은 없지만. 아니, 고향 까마귀라도. 뭐, 노숙자만 아니면 일 없다. 주머니도 얇은데 대학 교수면 막걸리로 만족하려 들지 않을 것이다.

막걸리 생각하니 꾸르륵- 배꼽에서 또 요동을 쳤다. 벤치에 앉은 채로 한참을 망설였다. 자존심이 상하긴 하지만 손윗동서 그 오입쟁이에게 전화를 할까? 지금은 나보다 더 비참한 뒷방 늙은이가 된 위인이다. 그를 불러서 막걸리나 한 잔 하며 저녁까지 노닥거려 볼까. 그러나 관두기로 했다. 아직도 젊은 여자만 보면 희번덕거리는 눈빛이 여간 천격스러운 게 아니다. 형님이라고 대우는 하지만 내 블랙리스트 첫머리에 있는 인물이다. 웬만하면 그 오입쟁이는 피하고 싶다. 핸드폰을 열었다. 가나다순으로 이름을 훑었지만 정말 이 시간에 불러낼 마땅한 친구 하나가 없다. 아쉬운 대로 다시 낡은 자전거 주인이라도, 할 때였다. 생전에 아버님이 문서처럼 하시던 말씀, 경식이 긴 인중은 꼭 증조할아버지다. 했던 말이 내 머리를 크게 쳤다. 내가 왜 부모 조부모 근친을 두고 먼 증조부를 닮았을까. 쌍둥이 남자가 내림인 갈습디다. 하던 말이 귓전을 뱅뱅 돌았다.

내림일지도 모른다. 손자 놈들이 내 유전자를 받아서 쌍둥이로 태어났을 공산은 얼마든지 있다. 내가 왜 형제자매도 없이 달랑 혼자뿐이겠는가. 사연이 있을 것이다. 부모님이 쌍둥이를 낳은 후에 끼니도 없고 하니 부잣집에 쌍둥이 하나를 보냈을 수도 있다. 어쨌거나, 아내가 보는 연속극이 만날 그런 얘기 아닌가. 실제로도 가능했으니까 그렇지 방송에서 아주 없는 얘기를 만들어 내지는 않을 것이다. 가능성은 얼마든지 있다. 네 잎 크로버도 나는 곳에서 또 난다. 암탉도 쌍란에서 나온 닭이 또 쌍란을 낳는다고 했다. 능력 있던 시절에 얻어들은 지식이니 확실하다.

벌떡 일어섰다. 이종사촌에게 전화를 넣어봐야겠다. 혹시 돌아가신 이모에게 들은 말 없느냐고 물어보자. 아내와도 통화해 보자. 물론 처음엔 따신 밥 먹고 왜 신소리냐고 할 것이다. 하지만 잘 설득하면 아내는 천군만마를 대신할만한 가능성의 소유자다. 추리력이며 일을 추진하는 실천력에서 나와는 비교가 안 된다. 그러려면 안방에 있는 유선전화를 써야 한다. 전화요금도 문제지만 가는귀가 먹은 지금 상태로서는 핸드폰은 내가 요구하는 정보를 만족시킬 수 없다.

내일부터는 도시락 싸들고 아예 이 공원으로 출근을 하자. 그래, 소금기둥이 된다 하더라도 퍼질러 앉아서 예언자가 틀림없는 자전거 주인을 붙들고 늘어지자. 운명이란 거저 만들어지지 않는다. 자전거 주인과 쌍둥이 남자를 오늘 그냥 만났을 리 없다. 두 사람은 유비가 삼고초려 했던 제갈량 같은 존재일지도 모른다. 인중이 길고 볼이 쳐진 사내를 만나면 혈액

형부터 묻자. 어쩌면 아내나 이종사촌은 필요 없을지도 모른다. 유전자 확인만 하면 된다. 병원에선 벌이가 되는 일이라면 무슨 일이든 한다. 그들은 유전과는 상관도 없이 둘씩 셋씩 한 번에 아이를 생산하게 하지 않는가 말이다. 거기에 비하면 형제 확인은 간단할 것이다.

걸음이 빨라졌다. 영도 어딘가에 있을 인중이 길고 볼이 축 처진 닭띠 해방둥이 사내야 기다려라. 이 형제가 간다. 그대의 쌍둥이 형제가 만나러 간단 말이다. 가슴이 쿵쿵 뛰었다. 갈매기처럼 내 겨드랑이에 날개가 푸드득 펼쳐졌다. 내 마음은 벌써 영도다리로 힘차게 날아오르고 있었다.

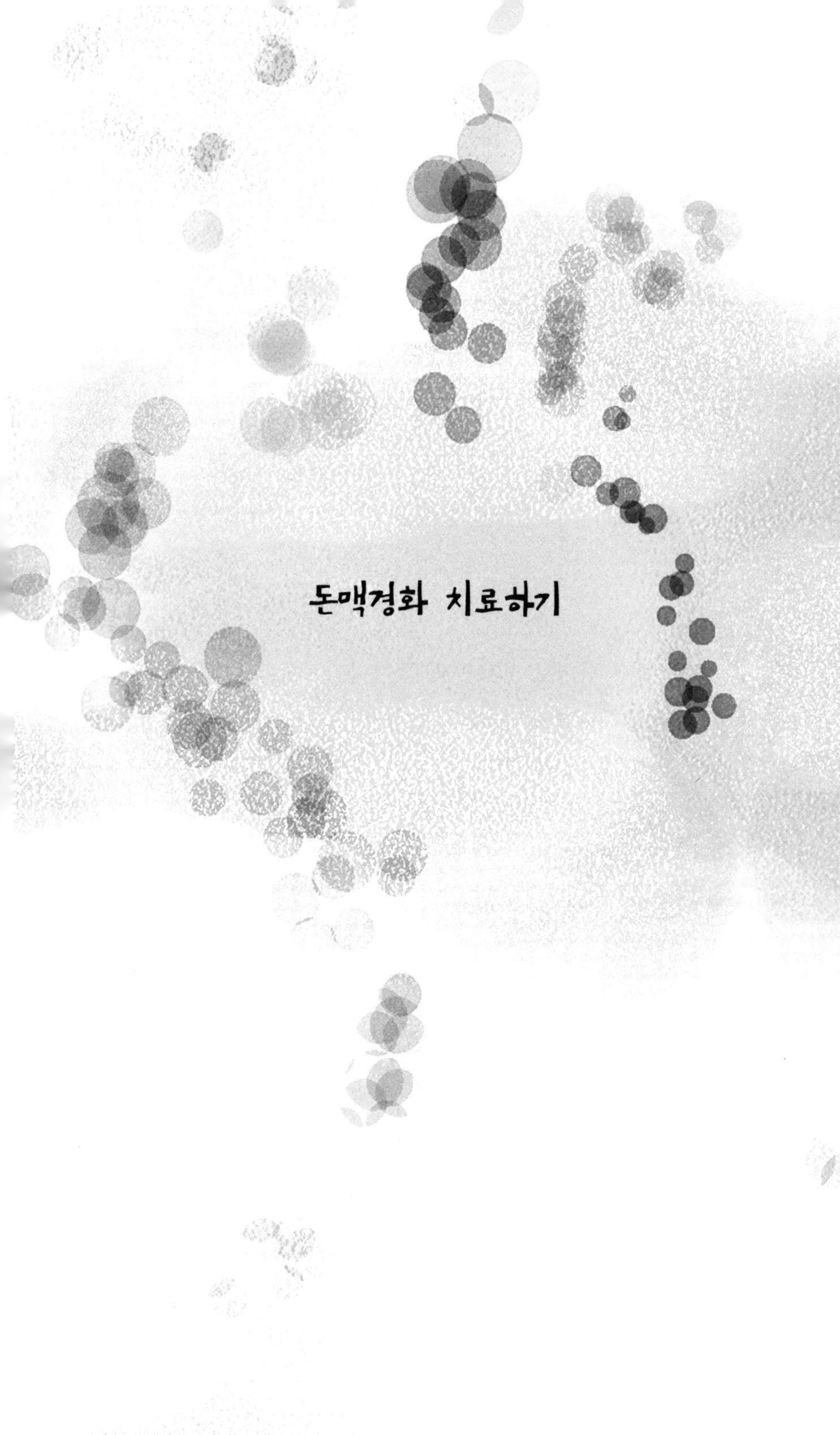

돈맥경화 치료하기

긍정에서 한번도 5% 안에 들어 본 적이 없는 내가 부정에서 단번에 5% 안에 들었다.

해저 어디쯤일까. 나는 바다 한가운데에 버려진 듯하다. 파도에 뭔가가 휘청거린다. 쏴아-. 인적 없는 세상은 그냥 깜깜하다. 잠수함의 토끼처럼 이러다 산소부족으로 호흡을 멈추는 건 아닌지 두렵다. 어쩌면 생태계에 이상이 생겼는지도 모른다. 누군가가 세상의 변화를 꾀하다가 실수로 가여운 여자 하나를 소돔과 고모라에 그냥 두고 노아의 방주를 닫았는지도 모른다. 뭔가가 달라졌다. 그게 왜 나일까. 악마가 인간을 찾아가기가 너무 바쁠 때는 술을 보낸다고 하는데 교회 성도들 모르게 친구들과 마신 술이 잘못이었을까? 그 술이 내 양심으로 들어갔을까? 그리고 신(神)에게 고자질했을까? 너무하다. 이건 정말 너무하다.

있어도 없는 듯, 그렇다. 점점 더 언어를 잃어버리게 될 것이다. 내 언어는 사라졌다. 씩씩한 하니도 사라졌다.

갑상선 수술은 10cm의 칼자국을 남기고 무사히 끝났다. 그렇다. 그렇게 무사하게 끝났다고 믿고 싶다. 남겨진 건 칼자국 10cm 뿐이라고. 같은 병실에 있던 목사님 사모님은 최종 조직검사에서 악성으로 판정이 나와 재수술을 받았다. 그는 항암 치료를 받아야 하며 그 후에도 평생 갑상선 기능 약을 복용해야 한다고 했다. 요즘 그 사모님을 내가 부러워한다. 평생 호르몬 약을 먹어야 하고 재발의 두려움이 있는 암 환자를 말이다. 두 번에 걸쳐 5시간씩이나 갑상선 수술을 받은 목사님 사모님, 그러나 그의 목소리만큼은 아주 깨끗했다.

주방에서 난 손뼉을 쳐서 남편을 부른다. 일간지에 머리를 박고 있던 그가 쳐다본다. 내가 수저를 번쩍 든다. '알았어.' 그가 대답한다. 와서 밥 먹어요. 의 보디랭귀지를 그가 알아들었다는 뜻이다. 그가 꾸무적거리고 건너와 식탁에 앉는다. 말을 아끼려고 해서가 아니라 아직은 비참하고 의기소침한 까닭에 난 긴 말은 삼간다. 그도 말없이 꾸역꾸역 음식을 삼킨다. 이 사람은 지금 내가 어떤 심정인지 관심이나 있을까? 혹시 투명인간처럼 날 버려두자는 심사는 아닌가? 난 이대로 식구들의 관심 밖으로 밀려 나가는 건 아닐까?

말을 잊으면 생각도 사라질까? 결국, 내 생각도 내 언어처럼 무시되지는 않을까? 내 삶은 앞으로 얼마나 더 유용 할 수 있을까. 부정하고 싶은 삶은 얼마나 지속될까. 긍정에서 5%

안에 들 수 없었던 내가 부정에서 5% 안에 덜컹 들어앉은 이유는 뭘까.

의사는 수술 계약서에 서명을 받으며 5%의 성대 마비가 올 수도 있다고 설명 했다. 혹시 암 일지도 모른다는 공포에 사로잡혀 그놈의 5%의 성대 마비는 그때는 신경도 쓰지 않았다. 그런데 이렇게 덜컥 20명 중에 하나 있을까 말까 하는 불행에 내가 포함되었다. 단 한 번도 좋은 일에는 끼어들지 않던 5%의 확률이.

말이 나왔으니 말이지 학교 다닐 적에는 공부를 잘 해 본적이 없고, 고스톱을 치면 늘상 깨졌다. 하다못해 하니처럼 잘 뛴다고 생각하는 달리기에서조차 3등을 해 본적이 없다. 그러더니 이번엔 불운, 신경도 쓰지 않았던 5%의 성대마비에 영문도 모른 채 덜컹 끼어들었다. 운명 따위는 궁상스럽다. 이유를 모른다고 해서 팔자거니, 하지는 않는다. 다만 이제 내게 날벼락같이 던져진 악조건에서 무슨 의미와 가능성을 찾을 수 있을까, 적막한 시간이면 멀거니 누워 궁리해본다.

퇴원 후, 친구들이 바라보던 그 표정들. 쓴 웃음이 절로 난다. 대체 내가 무슨 심통이었을까. 이제 목적도 없이 그런 가관(可觀)은 삼가도록 하자. 그래, 있어도 없는 듯이……. 두려운 것은 말을 잊음으로 해서 사고(思考)까지 끊기는 건 아닌지, 그렇더라도 기억하자. 그 날의 친구들 표정, 그 믿을 수 없어하던 표정들을.

그들은 열심히 설명하는 내 말, 다섯 달 된 손녀가 벌써 사람을 알아본다는 내 중요한 특종을 듣고 있지 않았다. 그들은 다만 내 목구멍으로 힘겹게 끌려나오는 괴물, 바람에 칼질하는 소리만 듣고 있었다. 정말로 믿을 수 없다는 표정들. 놀라움과 공포로 치켜 뜬 눈동자들이 내 얼굴에 소나기처럼 쏟아졌다. 부정의 현장에서 긍정의 손녀가 웬 말이냐. 주제파악이 그렇게도 안 되냐. 그런 의미의 비난도 있었다. 내 손녀는 즉시 퇴장 당했다. 충격과 함께 흥밋거리를 제공했으니 그들을 실망시키면 안 된다. 내가 부러진 화살처럼 고개를 꺾고 목구멍의 괴물을 끌어 올렸다.

"딱 죽고 싶다니까. 이레 살아서 뭐하니"

"어머! 얘, 그런 생각 하면 안 돼! 앞으로 차츰 낳아지지 않겠니?"

"그래, 그렇고말고. 좋아 질 거야"

"기적이란 것도 있으니까."

심각하게 들었는지 화들짝 놀란다. 절대로 그런 생각을 해서는 안 된다는 한결같은 충고. 애처로워 하는 눈빛에 가는 한숨이 섞였다. 하늘이 무너진 듯한 절망감을 나대신 그들이 지어주었다. 내가 곧 옥상 꼭대기로 가지 않을까, 해서 불안에 떠는 표정들이었다. 그런 친구들이 이번엔 무엇이 두려운지 내 전화통을 먹통으로 만들었다. 사흘 도리로 전화통 붙잡고 뭐하고 있니, 를 시작해서 무슨 이유를 만들어서라도 그럼 그때 보자, 로 마침표를 찍고야 마는 친구들이었다. 제기럴! 그렇게 심각하게 들을 것까지야.

말 한마디에 그렇게 놀란 토끼 모양을 하는 친구들도 우습거니와 객소리를 그렇게 예사롭게 하는 내 심통은 또 뭘까. 병은 마음으로부터 온다고 했는데 내가 벌써? 등신이 육갑을 한다더니 벌써 등신짓이나 하고, 그래, 등신이니 등신짓 좀 한들…… 어그러지고 뒤틀린 심사, 아주 없지 않지. 여하튼 두고두고 관찰해 볼 일이다. 등신이 어쩌다 육갑까지 하게 되는지를, 친구들이 나를 호기심으로 바라볼 때 나도 삐딱한 거울 하나 준비해 둘까? 심리파악, 재밌을까? 괴로울까? 서러울까? 아…… 나는 이러다 미치는 건 아닐까?

친구를 잃고 이웃도 잃고 가족도 서서히 멀어지겠지. 누가 알아듣기 버거운 말을 주절대는 여자를 가까이 하고 싶을까. 그러나 그 보다 더 두려운 것, 차마 두려워 내놓고 말 할 수 없는, 나 자신을 잃게 되겠지. 내 고립된 자아(自我)는 병이 들겠지. 치매라는 병. 그 괘씸한 것이 친구야! 하며 앞장서 찾아오겠지.

어떡하나.

어떻게 해야 하나.

정말 어떻게 해야 하나.

믿거나 말거나 하는 심정으로 얼마 전엔 이삿짐만한 가방을 챙겨 기도원 버스를 탔다. 남편에겐 친구들과 여행 다녀온다는 말을 남겼다. 이해 못 해줄 사람은 아니지만 어쩐지 쪽팔린다. 그동안 내가 얼마나 논리적이고 합리적인 주의 주장을 펼쳤던가 말이다.

오 년 전 겨울이었다. 올케언니에게 와사풍이 왔다. 그것도 아주 심하게. 언니는 병원과 한의원을 같이 좇아다녔다. 그리고 새벽기도를 나가기 시작했다. 이 때 내가 알량한 지식을 내세워 극구 말렸다.

"언니, 제발 정신 좀 차려요. 지금 시대가 어느 시댄데 새벽기도예요. 설마 기적 같은 거에 목매는 건 아니지요? 찬바람 쐬고 나다니다 심해질 수도 있다구요."

"시련인지도 몰라요. 그동안 이기적이고 나태했어요. 반성의 시간이 필요해요."

언니가 노틀담의 꼽추처럼 일그러진 입가로 침을 흘리며 힘들게 대꾸했다. 감기지 않는 눈엔 눈물이 글썽했다.

"반성은 따끈따끈한 아름목에서 하세요. 그리고 병원 오가는 길에 해도 충분하잖아요. 와사풍은 갑자기 차가와지는 온도 차이에서 온다고 했다구요. 중풍처럼요."

제갈공명처럼 충성스럽고 지혜로운 내 말은 수렴되지 않았다.

"관둬라. 세상엔 의학이나 과학으로 해결 못하는 일도 수두룩하니까. 더러 마음에서 우러나는 소리도 요긴할 때가 있는 거야."

고교 과학 선생인 오빠가 곁에서 거들었다.

에구머니나. 배울 만큼 배우고 유식하기론 둘째가라면 서러워 할 선생 나으리께서 어쩌다 저 지경이 됐을까. 쯔쯔……

친구와 술 좋아하고, 휴일이면 깔때기에 모으듯 텔레비전에 빨려 들어가곤 하던 오빠였다. 그런 오빠가 술을 끊더니 언니와 함께 새벽기도를 같이 다니기 시작했다. 엉뚱한데서 약발이 나타난 셈이었다. 언니는 남의 다리 긁었는데 자기 다리가 시원해졌다. 모로 가도 서울만 가면 그만 아니냐. 단언하건데 언니가 지금 멀쩡한 얼굴로 교회 찬양대다 봉사활동이다 껍적대며 싸돌아다니는 것은 분명히 현대 의학 덕분이라고 난 생각 한다. 그러면서도 눈 코 입이 제 자리에 있는 것만도 감사, 라고 하는 언니에게 난 입도 벙긋 안했다. 아픈 과거는 들쑤시지 않는 게 수다.

그런 올케언니가 이번엔 하나밖에 없는 시누이가 이런 불상사를 겪는데도 일언반구 없다. 어쩌다 만나면 측은지심이 넘치는 표정으로 말끄러미 바라보다가 방법을 모르겠다는 듯이 마지못한 척 돌아서곤 한다. 보나마나 혼자 똑똑하고 합리적인 척했던 목소리 높은 시누이, 그대가 요령껏 알아서 하라는 뜻일 게다.

좋다. 나라고 어디 독불장군이더냐. 미적거리다간 게도 우럭도 다 노칠 판이다. 친구들의 따돌림이야 그렇다 치고, 이제 겨우 오십에 반벙어리로 살아야 하다니, 안될 말이다. 그래서 언니의 과거 행적을 추적해 냉큼 기도원 직행버스에 오른 것이다. 언니가 이마에 내 천자를 그리고 미숙아 보듯이 나를 볼 때는 내가 모르는 기발한 묘수가 있어서일 것이다. 어쨌든, 파충류처럼 자연보호색으로 변신하고 주변과 어울리는 것도 세상을 사는 방법이다. 올케언니를 향해 퍼부었던 이성적이고 과학적인 논리는 납작하게 꼬리를 내렸다. 오빠가 말하는 마음으로부터의 명령, 이른바 대세를 따르기로 한 것이다.

기도원은 두 주 기간으로 약정했다. 나라고 노상 부정의 자리, 을의 위치에 있을 까닭이 없다. 올케언니처럼 나도 곧 갑의 위치에서 을의 누군가를 미숙아 바라보듯이 측은하고 애처롭게 볼 수 있게 될 것이다. 간절한 마음으론 이미 찬양대에서 내 기적의 선물, 소프라노를 길게 뽑고 있었다. 그리고 그 귀한 간증으로서 불우한 이웃을 위해 아낌없이 오척 단신을 휘두르며 봉사활동을 하고도 남았다. 그렇다. 난 씩씩하게 달리는 하니가 아닌가.

하지만 난 부정의 자리, 을의 위치를 벗어나지 못했다. 기도원에서 나흘을 넘기지 않고 돌아왔기 때문이다. 그 기도원에서 십여 년 전, 이웃에 살던 영주엄마를 만났다. 그는 유방암 말기였다. 기도원에 들어온 지 두 달 됐다고 했다. 노안이 와서 설사 내 시력에 문제가 있다 하더라도 영주엄마의 모습은 회복 불가능해 보였다.

"병원치료는 단념했어요. 집에선 가족들에게까지 힘들게 해서…… 기도와 진통제로 견디는 중인데 견딜만해요."

달덩이처럼 곱던 영주엄마의 얼굴은 숯덩이처럼 바스러져 있었다. 깊이를 알 수 없는 퀭한 눈만 희미하게 빛났다. 썩은 동아줄이라도 잡겠다던 내 결심은 급하게 취소했다. 우왕좌왕 널뛰기를 하던 사고(思考)에 정신이 번쩍 들어서다. 난 현실에 맞는 보호색을 거부했다. 그리고 날쌘돌이가 쇼생크 탈출하듯이 냉큼 기도원에서 빠져 나왔다.

도루묵이었다. 난 다시 붙박이장처럼 본래 내 위치, 을의 자리를 고수했다. 다행인지 모른다. 기도원은 공짜가 아니었다. 숭어 잡으려다가 망둥이마저 놓치면 큰일이다. 가족들에게 여행이라는 핑계를 만들어 기도원은 비밀에 붙였던 건 역시 잘한 일이다. 세월에서 온 지혜였을 것이다. 목구멍의 기능과 달리 내 자존심만은 싱싱했다. 서해 갯벌에서 펄떡거리는 검붉은 망둥이처럼 자존심 하나는 아직도 팔팔하고 기고만장했다.

요즘은 아침에 잠에서 깨면 혹시…… 하고 킁킁거리며 잃어버린 소리, 사라져 버린 내 목소리가 꿈은 아니었는지 확인하곤 한다. 아직은 이 불운이 온전히 내 것인지 실감할 수가 없다. 혹시 꿈을 꾸고 있는 건 아닌지, 어느 날 출장에서 돌아온 남편처럼 예사로이 낭랑하게 내 성대(聲帶)를 울리며 목구멍 사이로 내 소리가 불쑥 나타나는 건 아닌지. 그랬으면, 꿈이었으면, 악몽이었으면. 친구들과 수다를 떨며 십 원짜리 고스톱을 쳐야하고, 영인이가 어쨌다고? 수화기를 통해 자식들에게 잔소리를 쏟아놓으며, 관광버스 무대에서 마이크 들고 목로주점을 불러 제켜야 하는 이 아줌마에게로 내 특별할 것도 없는 목소리가 꿈에서 깬 듯 퍼뜩 돌아와 주었으면……

시간 탓일까. 아직은 내 목소리, 마른 시래기 바스러지듯 서걱대는 목소리가 낯설고 어색하다. 내게 닥친 이 불운을 도저히 내 몫으로 인정 할 수가 없다. 친구들은 자다 깬 목소리라고 했다. 그나마 얼마나 위로가 되는 말을 찾다가 발견한 표현인가. 나도 그 정도의 소리만이라도 돌려받고 싶은 심정이 요즘은 간절하다.

"어, 목소리 좋아졌어. 많이 좋아졌어. 한 70%는 돌아온 것 같은데"

아침이면 한동안 남편이 기본적으로 해 주던 말이다.

"뭐예요? 아니 그래, 예전에 내 꾀꼬리 같은 목소리가 그래 요것밖에 안 됐다는 거예요?"

아침마다 이렇게 들뜬 희망으로 남편과 나는 목소리의 변화에 기대를 걸었다. 사실 그럴 만도 한 게 아침시간, 그러니까. 피곤이 풀린 아침이면 내 목소리는 조금 맑아 있기도 했다. 이 상태라면 내일쯤, 아니 한 달 후쯤이면…… 아, 그렇게만 된다면. 집착도 좋고 욕망이라도 마다하지 않겠다. 내 사라져 버린 목소리가 돌아오길 한 달. 아니, 일 년이라도 좋으니 정화수 한 사발씩 공들이고 인내하며 기다리지 못하리. 그러나 내가 누구냐. 그동안 텔레비전에서 얻어 들인 지식이 얼만데 어리석게 정화수에 공을 들여. 기도원에서 만났던 영주엄마는 믿음이 부족해서 죽음의 너울을 쓰고 있는 것은 아닐 것이다. 그렇다면 무슨 방법이 있을까. 그래서 생각해 낸 게 새벽, 첫잠이 깨면 낯도 씻기 전에 정성껏 가글부터 하는 거였다. 기분이 그래선지 처음엔 좀 낳아진 것 같기도 했다.

"어때요. 내 목소리 좀 달라진 것 같지 않아요?"

큥, 큥! 목소리를 가다듬고 아-아-아- 조수미 노래를 흉내

냈다.

"응, 그래 확실히 좋아. 한 90%는 돌아왔는걸. 내년엔 찬양대도 할 수 있겠는데."

"말두 안 되는 소리, 그럼 처음부터 내 목소리가 이렇게 션찮았다는 거예요? 당신 귀가 지금 정상이에요?"

넘쳤다 싶었는지 남편이 얼른 수정했다.

"아, 그래 90%는 아니구, 한 70%는 돌아왔다니까."

결국, 별로 달라진 게 없다는 소리다. 남편이 아무리 양심을 팔아먹고 뻥튀기를 한다 해도 70% 이상은 부풀리기 힘이 든 모양이다. 그러나 그 70%의 뻥튀기마저도 해가 뉘엿해지면 도로나무아미타불이다. 그리고 썰렁한 저녁 식탁에 남편과 마주 앉을 무렵이면 여차 없이 바람에 칼질하는 목소리를 통하여 냉정한 나의 이성이 브레이크를 건다. 기적 같은 건 없을 것이니 현실을 인정하라고 조용히 타이른다. 그러는 내 이성과는 반대로 남편의 감성은 낭만적이고 환상적이다. 그는 아침 소리만 인정하려고 하고 저녁 소리는 인정하려고 하지 않는다.

"누구든지 오후엔 기능이 떨어지게 마련이지. 찬양대 다시 할 수 있어, 암, 할 수 있구말구."

그런 남편조차 요즘은 70%의 희망을 던져버렸다. 대신 내 괴성(怪聲)에 그도 나도 익숙해지고 있다.

"아니, 왜 저애가 내 흉내를 내고 있다니?"

박경림이 텔레비전에서 변설을 토하고 있었다.

"어머니, 저 여자 목소리는 처음부터 저렇게 허스키였어요. 어머니가 지금 박경림 흉내를 내는거라구요."

며느리의 대답이다.

"그런 거니? 그렇지만 실력으로 본다면 내가 원조 격 아니니?"

"꼭 그렇게 실력을 따지고 싶으세요? 그럼 그렇다고 해 드릴 게요"

"뭐, 나도 자랑스러워서 그러는 건 아니다. 그렇지만 이왕이면 원조가 좋지 않느냐 이 말이지. 그런데 왜 내가 저 박경림이를 그동안 좋아하지 않았지? 저렇게 매력적인 목소리를 가지고 우수개를 해대는데?"

불과 몇 마디에 기름기 없이 바싹 말라 갈라진 내 목으로 올라오는 괴물, 성대가 침묵하는 목소리는 점점 마른시래기 쥐어짜는 소리를 했다.

"어이구, 말 좀 아껴서 해. 당신 말이 너무 많고 억지가 심해서 신이 그래 경고를 내린거라구."

남편이 끼어들었다.

"신이 내 꾀꼬리같이 예쁜 목소리를 질투해서 이렇게 됐단 생각은 안 해요? 사실, 목소리만큼은 내가 얼마나 이뻤어요."

옛말에 놓친 가오리가 멍석만 하다고 하지 않던가.

"어이구…… 꾀꼬리가 모두 말라 죽었지."

예전에 새던 바가지가 다시 제 기능을 찾아 구실을 하기 시작했다. 오십 나이에 예전의 하니가 돌아온 것이다. 상대가 받는 충격이나 호기심은 관두고라도 분위기를 위해서라도 조신하게, 아주 중요한 말이 아니면 삼가겠노라고 다짐하던 각오는 물거품이 됐다. 사실 처음에 충격이 커서 그렇지 목소리 고왔다고(나는 그렇게 믿고 있다. 찬양대의 소프라노를 10년이나 했던 실력이었으니까) 예전의 내가 더 행복했다거나 지금 더 불행하다는 생각은 들지 않는다. 불편하다는 거. 그것도 아주 심히 불편하다는 거, 그 불편을 내 몫으로 서서히 받아들이고 있는 셈이다. 해파리처럼 단순한 구조로나마 살아있음에 만족하기로 한 것이다.

어차피 늙어가면서부터는 하나씩 버리고 줄이면서 간소하게 살기로 했었다. 그러나 내가 스스로 버리지 않아도 도둑이 들듯 어쩔 수 없이 빼앗기는 것도 있고 잃어버리는 것도 있게 마련이니까. 노화현상 좀 일찍 왔다 셈 치지 뭐. 백일기도라도 해서 그 어여쁜 목소리를 찾을 수만 있다면, 하고 기도원 직행버스를 탔었지만 영주엄마를 만난 후에 그런 지극한 믿음도 사라졌다. 그러니 굳이 잃어버린 목소리엔 미련을 두지말자.

그러나 그렇게 잡다하게 원인과 결과를 분석해 가면서 스스로 위로 삼는 것은 아니다. 새는 바가지가 제 구실을 하는 이유, 복잡다단한 이유야 왜 없을까마는 난 그 이유를 모른다. 상식대로라면 아직까지는 절망에 빠져 있어야 하고 타인과 접촉을 피해야 하고, 고독을 잘근잘근 씹어 삼켜가면서 눈물을 질금거려야 하는 게 마땅하고 옳다. 이제 겨우 두어 달 아니냐. 그런데 나는 예전처럼 십 원짜리 고스톱 판이나 기를 쓰고 마련하여 주말을 기다리고(아들과 사위는 잔돈을 준비해 오는 법이 없다. 그리고 에미랑 화투 두드리면 거시기에 무슨 손상이라도 생길까봐선지 절대로 먼저 하자는 말도 없다. 그러면서도 백 원짜리 수북하게 쌓이면 일어설 때는 제 주머니에 챙기려고 한다. 그래서 나는 십 원짜리만 준비한다.) 밑반찬 싸들고 딸네 집에 우렁각시처럼 드나든다. 그리고 친구들이 뭉친다는 소문만 있으면 달력에 동그라미 치고 춘향이가 몽룡이 기다리듯이 날 가기를 기다린다. 모임 끄트머리엔 끈질기게 이차까지 따라가지만 마이크는 쥐어보지도 못한다. 결국 난 계보도 없는 춤을 혼자 춘다. 고상하게 노래만 부르는 친구들이 나를 가운데로 내몰기 때문이다. 산 너머 간 노래에 미련두지 말고 춤이나 추라는 것이다.

그러니 그 이유, 옛날같이, 옛날이랄 것도 없이 불과 서너 달 전이긴 하지만. 다시 이 나이에 돈키호테의 로시난테처럼 비척거리며 푼수 짓을 하게 된 이유가 있긴 있을 것이다. 그러나 내가 학자들처럼 논문 쓸 주제도 아니므로 소크라테스같이 머리 싸매고 궁리하려 들지 않는다.

어쨌거나, 내가 이 몹쓸 목소리에 타인보다는 먼저 익숙해지고 있는 건 사실이다. 이런 식으로 사람은 환경과 조건에 길들여져 살게 되는 모양이다. 바다에서 표류해도 공포만 아니면 쓰러지지 않는다고 하지 않는가. 내가 뭐, 유식한 사람의 말을 다 곧이듣는 건 아니지만. 어쩌면 난 선천적 면역 기능이 뛰어난지도 모르겠다. 단지 변화라면 내가 예전에 얼마나 어여쁜 목소리를 가지고 있었는지를 잊지 않고 누군가에게 보고하는 것이다. 말은 상대에게 하고 있지만 그것은 내 기억에서조차 사라지려는 예전 목소리를 기억기관 해마에 붙잡아 두기 위해서다. 내게도 진정 고왔던 목소리가 분명히 있었던 것을, 하며 친소(親疎)를 가리지 않고 예전엔 내 꾀꼬리 같은 목소리가, 를 강조한다. 수술 후 이제 두어 달, 그나마도 해주지 않으면 잃어버린 내 목소리, 옛 친구에 대한 의리가 아니다. 그 고왔던 소리, 오십 여년의 고락을 같이 한 옛 친구를 그새 깡그리 잊다니, 비정하고 잔인한 짓이다. 오늘도 그랬다.

"니들 혹시 예전에 내 목소리 잊어버린 거 아니지? 그거 중요한 거니까 잊어버리면 안 돼!"

"그래, 기억할게."

그러나 친구들은 새겨듣는 표정이 아니다. 그러거나 말거나 난 이제 외톨이다. 하니처럼 고아가 된 나는 아주 열심히, 내 앞에 차려진 음식을 내 건강한 창자에 주워 담으며 듣는다. 친구들의 말을. 그 또렷하고 예쁜 목소리들을. 저렇게 이쁜 목소리가 분명히 내게도 있었었지, 하면서. 그리고 드문 일이지만 이제는 인정할 수밖에 없는 괴물, 새로운 친구, 몹쓸 내 동지인 괴성을 힘겹게 끄집어내어 내 몫의 특종을 터뜨렸다.

"있잖아, 신경림이 결혼 했대."

"신경림이 누구야?

"왜 있잖아. 코미디언 네모공주라는 애, 니들 모르는구나."

이럴 때 나는 또 희열을 느끼며 의기양양 한다.

"야, 이 바보야! 그걸 인제 알았냐? 그리고! 그 애가 어째 신경림이냐. 박경림이지."

이들은 처음에 그 애처로운 눈초리에 가는 한숨까지 쉬며 보여주었던 동정심을 깡그리 잊어버렸다.

"아, 그래? 박경림이었어? 어쩐지 이름하구 성 하구 좀 안 어울렸어. 그런데, 니들 알구 있었어?"

"어이구, 그거 모르는 대한민국 사람이 어딨어!"

친구들이 뱁새눈을 하고 쳐다보더니 방향을 돌려 우르르-지들끼리 다시 뭉친다. 저만큼 떠나는 버스를 잡는 심정으로 내가 그들 뒤통수에다 괴성을 마저 끄집어냈다.

"그런데 말야, 박경림이가 어떻게 출세를 하게 됐는지 니들 그건 모르지?"

"어떻게 했는데?"

버스는 주춤거리며 멈췄다. 내가 올라타도 될 모양이다. 삐딱하기는 했지만 그들이 내게 시선을 준 것이다. 역시 의리 있는 친구들이다.

"목소리 때문일 거야. 걔 목소리 근사하잖아."

"됐어요오. 어째 손주 얘기가 빠지나 했더니 이번엔 박경림이냐. 그렇게 목소리 근사하면 손주 빨리 키워서 사돈하자고 해라."

냉정한 버스는 시커먼 매연을 쏟으며 뒤도 돌아보지 않고 떠났다. 잠깐 정차했던 시간마저 아까운 듯, 친구들은 다시 그들만의 대화 속으로 우르르 뭉쳤다. 아무개 친구가 주식을 얼마에 사서 얼마를 챙겼다는 등, 등 하며.

친구 딸 결혼식 핑계로 늘어지게 놀고 저녁까지 먹은 후 들어왔다. 텔레비전 앞에서 남편이 맥주 깡통을 혼자 들이켜고 있었다.

"웬일이에요? 이렇게 일찍."

"집에 밥이 하나도 없어. 배고파 죽겠는데 먹을 게 있어야지."

"어머, 이를 어째, 당신이 먹고 들어올 줄 알았지요. 밥 지금이라도 할까?"

말은 그렇게 했지만 난 라면 서랍을 열었다.

"관둬, 배고파 죽겠는데 밥을 어떻게 기다려. 라면이나 끓여줘."

역시 남편은 눈치가 빠르다. 누울 자리보고 다리 뻗는 사람이다. 이 시간에 라면도 감지덕지지.

"라면두 없는데."

"그럼 뭐가 있어."

"짜파게티가 있어요."

"할 수 없지. 빨리 끓여줘. 어이구, 밥두 안 해 놓구, 세상에 일하구 들어와서 밥도 못 얻어먹는 남자는 내 밖에 없을 거야."

"만날 먹는 밥이 뭐 대단해요? 밥 보다야 짜파게티가 얼마나 좋아요. 진시황제도 먹어보지 못한 거라구요."

"어휴, 뚫린 입가지구, 말이나 못하면."

"뚫린 입은 체중 올리는 데만 사용 하라는 게 아니에요. 두루두루 요긴하게 변명도 하라고 이렇게 뚫려있지요. 그나저나, 내야 목구멍에 장애가 있지만 당신은 손가락에 장애가 있나? 그 손가락 뒀다 어디다 써요. 전화를 했으면 일찍 들어와서 밥을 했지."

남편의 전화를 받았다면 친구들 내팽개치고 헐레벌떡 들어왔을까? 믿을 수 없다. 어쨌든 쉭쉭거리는 괴물로나마 그런 갸륵한 말 한마디 해서 해 될 건 없다. 목구멍에서 잃어버린 기능이 내 두뇌로 자리이동을 한 모양이다.

"일찍 들어올 땐 전화를 하세요. 밥 준비해 줍시오- 하는 전화를! 손가락 멀쩡하겠다. 전화번호 누르는 게 뭐 힘들어요?"

친구들에게 대접받지 못하는 쇠 긁는 듯한 내 언변이 남편 앞에서는 주저함이 없다. 입씨름에서 별 소득 없는 남편은 꾸역꾸역 짜파게티를 단숨에 먹어치웠다. 그런 그가 이번엔 죄 없는 텔레비전 리모컨만 두더지 잡듯이 눌러댔다. 그리고 얼마 후, 그는 리모컨을 가슴에 품은 채 소파에서 코를 골기 시작했다. 리모컨이 온전히 내손에 들어왔지만 이제 나는 박경림에게도 시큰 둥, 대신 친구가 샀다는 주식이 은근히 부럽다.

좋겠다. 몇 백은 벌었을 거다. 친구들 앞에서 난 입도 벙긋 안했다. 시원찮은 목소리로 경제 논리에 뛰어들 형편이 아니기 때문이었다. 흥, 속물근성들은…… 하며 시시하고 관심 없다는 듯, 눈을 차악! 내리뜨고 그 땐 나 혼자 오만했다. 내 입은 오로지 먹고 마시며 형이하학적으로만 바지런을 떨었다. 그러나 쌩쌩한 두 귀는 쫑긋 친구의 주식에 쏠려 있었다. 아무렴, 그런 횡재를 아무나 할 수 있나 말이다. 누구는 자빠져도 코가 깨지는데 엎어져도 어째 금덩이 앞에서 엎어지냐.

그러다 번갯불에 道가 트듯이 번쩍 생각이 났다. 주식 쪼가리 한 장 없는 내 통장에도 삼백만 원의 돈이 아직 고스란히 남아 있다는 사실이.

그렇지, 하마터면 명줄은 고사하고 그 돈 날려 보낼 뻔 했지. 오! 그걸 왜 이제사…… 후줄거니 웃음이 삐져나왔다. 암이었어 봐, 그 돈이 어떻게 남아날 수 있겠어.

암수술을 받은 사모님에겐 목사님의 어린양들이 있었다. 그들은 아침부터 저녁 늦게까지 길게 나라비를 서서 내 좁은 병실을 더 비좁게 만들었다. 목사님의 그 갸륵한 어린양들은 나라님들이 국경일에 읽는 연설문같이 길고 엄숙한 기도를 드리곤 했다. 그리고 기도 끄트머리엔 으레 미적거리며 촌지를 내밀었다. 은근하게 건네는 촌지는 쥐꼬린지 말꼬린지 알 수는 없지만 봉급쟁이의 급료만큼 확실했다. 목사님이사 까짓거, 눈 딱 감고 촌지 받아 사모님 목숨부터 건진 다음에 어찌 어찌 나중에 사례를 기약할 수도 있지만 내사 어디……

가뭄에 콩 나듯이 찾아오는 내 방문객들이었다. 이들은 기도 한번도 없이 내 시선을 피해가며 겁먹은 눈만 내 천자 양

쪽에서 껌벅거렸다. 사모님과 같은 병실에 있었지만 촌지는 내게 해당사항이 아니었다. 부자가 돈 벌면 서민도 좋다는 낙수효과도 있지만 내 서랍장은 가난한 집 신주 굶듯 헐렁했다. 돈맥경화에 든 환자 같았다. 난 주제와 분수를 알았다. 그래서 그들, 내방객이 겸연쩍게 들이미는 쌕쌕이 한 통도(봉봉일 때도 있었다.) 감지덕지했다. 이 말은 좀 과장이 됐다. 아들의 장모, 즉, 나의 안사돈은 내 두 손을 꼭 쥐고 주기도문을 정말로 간절하게 읊어 주었다. 그리고 쌕쌕이와 비교할 수 없는 싱싱한 사과 봉지를 아이 없는 집에 업둥이 넣어주듯이 조심스럽게 들이밀어 주었다.

어쨌든, 상황이 그랬으니 내가 암이었으면 통장에 돈이 온전했겠느냐 말이다. 어림없다. 며칠 후, 사모님에게 일 인실이 났다고 간호사가 전했다. 사모님은 당장 그리로 병실을 옮겼다. 아마도 꽁지 떨어진 닭처럼 초라하고 빈한한 내게 그는 민망하고 송구(?)했는지 모른다. 아니면 내가 텔레비전을 너무 열심히 봐서 좀 귀찮았을지도 모른다. 그렇지만 사모님이 정말로 그렇게 생각했다면 섭섭하다. 내가 텔레비전을 좋아한 건 사실이다. 하지만 아침부터 끊어지지 않는 사모님 내방객 때문에 그 좋아하는 연속극 한번을 제대로 본 적이 없다.

그들의 기도가 시작되면 나도 불량한 신자나마(오랫동안 교회에 걸음을 끊었었다.) 머리 숙여 눈 감으며 숨을 죽이곤 했다. 기도는 끊어질 듯 끊어질 듯 이어지는 절절한 미사여구였다. 그야말로 낙랑국의 자명고처럼 사람 가슴을 뛰게 하는 기도였다. 그 미사여구 덕분에 무식하고 상식이 없는 내 어깨는 욱신욱신 아팠다. 하지만 목사님 어린양들의 기도 주제가 되는 예수님의 십자가 공로와 사모님의 잘려나간 암 덩어리를 생각하며 우거지상을 하고 참았다. 일그러지려는 낯을 다림질하듯이 펴고 찔끔 나오는 눈물을 두꺼비눈으로 꿈쩍 눌러 막았던 건 내가 생각해도 보통 공력이 아니었다. 그러니, 사모님 덕분에 애먹은 사람은 오히려 나라는 얘기다. 비록 기도 내내 자라 모가지 감추듯이 하고 허리를 비비 틀긴 했지만 말이다. 난 그렇게 길고 엄숙한 기도가 가능하다는 걸 그 때 처음 알았다.

애당초 하늘같이 높은 목사님 사모님과 한 병실에 있게 된 것도 그 분은 일 인실이나 특실에 빈 병실이 없어서였고 나는 多인 실에 빈자리가 없어서였다. 부르주아와 프롤레타리아의 주머니 사정을 무시하는 병원의 처사 때문이었다. 병원의 그런 자기편리 식으로 해서 경제력에서 늘 을일 수밖에 없는 내가 갑인 사모님과 한 병실에 같은 수술을 받고 누워있었던 셈이다. 마르크스가 자원은 공유하라고 했다지만 내 병실에선 허당이었다. 돈맥경화는 약이나 주사로 치료되는 건 아니었다.

내가 이런 말하면 목사님의 어린 양들이 부르르- 흥분하겠지만. 설마 점잖으신 분들이 내 귀싸대기를 때리기야 하겠냐마는 예를 들자면 이다. 그렇다고 내가 그 목사님 사모님을 엄감생심 질투하거나 존경하지 않았다고 생각하면 안 된다. 목사님은 우리 신자들, 길 잃은 어린 양에겐 하느님과 거의 동격이라는 확고한 신념이 난 있다. 내가 늘 육신의 일용할 양식에 허덕거릴 때 그 분들은 늘 우리들 가여운 영혼의 메마름에 발을 동동 구르며 안타까워하지 않던가.

그러고 보니 어이구, 부러워할 사람이 따로 있지. 뱁새가 어찌 황새를, 감히. 그건 그렇고, 그런데 지금 내가 무슨 생각을 하다가…… 그렇지. 통장에 돈 생각하고 있었지. 맞아, 목에 실밥도 풀지 않고 도망치듯이 나왔었지. 붕대를 칭칭 감은 채 미라 같은 꼬라지를 하고 닷새 만에 냉큼 병원을 탈출했다. 그 덕에 통장에 돈이 온전하게 남아날 수 있었다는 거, 왜 그 사실은 잊고 있었지? 중요한 건데. 친구 주식에 비할 바가 아니지. 암이었어 봐 명줄은 고사하고 그 돈은 벌써 거덜 났을 거라구. 말이 나왔으니 말이지, 병원에서도 돈이 되는 사람만 오래 붙잡고 있는 것 같다. 목사님 사모님은 아직도 병원에 계시는데 의사는 퇴원을 허락했지만 통원치료가 번거로워서 그냥 있다고 했다.

맙소사! 그 호랑이 아가리 같은 병원에 입원비를 아직도 들이밀고 있다니. 으흐…… 머리털이 쭈뼛 한다. 사모님이야 그렇다 치고, 친구 정란이 주식이 대박이 났다고? 흥! 그까짓 주식, 낼이나 모래 다시 쪽박 찰지도 모르는 그놈의 가보시키? 콧노래가 나오려고 한다.

그러고 보니 통장에 돈 있고, 금쪽같은 손녀 있고 두 달 사이에 배신을 손바닥 뒤집듯이 하는 친구들 있고, 내가 이런 장애자가 됐는데도 그런 대접도 없이 밥 타령을 하는 서방이 있고, 목구멍에는 괘씸하고 반갑지 않은 몹쓸 친구 괴성이 있고…… 어이구, 그럼 됐지 뭘 더 바라. 가진 게 많다보니 흥분했다. 생각 없이 물 컵을 입에 들이대고 꿀꺽 들이켰다.

"캑- 캑- 캐객! 캑……"

아차! 사래가 들었다. 조심스레 숟가락으로 떠 마셔야 했는데 깜박 잊었다. 내가 어찌 이 두려운 장애를 무시하고 시건방지게 물 컵을 입에 들이대고 꿀꺽 했단 말인가.

"캑- 캐객! 캑……"

수술 후에 생긴 또 하나의 장애가 내 목에서 위 아래로 들까불었다.

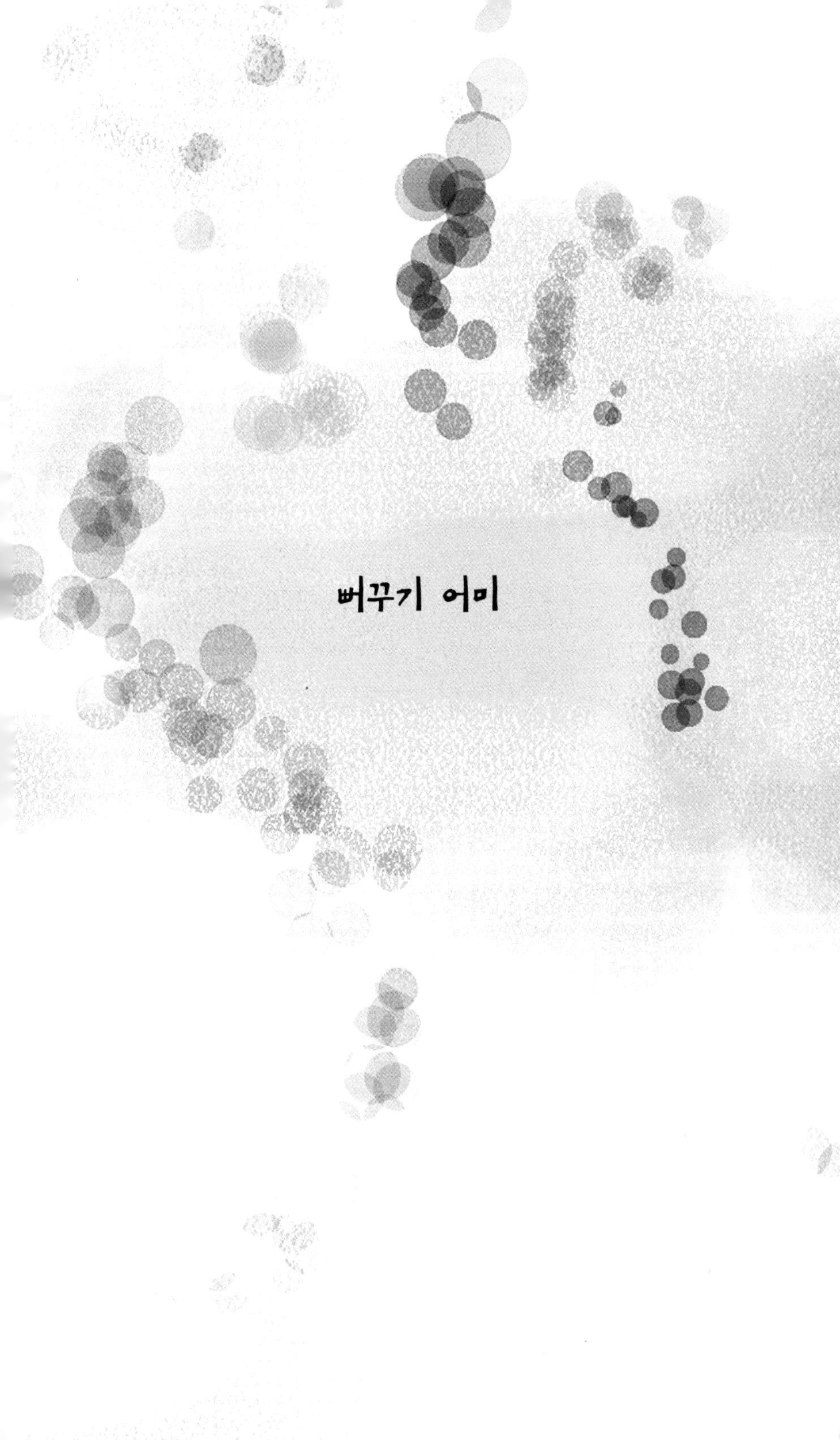

뻐꾸기 어미

벌겋게 부릅뜬 눈동자가 희붐한 어둠을 가르고 달려들었다. 송씨가 현기증으로 휘청거리며 뒤로 움찔 물러섰다. 괴물은 기괴한 소리를 내지르며 빨간 눈동자를 늘이며 사라졌다. 인적은 없었다. 송씨는 순간 저 괴물이 누구 한 사람 치고 달아나도 아무도 모를 것이라는 생각이 들었다.

'새벽길에 치매 증상이 있던 노인이 질주하는 자동차에 치어 사망.'

신문에 한 줄 기사도 안 될 것이다. 정신이 오락가락 하는 늙은이는 새벽길 교통사고로 마무리 될 것이다. 아무도 죽은 사람이 새벽에 자동차 질주하는 도로까지 나온 의도를 알려고 하지 않을 것이다. 간단하고 깔끔하다. 긴 여름 해를 견뎌야 하는 일사병에 비하면 일도 아니다. 건널목 앞에서 장승처럼 한참을 움직이지 못하던 송씨가 강하게 고개를 저었다.

이른 새벽 횡단보도를 건너 그녀가 찾아 든 곳은 성당이었다. 무거운 적막만이 황량하게 큰 성전을 점령하고 있었다. 미사시간까지 송씨는 묵주를 들었다.

전능하신 천주 성부……

공포로 깨어났던 꿈, 원한에 찬 붉은 눈동자가 십자가 곁에 있었다.

그만 갈 때 안됐습니꺼. 보내 주이소. 묵주 5단은 소용돌이 치는 사설과 함께 마쳤다. 십자가의 남자는 맥없이 고개를 늘어뜨린 채 움직이지 않았다. 탈바가지처럼 허연 얼굴, 벌건 눈을 부릅뜬 사내는 여전히 십자가 주변에서 얼쩡거렸다. 기다리이소. 방법이 있을 깁니더. 오래 걸리진 않을 기요. 다시 사설이 입에서 돌았다. 심각한 문제였다. 어느 순간에 입 밖으로 쏟아져 나올지 알 수 없었다. 며칠 전, 윤숙이 지나치듯 물었다.

"엄만 눈 뜨고 잠꼬대 해?"

"뭔 소리냐!"

"혼자 중얼거리는 거 뭐냐구. 궁시렁 궁시렁 이상하잖아."

가슴이 철렁 내려앉는 말이었다. 눈 뜨고도 잠꼬대 할 지경이면 눈 감은 수면 중엔 풀린 개구리처럼 얼마나 할 말 안할 말 쏟아낼 것이냐.

"엄마가 그래 보이나, 언제부터 그카더노."

"엄마두, 심각한 거 아니야. 그냥 좀 이상해서 물은 건데 왜 그렇게 놀래?"

치매다. 친정아버지가 늘 혼자 중얼거리곤 했었는데 그게 노망 시초였다. 옥아, 나물이 벌써 났드나. 딸 경순에게 옥아 했다. 떠꺼머리 시절에 순정을 바쳤던 이웃집 여자 이름이 순옥이라는 소리는 아랫집 복이 할머니에게 들은 적이 있었다.

와 이라요 아부지, 제발 정신 좀 채리소! 하지만 정신을 놓은 아버지는 유령처럼 아득히 먼 동네서 혼자 헤맸다.

미사를 마치고 송씨가 바쁘게 일어섰다. 손주들을 유치원에 보낸 뒤, 병원을 찾았다. 중년의 의사는 입 꼬리에 웃음이 얹혀졌다.

"혹시, 치매는 아닌지. 우리 딸 말이 혼자 중얼중얼 해쌋더라고……"

"연세 드신 분 중에 생각이 많은 사람이 더러 그래요. 젊어선 무슨 일을 하셨어요?"

젊어서? 젊어서라면…… 이 양반이 지금 덧을 놓자는 심산가, 정신이 오락가락 하는가 싶어 왔는데 젊어서 일이 왜 궁금해.

"몇 년 전까지는 건어물 장사를, 다 알아야 합니까."

"장사 하셨으면, 보자, 이만 원짜리 오징어 세 축 산 사람한테 얼마를 받지요?"

"육만 원이제요. 그런 계산이사. 난 혹, 치매란 놈이…… 얼마 전엔 국 냄비를 까맣게 태울 뻔하지 않았습니꺼."

"기억력 감퇴입니다. 하지만 기억력 감퇴가 심해지면 치매가 될 수도 있어요. 잡숫는 거는 어떠세요. 몸이 허해도 헛것이 보이곤 하는 법이에요. 지금으로선 다른 이상은 없습니다."

이것저것 검사를 마친 의사 눈동자가 말끄럼 했다. 사람을 의심하거나 뒤를 캐려는 사람의 표정은 아니었다. 그런데 왜 젊어서 일까지 알려고 했을까. 숨 가쁘게 병원을 나왔을 때 겨드랑이가 축축했다. 먹는 게 허술해도 치매가 된다? 얼마 전, 윤숙이 약 상자를 들고 들어왔다. 그리고 국산 녹용을 썼다는 말을 거푸 강조했다.

"니두 차암 할 일 없다. 내가 어디 약발 들을 나이더나."

"제바알! 하라는대로 좀 하셔요오. 엄마 요즘 기운 없어 보인단 말야."

"일없다! 내사 보약 먹어 가믄서 길게 살 생각 없다. 원, 힘들게 벌어서 뭐하는 짓이고!"

"엄마 자꾸 그럴 거야? 내가 들고 온 건 독이야? 오빠가 신자한테서 받은 건 잘도 자시면서 꼭 이래야 해?"

독? 독약이 있었지. 어렵지 않게 구할 수 있는 농약이 있다. 하지만 자살은 죄다. 자식들에게 뭘 해주지 못해 그 끔찍한 짓거리를 하겠노. 고개를 저었다. 꿈도 꾸지 않을 일이다. 하지만 그런 방법도 있다는 사실은 잠깐이나마 송씨에게 위로가 됐다. 죄었던 사슬이 풀린 듯, 숨을 길게 내쉬었다. 윤숙이 송씨를 바라보며 눈가를 질금거렸다.

"독한 말도 해쌌는다. 자식 둔 에미가 그레 험한 말을 해야 쓰것나. 원, 성질머리하곤. 놔 두라메 내 쉬엄쉬엄 먹어볼 테니."

"진작에 그럴 일이지."

윤숙이 유난히 짖은 눈썹을 찡긋하며 샐쭉 웃었다. 그녀가 녹용 그림이 선명한 팩 모서리를 삭둑 잘라 송씨 손에 쥐어주었다. 늙은 엄마는 딸의 말에 고분고분해야 한다는 무언의 압력이었다. 윤숙이 나머지 쇼핑 가방을 풀었다. 계절을 앞선 티와 반바지가 맥없이 풀려 나왔다.

"엄마 여름 타잖아. 매장 들른 김에 샀어."

이기 뭐고! 송씨가 쌍심지와 함께 올라오려는 악다구니를 구겨 넣었다. 늙은 엄마는 딸과 맞서서 이로울 게 없다는 걸 송씨는 이미 안다. 윤숙이 가끔씩 질러대는 옷가지만 소비하려해도 이백 살은 살아야 할 것이다. 윤숙의 말마따나 쓰는 사람이 있어야 누군가 먹고 살지도 모른다. 옷이야 그렇다 하더라도, 약은? 윤숙이 들고 온 보약은 노점상인 희주 할머니가 대신 먹어줄 것이다. 기훈에게 받은 비타민제를 주었을 때 희주 할머니는 그냥 받지 않았다. 어느 날 현관 문고리에 검은 봉지가 덜렁 걸려 있었다. 희주 할머니가 아픈 걸음으로 찾아와 걸어놓은 과일봉지였다. 이후부터 송씨는 희주 할머니가 주는 나물이나 과일을 사양하지 않고 받았다.

그나저나 치매와 기억력 감퇴는 뭐가 다른고. 의사는 관상쟁이였을까? 왜 내를 보고 웃었을꼬. 속을 알고 있다는 듯이. 사자머리를 한 가로수 그림자가 송씨 발 위에서 휘청거렸다. 어지럽다. 핑그르- 돈다. 벌겋게 눈 부릅뜬 사내가 송씨의 앞을 막았다. 이 여름을 어찌 견딜꼬. 해마다 겪는 이 현상을 자식들에게 뭐라고 설명할 것인가. 아들이 이런 엄마를 알면 얼마나 기절할 듯이 놀랄꼬.

입추의 여지없이 신자들로 꽉 찬 성전은 고요했다. 오르간에서 흐르는 성가만 넓은 성전을 낮게 흘렀다. 발목 아래까지 오는 흰 치마를 입은 여덟 남자가 제대 앞, 성전 바닥에 양팔을 벌리고 엎드렸다. 남들보다 머리 하나가 덜렁 올라간 남자에게서 송씨의 시선이 붙박이처럼 움직이지 못했다. 에미를 심판하려고 작정한 모양이다.

자수 하이소. 제발 구차하게 살지 말고 떠나이소!

아들이 에미 목에 올가미를 던질 모양이다. 명문대 졸업, 취직. 탄탄대로를 돌아 기훈은 지금 저 두렵고 낯선 자리에 있다. 사형수처럼 십자가 아래에 양팔 벌려 엎드린 아들. 결국 저렇게 되고 말 것을.

"출세하란 말은 안하마. 그냥 남들처럼 살믄 안되것나. 참한 색시 얻고 자식 키우믄서, 엄마 소원인데. 그라믄은 내도 니 따라 성당 다니꾸마. 열심히, 아암! 열심히 다니야제."

십여 년 전, 송씨에게 양 손을 붙들린 채 기훈이 허물어지듯이 웃었었다. 위태로웠던 순간은 그렇게 피할 수 있었다고 믿었다. 오빠, 오빠 하고 따르는 착하고 고운 윤숙의 친구 지영이 덕분인지도 몰랐다. 본당신부가 신학대학에 지원서도 써주지 않았다는 사실을 송씨는 뒤에 알았다. 송씨로선 하느님이니 부처님이니 안중에 없을 때였다. 다달이 돌아오는 자식들 학교 공납금과 전포세가 팽이만큼 빠르게 돌아와서 호랑이만큼 두렵던 때였다. 한마디로 하느님이라고 하면 발뒤꿈치의 때만큼도 관심두지 않은 채 시장서 억척 아줌마로 통하던 송씨 때문이었다. 그런 기훈이 군대와 대학을 마치고 취직까지 한 후였다. 그가 다시 신학대학에 원서를 넣었을 때, 송씨가 백기를 들었다. 새벽미사는 그 때부터 나가기 시작했다. 그리고 지난겨울, 기훈이 사제서품을 받기 위해 성전 바닥에 엎드렸을 때, 송씨는 자신이 해야 할 일을 짐작하며 십자가를 향해 울부짖었다.

데려가소! 그토록 원하는데. 허지만 어미 죄만은 가에게 묻지 마소. 지가 감당할 일입니더. 당신이 가아를 불렀으니 제발 끝까지 거두어주소. 지는 떠날깁니더. 저 아를 위해 지가 할 수 있는 마지막 일입니더.

늦추위가 맹위를 떨치던 지난겨울이었다.

녹음이 짙어졌다. 요즘 들어 송씨가 병원엘 자주 찾는다. 그러나 큰 기대를 걸고 찾아간 의사에게선 신통한 말을 듣지 못했다.

"갑상선이군요. 하지만 일반 혹 중에도 암이 발견되곤 하니까 초음파검사를 해 봐야겠습니다."

암은 아니었다. 절망이 폭포처럼 쏟아졌다. 기회사, 기회사, 그러나 요즘 그 기대가 자꾸 무너진다. 모든 병을 두 팔 벌려 환영하지만 치매만은 안 된다. 그런데 지금 그 치매가 찾아들었다. 틀림없다. 의사는 차마, 바로 말할 수 없어 기억력감퇴라고 하지만 얼마 안 있어 보호자를 불러들일 것이다. 송씨가 스스로를 문초하고 자백해서 밝혀낸 병명은 치매, 노망이었다. 다른 방법은 없었다. 무서운 가슴앓이 끝에 결국은 스스로 단두대 아래 엎드려야 할 것이다. 누군가 송씨의 가슴을 쇠 수세미로 문지르는 듯했다.

노란 유치원차가 고물고물한 갈색 체크무늬 떼를 쏟아 놨다. 젊은 엄마들은 양몰이 하듯 애들을 몰고 바쁘게 사라졌다. 수아 할머니와 세진이 할머니가 손주들을 앞세우고 지척이며 정자로 들어갔다. 손에 들린 간식 가방들이 불룩했다.

"혁이 할머니도 들어오소. 벌써 그늘이 좋네."

"그럽시다."

송씨는 유기농 밀감을 준비했다. 은혁이 이것저것 바쁘게 먹더니 자전거에 동생 은진을 태우고 달려 나갔다. 두 할머니가 시선을 손주들에게 둔 채 보험 살인에 열을 올렸다. 송씨가 귀를 막고 채널을 돌렸던 아침뉴스였다. 그들의 대화를 송씨가 애써 외면하며 뒤로 물러나 기둥에 어깨를 기대고 눈을 감았다. 시체를 여행가방에서 찾아냈다는 두 할머니의 건조한 음색이 독수리처럼 송씨의 머리를 쪼았다. 쪼개질 듯한 두통을 견디며 송씨가 기를 써서 찾아 낸 것은 며칠 전 뉴스였다. 밭을 일구던 칠십 대 노인이 초여름 무더위에 사망했다는 보도였다. 누구나 겪을 수 있는 일은 아니다. 하지만 송씨 자신의 나이라면 불가능한 일도 아니라는 생각이 그녀 머리에서 회오리를 돌며 밤톨 만하게 여물어 들었다.

의사의 말이 납덩이처럼 가슴을 눌렀다. 치매로 연결될 수도 있습니다. 치매, 치매라니. 나물이 많더나 옥아. 노망 든 아버지는 딸에게 옥아- 하며 외간여자 이름을 부를 수도 있다. 하지만 송씨 자신은 그래서는 안 된다. 다음에 나올 말이 나물이야기가 아닐 것이기 때문이다. 살인 이야기가 나올지 모른다. 이 여름이 얼마나 길꼬. 은혁의 자전거를 연 꼬리처럼 길게 쫓다가 송씨는 다시 눈을 감았다.

"혁이 할머니, 왜 그렇게 기운이 없어 보이우."

수아 할머니가 호두과자를 건네며 물었다.

"여름을 다서……"

"어이구, 그렇다면 재승이네 한의원엘 가 보시지. 난 거기 약 먹고 효과 봤다우."

"그럴까? 하지만 딸이 준 약도 있고 해서……"

"참 그렇군. 약국 하는 딸이 어련히 알아서 하겠우. 하지만 우리 같은 나이엔 한약이 안 좋습디까. 한 번 가 보소. 진맥도 짚어보고."

대꾸 없이 웃는 송씨의 표정에 늦가을의 삭풍처럼 황량한 바람이 스쳤다. 두 노인의 대화가 살인에서 건강으로 자리바꿈을 했다. 유식한 수아 할머니가 텔레비전에서 들은 건강 상식을 토씨 하나 흘리지 않고 쏟아냈다.

"사는 기 자전거 타기와 같다는구먼. 멈추면 넘어진다 안하요. 그저 사는 동안은 쉼 없이 움직거려야 안 하남."

마지막 남은 귤 하나를 쪼개 입에 넣으며 세진이 할머니가 받았다.

"허긴 그렇소. 보약이 좋아서 먹소. 몸이 허하면 치매도 빨리 온다 하더구먼."

90kg에 육박하는 세진이 할머니가 두려워하는 건 오직 치매와 입맛을 잃게 되는 것뿐인 듯했다.

"그러게, 아픈 사람은 둘 중 하나 아닌감. 죽거나, 뽀로로 살아나서 죽을동 살동 자전거 페달 돌리드끼 다시 버둥거리제. 죽는 거사 이 나이에 뭐 무섭것소만 치매는 그게 아니니 문젠 기요. 죽지도 살지도 않은 상태가 바로 치매 아니겄소. 무서븐 일이제. 은진이 할머니도 건강 좀 챙기소 얼라들만 코알라 새끼처럼 보듬지 말고."

수아 할머니의 넘치는 상식이 기어이 송씨 건강까지 체크하려 드는 참이었다.

"그만, 혁이 선생님 올 시간이 돼서……"

송씨가 말머리를 돌리고 무겁게 일어섰다. 앙상하게 큰 어깨가 전신주처럼 높고 가늘었다. 은혁이 자전거 뒷자리에 은진을 태우고 앞서 달려갔다. 은진의 숱 많은 뒤통수가 어릴 적 윤숙의 모습과 겹쳐졌다. 숱이 너무 많아 한 번도 긴 머리를 해 주지 못한 채 사춘기를 맞은 윤숙의 어릴 적 모습이었다.

"아빤 어떤 사람이었어?"

송씨, 경순의 머리에 회오리가 일었다. 열길 절벽에 선 듯, 눈앞이 아찔했다. 기훈은 아빠 얘기는 불문율처럼 하지 않았었다.

"갑자기 아빠는 와!"

"좋은 사람이었어? 난 아빠를 닮았나? 오빠랑 엄마처럼 키도 크지 않고."

쥐가 난 듯 경순의 머릿속이 뻣뻣해졌다. 가슴만 사시나무 떨 듯이 벌떡거렸다.

"그…… 그런 셈이제. 체격이랑 맵시가 아빨 닮았제. 똑 부러진 성격하메."

"공부는 오빠가 진짜 잘하는데?"

"공부가 전부는 아닌기라. 우리 숙인 맵시 좋고, 성격 좋고, 공부도 그만하면 안 좋나. 여자는 좋은 배필 만날 정도만 공부해도 개안타. 그 좋은 배필이 지금쯤 어데서 크고 있겄노. 선녀 같은 우리 숙이 데려갈 짝이."

"피이- 나는 엄마한테 고슴도치 새끼지?

"뭐라카노. 어데서 이레 이쁜 고슴도치를 본다더노."

얼어붙었던 혈관이 녹았다. 따뜻한 피가 다시 돌기 시작했다. 베개너머, 고슴도치같이 숱 많은 윤숙의 머리칼을 젊은 엄마는 하염없이 쓰다듬었다. 윤숙의 교복이 아담하고 가는 종아리로 한참 내려와서 허리를 두 번 접어 입던 중 1 봄이었다.

그런 윤숙이 가출을 했다. 사춘기치고는 늦은 고 1 때였다. 송씨가 담임선생님에게 불려갔을 때, 선생님은 가정환경부터 물었다. 환경이라니, 가정환경이라니. 아버지가 없는 거? 엄마가 재래시장에서 건어물장사를 하는 거? 도시락 두 개 싸주고 학원으로만 돌리다 밤중이나 되어 자식들 얼굴을 보는 거? 혹시 아버지가 어떻게 사망했는가를 묻는 건 아니겠지. 경순의 머리가 마취상태에 들어가는 듯이 아득했다.

"요즘 들어서 말도 없고, 혼자 있으려고만 하긴 했습니다만."

"갑자기 충격 받을 만한 일은 없었습니까? 성적이 이렇게 떨어질 애가 아닌데 이번 시험은 포기했군요."

"그런 일은…… 지가 아는 게 별로 없어서……"

뜬 눈으로 이틀 밤을 새웠다. 점포는 닫았다. 시장 귀퉁이에서 건어물 수레를 지키던 때도 놓지 않았던 일이었다. 기훈과 윤숙을 친자식처럼 봐주던 이웃집 할머니는 때때로 집을 비웠다. 서울에 사는 아들네 방문하는 동안이었다. 경순은 속수무책으로 두 아이를 방에 둔 채 시장과 집을 뛰어다녔다. 두어 시간 만에 들어와 보면 윤숙이 똥을 싸고 기훈이 동생 똥을 치운답시고 설쳐서 벽은 오물로 세계 지도를 그려놓은 듯했다. 윤숙과 기훈이 유치원도 들어가기 전, 똥으로 도배를 하며 살 때도 놓지 않던 장사였다.

숱 많은 머리가 떡이 진 채 기진맥진한 윤숙이 사흘 만에 들어왔다. 경순은 길게 묻지 않았다.

"뭔 일이노!"

"그냥……"

뒤에 말은 하지 않았다. 살고 싶지 않다는 말은 누구에게나 할 수 있는 말이 아니었다. 자식을 목숨처럼 사랑하는 엄마에게는 더더욱 할 수 없는 말이었다.

"공부가 힘들더노! 시장서 장사하는 엄마가 갑자기 부끄럽더노!"

"그런 거 아니야."

"그라믄!"

윤숙이 회오리를 일으키며 방으로 들어갔다. 꽝! 소리가 그 뒤를 따랐다. 그 길로 윤숙은 입을 다물고 식음을 전폐했다. 엄마에게 대항하는 가장 큰 무기를 잡아 든 것이다. 경순은 자식들에게 매를 들지 않았다. 그러므로 그 길로 꺾어 들어온 회초리는 경순 스스로 감당해야 했다. 윤숙이 회초리를 보자 이불을 뒤집어썼다.

"때리라! 엄마가 잘못 키웠으니 맞아야 안하나!"

"나 좀 그냥 두면 안 돼?"

"안 되제. 어느 에미가 지 새끼를 포기한다더나. 잘못 가르쳤으니 내가 맞겠다."

회초리가 날카로운 비명을 지르며 조선무같이 투박한 종아리로 날아들었다. 두 번, 세 번…… 빨갛고 가느다란 뱀이 송씨의 아랫도리를 휘감았다. 윤숙이 벌떡 일어나 송씨의 손에서 회초리를 붙들고 늘어지며 엉엉 울었다.

윤숙은 끝내 매부리코를 가진 여자, 빨간 손톱을 길게 기른 여자가 누구냐고 엄마에게 묻지 않았다. 그래야 할 만큼 여자의 매부리코와 도톰한 입술이 증명사진에 자신의 모습과 닮았다. 송씨도 딸의 가출을 깊이 캐묻지 않았다. 윤숙의 입에서 진짜 엄마를 만났다는 말이 나올까봐, 그보다 젊고 예쁜 엄마, 자신과 국화빵처럼 닮은 엄마를 따라가겠다고 할까봐 두려웠다.

어려선 동생 윤숙이 귀찮게 할 때마다 공부하던 기훈이 숨바꼭질을 제안했다.

'오빠가 술-래!' 하고 소리쳤지만 윤숙이 숨은 뒤에도 기훈은 책상 앞에만 있었다. 그 때처럼 술래가 없는 숨바꼭질을 모녀가 했다.

가출 이후, 윤숙이 가슴에 폭탄 하나를 제거하지 못한 채 등교했던 날, 제과점 입구에서였다. 빨간 손톱의 여자가 윤숙의 손을 잡았을 때 윤숙이 벌레 털어내듯 여자의 손을 뿌리쳤다.

"아줌마가 누군지 궁금하지 않아요. 그리고 다시 만나고 싶지 않아요. 절대루요."

윤숙이 여자에게 건넨 마지막 말이었다. 윤숙은 두 번 다시 야간열차를 타고 낯선 도시를 해매지 않았다. 그녀의 이마에 감자 씨 만 한 여드름이 한두 개 돋던 고 1 가을이었다.

"엄마, 이번 주말에 이 서방 당직이야."

"그래서."

"엄마가 집에 있어줘야 한단 얘기지."

"그러제."

"약은 먹고 있는 거야?

"걱정도 해 쌌는다. 그럼 귀한 걸 버릴까."

"그런데 얼굴빛이 왜 그래. 영양제라도 맞아볼까?"

"시답잖은 소리!"

"잠을 못자서 그런지도 모르잖아. 새벽미사는 꼭 가야해?"

송씨의 입에서 말이 끊겼다. 그녀가 밥 수저를 입에 우겨넣고 오래오래 씹었다. 윤숙이 그런 엄마를 물끄러미 바라봤다. 사내처럼 넓게 벌어진 어깨, 투박하고 거칠었던 손이었다. 젊어서 고왔던 적이 없던 엄마의 손이, 마디마디 불거진 손이 언제 저렇게 가늘어 졌을까. 우람했던 어깨가 언제부터 겨울 가로수처럼 바스러졌을까. 오빠 때문인가? 엄마는 오빠가 결혼해서 자식 낳고 살기를 바랐다. 하지만 결국 엄마도 허락하고 오빠는 사제가 됐다. 이제 엄마도 오빠에 대한 미련을 버릴 때가 되지 않았을까. 엄마가 기운을 차리지 못하는 건 오빠 때문일 거라고 윤숙은 생각했다.

"엄마아–"

윤숙이 맥없이 움직이는 송씨의 손을 잡았다.

"야가 와카노."

"힘든 일 있냐고. 잠꼬대까지 하고."

"잠꼬대라니?"

송씨의 눈이 놀란 사슴처럼 치켜 올라갔다. 바로 저 눈이다. 엄마는 잠꼬대 얘기만 나오면 감전된 듯 놀랜다. 오빠 때문이 아닌지도 모른다.

"누가 죽었다는 듯이 소리쳤단 말야. 내가 직있소, 잡아가이소. 하면서."

수저를 든 송씨의 손이 가늘게 떨었다. 하얗게 바랜 얼굴이 정물화처럼 움직이지 않았다. 잠시 후, 정신이 돌아 온 듯 송씨의 눈동자가 약하게 움직여 힘들게 딸을 바라봤다.

"언제 그러더노."

"엊그제 말야. 이 서방이 늦어서 엄마 여기서 잤던 날."

"여름을 타서 그러제. 약을 먹어도 쉽지 않구마."

윤숙이 벌떡 일어났다. 놀이방에서 은진의 울음소리가 천장을 들썩였다. 오빠에게 장난감을 뺏긴 게 분명했다. 송씨는 아무 소리도 듣지 못한 듯 앉은 자리에서 움직이지 않았다. 마비된 듯, 한참을 그렇게 앉아있던 송씨는 수저를 놓고 설거지를 시작했다. 윤숙이 들어가고 폭탄을 맞은 듯 들썩이던 놀이방이 도란도란 제 음가를 찾았다. 잠시 뒤, 윤숙이 강아지 몰듯 애들을 데리고 안방으로 들어갔다. 그리고 곧 젊은 엄마의 동화 읽는 소리가 낭랑하게 흘러 나왔다. 송씨가 조용히 집을 나와 107동 자기 집으로 향했다. 윤숙의 말이 길에서 떼쓰는 아이처럼 송씨의 뒤통수에 매달렸다. '내가 직있소. 잡아 가이소. 하면서 말이야.' 다음날, 송씨는 손주들을 유치원에 보낸 후 바쁜 걸음으로 흥신소를 찾았다.

여자의 집은 해가 들어오지 않는 다세대 주택이었다. 낡은 옷장과 텔레비전, 윤기 없는 화초가 붙박이처럼 춥게 웅크리고 있었다. 매부리코와 도톰한 입술이 깔때기로 모으듯이 송씨의 눈으로 빨려 들어왔다. '닮았구마.' 화장기 없는 여자의 피부는 푸르죽죽했다. 양 눈썹만 시든 얼굴에서 난초 잎처럼 싱싱하고 또렷했다. 저녁 일을 나가는지 이부자리가 깔렸다. 길고 붉은 손톱이 송씨에게 방석을 밀었다.

"혼자 사나."

"네에."

"서방이 있을 터인데."

"오래전에 이혼했어요."

오래 전이라면 윤숙에게 찾아왔을 때였을까? 송씨의 표정이 애처롭게 흔들렸다.

"사는 게 어렵겠군."

"그럭저럭 삽니다. 그 애, 윤숙이 때문이라면 걱정하지 않으셔도…… 전 모두 잊었습니다."

"그 애가 찾을지도 모르지."

침묵이 흘렀다. 송씨가 다리미 자국으로 시커멓게 패인 장판을 물끄러미 바라봤다. 여자가 훌쩍이며 무릎사이에 얼굴을 묻었다. 오백 원 동전만한 여자의 흰 정수리가 격렬하게 흔들렸다. 송씨가 침묵한 채 열을 지어 선 화장품 샘플로 시선을 돌렸다. 긴 흐느낌 끝에 여자가 티슈를 뽑아 코를 풀고 자세를 고쳐 앉았다.

"윤숙이한테 무슨 일이라도…… 전 보시다시피."

"경제력은 충분하네. 할머니 손이 필요해."

"저도 해야 할 일이…… 직장을 놓을 형편이 아니어서요."

"자네 직장을 내가 알선해 주지. 보수도 괜찮고. 윤숙이 아이들을 봐주게."

여자가 꿈을 꾸듯이 천천히 얼굴을 들어 송씨를 바라봤다.

크게 작정하고 찾았었다. 누구의 말처럼 송씨는 삼고초려를 각오했다. 그런데 예상과 달리 일은 수월하게 끝났다. 긴장했던 그녀의 어깨가 얻어맞은 듯 욱신욱신 아파왔다. 여자가 일어서더니 냉커피 한 잔과 참외를 깎아왔다. 묵직한 숙제 하나를 마쳤다는 안도일까. 송씨는 스스럼없이 포크를 들었다.

"기대만큼 살갑지는 않을 거네. 어려서부터 까다롭고 낯가림이 심했지."

"……힘드셨을 거예요."

"지난 얘기고, 자넨 사랑만 주면 돼. 손주들 말이야. 가르치려고 하지 말게. 교육은 에미가 알아서 하니 나서지 않는 게 좋아. 집안일은 도와주는 사람이 오네. 주는 돈 잘 챙기고. 나도 그렇게 했으니까."

"하지만 입장이……"

"입장이 어떤가. 자넨 벌이가 필요하고 윤숙인 애들 할머니가 필요하지. 그만하면 설사 살붙이가 아니라도 서로 도와야지."

송씨가 일어섰다. 반지하방을 나서자 후끈한 열기가 송씨 얼굴에 스팀 타월을 씌웠다. 가마솥 날씨다. 가로수의 그림자는 실신한 듯 인도에서 움직이지 않았다. 자동차마다 콜록거리며 클랙션을 울려댔다. 여자가 버스정거장까지 따라 나와 고개를 깊이 숙였다.

"이 더위가 가기 전에……"

버스 의자에 맥을 놓은 송씨가 아스팔트에 쏟아지는 햇빛에 시선을 두고 중얼거렸다.

송씨가 여자를 만난 후였다. 출가를 하듯 그녀는 거제도 바닷가로 내려왔다. 얼마 전까지 그녀의 언니가 살던 집이었다. 독수리에게 시체를 보시하는 티벳의 천장처럼 송씨는 버려진 듯 혼자가 됐다. 그녀의 가슴은 윤숙이 던진 원망이 돌무지를 쌓아 탑을 만들고 있었다. 대기에 부유물이 찬 듯 송씨의 시야가 자꾸 흐려졌다. 얼마나 원망이 깊을꼬. 엄마를 붙잡기 위해 윤숙은 대학입시만큼 노력했다.

"제발 엄마, 은진이 학교 들어갈 때 까지만……"

버림받은 고아처럼 울며 윤숙이 엄마에게 매달렸다. 송씨는 장승처럼 움직이지 않았다. 윤숙으로선 마른하늘에 날벼락이었다. 눈에 넣어도 아프지 않은 손주들을 엄마는 천둥벌거숭이로 만들려 하고 있었다. 윤숙이 약국을 접을 수는 없었다. 약국은 시부모님이 약사 며느리 윤숙에게 물려준 유산이었다.

윤숙은 결국 생모를 받아들였다. 시골귀신이 씌운 엄마가 끝내 거제 바닷가로 떠난다면 당장 두 아이를 안심하고 맡길 사람은 윤숙으로선 자신의 생모밖에 없었다. 윤숙이 자신의 손에 있다고 믿었던 심판의 칼자루는 제대로 잡아보기도 전에 엄마에게 뺏겼다. 그가 생모를 향해 한번쯤은 쥐고 휘두를 수 있으리라 믿었던 징벌과 용서의 양 날을 가진 칼자루였다.

"아줌마가 나설 일이 아니예요."

송씨가 딸과 언쟁을 벌일 때였다. 윤숙이 자신의 생모를 아줌마라고 했을 때, 송씨의 눈이 청룡포를 쥔 조자룡처럼 치켜 올라갔다.

"아줌마라니! 어디서 배워먹은 말버릇이고. 당장 어머니라 카지 못하겠나!"

추상과 같은 명령이었다. 이젠 늙어서 윤숙 자신의 날개 아래 있다고 믿었던 엄마였다. 시골귀신이 씌운 엄마는 윤숙의 감정 따위는 헤아리지 않았다. 생모를 들이는 일 만큼은 확고부동했다. 여자가 날이 선 윤숙의 표정에 떠밀리듯이 눈물을 훔치며 자리를 떴다.

"팔자가 지랄이라 그리된 기다. 숙이 늬가 잘잘못 가릴 일은 아니라카이."

"그렇더라도 난 싫어! 엄마가 내 마음까지 이래라 저래라 할 수는 없는 거야. 이제 와서 그 여자가 우리 가족관계에 끼어들게 할 수는 없어. 그런 일이라면 자식을 버리기 전에 했어야지."

"그래서! 그래서 니가 지금 배 아파 낳은 에미를 죄주려 드는 기가. 그기 교만 아니고 뭐고! 그 죄는 어디 작을 기든가!”

모녀간의 다툼은 끝나지 않을 듯했다. 윤숙이 입을 다물고 자신의 엄지손톱을 물어뜯었다. 윤숙이 어릴 적 독수리 코니 여드름 슈퍼니, 친구들에게 놀림 받고 부아가 날 때, 시험성적이 형편없을 때마다 물어뜯던 습관이었다. 송씨가 윤숙의 곁으로 왔다. 그녀가 딸의 손을 입에서 잡아 나무껍질처럼 메마른 두 손에 모았다.

“니 에미는 니게 용서받을 사람이 아니여. 이해받을 사람인겨. 니도 지금 너무 급작스러워서, 그래서 노한기지. 그렇더라도 숙아 노가 오래가믄 몬쓴다.”

윤숙이 송씨 무릎에 얼굴을 묻고 어깨를 들썩였다. 그런 윤숙의 어깨를 송씨가 도닥거렸다. 질기고 긴 시간이 한 꺼풀 한 꺼풀 묵은 더께를 벗기며 상처투성이 모습을 드러냈다. 시간마다 아픈 종기가 있었다. 벌겋게 뭉친 이야기들이 두 모녀에게 낙진처럼 상처를 드러냈다. 누더기를 기운 듯 염증이 가시지 않은 모녀의 가슴에서 누런 고름이 툭! 하고 터지는 소리가 났다.

윤숙 자신의 코와 너무나 닮아서 세상을 저주스럽게 했던 여자였다. 그 여자는 열일곱 살 윤숙의 손을 쥐며 오빠랑 어머니가 혹시 윤숙일 때리거나 미워하지는 않았느냐며 문초하듯이 물었었다. 자식을 버린 엄마가 물을 수 있는 말이 아니었다. 그 여자를 윤숙이 다시 만나야만 한다.

생모를 만났단 말, 그 말이 엄마한테 하기 그리 어렵더노. 그 아픈 상처를 와 혼자 견디려 했노, 숙아.

하지만 윤숙이 쉽게 꺼낼 수 있는 말이 아니라는 걸 송씨는 알고 있었다. 윤숙의 울음이 잦아들었다. 그녀가 고개를 들자 코끼리 눈주름 속에서 젖은 눈동자가 윤숙을 향해 애원했다.

다른 방법은 없다. 숙아, 이제 그만 엄마를 놔 줘야 해. 엄만 혼자 있을 시간이 필요해. 왜냐고 이유는 묻지 마라. 안질처럼 질척이는 눈동자가 그렇게 말하고 있었다. 윤숙이 고꾸라지듯이 머리를 다시 엄마 무릎에 묻었다.

"엄마가 어디 살가운 사람이었드나. 숙이 니가 속 맘 깊고 항상 도타웠제. 생모와도 그렇게 지내믄 되는 겨. 세상에 천륜을 거스르는 법은 없느니……"

송씨는 윤숙에게 다른 대안을 물색할 겨를조차 주지 않았다. 송씨가 두 손자를 뒤로하고 끝내 현관 밖으로 사라졌다. 엄마가 사라진 문을 바라보며 윤숙은 피가 나도록 입술을 깨물었다. 그리고 절대로 엄마를 용서하지 않겠노라고 속으로 울부짖었다.

얼마나 원망이 깊을꼬. 송씨의 목에서 쓴 물이 올라왔다. 밭에서 일하던 노인이 일사병으로 죽었다는 뉴스를 들은 지 한 달이 넘었다. 젊은 시절, 여름이면 뙤약볕에서 엎어지듯이 살았지만 송씨는 쓰러지지 않았다. 하지만 지금 송씨는 젊지 않다. 뉴스를 들은 후 송씨는 식사를 반으로 줄였다. 그야말로 참새모이만큼, 쓰러지지 않을 정도의 식사를 독약 삼키듯이 식구들 모르게 했다. 일기예보에 시선을 둔 송씨의 가슴이 갈바람에 댓잎처럼 휘청거렸다. 텔레비전을 끄고 핸드폰을 열었다. 철봉에 매달린 두 녀석이 폴더 안에서 까르르 웃었다.

"할머니, 언제 와? 열 밤 자면 올거지? 은혁이 보러 올거지?"

"할머니 보고 싶어-. 오빠가 엠보 자동차 뺏었어. 엉-!"

손주들 목소리는 산타클로스만큼 기쁘고 회초리처럼 아프다. 지그시 감는 송씨의 눈가가 안질처럼 질척였다. 지혜로운 윤숙이다. 곧 생모를 이해하고 용서할 것이다. 윤숙의 생모는 누구보다 제 피붙이를 위해 혼신의 힘을 다할 것이다. 송씨로신 지금은 뒤돌아보며 머무적거릴 때가 아니었다. 마지막 쓴 잔을 마저 들이켤 때였다.

윤숙이 자식들을 엄마에게 맡기고 전적으로 의지했던 반면에 기훈은 얼굴보기가 어려웠다. 안부를 묻는 쪽도 늘 송씨였다.

지금쯤 새벽미사를 마쳤겠지. 제의를 벗고, 아침은 뭘로 하는고?

하느님을 몰랐더라면, 하지만 스스로 찾은 하느님이 아니다. 그녀의 하느님은 자식들보다 위에 있지 않았다. 기훈이 원한다면 하느님 아니라 저승사자라도 송씨는 좇았을 것이다.

간절하게 원했던 불치병은 송씨에겐 해당되지 않는 은총이었다. 그녀가 스스로 찾아 들어간 호랑이 굴은 치매였다. 송씨로선 이 정신병만은 정말 피하고 싶었다. 하지만 지금, 형벌처럼 그 치매가 자신에게 찾아들었다. 그녀가 믿는 치매는 영험한 박수무당의 점사처럼 확실했다. 치매가 더 깊어지기 전에 송씨는 방법을 찾아야 했다. 그 미치광이 노망을 피해 이승의 강을 건너는 방법은 현재로선 자살밖에 없었다. 하지만 자살은 자식들에게 씻을 수 없는 상처다. 신부님은 강론 때마다 핏대를 올려가며 자살에 대한 대죄를 강조하지 않던가.

송씨의 어깨가 내려앉았다. 까르르 웃는 녀석들의 장밋빛 볼도 그녀의 어께를 추슬러주지 못했다. 핸드폰을 닫았다. 눈물을 훔치고 돋보기를 썼다. 그리고 성당 주보지(週報紙)를 훑기 시작했다. 피정을 하는 수도원은 어렵지 않게 찾을 수 있었다.

신부가 전당포 출구 같은 종이 벽 하나 건너에서 그림자처럼 앉아 있었다.

"……고백한 지는 두어 달 됐십니더."

잠긴 듯, 입이 열리지 않았다. 아들을 하느님께 바친 대가로 들락거려야 했던 곳, 고백소는 드나든 시간만큼 송씨에게 익숙해 지지 않았다. 턱이 고장 난 선풍기처럼 덜덜거렸다.

"고백하시지요."

"그…… 그러니까…… 죄를 지었십니더. 사람을 죽이십니더."

사제는 증발했는지 기척도 안했다.

"남편을……"

"저어기, 자매님. 지금 여기가 어딘지 알고는 있습니까."

"용서해 달라고 온 기 아입니더. 하지만 죽기 전에……"

다시 고요해졌다.

"수면제를 먹이십니더. 그라고, 그라고…… 아이 기저귀를 베개에 대고 얼굴을…… 눌렀십더."

틀니처럼 이가 더그덕거렸다. 밤하늘 별자리처럼 땀방울이 솟았다. 종이막이 건너편에서 송씨의 목을 죄듯 낮고 무거운 목소리가 힘들게 나왔다.

"계속…… 하시지요."

"자식을 살릴라꼬 한 짓이었지만 다른 욕심도, 직일만큼 미웠십더. 딴 여자에게 갈라 했으니께요."

"그런 일이…… 어떻게 아무도 모를 수 있었습니까."

"촌이고, 그 인간이 술에 취해서…… 전 암 말도 안했는데 모두들 심장마비라고 했십니더."

"언제 일입니까."

"사십 년 가차이 됐십니더."

"그렇더라도 자매님을 의심하는 사람이 아무도 없었습니까."

"어- 없었든가 봅니더."

거북이 등처럼 논이 갈라지고 콩밭은 누렇게 떴었다. 농부들은 차마 자신의 손으로 심은 작물을 바로 바라보지 못하던 여름, 송씨, 경순이 훈이네라는 호칭에 와요! 하며 삐뚜룸이 바라볼 무렵이었다. 그녀가 물에서 건져 올린 사람처럼 전신이 젖은 채로 와들와들 떨었다.

"순아, 순아! 정신 채리라. 훈일 봐서라도 니가 정신 채리야 안하나."

경순이 사시나무처럼 떨며 짐승소리를 냈다. 철이네가 비지땀을 흘리며 그런 경순의 손발을 주물러 주었다. 경순의 소문으로 동네가 들썩였지만 정작 본인 앞에서는 더러운 똥 보듯이 외면을 하며 따돌림을 주었던 아낙들이었다.

"젊은 니 서방이 정 띠려고 그래 모질게 한 기라. 아나, 순아. 냉수 한 모금 넘기라. 산 사람은 살아야 안하나. 훈이를 보나 따나."

젊은 시신을 앞에 두고였다. 파랗게 질린 경순이 짐승처럼 울 때, 모두가 한 말은 한결같이 정 떼려고 였다.

아비 없는 기훈을 경순이 낳았을 때였다. 그들은 지나가다가 경순과 마주치면 퉤! 침을 뱉었다. 그가 일곱 살이나 어린 여드름 총각과 동거를 할 땐 멍석말이라도 해야 안하겠느냐며 입을 모았다. 강태, 여드름 총각이 그런 분위기를 잠재웠다. 사생아를 키우는 경순과 혼인신고를 한 것이다. 아침마다 물을 길어다 독을 채우고 쉬는 날이면 미역을 건져다 소쿠리에 쏟아주며 순정을 바쳤다. 연민이었을 것이다. 일요일이면 성경 들고 십리 밖 교회를 다니던 총각이 기훈아버지로 막 불릴 무렵이었다. 그가 술과 외박을 했다. 술을 마시고 들어온 날은 경순을 때렸다. 악마에라도 씌운 듯, 제정신이 아닌 강태의 손찌검은 잔인했다. 이 때 경순의 태중에 아이가 핏덩이로 쏟아졌다. 그 충격에서 채 벗어나기도 전에 남자의 발길질에 돌배기 기훈이 숨을 멈추고 파랗게 죽어갔다.

"아가!"

가늠할 수 없는 시간이 영겁처럼 흘렀다.

"아가아! 훈아!"

비명소리와 함께 아이는 왁-! 울음을 터트렸다. 다음 날이었다. 경순은 아이를 업은 채 마른 미역을 이고 읍에 나갔다. 그리고 수면제를 샀다.

무거운 침묵이 흘렀다. 송씨는 석고대죄로 용서를 구할 생각은 아니었다. 다만 사제로 살게 될 아들을 위해 이 일은 송씨가 죽기 전에, 정신을 놓기 전에 묶인 매듭 풀듯이 마무리를 해야 할 일이라고 생각했다. 만에 하나라도 아들이 어미의 죄 값을 치르게 해선 안 되었다. 결자해지. 결국 묶은 사람이 풀 밖에. 송씨로선 다른 방법은 생각나지 않았다.

"자수할 생각은 하지 않았습니까."

"……예."

방석만한 공간이 다시 고요를 뒤집어썼다. 압박붕대처럼 송씨의 가슴이 조여들었다. 쟁반만한 사각 창호지자 송씨 앞에서 선풍기처럼 돌았다. 그녀가 어지러움을 견디지 못하고 후들거리는 무릎을 풀며 털썩 바닥에 주저앉았다.

"잠깐, 보속을 받으십시오."

송씨가 어렵게 다시 일어나 장궤에 무릎을 꿇고 머리를 조아렸다.

"살인은 큰 죄입니다."

"……"

"살인보다 더 큰 죄가 있습니다. 자살입니다."

"……"

"주모경 매일 바치시고, 부모 없이 버려진 아이 데려다 기르십시오. 친자식처럼, 친손주처럼 그렇게 보살피십시오. 인자하신 하느님, 이 교우에게 용서와 평화를 주소서. 나는 성부와 성자와 성령의 이름으로 당신의 죄를 용서합니다."

고백소를 나온 송씨가 성전 십자가 앞에 무릎을 꿇었다.

됐습니꺼. 당신이 바라던 게 이것이었습니꺼. 당장 데려가 주이소!

송씨가 번질거리는 눈을 들어 십자가의 남자를 거칠게 바라봤다. 십자가 예수님은 여전히 무기력했다. 송씨의 몸부림이 파도처럼 일었다.

보속은 이미 했다 아입니꺼. 윤숙이, 그 아를 지가 어떻게 키운 지는 주님이 더 잘 아실 깁니더. 그마, 데려가이소. 노망은, 치매라는 놈은 지가 감당할 수 있는 게 아입니더.

안개 빛 창이 잿빛 너울을 썼다. 적막한 성전에 어둠이 내려앉았다. 출렁이던 노인의 파도도 가라앉았다. 손에 묵주가 들렸다.

전능하신 천주 성부……

원한으로 눈 부릅뜬 사내는 나타나지 않았다. 아득히 먼 곳으로부터 파도에 모래 씻기듯이, 부드러운 소리가 쓸려 들어왔다.

“서울 아가씨들, 모두 예쁘지. 하지만 경순이 같은 아가씬 없었어. 경순인 특별한 여자야.”

말캉말캉한 서울말을 쓰는 남자였다. 섬섬옥수 같은 손은 노동을 모르는 듯했다. 고시공부를 오래 했다는 소문이 있지만 그가 어떤 남자인지 경순은 알지 못했다. 사십은 된 듯했지만 기혼인지 미혼인지도 알 수 없었다. 늘 창백한 그는 어딘가 아픈 사람 같았다. 바닷가 모퉁이, 경순의 이웃에서 서너 마리의 개를 사육하던 남자였다.

치매를 앓던 아버지가 죽고 경순 혼자 남겨졌을 때였다. 경순이 밤이면 방문을 이중 삼중으로 잠그고 누웠다. 하지만 바람에 싸릿문 덜컹거리는 소리만 나도 가슴을 죄며 귀를 기울였다. 촌살림이 어설픈 남자다. 그가 어느 때 무슨 도움을 청할지 모른다는 실낱같은 희망을 경순은 놓지 못했다. 그런 그녀가 남자가 출타하고 없는 사이에 옥수수며 삶은 감자 등을 가져다 그의 집 마루에 놓곤 했다.

물안개를 헤치며 경순이 젖은 미역을 한 소쿠리 건져 들어온 날이었다. 마루 위에 돌돌 말린 종이 꾸러미가 있었다. 뭐꼬, 무심코 집어 들자 흰 종이가 도로로 풀리며 털목도리가 댓돌 아래로 떨어졌다. 경순의 가슴이 외간 남자를 집에 들인 듯이 벌렁거리기 시작했다. 그는 쿵쾅거리는 가슴으로 머리를 감았다. 그리고 김치보시기와 삶은 고구마를 소쿠리에 담아 남자 집 울타리에 섰다. 안으로 향해 나란히 놓인 낡고 정갈한 고무신을 바라보면서 경순이 큼큼거렸다. 창호지 문을 열고 내다보는 남자의 표정이 아침햇살처럼 따사로웠다.

"이제 얼굴을 보여주는군. 저녁마다 우렁각시가 왔었나 했는데. 누추하지만 들어오지 않겠소?"

멀미처럼 경순의 머리가 휘둘리고 가슴이 뛰었다. 정갈한 그의 방에서 경순의 눈에 뜨이는 건 수십 권의 책이었다.

"어떻게 목도릴…… 비쌀 텐데, 지도 망설이던 걸……."

"마음에 있으면 눈에 보이게 마련이지."

남자가 경순의 손을 잡았다. 솥뚜껑 같은 그녀의 손이 화덕에 오른 오징어처럼 오그라들었다.

"수고로운 손이군."

그가 경순의 손에 입을 맞추었다.

"……서울 가스나들은 손이 곱고 얼굴도 이쁘고…… 똑똑하지예?"

"화장이 아주 진하지. 경순이만큼 맨얼굴에 이쁘기는 어려울걸."

광대뼈, 햇빛에 바스라진 머리카락을 질끈 동여 맨 머리, 사내처럼 우람한 체구. 삼십에 다다른 노처녀 경순을 남자는 예쁘다고 했다. 아버지가 죽은 후 이웃의 정희 할머니는 사십이 넘은 자신의 홀아비 아들과 경순을 엮으려고 들었었다. 경순의 눈 코 입이 둥글고 부드러워 그나마 여자로 보이기는 했다.

와 이리 가슴이 뛰노, 도둑질하다 들킨 것 맹키로. 이쁘다는 말을 곧이들을 만큼 순진한 나이도 아니고.

그러나 우물처럼 깊고 어두운 경순의 가슴에서 올라오는 한 마디는 죽어도 개안타 였다. 그 날, 키만 겅중이 크고 가냘픈 남자의 몸을 경순은 봉긋한 가슴, 뜨겁게 뛰는 가슴으로 안았다. 죽어도 좋을 만큼 가슴 떨리게 아름다운 밤이었다.

묵직한 책을 손에서 놓지 않던 사람. 어려운 한자를 쉽게 갈쳐주던 사람. 경순의 눈을 들여다보며 보석 같다고 말해주던 남자. 그러나 그는 경순이 헛구역질을 할 무렵 떠나고 돌아오지 않았다. 그는 폐결핵 환자였으며 서울에 처자식이 있다는 소문이 안개처럼 마을에 번졌다. 경순의 아름다운 밤은 새벽안개와 더불어 사라졌다.

송씨는 수도원에서 이틀을 더 묵었다. 박제된 듯 굳었던 그의 얼굴이 수혈 받은 환자처럼 희미하게 표정을 찾았다. 송씨가 등짐처럼 삼복더위를 둘러메고 거제 바닷가로 돌아왔다. 계절은, 무더위는 그녀가 엿가락처럼 늘일 수 있는 게 아니었다. 중얼거리는 혼잣말 대신 주모경을 입에 달고 고구마 밭에 나가 김을 맸다. 제초제를 모르는 채마밭은 강아지풀과 쑥부

쟁이가 장악하고 있었다. 송씨가 파도 소리를 들으며 딱정벌레처럼 밭에 엎드려 쏟아지는 폭염을 견뎠다. 민요 읊듯이 주모경을 외우며 이 잡듯이 김을 맸다. 해 기울어 들어오면 손주들로부터 전화를 받았다.

"온냐, 온냐. 할머니도오 혁이랑 진이 보구 싶어 그마 갈란다. 고구마 밭 거두고 나므느은- 한 걸음에 달려 갈기라. 혁이랑 진이 그때까정 씩씩하게 할미 기다려 줄 수 있제?"

전화를 닫으면 끄윽- 울음을 터뜨렸다. 한참을 그렇게 울고 땀띠를 벅! 벅 긁으며 약간의 식사를 했다. 잠들기 전엔 정갈하게 목욕을 했다. 휘청한 키는 앙상하게 가늘어졌다. 닷새 되는 날엔 정수리로 쏟아지는 해를 신열과 함께 누운 채로 맞았다. 불을 먹은 별이 무한이 쏟아졌다. 엉겅퀴 같은 손에 들린 호미가 무거운 그림자를 끌며 느리게 움직였다. 노란 하늘에서 까마귀가 파도타기를 했다. 저의 죄를 용서하시고…… 기도문은 입 안에서만 돌았다.

여드름 남자가 겁먹은 눈으로 송씨를 바라봤다. 윤숙처럼 유난히 까만 눈동자였다.

"보소! 누군 기운이 넘쳐서 놀이삼아 물질하는 줄 아요. 필요한 사람이 길어다 쓰소. 댁에 세숫물 바치려고 공으로 품 파는 게 아니라 카이!"

낯짝 반질반질한 총각은 꽁무니를 뺀 다음이었다.

"모르고…… 모르고 썼심더. 길어다 놓겠심더."

여드름 총각이 손을 엉덩이에 비비며 안절부절 못했다.

가진 것이라고는 어깨너머로 배운 양재 재단 기술이 전부인 타지총각이었다. 두 총각은 셋방이 싸다는 이유 하나로 촌구석까지 들어와 경순의 집에 세를 들었다. 경순이 아버지 없는 아들 기훈을 낳은 후 남은 방에 세를 주었을 때였다.

"독사같더라더마. 어쨌길래 그런 소릴 다 듣노."

철이 엄마가 약인지 독인지 분간하지 않고 경순에게 흘린 말이었다. 물 한 동이에 경순이 독사로 둔갑했다.

"도옥사? 대체 어느 놈의 주둥이여!"

파랗게 질린 여드름 총각이 애써 친구를 두둔했다. 낯짝 빤질한 총각은 밀린 방세와 함께 지직거리며 잡음이 나는 경순의 라디오를 들고 사라진 뒤였다.

"쓸 만한 기 아니었소. 댁이 한 짓도 아니고. 개안으니 맘에 둘 것 없소."

경순은 고개도 돌리지 않았다. 엉덩이로 흘러내리는 아이를 훌쩍 추스르며 미역 너는 손도 멈추지 않았다. 주춤거리며 바라보던 총각이 슬그머니 주저앉았다. 그가 경순이 너는 미역을 거들었다.

"개안태도……"

연민이었을 것이다. 순정이었는지도 모른다. 택택거리며 거절하는 경순의 일을 총각이 거들기 시작했다. 아침이면 우물을 길어다 독을 채웠다. 일요일은 미역이며 고동을 따다 말없이 마루에 놓고 돌아섰다.

"넘들이 보나 따나, 자꾸 와카는교!"

지나가는 강아지 말고도 보는 눈들이 있었다. 남의 눈이 아니어도 죽어도 개안을 사랑은 종쳤다. 눈 먼 사랑 덕에 나이 삼십에 얻은 아들 기훈은 성도 없는 후레자식이 됐다. 개발에 편자라는 비아냥을 들으면서도 아침저녁으로 훈을 씻기고 햇솜을 두어 만든 포대기에 업고 다녔다. 하지만 호적 문제만큼은 속수무책이었다. 여드름투성이에게 마음 뺏겼다가 무슨 변을 당할지 알 수 없었다. 하지만 총각의 태도가 경순의 퇴박으로 그치는 게 아니었다. 그의 태도는 밀려오는 파도처럼 꾸준했다. 경순의 목소리는 썰물처럼 힘을 잃어갔다. 총각의 낡은 이부자리 묵은 솜을 틀어 날아갈 듯, 포실포실한 새 이부자리를 경순이 꾸몄던 밤이었다. 그녀는 총각의 방에서 붙들려 오랫동안 나오지 못했다. 팥죽 한 냄비를 끓여 주거니 받거니 하던 동지 무렵이었다.

"엊저녁에 봤나. 총각 신발이 안방 댓돌 아래 있더마. 하이고- 그 버릇 개 못주고……"

경순이 다시 아낙들의 입질에 올랐다. 때를 맞추어 총각이 경순에게 한복 한 벌을 해 입혔다. 그리고 설을 맞아 자신의 부모에게 인사시켰다.

"튼튼하것구마. 기집에게 눈 뒤집어 지믄 끝장인기라."

새까맣게 바스러진 얼굴의 늙은 남자가 거칠게 숨을 몰아쉬며 한 말이었다. 알코올에 절은 그는 해산을 바라보는 여자처럼 복수가 차 있었다. 남자는 사흘 후 임종했다. 그의 장례를 마친 후, 총각이 혼인신고를 했다. 두 살 기훈이 드디어 24살 아버지와 부자의 연을 맺은 것이다.

이…… 이라도 되는지. 하면서도 남자가 건네주는 월급봉투를 경순이 착실하게 모았다. 내년쯤, 남자의 직장 근처에 가게가 딸린 두어 칸 집을 마련할 수 있으리라. 텃밭을 팔고, 억척스럽게 미역을 건져 모은 돈을 합치면. 가슴 뻐근한 경순의 계획이었다. 호적 없던 훈에게 마련해 준 노기훈이라는 어엿한 이름 석 자 만큼. 사람들은 그런 경순을 보며 여자팔자는 뒤웅박이라고 다시 비아냥거렸다.

송씨의 몸은 마른 풀처럼 건조했다. 땀은 소진한 듯했다. 피딱지 투성이 띰띠는 감각을 잃었다. 감나무에서 떠드는 소리는 아마도 까치일 것이다. 혁이 진이 먹을 감을 죄다 쪼아놓은 놈. 이노옴-! 팔은 어깨에서만 꿈틀했다. 화살촉 같은 햇빛이 수문장처럼 여전히 송씨의 곁을 떠나지 않았다. 호흡이 점점 힘들어졌다. 성모송은 시작과 끝이 한데 엉겨 풀어지지 않았다. 진짜 심각한 치매가 자신의 머리를 접수했는지도 모른다고 송씨는 생각했다. 그녀가 쓰러지듯이 흙바닥에 모로 누었다. 호미 끝에서 꼬리를 감추는 지렁이를 그녀는 가물거리는 눈으로 좇았다. 까마귀가 노랗게 부서진 하늘에서 까-욱하고 울었다.

수고롭구러, 날 데리러 왔나. 송씨가 감기는 눈으로 까마귀에게 인사를 건넸다.

노인의 감긴 눈으로 여자가 방문했다.

송씨가 시골로 내려오기 사흘 전이었다. 화장이 단정한 여자는 윤숙처럼 고왔다. 과일바구니를 든 그의 손톱은 투명하고 짧아졌다.

"자넨 내를 우째 알았노."

"노기사가 아들 딸린 과부와 정분났다는 소문을 회사에서 모르는 사람은 없었어요."

"그런데도 그 사내가 좋았나."

여자가 송씨의 시선을 피하며 대나무 자리를 투명한 손톱으로 긁었다. 마술램프처럼 대자리를 긁던 여자가 훌쩍 콧물을 들이켜며 창 너머로 시선을 돌렸다. 베란다엔 군자란이 혼자 휑뎅그렁했다. 빳빳하게 세운 잎과 철지나 늦게 피어 수굿이 드리운 주홍빛 꽃이 조화처럼 싱싱했다. 그 자태가 고독을 씹는 미망인처럼 청승스러웠다. 베란다 끝에서 얼쩡거리던 볕이 고꾸라지듯 물러서고 있었다. 여자의 시선이 십자가 아래서 해바라지게 웃는 두 아이 사진으로 들어와 멈췄다.

"대학생이던 남자한테 배신당한 후…… 약을 먹으려던 생각까지 하던 무렵이었어요. 그 사람, 노기사가…… 야간작업을 하고 집에 데려다 주면서 좋아하게 됐어요. 그를 잡기 위해서 술을 먹이고…… 임신을 했어요. 배신당하지 않을 자신이 있었거든요."

"성공한 셈이군."

“그…… 그랬다면 윤숙인 제 손에서 컸겠지요.”

윤숙은 초파일이 훨씬 지난 무렵 겨울 포대기에 싸여 업둥이로 들어왔다. 경순은 아기가 누구 자식인지 대번에 알았다. 그녀는 뜬 눈으로 이틀을 새웠다. 하지만 다음날로 여름 포대기와 새 젖병을 준비했다. 그리고 아기를 자신의 유복녀로 출생신고 했다. 기훈이 시장바닥에서 건어물 수레를 돌며 상점 아줌마들과 숨바꼭질을 할 무렵이었다.

“드릴 게 있어서……”

얼룩진 눈가를 손수건으로 조심스럽게 찍어내며 여자가 가방을 열었다. 가방에서 나온 종이는 너덜너덜했다.

“자네에게 편지를 남겼었나.”

“그…… 그런 셈이지요. 이별 편지였어요.”

“내게 쓴 게 아니로군. 일 없네”

“그렇지 않아요. 그가 죽던 무렵이었어요. 용기가 없었는지 술에 취해 주는 걸 찢어버리려다가…… 윤숙일 데려 갔을 땐 솔직히 형님이 그 앨 정말 키우리라곤 생각하지 않았어요. 하지만 그 땐 너무 억울해서.”

여자는 편지를 바닥에 놓고 일어섰다. 송씨가 손자들을 여자, 윤숙의 생모에게 맡기듯이 집도 함께 맡겼다. 며칠 후면 들어오게 될 집을 둘러보러 오며 여자가 들고 온 편지였다.

편지는 오래된 지도처럼 얼룩덜룩했다. 죽은 남자가 남긴 성경과 같은 세월을 견딘 흔적이었다. 송씨가 돋보기를 쓰고 편지를 들었다. 중풍 든 노인처럼 그녀의 손이 후들거렸다.

재경 씨,

크지도 작지도 않은 꼼꼼한 글씨, 눈에 익은 필체였다. 남자의 성경 뒷장에 글자, 노강태라는 필체와 같았다. 상처에 소금을 뿌리는 아픈 흔적이었다. 누렇게 삭은 종이는 희미한 글자들로 오골오골했다.

가족에게 돌아갑니다. 늘 아버지를 저주하며 살았습니다. 술을 마시면 어머니를 몹시 때렸으니까요. 아버지처럼 살지 않으리라는 각오는 내게 가장 큰 목표였습니다. 그런데 그 목표가 무너졌습니다. 지금처럼 살 수는 없습니다. 아버지는 어머니를 때렸지만 나는 뱃속의 아이까지 죽였습니다. 무리한 요구인지 알면서도 재경 씨에게 같이 키우자고 사정했던 그 아이입니다. 재경 씨 말대로 이젠 재경 씨가 상관할 일이 아니게 됐습니다. 아내에게 속죄하는 마음으로 살 것입니다. 재경 씨를 모르던 시간으로 돌아간다면 가능할 수 있다고 생각합니다. 술을 끊고 다시 교회에 나갈 것입니다. 가족과 떠나겠습니다. 아이를 낳아 주십시오. 아내와 내가 키울 것입니다. 용서를 빌며.

그럴 리가 없다! 그럴 리가, 편지는 헛것일지도 모른다. 그새 치매가 더 심해졌을까?

그때였다. 수십 년 전 초여름, 윤숙이 겨울 포대기에 쌓여 들어왔을 때도 전혀 의식하지 않았던 일이 송씨에게 번쩍 떠올랐다. 마치 연속극이 보듯이 생생한 모습이었다.

남자가 죽던 날이었다. 자정이 넘어 사흘 만에 들어온 남자는 술로 떡이 된 상태였다. 이상한 일이라면 바로 엊그제까지 입에 붙었던 이년 저년 소리와 폭행이 행방을 감춘 것이었다. 벌겋게 취기가 오른 남자가 호흡을 고르며 잠든 기훈을 들여다봤다. 그가 혼잣말처럼 중얼거렸다.

"보소, 훈이 어매요. 내가 혹시 밖에서 얼라를 맹글어 들어오믄 그 아 구박받겄제?"

뜻밖에 말이었다. 하지만 경순은 새겨듣지 않았다. 그녀는 찬장 가장 높은 곳에 들어있는 수면제를 어느 때 사용해야 적절한가에만 정신을 집중했다. 엊그제, 기훈이 남자의 발길질에 숨을 멈추었던 다음날 읍에서 사온 약이었다. 그녀의 머릿속엔 아직도 남자의 발길질에 자신의 뱃속에서 핏덩이로 쏟아진 날 밤의 광경이 생생했다. 갈기갈기 찢기는 아랫배의 통증은 아직도 욱씬욱씬 전신을 떨게 했다. 종이 장판에 콩기름으로 질이 난 방바닥은 끈적한 핏물로 흥건했다. 허리 아래가 난도질을 당하는 듯 아팠었다. 하지만 경순이 꺼억거리고 운건 통증 때문만이 아니었다. 홑이불에 엉긴 핏덩이를 부여잡고 엎드려 경순이 비명을 안으로 삼켰다. 남자도 당황했는지 잠깐 주춤했다. 그리고 다시 이년 저년이 시위를 벗어난 화살처럼 활개를 쳤다.

"마, 에비가 개차반인데 그 아가 온전할 줄 알았나. 소앵읎다. 잘 된 일 아이가!"

한마디 던지고 남자는 집밖으로 사라졌다. 보름 전 일이었다. 그런데 이제 와서 집 밖에 얼라를 열 번 만들던 백 번 만들던 그건 경순의 일이 아니었다. 남자가 누렇게 삭은 양말을 벗으며 혼잣말처럼 다시 중얼거렸다.

"해도오 말이제, 모르긴 혀도 훈이 어매는 그 얼라를 차마 밖으로 내치진 안할기구마. 내 알제. 구박이사…… 그려도 그 쪽이믄 키울기구마. 훈이 맹키로 키우것제."

이년 소리 대신 훈이 어매로 호칭이 바뀌었다. 그 때 잠깐, 물동이를 채워주고 고동을 따다가 마루에 놓고 돌아서는 모습을 경순은 남자에게서 본 듯했다. 하지만 잠깐이었다. 바로 사나흘 전, 이 남자의 발길에 훈은 파랗게 죽어갔었다. 수면제는 충분하다. 마무리는 아기 기저귀로 할 것이다. 오늘, 아니면 내일이라도. 하지만 쇠뿔도 단김이라는데. 경순의 몸이 사시나무처럼 떨었다. 남자가 양말을 벗고 벌러덩 드러누웠다. 그가 바들바들 떠는 경순의 모습을 건너다보며 한마디 던졌다.

"술에 빠지믄 끝장이라고, 엠뱅할! 술로 죽은 아베가 문서처럼 말했는데, 내 꼬라지가 와 이리 지랄인지 모르제. 보소, 씨원한 냉수나 한 잔 주소."

경순이 후들거리는 다리를 세워 부엌으로 나갔다. 수전증에 걸린 알코올 중독자처럼 손도 같이 떨렸다. 수면제 절반은 그릇 밖으로 흘렀다. 한겨울 바다에서 미역 건질 때처럼 경순의 이가 따닥따닥했다.

사십년 전 일이었다.

치매는 최근에 일은 생각나지 않는다고 유식한 수아 할머니가 말했었다. 대신 오래 전 일만 기억한다든가…… 그렇다면 이건 정말 심각한 치매다.

낡고 오래된 글자들이 송씨 손에서 흘러내렸다. 치매랑 갈이 전신마비가 왔는지 송씨의 몸이 앉은 자리에서 움직이지 않았다. 송씨는 이번엔 병원을 찾지 않았다. 대신 배낭 하나에 기도서와 성서를 넣어 도망치듯이 거제도로 내려왔다.

정수리에 쏟아지던 태양은 임무를 마친듯했다. 호미는 노인의 손에 있지 않았다. 은총이 가득하신…… 맥을 놓으려던 입술이 마저 해야 할 말이 있는 듯 가볍게 벌어졌다.

-할머니, 할머니는 정말로 형아들보다 내가 더 수영을 잘하는 것 같아?

-하모, 할머니는, 우리 은혁이가 제일로! 멋지게 수영을 잘하는 거 같데?

-할무니, 나는? 은지니느은?

-하이고, 우리 은진인 춤을 젤 잘 추고.

-오빠처럼?

-하모!

은진이 새끼 코알라처럼 송씨의 마른 가슴에 파고들었다. 아이의 살굿빛 볼이 방그레 벌어졌다. 수줍은 은혁이 송씨의 목에 팔을 감으며 속삭였다.

에이, 그건 은혁이가 할머니 아들이기 때문이에요."

-하이고! 할머니가 와 그걸 몰랐을꼬?

-할머닌 그것도 모르고, 할머니 깜박쟁이이-

대화는 끝나지 않을 듯했다. 수문장처럼 노인의 곁을 지키던 별이 낮게 내려와 귀를 기울였다. 초록 고구마 잎이 설렁설렁 맞장구를 치며 그들의 대화를 마저 들었다.

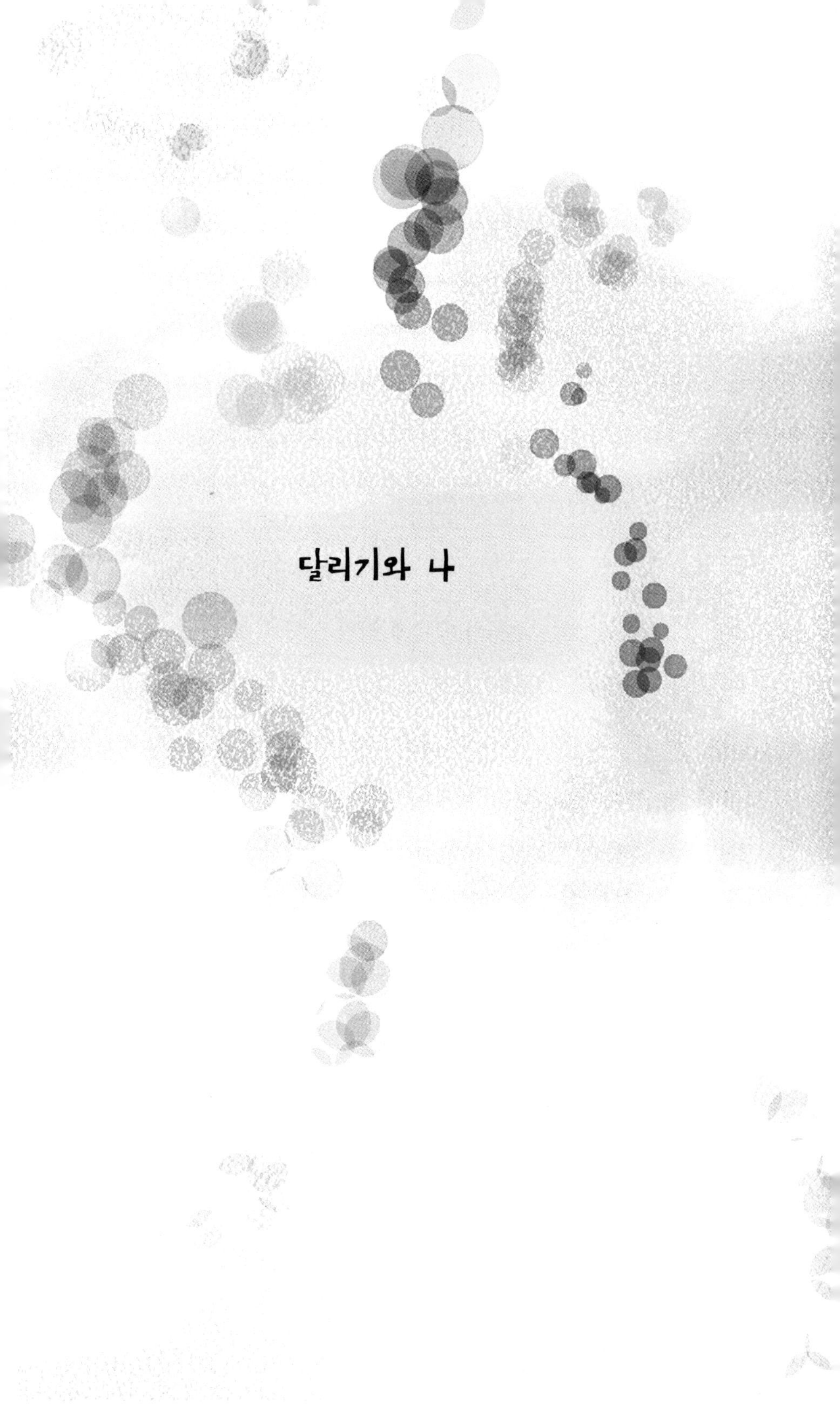

달리기와 나

퐁퐁을 뛰는 손녀가 구령에 맞춰 노래를 불렀다.

"야-- 아-아- 내 나이가 이때서 사랑에 나이가 있나아요."

성인 가요를 낭창낭창 부르는 다섯 살 딸을 보면 제 어미는 기겁을 하겠지만 난 재미가 잘금거린다. 그래서 성인가요든 동요든 가리지 않고 흥을 돋운다.

"어이구 장한 내 새끼, 잘 한다. 자알 한다!"

녀석이 뜀질만 하면 난 박수를 치며 어깨를 들썩인다. 위로 뛰든 앞으로 뛰든 상관은 없다. 손녀뿐 아니다. 내 친구들도 노래방에만 가면 '내 나이가 어때서'를 질러댄다. 나이는 숫자에 불과하다는 걸 증명하기 위해서다. 나이가 숫자에 불과하다는 걸 증명하는 또 다른 방법이 있다. 드물지만 흰머리 성성한 정수리를 두더지처럼 도서관 칸막이에 세우고 앉아 접착제에 붙은 듯 움직이지 못하는 이들이다. 그런데 양쪽의 방법이 너무 극단적이다. 그래서 내가 중간의 방법을 개발했다.

루프스 진단을 받고 입원중일 때 의사가 당부했다.

"절대 안정하세요. 간수치가 떨어지지 않아 위험한 상태입니다."

대모님과 종부성사를 의논하던 때였다. 그 후, 스테로이드 덕분에 얼굴은 호박만 해지고 팔백이던 간수치가 오십으로 내려오자 의사가 또 당부했다.

"운동을 하세요. 근력운동과 폐활량운동을."

운동이라면 숨쉬기도 버겁던 무렵이었다. 하지만 내 생에 단 하나 건재한 보험, 내가 죽으면 무용지물이 되어버릴 국민연금보험을 포기할 수는 없었다. 그래서 뒷산을 헤맸다. 그런데 이건 시간을 너무 잡아먹는다. 게다가 내 몸이 산에 적응하는 걸 확인하자 남편이 그동안 거들던 집 청소를 싹둑 잘라먹었다. 산을 한 바퀴 돌고 집 청소까지는 너무 지친다. 집에 들어오면 난 연속극 하나를 못보고 널브러졌다. 그래서 꾀를 냈다. 짧고 굵은 운동, 달리기를 하게 된 것이다.

처음엔 이분을 넘기지 못했다. 오년이 넘은 지금은? 이십분을 너끈히 뛴다. 물론 남들이 볼 때는 제자리 뛰기 수준이지만 그게 어디냐. 이십 분이면 연속극이 한 편이다. 마무리 스트레칭까지 하면 주말 연속극 분량이다. 달리기는 투자한 시간에 덤을 얹어 보상해 주었다. 단백뇨는 사그라들었고 간수치는 위 아래로 들까불긴 했지만 안정권에 들었다. 덕분에 스테로이드와 면역억제제도 확 줄었다.

점점 내가 대견해졌다. 아하, 이래서 병치레 잦은 사람이 백수 한다는군. 백수는 관두고라도 다다익선 아니냐. 국민연금보험이라면 사기라도 당하는 듯 주부들은 모두들 고개를 썰레썰레 흔들던 이십 년 전이었다. 그 무렵, 아침만 먹으면 시장과 마트로 뭉쳐 다니며 우의를 다지던 앞집 형님이 통장이었다. 그 형님이 위 아랫집 여자에게 안 먹히는 연금보험을 침 튀겨가며 내게 설명하고 권했다. 거절하면 내 부끄러운 비밀을 속속들이 아는 형님이 절교를 선언할지도 모를 일이었다. 결국 내가 울며 겨자 먹기로 국민연금신청서에 사인을 했다.(나중에 안 사실이지만 본인은 국민연금에 들지도 않았단다. 에라이!) 그게 일 년 건너편에서 승리의 깃발을 펄럭인다. 간수치 팔백일 때 던져버렸던 벅찬 희망이다. 난 스테로이드와 면역억제제를 삼키면서도 어찌어찌해서 오래오래 살았습니다. 하는 신화를 남기게 될지 모른다. 어쩌면이다. 오호! 그렇게만 된다면…

나도 저만큼은 달릴 수 있는데… 토요일 저녁, 장수비결을 보면서 든 생각이었다. 하지만 생각과 실천의 간극이 멀다. 사다리든 구름다리든 매개가 필요하다. 그래서 아들을 꼬셨다.

"얘, 너 비만인거 운동부족 때문이야. 도전해보면 용기도 생기고 자심감도 는다."

"어머니나 부지런히 뛰세요. 이 몸은 하던 운동이나 할래요."

아들은 삼십 분 거리의 출퇴근 걷기나 놓치지 않고 하겠다는 것이다.

"얘애, 그러지 말고 한번 해 보자. 엄마가 5킬로 달려 봤더니 웃으면서 할 수 있겠더라. 10킬로는 확실한 운동이 될 거야. 암, 운동뿐이니? 자신감도 생긴다고. 자신감! 그게 어딘데. 너 그 몸 가지고 쪽팔리지도 않니?"

내 감언이설은 먹히지 않았다. 그래서 히든카드를 빼들었다.

"완주하고 다이어트 하면 니들 전세 값에 오백만 원 보탤게."

친구들과 유럽여행을 목표로 붓는 적금이 삼 년째다. 그걸 날릴 각오다. 허망하게스리. 하지만 아들의 체중은 위험수위에 있었다. 오백만 원의 약발이 뭉그적거렸다.

"계에서 탄 쌍가락지 니 처 줄게"

어차피 베트남 여행 하면서 며느리에게 줄 결심을 굳혔던 가락지였다. 쌍가락지 약발은 화끈하게 나타났다. 다음날로 아들은 달리기 연습을 시작했다. 몇 번의 다이어트 실패를 겪은 아들이 어미 말을 그렇게 호락호락 들을 리 없다. 식탁에 앉을 때마다 며느리가 독수리눈으로 아들의 밥공기를 체크하는 걸로 봐서 며느리의 닦달이 있었던 게 분명했다. 주고받는 가락지 속에 싹트는 고부화합을 아들이 기대하는지도 모른다. 어쨌거나, 모로 가도 서울만 가면 그만 아니냐.

"막차입니다. 마라톤셔틀버스 이번이 마지막입니다."

지하철 출입구에서 젊은 남자가 소리치고 있었다. 선견지명이 있는 며느리가 바쁜 아침을 챙기며 채근하지 않았더라면 마라톤은 출발선에 서 보지도 못할 뻔했다. 역시 자본의 위력이? 그럴 리가! 돈 보다는 매사에 세심한 며느리 성격일 테지만 하늘이 허락해준 시어미 강짜엔 당해낼 도리가 없다. 드디어 내 머리가 가슴으로 내려와 손을 내밀었다. 이 정도면 나도 성인품에 오를만하지 않을까?

지하철을 벗어나 버스에 오르자 절반은 이미 성공한 듯이 가슴이 뻐근하다. 버스엔 건장한 청춘들이 거지만 자리를 차지하고 있었다. 육십 나이의 여자와 90kg에 육박하는 체중은 이 버스에선 어울리지 않는 이방인이었다. 내 나이가 어때서! 라고 늘 흰소리를 쳤지만 염색으로 물들인 머리카락과 눈주름을 땀에 절은 모자로 푹 누르고 파릇한 청춘사이를 지나 꽁무니에 앉았다. 그리고 바쁘게 15234번호를 셔츠에 달고 런닝칩도 운동화 끈에 묵었다. 아들의 20324번도 가슴에 매달렸다. 하프에 도전할 참이다. 아들은 늙은 엄마와 같은 10킬로의 거리는 자존심이 상하는 모양이다. 흥! 내가 콧방귀를 뀌었다. 돈키호테냐? 아무 대나 막 덤비게.

작년 이맘 때였다. 해마다 한차례씩 가족 배낭여행을 하던 며느리는 둘째를 임신 중이었고 아들 홀로 3143m 판시판에 도전한다고 할 때 내가 끼어들었다. 백두산, 한라산, 설악산, 금강산 등 많은 산을 경험했지만 판시판은 내가 오른 산 중 가장 높고 위험한 악산이었다. 날씨마저 도와주지 않았다. 도전 이튿날, 새벽 세시에 산장을 나왔다. 장대비는 한 치 앞을 볼 수 없게 몰아치고 혹독한 추위는 살을 에는 듯했다. 우리는 온 신경을 발과 손끝에 모아 날카로운 바위에 얼음사리처럼 매달렸다. 가파른 산은 올라도, 올라도 머리 꼭대기에 있었다. 발목까지 빠지는 펄이 내 가냘픈 다리를 묶었다. 족쇄가 다리에 매달린 듯했다. 펄에서 걸음을 옮기려면 발가락을 잔뜩 꼬불쳐 신이 발에서 빠지지 못하게 용을 써야 했다. 유명 배우가 광고하는 운동화는 결국 밑창이 악어 입처럼 쩍 벌어져 나중에 쓰레기통에 들어갔다. 40시간의 판시판은 내 오척 단신이 겪은 가장 파란만장한 시간이었다.

고통의 날 견디자 기쁨의 날도 기다린 듯이 왔다. 나머지 이레를 사파, 하노이, 하롱베이 등 배낭 둘러메고 헤맸던 시간은 즐거웠다. 나른한 저녁마다 전신마사지도 아들이 주선해 주었다. 내 평생에 처음 누려본 호강이었다. 아들은 믿음직했고 버벅거리는 영어마저 자랑스러웠다. 이국의 풍광 또한 신비롭고 아름다웠다. 아마도 그 때의 판시판 도전이 아들의 자신감에 휘발유를 부었으리라. 난 나중에야 아들이 거의 엄마 돈으로만 여행경비를 쓰고 자신은 달랑 비행기 값만 보탰다는 걸 알았지만 그 문제에 토를 달지 않았다. 지나간 일에 시비를 걸 만큼 난 어리석은 늙은이는 아니다. 임신 중이어서 여행을 포기해야했던 며느리에게 미안한 마음도 약간은 있었다.

아들의 체중은 그때보다 10킬로나 늘었다. 아무리 생각해도 자존심이 90킬로 체중을 가뿐하게 들어 올려줄 것 같지는 않다. 아들의 자존심과 몸무게 사이에서 가능성의 저울추가 불안하게 흔들렸다. 괜찮을까? 내가 굿이나 보고 떡이나 먹어도 될 상황이 아니었다. 부상당하면 전세 값에다 병원비까지 물어야 할지도 모른다. 출발지까지는 파랗고 빨간 셔츠 속에 포옥 파묻혀서 파도처럼 밀려 왔다. 아들이 중얼거렸다.

"중간에서 쳐지면 안 되는데…"

중간? 이건 헤비급에 어울리지 않는 자만이다. '내 체중이 어때서' 라고 목소리 높일 만큼 만만한 체구가 아니란 거다. 하지만 내가 아들의 사기충천에 먹칠을 할 필요는 없지 않는가. 자존심이든 기고만장이든 저팔계 같은 아들의 체구가 지구의 중력만 받지 않는다면 난 아들이 달로 이민을 간다고 해도 말리지 않을 생각이다. 곧 하프마라톤이 시작되겠습니다, 라는 방송이 들리자 아들이 푸른 셔츠 사이를 쑤시고 들어가 곧 사라졌다. 사기충천한 대로라면 앞자리를 놓치지 않고 달려 등수에 드는 영광을 노림직하다.

내빈들의 지루한 인사말이 끝나고 곧 10킬로도 출발했다. 봇물 쏟아지듯이 파랗고 빨간 셔츠들이 앞으로 쏟아져 나가기 시작했다. 불안했다. 젊은 애들에게 밀리다 다리라도 걸려 넘어지면 쏟아져 들어오는 운동화 체중에 압사될 것이다. 위험했다. 그래서 애써 들어왔던 앞자리를 피해 태풍의 눈을 벗어나 끄트머리에서 움직이기 시작했다. 어차피 날고뛰는 재주가 있다 하더라도 기록에 도전할 염은 없었다. 사기충천은 내 몫이 아니었다. 난 무엇보다 안전을 지향했고 10킬로 완주를 희망하지만 그 완주가 두 시간이 될지 세 시간이 될지는 자신하지 않았다. 어쩌면 실패할 지도 모를 일이었다. 그 실패가 부상이나 사고 때문이 아니기 만을 간절히 소망했다. 숭어가 뛴다고 망둥이마저 뛸 필요는 없었다. 세월에서 오는 지혜였을 것이다. 어쩌면 내 오 척 단신을 좌지우지했던 소심증 때문인지도 모른다.

드디어 출발선을 벗어났다. 십자성호를 긋는 내 손이 어느 때보다 간절했다. 젊은이들이여 내 곁에서 얼쩡거리지 말고 멀리 저 멀리 앞서 달리거라. 그대들은 그럴 자격이 충분하지 않는가. 안전을 위해 한참을 뒤에 쳐졌다고 생각하는데도 뒤에서 쏟아져 밀려오는 사람은 많고도 많았다. 그들에게 양보만 해서는 될 일이 아니었다. 어쩔 수 없이 젊은 무리에 휩쓸려들었다. 안전하게, 페이스조절이 중요해. 그러니까 평소대로… 젊은 치들이 내 곁을 날쌘돌이같이 스쳐 지나갔다. 세월에서 오는 지혜로움도 그들의 번개 같은 뜀박질엔 주눅이 들었다. 어쩌면 완주하더라도 난 폐막이 된 뒤에나 들어올지도 모른다. 우울한 생각이었다.

내 달리기는 젊은이들뿐 아니라 백발의 꾸부정한 어르신들에게도 쳐졌다. 내가 보폭을 맞춰 나란히 달릴 수 있는 사람은 하나도 없었다. 모두들 나를 투명인간처럼 무시하며 추월해 앞으로 달려 나갔다. 달리기라면 난 처음이 아니다. 그러나 이년 전엔 5k였고 출전자들은 유모차에 꼬맹이들을 태우고, 안고, 업고, 목마를 한 사람들, 별의 별 군상이 다 있었다. 그래서 나도 우쭐하며 그들을 따돌리고 앞서 달려 나갈 수 있었다. 10킬로엔 실수로라도 그런 사람이 없다. 내가 아무리 용을 써도 저들을 추월할 일은 없을 것이었다. 난 다시 날쌘돌이들을 피해 가장자리로 자리를 옮겼다. 굉음을 울리는 헬리콥터가 머리 위에서 시위를 하듯 요란을 떨었다. 날씨가 도와주는 듯했다. 솜사탕 같은 구름이 몽실몽실 했다. 드문드문 조각난 햇살이 가로수 사이에서 들까불었다. 좋은 날씨였다. 좋은 날씨 때문이었을까? 멀리서 반환점을 돌아오는 사람이 벌써 있었다. 잘하는 짓이다. 늙은이 사기를 이렇게 푹 꺾어 놓다니! 잠간 우울했다. 난 과연 완주할 수 있을까?

무더기무더기 푸른 셔츠들은 저마다 학교나 학원 회사 이름을 셔츠 뒤에 붙였다. 단체가 건강을 위해 합심한다는 건 바람직한 일이다. 그러니 내 곁에서 얼쩡거리지 말고 빨랑 앞서가라. 하지만 그들은 똘똘 뭉쳐서 흩어지지 않았다. 에너지가 넘쳐 주체할 수 없는지 학생들은 키들거리며 싸움닭처럼 장난을 쳤다. 도가 넘는 장난이었다. 완주보다는 참여하는데 의의를 가진 치들이다. 그래, 니들은 그렇게 무리해도 괜찮다. 넘치는 건 낭비할 게 있어서 부럽다. 그렇더라도 내 앞에선 허락할 수 없다. 내가 그들을 추월했다. 모처럼 맛보는 희열이 내 등을 곧추세웠다. 그렇게 난 참가하는데 의의를 가진 이들을 하나 둘 뒤로 보내기 시작했다. 그런데 얼마 후, 그 치들이 다시 내 앞으로 쏜살같이 뛰어갈 때 내 입에서 단발마가 튀어나왔다.

"잘났어, 정말!"

이젠 장난으로 뛰는 애들은 보이지 않았다. 젊은 에너지도 한계에 도달한 모양이다. 그들이 뛰다 걷다 하기를 반복했다. 내 달리기는 일정했다. 녀석들이 뛸 때는 그들이 나를 추월했다. 그들이 걸을 때는 내가 그들을 추월했다. 어쩌면 그들은 나를 두고 자존심 싸움을 하는지도 모를 일이었다. 설마 저 늙은이를… 하며 분기탱천해서 내 앞지르기가 괘씸했는지도 모른다. 내가 아무리 몸매 관리를 하고 매일매일 달리기 연습을 해도 나이를 숨기지 못한다. 그러니 내가 그들을 추월할 때 그들은 성난 장비처럼 오기가 났던 모양이다. 아들보다 더 자존심에 목숨 걸 나이가 아닌가.

차츰 해변의 아름다움도 파도 소리도 갯내음도 주변 사람들도 내 감각에 들어오지 않았다. 가쁜 호흡만 나와 동행했다. 세상은 적막했다. 난 진공상태에 있는 듯 거대한 침묵만이 나를 감쌌다. 무념무상, 내 고독은 철저하게 독립적이었다. 육신이 가장 격렬히 움직일 때 이런 고요가 가능하다니, 반환점을 넓게 돌았다. 그렇게 해야 발목에 무리가 오지 않는다고 며느리가 어제 신신당부를 하며 일러준 때문이었다. 잠깐! 내가 어제 일을 아직도 기억한다니, 이건 인간승리다.

기하급수로 늘어나는 아들의 체중에 기여한 일등공신은 며느리였다. 결혼 전 아들은 가수 현빈처럼 홀쭉했기 때문이다.

"돼지 사육하니? 니 서방 언제까지 저래 살찌게 둘래."

파랗게 질린 얼굴로 대꾸하는 며느리 말은 귀에 들어오지 않았다. 온순하고 착한 아들이었다. 그런 아들이 결혼하고 며느리에게 쥐여 살면서 식물인간처럼 더 온순하고 착해졌다.

독한 며느리 탓이었다. '온순하고 착하다'는 마법의 단어처럼 긍정의 위치에서 부정의 위치로 냉큼 자리이동을 했다. 현대 의학으로도 고칠 수 없는 배냇병신이 아들이었다. 그런 아들이 세종시로 발령이 났을 때 내색은 안했지만 난 환호했다. 저녁마다 안식구에게 달달 볶이느니 뚝 떨어져 있으면 그 거리만큼 아들 체중도 후드득 떨어지고 며느리도 서방 귀한 줄 알게 되리라. 말이야 바른 말이지 며느리는 지 서방을 종처럼 부린다. 게다가 집안행사 때면 조카며느리들은 눈치껏 주방에서 발발거리는데 주방과 뚝 떨어져서 며느리 혼자 어리바리 한다. 난 그게 자존심이 상하고 창피했다. 내가 일그러진 양푼처럼 인상을 쓰면 올케들이 한마디씩 보탰다.

"뭘 그래요. 공주처럼 살아서 그런데. 고모도 공주 과잖아요. 고부가 닮았지 뭐."

아닌 게 아니라 젊어서 똑 내 모습이었다. 어디 닮을 사람이 없어 열등인생 시어미를 닮느냔 말이다. 며느리 그런 저런 게 모두 눈엣가시였다. 그 꼴을 차마 볼 수가 없어 내 입이 어렵게 수고를 하면 아들은 멍청하게도 지 처 역성을 들었다.

"수현이가 영인이 낳고 허리가 약해져서 조심하지 않으면 안 돼요."

"어이구! 니 엄만 그럼 허리가 항우장사라 세탁기 없던 때 기저귀야 이불빨래야 해 가며 니들 키운 줄 아니? 몸을 써야 허리도 튼튼해지지!"

이때쯤 되면 아들은 입에 자물쇠를 건다. 그런 아들이 딱 한번 딴죽을 걸었다. 친척의 결혼식 차 내가 열두 가지의 곡식을 빻아 만든 선식을 잔뜩 배낭에 둘러매고 세종시를 찾았을 때였다. 수비선수도 없겠다 역시나 내가 며느리의 공주병을 맹렬히 공격했다. 그 때 아들이 남의 얘기 하듯 중얼거렸다.

"언젠가 고부열전 보니까요. 그게 남의 집 얘기가 아니더라고요. 내 비만은 스트레스성이 아닌가 싶어요."

"먼 소리니?"

내 눈이 성난 관우처럼 치켜 올라갔다. 아들이 내 눈길을 피하며 기어들어가는 소리를 마저 했다.

"수현인 어머니 그런 말 들으면 화장실에서 울어요. 어떨 때는요 주방과 안방의 거리가 좀 더 멀면 좋지 않을까 하는 생각도 들어요. 물리적, 시간적 거리 말고요. 그러니까… 관심 같은 거요."

한 대 맞은 기분이었다. 착한 아들이 이제 말대꾸까지 한다. 이건 분명히 며느리가 뒤에서 사주해서다. 아찔한 기분대로라면 두 번 다시 아들 얼굴을 보지 말아야 했다. 하지만 그 후에도 난 주말이면 턱 괴고 앉아 아들 손녀를 기다렸다. 내 두뇌의 기억장치엔 환각이란 변속기가 하나 더 있었다. 아들에게서 얻은 노여움은 꼭 며느리에게 당한 듯 표정까지 생생했다. 울화는 묵히면 병 된다. 그래서 그 울화를 동네 찜질방에서 터뜨렸다. 잘 각색되고 편집된 내 울화는 듣는 이의 피를 끓게 했는지 그들이 나보다 더 흥분했다.

"맙소사! 그 꼴을 그냥 당하고 있었다는 거예요?"

"말세유, 말세. 담엔 야물게 혼쭐을 내소. 원 내 억장이 다 무너지네."

돌아오는 일요일이면 난 속절없이 고백소에 들어가 장궤에 무릎을 꿇고 머리를 조아려야 했다. 아들의 체중은 주말부부가 돼서도 하늘 높은 줄 모르고 뛰었다. 인정하고 싶지 않지만 아들의 비만이 며느리 때문이 아닌 건 확실했다. 내 영양가 높은 훈육도 무용지물이긴 마찬가지였다.

그러던 차에 아들의 베트남 여행에 내가 눈치 없이 끼어들었다. 어머니가 왜요? 하며 쌍심지를 세울 줄 알았던 며느리가 이 때 반색을 하며 용돈까지 챙겨 등 떠밀었다. 어? 이러면 안 되는데. 맹랑했다. 날아오는 공을 향해 헛스윙을 휘두른 듯 내가 휘청했다. 며느리 고것이 꼬리 아홉 달린 구미호가 분명했다. 하지만 그 이후 하늘이 허락해 준 시어미 심통은 점점 힘을 잃어갔다. 꼬리가 아홉이든 열이든 가족을 이롭게 하는 여시는 아둔한 곰보다 좋지 않은가.

호흡이 턱에 닿았다. 호흡보다는 왼쪽 발목이 이상했다. 시큰시큰한 것이 금방 요절이 날 듯 위태로웠다. 이십 년 전에 계단에서 다쳤던 발목이었다. 심한 부상이 아니어서 병원치료를 받지 않았는데 잊을 만하면 한 번씩 쨍- 뼈가 동강이 나는 듯 통증을 일으킨다. 무리하지 말아야지. 조심해야겠다. 처음부터 번쩍 올라가던 다리가 아니었지만 내 다리는 점점 갈지자로 휘청거렸다. 두 박자의 호흡도 흩어졌다. 완주하지 못할

지도, 어쩌면 부상 때문에 구급차에 실려 갈지도… 그러면서도 어깨를 들썩이고 헉! 헉! 증기기관차소리를 내는 녀석을 추월했다. 흔들리는 M중학 이름을 봐서는 출발지점에서 내 앞을 가로막고 장난질을 벌이던 놈들 중 하나다. 틀림없다. 조금 후, 그 녀석이 언제 내게 추월당했냐는 듯이 내 곁을 야생의 치타처럼 달려 앞을 막았다. 얼마 후면 다시 쳐질 녀석이다. 좋아, 할망구가 페이스메이커가 되어 주지. 포기하지 마라. 어깨 숨을 쉬더라도 내 앞에 들어가 친구들 앞에서 우쭐 해봐라.

왼쪽, 새로 만든 길을 통해 앞뒤 백색자동차의 호위를 받으며 하프 우승자가 벌써 들어가고 있었다. 검은 피부의 남자였다. 달리기 동작이 저렇게 아름다울 수 있다니. 한 마리의 적토마였다. 난생처음 라이브로 보는 단순 화려한 장면이다. 전신을 짜릿하게 하는 단순동작의 아름다움. 찰나처럼 그 짧은 순간의 뜨거운 감동. 난 저 황홀한 순간을 만나기 위해 수년간 달리기에 시간투자를 한 게 아니었을까?

7킬로를 지났다. 남은 거리는 이제 3킬로. 숨이 어깨로 올라와 내려가지 않았다. 방파제로 쓴 모자에 구멍이 뚫렸는지 이마에서 흐른 땀이 눈으로 들어갔다. 견딜 수 없이 쓰리다. 비눗물을 안구에 넣은 듯 앞을 볼 수 없다. 예상치 못한 난제였다. 할 수 없이 셔츠 앞자락을 훌렁 뒤집어 올려 눈을 비벼 닦자 비로소 눈이 제대로 떠졌다.

쭈그렁 맨 살을 보여줄 수 있는 배짱, 속살을 숨기고 또 숨기며 누가 볼까 두려워 쓰린 눈을 감내해야 한다면 단연코 젊은 치들이지 내가 아니다. 늙음은, 나이 먹음은 그래서 자유롭고 평안하다. 난 젊어서 극복하지 못했던 이런저런 열등감을 세월에 실려 보냈다. 타인의 시선에 크게 신경 쓰지 않아도 된다는 건 청춘과 바꾸지 않을 행복이다. 아랫배 군살만 아니라면 난 지금의 내 나이를 정말 사랑한다. 젊어서 총기가 지금 나이까지 가능하다면 며느리가 혼란스러울 것이다. 건망증 때문에 늘 어리바리하지만 그 덕에 난 동정의 대상이 된다. 난 이제 똑똑하고 잘난 시어미노릇은 하기 싫다. 관심 받으면 좋지만 관심 밖에 있어도 괜찮다고 생각한다. 산책과 달리기 덕분일 것이다.

특별할 것도 없는 뒷산은 늘 다녀도 그때마다 새롭고 경이롭다. 궂은 날에 듣는 뻐꾸기소리는 더 선명하다. 손녀처럼 낯가림이 심한 고라니는 인적이 없을 때만 나타난다. 녀석과는 언제 한번 인사를 나눈 적도 나란히 달려본 적도 없지만 그래도 난 녀석을 친구로 친다. 다람쥐는 짝이 있다. 그래서 저들끼리만 논다. 그래도 난 친구거니 한다. 핸드폰은 동행하지 않는다. 오솔길은 내 다리와 궁합이 맞는 모양이다. 이젠 뒷산이 아니라도 호젓한 숲길이 나타나면 용수철처럼 뛰고 싶어진다. 난 전생에 산 다람쥐가 아니었을까? 달리기로 땀 흘리는 시간은 개운하고 스스로도 대견하다. 오늘같이 무리만 아니라면.

전신의 피가 얼굴로 모인 듯 달아올랐다. 허벅지엔 맷돌이

달린 듯하고 가슴이 낮은 진동으로 쿵쿵거렸다. 이러다 심장이 멎는 건 아닐까? 그러나 거친 호흡보다는 자꾸 왼쪽 발목에 신경이 갔다. 위험하지 않을까? 무리하면 안 되는데 완주가 뭐 중요해. 어쩌면 얻는 것보다 잃는 게 클지도 모른다. 건강을 위해서 달리는데 달리기가 내 몸을 망가뜨린다면? 안 될 일이다.

난 아파서는 안 될 몸이다. 아파도 될 사람이 있을까마는 적당히 아파도 될 사람들이 있기는 하다. 내 소학교 친구들이다. 그들은 무릎 수술이며 유방암, 갑상성암, 하다못해 요실금 수술까지 받고도 보험사로부터 적게는 기백만 원에서 억대까지 보험금을 받아낸 보험神들이다. 대견하게도 그들은 금 수저 하나씩을 가지고 있었다. 친구들은 복음서에 나오는 등과 기름을 준비한 슬기로운 처녀들이었다. 내게 찾아온 루프스는 기름준비 없이 침 흘리며 꾸벅거리던 어리석은 여자에게 찾아온 재앙이었다. 난 어쩌다 태어나와 이런 아이러니를 겪는가. 한동안 그런 생각에 몹시 슬펐다.

핑계 같지만 젊어선 하루하루가 급급했다. 그래서 자식들에게 들었던 교육보험도 끝을 보지 못했으니 나를 위한 보험은 가당찮았다. 통장형님 너스레에 들은 국민연금은 내 나이 예순이 훌쩍 넘어야 손에 들어올 것이었다. 루프스란 병은 영리한 왕거미가 튼튼한 거미줄을 쳐 두고 느긋이 아침먹이를 기다리던 중에 만만한 내가 맥없이 거미줄에 걸려든 셈이었다. 20분의 달리기에 근력운동까지 40여분의 운동은 가여운 날벌레가 거미줄을 벗어나기 위한 사활을 건 싸움이었다. 단 하나의 보험도 없는 내가 영리한 거미와 싸우려면 몸의 근육과 지구력을 키워야했다. 운명이나 팔자 따위는 실비보험 왕창 들어 논 친구들의 철학이지 내 신조는 아니었다. 난 운명 따위에 순응해서 왕거미의 아침요기로 생을 끝내고 싶지는 않다. 그런데 지금 달리기는 내게 어떤 의미인가. 건강을 위해서라고 하기엔 아무리 생각해도 지금의 내 오 척 단신에 무리가 있다.

그래, 이만하면 할 만큼 한 거다. 내가 지금 무리를 해 가며 계속 뛰어야 할 이유? 당연히 없지. 시야가 흔들리고 머릿속이 팥죽처럼 기포를 일으키며 부글거리기 시작했다. 아랫배도 묵지한 게 이건 최악의 징조였다. 그 때 생각이 났다. 난파선에선 상황에 대한 겁보다는 공포로 인한 겁 때문에 죽음에 이른다는 사실이. 맞다! 한겨울의 냉탕은 심장이 멎을 듯 오싹하곤 했다. 하지만 진짜 심장이 멎은 적은? 한 번도 없지. 갑자기 시야가 선명해졌다. 내 발목도 금방 멀쩡해졌다. 아랫배와 머릿속도 고요해졌다. 난 한 명씩 한 명씩 앞선 이들을 추월하기 시작했다. 달리다 걷다 를 반복하는 젊은이들이다. 이제 내 몸이 달리고 있는지 도로가 내게 달려오는지 구분이 안됐다. 세상과 나는 그냥 하나인 듯 움직이는 물체는 오직 태엽인형처럼 규칙적인 내 낡은 운동화와 아스팔트 도로 뿐이었다. 낡은 운동화가 흔들리는 아스팔트를 갈퀴처럼 끌어 모아 한 뼘, 한 뼘 뒤로 넘겼다. 수도자들 성무일도 바치듯 한 뜀 한 뜀이 소중하고 간절했다. 내 생애도 반환점을 오래 전에 넘었으니 종착역이 멀지 않을 것이다. 그런데 내 갈무리는 잘 되고 있는 걸까? 모르겠다. 요즘은 며느리와도 죽이 제법 맞는다. 너무 총명한 말만 하는 자식들의 은밀한 대화에도 발끈하지 않는다. 하지만 기회가 있으면 끼어들기를 마다 않는다.

"투표, 민주적이고 좋지. 하지만 만에 하나 브랙시트가 통과되면 영국은 고립될 거라구. 영국은 뭘 믿고 그렇게 떠들지?"

자식들의 의견이 분분한 게 아무래도 브랙시트가 먹는 건 아닌 듯하고, 그래서 물었다.

"그 브랙시트란 게 이부자리 같은 거니?"

사위와 며느리가 고개를 돌리며 풋! 웃었다. 딸과 아들은 고개도 돌리지 않고 푸하하 웃었다. 솔직하게도. 이럴 때 발끈하면 후환이 남는다. 그래서 나도 따라 웃었다.

"엄니, 브랙시트에 이브자리가 왜 들어가요. 그게 아니구요. 영국이 유럽연합에서 나와 고립주의를 채택할 지도 모른다. 뭐 그런 거예요."

"고립주의라면, 그러니까 영국이 대원군처럼 쇄국정책 한다. 그런 거니?"

"얼추 맞아요. 울 엄니 운동하러 다니더니 유식해 졌어요."

내 유식이 지식들 입에서 탁구공처럼 통통 튕겼다. 하지만 거기까지였다. 잠시 후, 자식들이 다시 나를 투명인간 취급했다. 지적 한계를 아는 나도 그게 신간 편했다. 모두들 하이테

크 시대니 융복합 시대니 하는데 그 어려운 문자를 몰라도 부끄럽지 않은 나이가 됐으니 다행이라며 가슴을 쓸어내린다. 늙은이에게 주어지는 은전이다. 그 은전이 한 번씩 딸과 쨍! 하고 부딪혔다.

"엄만 몰라도 돼."

딸의 입에서 나온 소리다. 몰라도 되는 일이 이런 소릴 들으면 무식한 늙은이는 더 알고 싶어진다. 몰라도 되는 것과 알려고 하지 않는 것 사이에는 무시라는 것이 있고 없다. 울컥 했다. 내 두뇌의 헐벗고 굶주린 궁기가 딸의 무시에 맞장을 뜰 기세다. 눈치 없는 딸이 새 모이만큼의 저녁을 먹고 길게 하품을 했다. 엄마가 있으니 제 새끼들 엄마에게 맡기고 저는 들어가 쉬겠다는 동작이다. 나도 꼼수를 부린다. 서반 피곤하냐. 나도 저네 집에 와서 온종일 빨래야 청소야 엉덩이 붙일 새가 없었다. 게다가 들고 온 택배 물품이 뭐냐고 물었다가 무시까지 받았다. 묵직한 것이 허무맹랑한 잡소리로 가득한 책이 분명하다. 그야말로 씨잘 데 없는 물품이다. 그걸 딸이 숨기려 든다. 딸은 어미의 잔소리를 내정간섭이라고 한다. 약 오른 내 두뇌의 궁기가 딸의 아킬레스를 건드렸다.

"얘, 너도 운동 좀 해. 너 비쩍 마른 건 운동부족 때문이야."

대꼬챙이처럼 비쩍 마른 딸은 싸가지다. 어느 때 한 번 엄마 말을 곱게 삭이는 법이 없다.

"엄만 내가 그렇게 한가해 보여?"

아니나 다를까 딸 입에서 운동 못하는 이유를 열 가지쯤 폭포수처럼 쏟아낸다.

"하루 이십 분이면 돼. 그것도 어렵니? 엄마가 텔레비전에서 들은 건데…"

여기서 한 박자 뜸을 들인다. 바야흐로 다음 말이 핵심이기 때문이다. 싸가지 이마에 여덟팔자가 그려지지만 그게 무서우면 먹거리 싸들고 이 집에 오지도 않았다.

"오년 이상 꾸준히 운동 한 사람은 운동하기 전에 비해서 일억의 통장잔고를 가지고 있는 셈이란다. 그만큼 운동이 좋단 얘기야."

나는 텔레비전의 충성스런 홍보관이다. 손자에게 만들어 먹이는 간식 하나도 텔레비전에서 배운 대로 했다고 빡빡 우긴다. 굳이 양심을 팔며 내가 텔레비전의 권위에 의지하는 건 딸은 내가 콩으로 메주를 쑨다고 해도 믿으려하지 않기 때문이다.

"나중에 할게. 지금은 바빠."

나중에? 그놈의 나중에가 벌써 몇 년째냐. 밥이나 청소 때문이라면 나도 이해를 한다. 그런데 싸가지가 붙들고 있는 것들이 책이나 뜨개질, 제 새끼들 장난감 만드는 일이다. 난 그런 게 모두 못마땅하다. 책이나 장난감은 이미 방마다 넘쳐나고 뜨개질도 건강만큼 중요한 게 아니다. 싸가지에게는 아들처럼 전세금 오백만 원 보태서 어미 말에 권위를 세울 수도 없다. 내가 기어이 언성을 높였다.

"나중에 언제! 너 비쩍 말라비틀어진 거 이젠 눈 뜨고 볼 수도 없어."

싸가지가 발끈해서 일어섰다.

"직장 때려치울까? 운동이나 하게?"

대체 이게 무슨 히스테리냐. 이건 된장, 간장, 고추장을 뛰어넘는 막장녀 행태다. 내가 언제 저에게 벌어라 말라 한 적이 있는가 말이다. 내가 해라 말라 해서 어미 말 들을 싸가지는 더더욱 아니다. 그러니 때려치울까 는 유치하게도 협박이다. 가슴에서 주먹만 한 게 치고 올라왔다. 쿠데타가 일어날 조짐이다. 머리끄덩이라도 잡고 당장 회사 집어치우라고 한판 벌이고 싶지만 난 입을 열지 못했다. 내가 친정엄마에게 했던 말과 행동 하나하나를 딸이 토씨 하나 흘리지 않고 내게 그대로 하는 데는 방법이 없다. 인류는 진보 중인지 모르지만 우리 모녀는 달팽이 제 집 드나들 듯 한 발자국의 진보도 진화도 없다. 난 때려치울까 의 의미를 안다. 처음 직장 얻었을 땐 싸가지도 기특한 딸이었다.

"엄마, 난 수입의 십일조를 부모님을 위해서 쓰기로 했어. 엄마처럼. 월급 받으면 봉투 챙겨 줄게."

그 때만 해도 내가 순발력이 있었다.

"얘, 용돈 주는 니는 어깨 으쓱하고 기분 우쭐하겠지만 받는 엄마는 쪽팔린다. 그러니 통장에 자동이체 시켜 줘."

그렇게 해서 통장으로 들어오는 돈이 딸이 결혼을 하면서 곱빼기가 됐다. 사위의 몫도 보태졌기 때문이었다. 치사하다.

벼룩의 간을 내먹지 어쩌자고 어미의 용돈을 들고 줘락펴락 했느냐 말이다. 혹자는 이런 나를 자격지심이라고 할지 모르지만 난 딸의 속내를 안다. 내가 친정엄마에게 한 짓이 있었으니 지금 싸가지와 한 본이었다. 불쌍한 엄마, 나처럼 해코지할 줄도 몰랐으니 저승에서 보고 있다면 속이 시원해서 박장대소를 할 것이다.

부끄러운 고백이지만 우리 모녀가 처음부터 이렇게 견원지간이었던 건 아니다.

수년 전이었다. 여섯 살 손자 놈이 놀다 팔뼈가 부러져 수술을 받았다. 6개월 후, 깁스도 풀고 마지막으로 팔에 든 핀을 뽑기 위한 수술이 남았을 때였다. 내가 그 날도 병색의 초라한 몰골로 딸네 집을 찾았을 때 분위기가 심상찮았다. 이건 완전히 초상집분위기였다. 딸은 얼마나 울었는지 눈이 두꺼비처럼 부었고 사위는 사약을 받은 선비처럼 퀭한 얼굴이었다. 왜 이러지? 내가 하루 이틀 아팠나? 대체 무슨 일이냐고 재차 물었을 때 사위가 힘들게 입을 열었다.

"준이 핀 뽑는 수술이 무기한 연기됐어요. 오줌에서 단백뇨에 당뇨까지 검출 되서 이번엔 종합검진을 받아야 해요."

이야기인즉슨, 손자는 오줌검사결과 제 나이만큼 성인병을 가지고 있다는 거였다.

"어머, 얘!"

내가 말보다는 손이 먼저 나와 딸의 어깨를 쳤다.

"그 오줌 준이꺼 아냐. 엄마 오줌이야."

여섯 개의 눈이 내 얼굴로 쏟아져 들어왔다.

“틀림없어. 지난주에 엄마가 데리고 병원 안 갔니. 준이 피 뽑는 건 분명히 생각나는데 오줌 받는 건 생각 안나. 생각해 보니 무심결에 내 오줌을 받았어. 틀림없어.”

지금은 내가 두 달 간격으로 피와 오줌검사를 받지만 그 때는 두 주 단위로 검사를 받을 때였다. 난 오줌통만 손에 들어오면 오줌받기가 마치 주걱 들면 밥솥 열듯이 자동 프로그래밍이 됐을 때였다. 아무리 그래도 내 정신머리가 온전했다고 볼 수는 없다. 결국 손자는 재검에 들어갔고 핀은 정상적으로 팔에서 나왔다. 딸의 불신은 오래갔다. 나도 부끄러웠다. 이건 완전히 백치 아다다가 아니냐. 국으로 조신하게 내 집 사발이나 깨트리지 뭐 하러 나대면서 사고를 쳤을까. 하지만 부끄러움보다는 엄마, 그럴 수도 있어. 하며 위로 한마디 없는 딸의 태도가 괘씸했다. 자숙하는 의미에서 한동안 난 조신하게 집에만 있었다. 해금조처가 내려진 것은 딸이 고양이 손이라도 빌리고 싶을 때 그나마 엄마가 요긴하고 만만했기 때문이었다. 불신이 사라진 건 아니지만 오월동주하듯이 우리는 만나고 만나면 으르렁거린다. 그나마도 사흘너머서도 딸의 호출이 없으면 난 혼자 노여워서 입을 앙다물곤 한다.

싸움의 끝은 언제나 눈물을 보고야 만다. 내가 매달리는 손자 놈들을 냉정하게 뿌리친 채 팽 돌아 나온다.

“저어기, 장모님. 현숙이가 오늘 회사에서 힘든 일이 있어서 그래요.”

멍청한 사위가 현관까지 따라 나오며 제 처 역성을 든다. 이런 소릴 들으면 사위까지 뭉뚱그려서 괘씸하다. 지 처 못된 거 하루 이틀이야? 어이구 물러 터져서…

“그렇겠지. 나도 집에 바쁜 일 있네.”

의도했던 건 아닌데 현관문이 쾅! 닫히며 천지가 진동한다. 이렇게 되면 손자 놈들이 할머니를 찾거나 내가 냉장고를 정리해야 하는 일이 생기지 않으면 싸가지와는 절교다.

드디어 멀리 하늘과 땅 사이에 아파트 단지가 눈에 들어왔다. 도착 지점이었다. 그러나 한참을 달려도 콩알 만 한 아파트 단지는 좀처럼 커지지 않았다. 3km가 이렇게 멀었나? 왼쪽 달리기 도로에도 반대쪽으로 뛰는 사람들이 있었다. 내가 반환점을 돌 무렵에 출발했을 친구들이었다. 아마도 저들은 출발 신호를 집에서 듣고 뛰쳐나온 모양이다. 저들이 셔틀버스를 놓쳤을 때 기분이 어땠을까. 그대의 불행은 내 행복?……! 내 수세미 얼굴에서 입 꼬리가 반짝 올라가진 않았겠지만 땀에 전 어깨는 잠깐 들썩했다. 인성은 훈련으로 다스려지지 못하는 모양이다.

체육공원에서 만난 대머리 아저씨는 달리기로 40kg의 살을 뺐다고 했다. 난 살 빼기는 관심 없다. 그렇더라도 이렇게 열심히 뛰는데 뭔가를 얻어야 하지 않을까? 그래, 간이 좋아지면 좋겠다. 토끼 간처럼 달리는 시간만이라도 햇빛에 꼬들꼬들 말려지면 좋겠다. 그래서 루프스라는 병치레에 널뛰기 하는 간수치가 안정수치에서 조신하게 있어주면 정말 좋겠다.

그리고 지금보다 끈기 있는 사람이 되었으면 좋겠다. 난 삼년 전부터 구상하는 주방개조를 시작도 아직 못하고 있다. 딸과도 소통하고 공감할 수 있으면 좋겠다. 그리고… 그리고, 며느리에게 좋은 시어미 소리를 듣길 바란다면 욕심일까? 아파트가 주먹만 해졌다.

아들은 어디까지 왔을까. 사기충천할 때 분위기 봐서는 반환점은 벌써 돌지 않았을까. 뚱뚱한 몸으로 용기가 가상하다. 아들은 판시판에 오를 무렵 반짝 다이어트로 10kg을 줄였다. 그 후 입에 달고 사는 인스턴트 때문에 곧 도루묵이 되긴 했지만. 반짝 다이어트도 열 번쯤 반복되면 영구가 될지 모른다. 이 때 내 머리가 번쩍했다. 마라톤을 열 번쯤 계속 뛴다면? 성공하고도 남지. 그런데 쌈짓돈은 어디서 구하지? 번쩍 아이디어가 원점으로 돌아왔다. 그래도 지금 이 시간 살이 쑥쑥 빠지고 있을 아들을 생각하니 희망 찌꺼기가 넘실댔다. 어쩌면 내가 쥐 잡듯이 한 구미호에게 비법이 있을지도 모른다. 그렇다면 그 여시에게 자문을 구해볼까? 짝퉁 백이라도 안겨주며. 묵지근한 다리가 반짝 올라갔다. 앤 진짜 어디쯤 왔을까. 이상하게 아들이 포기할 거란 생각은 들지 않았다. 오백만원의 유혹보다는 아들의 끈기를 믿고 싶었다. 돈에 욕심이 났다면 굳이 하프에 도전할 이유는 없었다. 아들이 10킬로에 도전했다 해도 난 충분히 기꺼웠을 것이다. 그런데도 하프에 도전했다. 난 말리지 않았다. 황당무계도 기고만장도 젊기에 하는 짓이다. 도전은 그 자체만으로도 소중하지 않은가.

나를 사이에 두고 어깨 숨으로 뛰다 걷다 를 하던 녀석은 결국 내 앞에 들어갔다. 모르는 녀석이지만 대견하다. 불굴의 끈기가 가상하지 않은가. 녀석은 오늘을 기회로 새로운 이정표 하나를 세웠을지 모른다. 나는 터무니없게도 내가 녀석의 분발에 일조가 되었기를 은근히 바란다. 나도 불덩이처럼 달아오른 얼굴로 결승선에 들었다. 한 시간 12분 만이었다. 해낸 것이다. 결승선에 드는 순간 다음엔 나도 하프코스를? 하는 생각이 슬며시 들었다. 그 때 내 왼쪽발목이 벌컥 성질을 부리며 올라와 머리를 후려쳤다. 미쳤어? 난 부상당하기 싫다고! 아, 그렇지 발목이 위험하지. 그렇게 해서 난 앞으로도 아들처럼 무모한 짓은 삼가 하기로 내 발목과 약속했다.

런닝칩을 반환하고 땅바닥에 퍼질러 앉아 빵과 음료를 먹으면서 아들에게 문자를 날렸다. '어디쯤 오니.' 그러나 소식이 감감하다. 어쩌면 벌써 들어왔을지도 모른다. 출발할 때 분위기 봐서는 그럴 가능성이 없지 않다. 여기저기 헤비급 남자마다 어둑시리한 눈으로 세심히 살피기 시작했다. 한참을 그러고 있을 때 비닐주머니에서 자지러지듯이 진동음이 울렸다.

"이제 17킬로 지났어요."

맙소사! 아직도 4킬로 남았다. 그동안 뭐 했지? 하지만 난 이번 기회에 좋은 엄마가 되고 싶었다. 그래서 맥 빠지는 소리지만 위로랍시고 한마디 했다.

"천천히 들어와. 무리할 거 없어."

꾸역꾸역 빵 하나를 바쁘게 입에 쑤셔 넣고 결승지점을 다시 찾았다. 이십 분쯤 후면 얼추 들어오지 않을까. 아들이 들어올 때 동영상을 찍을 작정이었다. 하지만 이십 분이 지나고 내 폰에 들어오는 남자들은 모두 사지육신에 군더더기라고는 없는 건장한 청년들이었다. 그렇게 한 시간쯤 지났다. 이젠 누군가를 박수로 맞이하던 사람들은 모두 사라졌다. 시상식은 벌써 끝났다. 자동차들이 도로를 점령해 들어와서 달리기 길은 반 토막이 됐다. 가끔 어깨를 헐떡이며 들어오는 저팔계 같은 체구가 있었지만 아들은 아니었다. 혹 무리지어 들어오는 아들을 못보고 놓친 건 아닌지 불안해지기 시작했다.

인적은 모두 사라졌다. 구급차도 더 이상 나타나지 않았다. 텅 빈 도로는 아득하게 길고 가로수만 쏟아지는 해 아래서 하품을 쏟아냈다. 빈 도로를 하염없이 바라보는 나만 소금기둥처럼 움직이지 못했다. 그 때 멀리서 푸른 점이 나타났다. 하지만 달리기 도로가 아닌 인도 위였다. 아들일 터였다. 뒤에 또 하나. 어느 쪽이 아들일까. 그런데 왜 달리기 도로를 두고 밖에서 얼쩡거리지? 부끄러워서? 그래, 부끄럽기도 할 것이다. 젊음은 저렇게 타인의 시선을 의식하며 남에게 쳐지면 부끄러워한다. 사회가 만들어놓은 서열에서 자유롭지 못한 까닭이다. 꼴찌가 어때서! 울컥하고 뜨거운 것이 올라왔다. 내가 괜히 화가 나고 억울했다. 그들이 가까이 왔다. 내가 두 남자에게 양팔을 휘두르며 소리 질렀다.

"가운데로! 가운데로 들어와 뛰라고오!"

전신이 오직 숨 쉬는 일에만 매진하듯 헐떡이던 청년이 내

고함에 기절할 듯이 놀라 길 가운데로 내려와 달려 들어왔다. 아들이 아니었다. 뒤에 남자도 뒤따라 도로로 내려왔다. 크고 뚱뚱한 체구가 분명한 아들이었다. 다리보다는 양팔이 크게 움직였다. 뒤뚱뒤뚱, 걷는지 뛰는지 분간이 안됐다. 부상당했나? 그렇다면 구급차에 있었겠지.

"뛰어!"

내 고함에 엉거주춤하던 거구가 핸드폰 가운데서 뒤뚱뒤뚱 뛰어 들어가 결승선 밖으로 사라졌다. 완주한 것이다. 폐막을 십분 남겨둔 두 시간 오십분 만이였다. 아들의 시큼한 몸에서 아득히 먼 기억의 냄새가 났다. 이러, 이러, 를 외치며 쟁기를 끌던 노인, 친정아버지 냄새였다. 수렵으로 먹거리를 구하던 원시인의 냄새도 났다. 아들의 몸은 끓는 물이 채워진 듯 열을 뿜었다. 생수 하나가 단숨에 아들 입으로 콸콸거리며 들어갔다. 또 하나를 받아 정수리에 들이 부었다.

"13킬로부터는 도저히 뛸 수가 없었어요."

"거 봐라. 욕심 부리더니. 엄마처럼 10킬로를 달렸으면 안전했지."

내가 하나마나한 소리를 했다. 뛰든 걷든 아들은 완주했다. 우리 둘은 어여쁜 아가씨에게 폰을 맞기고 나란히 서서 구겨진 인상을 폈다.

"구급차에서 타지 않겠냐고 엄지를 세워 까딱거리는데 정말 간절하게 올라타고 싶더라고요. 남은 인생 구겨지는 거 아닐까 싶어 버틴 거예요. 다신 이 짓 말아야지."

"염려 말어. 다음엔 이 짓 안하고 저 짓 할 거야. 어쨌든 대단하다. 엄마라면 포기했을 거야."

아들은 허벅지 사이가 스치면서 피부가 벗겨진 모양이었다. 뒤뚱, 어기적, 양 다리를 십리만큼 벌리고 엉덩이를 오리처럼 뒤로 잔뜩 빼고 걸었다. 열 살적 포경수술을 받았을 때 모습 그대로였다. 얼굴은 잔뜩 일그러져서 세상의 고통을 홀로 짊어진 예수 그리스도처럼 처참했다. 판시판에 오를 때 그 믿음직하던 아들은 전혀 아니었다. 내 입에서 애써 참았던 웃음이 쿡! 튀어나왔다. 난 좋은 어미가 될 소양은 없는 모양이다. 거구의 체구가 아기처럼 어기적거리는 모습을 핸드폰에 담고 싶어 안달 했다.

"얘, 동영상 한 번만 찍자. 지금 니 모습 아무나 보여줄 수 있는 게 아니야."

아들이 내 핸드폰 속에서 걸음을 멈추고 움직이지 않았다.

"됐어요. 어머니가 나중에 하프 뛰면 제가 찍어 드릴게요."

"얘에, 그러지 말고… 기회가 좋잖니. 두고 보면 추억이 될 거야. 사람들은 그런 영상을 예술이라고 해."

"됐고요, 가을쯤에 코타키나발로 어떠세요."

엄마의 예술창작에 아들은 반응하지 않았다. 대신 비행기 값으로만 베트남을 누볐던 배낭여행이 아편중독처럼 도졌다. 이번엔 말레이시아였다.

"넌 엄마가 호구로 보이니?"

아들이 킬킬거리고 웃었다. 무슨 꼼수인지 모르겠다. 그런 아들이 내 손에서 핸드폰을 거두고 어기적어기적 걸음을 떼었다. 아까운 일이었다. 저 진귀한 모습을 포기해야 하다니. 지하철을 나왔을 때 뒤뚱거리는 모습을 마저 보고 싶었지만 난 좋은 엄마가 되기로 했다. 그래서 망설이지 않고 택시를 세웠다.

닭이 두 번 울기 전에

"꿈이-"

"꿈이 와?"

수저질하던 현수 아버지가 놀란 토끼 눈을 하고 바라봤다.

"그냥, 여행 간다고 설쳐 그런가? 새벽녘에 설핏 잠이 들었는데 기차 꽁무니가 아스름이 사라지는 걸 보며 발을 동동 구르다 잠이 깨더마요."

"개꿈은… 날 이렇게 좋겠다. 당신은 배 타고 갈긴데 먼 걱정. 여권은 잘 챙겼겠지?"

"그럼요. 별것도 아닌데 괜히 신경이 씨네."

잠을 설쳤다. 태어나서 처음 해외여행이란 걸 해 볼 참이다. 해외여행이라니, 언감생심 꿈이나 꿔 볼 일이던가. 참 살다보니 이런 날도 다 있구나 싶은 게 현수네는 아직도 꿈인지 생신지 한 번씩 허벅다리를 꼬집어보곤 한다. 며칠 전부터 소싯

적 소풍날 기다리듯이 공중에 붕- 뜬 기분이었다. 이왕이면 아들 며느리에게 등 떠밀려 용돈 받아 쥐고 간다면 더 바랄 게 없지만 와, 내가 어디 다 살았나. 기회사 오고 또 오는 것. 아들이 알면 부담 갖지 않겠냔 말이다. 남편은 이왕에 해외여행이라고 가는데 현수에게 알리는 게 좋지 않겠는가 하는 푸념을 했지만 현수네가 완강히 거부했다. 대신 딸 둘이 십 만 원씩 준 돈은 모임에 나가서 자랑을 했다. 그리고 그 돈으로 그럴싸한 양산을 준비하고 제대로 된 여행용 화장품을 샀다. 여행 가방은 아쉬운 대로 개금 아줌마에게 빌렸다.

“집 장만한지 얼마나 됐다꼬 가들에게 손 벌릴낍니꺼. 메느리도 직장 놓고 있는 판에, 좀 진드기 있어 보입시더.”

“하- 누가 손 벌리려고 하남. 나중에라도 알믄 섭섭할까 하는 말이제.”

“관 두시이소. 알믄 가들이 그냥 있을깁니꺼. 다만 얼마라도 보텔라카지. 마, 조용히 다녀올깁니더. 내 없는 동안 끼니 잘 챙기고 혈압 약 잊지 마이소.”

현수네가 자꾸 벽시계 올려다보고 핸드폰 열어 시간 확인하는 건 가물가물 멀어지는 기차 꼬랑지가 개운하게 지워지지 않은 탓이다. 벨스럽제, 배타고 갔다 올낀데 기차꽁무니는 와 보이을꼬. 아무래도 깊은 잠을 못 잔 탓이라 생각하며 한마디 했다.

“여행 얘기, 혹시 아아들 전화라도 오믄 그때 말하이소. 가들이사 섭섭해 할낍니다만 여행가는 데 무슨 염치로 고하고 자시고 할낍니꺼."

"머- 떠나면 그만이제, 그거 사 그렇고, 일본은 물가가 비싸다더만."

"내사 어디 쇼핑 하러 갑니꺼. 눈요기나 하고 올낍니더. 기왕에 구역봉사원 여행비를 성당서 절반이나 넣어주며 등 떠미니 따라가 보는 거제."

현수 아버지는 조심해서 다녀오라는 말을 거푸 남기고 출근했다. 회사라 해봐야 젊었을 때 하던 미장이 일은 허리통증으로 버린 지 오래고 지금은 아파트 경비원이다. 아침부터 서두르기는 했지만 우선 성당에서 미사를 드린 후에 배편으로 떠날 계획이다. 지금 안나를 기다리는 건 그가 자동차를 가져오기로 했기 때문이었다. 혹시 연락이 오면 말하라고 했지만 아들은 영주를 키우면서 전화가 뜸해졌다. 아무래도 현수가 경기도에서 서울까지 출퇴근하랴 집에 들어오면 처자식 챙기랴 마음뿐이지 엄마 아버지에게 전화기 들기가 여의치 않을 거라고 현수네는 생각한다.

아무렴 어떠랴, 지들 잘 살면… 현수네는 아들 현수만 생각하면 목구멍이 울컥 하고 가슴이 뜨거워진다. 연년생으로 지원과 채원 두 딸을 두고 십년 만에 어렵게 얻은 아들이 현수다 어려서부터 인물 똑 부러지게 좋아 주변의 시선을 모으고 크면서는 전교 몇 등을 다퉈 현수네 어깨를 바짝 올려준 아들이다. 현수네가 시집오자 집안 기울었다고 독한 말을 주저 없이 하는 시어머니와 사사건건 부딪치고 남편벌이가 션찮아 남의 집 구정물에서 손 마를 겨를 없지만 마음만은 현수로 인해 늘 뿌듯했다. 그런 아들에게서 지난여름 늦은 저녁에 전화가 왔다. 안부전화 끝에 현수가 집 이야기를 꺼냈다. 현수네 심장이 쿵! 곤두박질을 했다. 갓 시집오고 나서 시아버지가 집을 담보로 절친한 친구에게 보증을 섰던 일이 번개 치듯이 떠올랐다. 현수네는 자기도 모르게 가슴팍을 움켜쥐고 호흡을 멈췄다.

"은행돈을 좀 많이 썼거든요. 이자 원금 다달이 갚아 나가려니까 지금 좀… "

"그래 전화했나. 난 또 무슨 보증을 잘못 섰나하고 지금 간이 두 근 반 서 근 반 했구마. 그래, 넘의 돈 갚기가 힘들제."

현수네는 자신이 지금 살고 있는 스무 평 임대 아파트를 빼서 달세로 나가면 얼마를 마련할 수 있을지를 빠른 속도로 계산해 봤다. 시집와서 평생 소유해 보지 못한 내 집, 얼마나 우여곡절 끝에 들어온 집이던가. 하지만 아들이 필요로 한다면…

"… 다달이 보내드리는 돈이요. 그 돈을 당분간만 제가 쓸까 해서요. 길게 가지는 않겠지만 은행 돈 때문에 요즘 쪼들려서요."

현수네 심장이 제 자리를 찾아들었다.

눈물이 핑- 돌았다. 아들이 지금 말하는 돈이란 현수가 취직해서 이날 이때까지 꼬박꼬박 아버지 통장으로 넣어주는 이십만 원을 말하는 것이다. 그 이십만 원이라니, 아들 결혼 시키면서 사돈네에게 기죽일 수 없어 며느리에게 남 하듯이 해주느라고 모두 없어지고도 부족했지만 아들이 주는 돈은 장가든 후에도 매달 같은 날에 들어오곤 했다.

"그래, 힘든데 엄마가 보태주지도 못하고… 애비야 미안타. 내가 여태 와 그 생각은 못했을꼬. 영주애비야, 엄마 아버지 생각은 말거라. 아버지 아직 몸 성하시고 엄마도 안즉 꿈지럭거릴 수 있지 않나. 걱정 마래이. 우리 영주애비. 걱정 말고 느들 걱정이나 하라카이. 그건 그렇고, 지금쯤 둘째를 보믄 좋겠다마는 생각하고 있나? 머, 그게 말같이 되는 건 아니다마는… 어서 아들을 봐야 잊어불제."

"아직은 영주도 어리고 형편도 그래서요. 아버지 건강은 괜찮으세요?"

"아버지야 늘 그렇제. 밥 잘 잡수시고, 느들이 늘 걱정이제."

아버지의 높은 혈압과 무엇보다 요즘 들어 자신의 신경통이 심해서 파스를 달고 산다는 말은 하지 않았다. 아들은 이렇게 말해도 제 엄마 아버지 상태를 누구보다 꿰뚫어 보고 있으리라고 믿는다. 아들이라고 모두 같은 아들이 아니다. 개금동 아줌마네 아들이 군 생활 내내 세금 바치듯 용돈을 들이밀어 준데 비해 현수는 군대 들어가 받은 첫 봉급으로 아버지 영양제와 엄마 내의를 사 보냈던 아들이다. 현수네는 그 때 일만 생각하면 가슴이 뻐근하도록 사는 보람을 느낀다.

"어머니도 무리하지 마세요. 잘 챙겨 잡수시고 힘든 일은 이제 그만하세요."

"온냐 온냐. 엄마 걱정은 자꾸만 와카노 우리아들. 단다이 몸 간수하고 그라고 힘들면 언제든 엄마한테 말하래이, 누부들한테도 자주 연락하고."

수화기는 연속극이 시작해서 끝나갈 때서야 제 자리로 다소곳이 내려졌다. 그리고 아들하고의 통화 사연을 곁에서 숨죽이며 듣고 있었을 남편에게 가감없이 설명했다.

"와 안그렇켔노. 그럼, 아암, 그래야고 말고."

남편이 고개를 크게 끄덕이는 걸로 그 일은 마무리를 했다. 내외는 우선 큰 일이 아닌 것에 안심을 했다. 하지만 차츰 시간이 지나면서 가슴 한켠이 썰물 빠지듯 허전했던 건 부인할 수 없다. 그리고 그 일은 누구에게도 말하지 않았다. 모두에게 훌륭한 아들 두었다고 얼마나 부러움을 받았던 아들이었던가. 그런데 이제 와서 그까짓 생채기도 안 되는 일 가지고 의기소침할 일도 아니거니와 시간이 지나면 금방 원상복구 될 일이므로 누구를 속이거나 비밀로 한다는 생각은 들지 않았다. 이번 여행을 굳이 아들며느리에게 알리지 않은 이유도 그런데 있었다. 아들 입장이 지금 어떤 입장인데 여행 간다고 여행비 넙죽 받아 쓸 염치는 손톱만큼도 없다. 이런 상황을 딸들이 알 까닭이 없다. 작은 딸은 조촐하나마 살림 늘이고 자식 키우며 사는 게 대견하다. 큰 딸 지원이는 이혼 후 거처도 알리지 않고 나다니는 꼴이 남세스러워서 현수네는 주변 사람들이 알세라 함구하고 있는 참이다 그런 딸들이 십만 원씩을 여행 경비로 쓰라고 보내 주었을 때 현수네가 미리 입막음을 했다.

“느 올케가 비용 쓰라고 버얼써 보냈드라만 내사 그 돈을 써얄지, 즈들 형편이 그런데.”

시간 맞추어 안나가 왔다. 율리안나도 함께 있었다.

“오느라꼬 힘들었제. 아이구, 이놈의 관절만 아님 요까짓 가방 번쩍 치키들고 큰 거리로 나갔을 긴데, 고맙데이 안나, 우리가 늦지는 않았제?”

“예, 어서 타세요. 율리안나에게 들러 오느라고요.”

“우와! 마리아 형님 가방 멋지네에. 아들이 사 준거예요?”

율리안나 말에 현수네가 움찔했다. 일하러 가는 개금동 아줌마에게 빌렸다고 할 수는 없었다. 그렇다고 아들이 사줬다고 할 수 없기는 마찬가지다. 현수네는 그렇게 쉽게 거짓말을 할 만큼 배짱이 두둑하지 못하다.

“뭐, 진짜 메이커는 아니것제. 딸이 가져 왔더마.”

“아, 그래요, 가방이 좋네요. 역시 딸이 만만하고 아쉬울 때 요긴하지요? 형님 만날 아들, 아들 하지만 진작 아쉬울 때는 곁에 없잖아요.”

“호호… 그라게, 딸도 좋지. 여행비용 척, 척 주고 아플 때 들이다 봐 주고. 그라캐도 아들이… 난 그저 바라만 봐도 역시 아들이여.”

안나와 율리안나가 무슨 의미인지 눈 맞추며 빙긋이 웃었다. 현수네가 속으로 흥, 콧방귀를 뀌었다. 그 아가 어디 외국에 있남. 어디다가 내 아들을 비교해. 딸 트럭으로 대려다 줘 봐, 내 아들과 바꾸나.

"그렇게 아들, 아들 하다가 장가보내고 며느리한테 섭섭지는 않으세요?"

"메느리… 그게 그렇더만, 친정 잘 사는 집 딸들이 서방, 시집식구들 무시하고 뭐, 그렇다드만 우리 메느린 꼭 지 서방, 지 새낀기라, 그만하믄… 사돈네도 경우 바르고. 첨엔 아까운 맘도 없잖아 있었지만 어야겠노. 인연인데 맞추고 살아야제."

며느리 생각만 하면 산 너머 간 부아가 돌아오곤 했지만 현수네는 눌러 참았다. 일 다니며 남의 며느리 행실이 자기 며느리와 크게 다르지 않다는 걸 깨닫기도 했지만 무엇보다 아들 잘 둔 복을 며느리 험으로 훼손되는 걸 원치 않았다.

살다보니 이런 날도 있구나… 엉덩이가 들썩이려는 걸 양손으로 내리 눌렀다. 반평생을 발과 버스로만 부산 바닥을 헤맸다. 지하철이 있었지만 높은 계단을 관절이 허락해 주지 않았다. 졸며 깨며 버스에서 휘청거리다 보면 한두 정거장 넘기기가 예사였다. 현수네는 그 한두 정거장 거리를 걸었다. 비바람에도, 영하의 날씨에도 마찬가지였다. 집마다 엘리베이터가 있는 것도 아니었다. 십 년 넘어 다니는 아미동 아줌마네는 달동네였다. 마을버스가 있었지만 현수네는 마을버스를 타지 않았다. 버스비용을 아끼면 현수가 좋아하는 약밥을 만들 수 있었다. 요즘은 환승이 된 대다가 관절통이 심해서 그 습관은 사라졌지만 현수네로서 교통비는 현수의 간식을 축내는 괴물이었다.

미사시간이 건숭건숭했다. 와카노, 바람 든 가시나 맹키로 후후…

처음 시집와서부터였다. 달세로 시작해서 지금껏 셋집을 전전했다. 그러다 지난봄에 임대 아파트를 하나 건진 것이다. 오년 만기가 되면 분양이 될 것이고 분양 일 순위는 맡아 놓은 당상이다. 자신이 살지 않더라도 자식에게 권리를 넘겨 줄 수 있다는 이점 하나만으로도 현수네는 든든하고 배가 부르다. 요즘 그 기운으로 무릎에 파스 붙이고 다니는 파출부 일이 신바람이 난다. 하지만 아들네가 가까이 있었으면, 하는 간절함이 아물지 않는 붉은 종기처럼 가슴에서 사라지지 않았다. 배에 오를 무렵, 주머니 속에서 전화기 울렸다. 둘째 채원이었다.

"엄마 기분 어때? 배 타면 멀미할 지도 모르는데 멀미약은 챙겼어?"

"채원이구마, 그럼, 챙겼제."

"현수는 머래? 돈만 보내고 끝이야? 엄마가 처음 외국 나가는데 다른 안부 없고?"

"니는 먼 말을 그래 하노. 연락 왔제. 가들사 걱정 말고. 언니는 먼 소식 없드나. 돈이사 잘 받아쓴다만 얼굴을 볼 수 있어야제."

"아, 언니. 언니는 뭐… 요즘 바쁜 모양이야. 그럼 엄마 잘 다녀와. 끊을게."

딸박, 수화기 떨어지는 소리가 현수네 가슴에 찬바람을 일으켰다. 인물이나 공부에서 빠지지 않는 지원이었다. 그런 딸이 원하는 대학엔 원서도 못 내보고 스스로 아르바이트 해서 2년제 대학을 삼년 만에 마쳤다. 어려운 환경 때문이었지만 그 어려운 환경에서도 현수에게는 아르바이트를 시키지 않았다.

"남하는 거면 해야제. 그 학원이 그래 좋다드나. 그럼 다녀야제. 사람은 꿈을 크게 가져야 한데이. 헹핀 살필 거 없데이. 우리가 아들한테 그만한 비용 못 대것나. 다니라, 넘들은 수백만 원짜리 과외도 한다드만 학원이 대순가. 엄마 몸이 가루가 됀다케도 벌어 오꾸마."

대학 입시를 앞두고는 수학 개인과외도 받았다. 언어연수도 보냈다. 기대에 부족하지 않게 현수는 공부를 잘했다. 비록 남의 집 청소 해주러 다니는 형편이었지만 현수가 걸어 다니는 길만 바라봐도 우쭐하고 어깨가 같이 올라갔다. 지원이도 어렸을 적에는 이해를 하고 협조 했다. 정확하게 말하면 희생을 했다. 그런 딸이 원하는 대학에 원서라도 내겠다고 사정 할 때 현수네는 완강했다.

"그래, 핵교 붙어 불면 니가 포기할기가. 아르바이트가 그리 만만한줄 아나. 하루하루 벌어 사는 처지에 등록금이 하늘에서 떨어질 기라고 믿나! 안된다카이. 눌 자리보고 다리 뻗거레이"

완강하게 말릴 수 있는 빌미가 있긴 했다. 지원이는 공부를 잘 하긴 했지만 현수처럼 전교 몇 등을 다투지는 못했다. 그런 지원이가 전문대를 어렵게 마치고 스스로 벌이를 하게 되자 독립을 하겠다고 나섰다. 모두들 펄쩍 뛰었지만 아무도 지원이의 고집을 꺾지 못했다.

신부님의 전송을 받으며 배에 올랐다. 이상한 나라에 들어온 듯이 모든 게 신기했지만 우울한 기분은 여전했다. 꿈이 아리송하드니 언니 얘기에 놀란 듯 전화를 끊은 채원이의 태도가 아무래도… 얼마 전에 채원이가 통화하는 걸 주방에서 엿들었다. 일본인이 어쩌고 해운대 아이파크가 어쩌고 하는 말을 얼핏 들었지만 현수네가 예측해 볼 수 있는 정보는 없었다. 작은 딸은 언니의 거처를 아는 듯 했지만 엄마에게는 함구했다.

안나를 따라 간판으로 올라갔다. 무거운 해가 잠수를 시작했다. 붉은 수채화가 산등성이에 걸렸다.

"와아- 형님, 저기 보이는 데가 해운대 맞지요? 우리나라 같지 않아요. 대체 어떤 사람들이 저런데서 살까요."

안나가 탄성을 질렀다.

"그라게. 돈 있는 사람들이사 해운대가 대수겠노."

말은 그렇게 하면서도 I' PARK 라고 밝은 불 밝힌 거대한 건물을 유심히 바라봤다. 일본사람이야 아이파크 아니라 어디서든 살겠지마는 지원이가 그 아이파크랑 뭔 상관일꼬…

"해운대는 교통이 지옥이라던데 그런 지옥에서 살고 싶을까. 아마 저런 사람들을 두고 매를 번다고 하는 걸 거야. 나야

쥐뿔도 없으니까 해운대고 나발이고 관심 없지만."

안나 말에 거지가 하늘을 걱정한다는 말이 생각나서 현수네가 속으로 웃었다. 장림에 살던 민주네는 얼마 전에 해운대로 이사 갔다. 순전히 민주 교육 때문이었다. 그러나 민주는 지금도 공부엔 관심 없다. 하지만 자신의 아들 현수가 해운대에서 명문 학교를 다녔더라면? 개금동 아줌마 사위가 해운대에서 고등학교까지 다녔다고 했다. 그 사위는 지금 검사라든가 판사라든가. 그라게, 있으면사 해운대 아니라 바다는 못 건너것노. 저렇게 태평한 안나 딸이 어떻게 의사는 됐을꼬.

"아, 이 해방! 사흘이나 공짜로 먹여주고 재워주고, 아싸! 율리아나, 난 아마 전생에 한량이었나 봐."

철없는 소리를 예사로 하는 안나였다. 율리아나가 한숨을 쉬었다.

"음식 잔뜩 해서 냉장고에 넣어 뒀는데 아들하고 서방이 찾아 먹을지 몰라. 글쎄 지난 번엔 며칠 집을 비웠다 돌아왔더니 코를 쥐게 쉰내나는 생쌀이 밥솥에 둥둥 떠 있더라니까. 스위치만 누르면 되는데 어리버리한 남정네들이 그걸 할 줄 몰라서 그런 거였어. 마리아 형님처럼 우리아들은 미덥지 못해 큰일이야. 빨리 장가들여서 내쫓고 싶어."

"낸들 아들이 미더워서 그러나? 마, 그냥 좋은 기지."

"그러게요. 아들 좋은 게 어디 이유가 있나요. 하지만 난 아무래도 아들 딸 가리지 않고 용돈 잘 챙겨주는 자식이 더 좋을 것 같아요. 안 그래요? 부모에게 용돈 줄 정도면 저들 치다꺼리는 한다는 얘기고, 됨됨이도 그마안하다는 징조니까요. 그런 면에서 마리아 형님은 정말 아들 하나 잘 두셨지."

주면 받지만 안줘도 어야노. 자식 이기는 부모 어디 있더노. 현수네가 엉킨 실타래 같은 가슴을 지긋이 문질렀다.

보름 전, 추석에 지원이가 왔다. 깔끔한 차림이었다.

"어머! 언니, 이거 샤넬이네? 산거야?"

채원이가 가방을 들고 호들갑을 떨었다. 해운대 아줌마 집에서 봤던 그런 가방이다.

"선물 받았어. 외국손님인데 가이드를 해 줬거든."

"정말? 와아-! 언니, 남자야? 옷도 멋지다. 백화점 옷이네?"

현수네가 슬그머니 주방으로 갔다.

"제발 구질구질하게 굴지 좀 마. 그냥 가방이야. 남자는 무슨…"

"혹시 언니 좋아하는 사람이야? 해운대 사는 사람? 거기 부자 동네잖아."

현수네가 주방에서 귀를 세웠다.

"재은이가 많이 컸구나. 김서방은 어때. 잘 하니?"

끝내 가방 이야기는 하지 않았다. 겨우 점심 한 끼 먹고 지원이 일어섰다. 현수네가 붙잡는다고 머무를 태도가 아니었다. 어쩌면 아이파크 근처 유치원을 지원이가 다니고 있는 건 아닌지, 하는 생각도 들었다. 아이파크야 그렇다지만 유치원 선생 수입으로 명품가방이 가당키나 한가. 현수네는 윤리나 도덕을 떠나지 않고는 명품가방과 지원이를 같이 생각할 수가 없다. 그가 고개를 크게 저었다. 그럴 리가 없다! 그럴 리가, 그 애가 간절히 원할 때 원하는 대학에 원서라도 넣어 봤더라면…

분노한 연옥처럼 배가 거품을 게워 하얀 꼬리를 늘였다. 불야성 같은 해운대 불빛도 아스라이 사라졌다. 방으로 들어왔다. 지원에게서 그 새 문자가 왔다. '엄마 몸조심하고 잘 다녀와.' 그러면 그렇지! 현수네 눈시울이 붉어졌다. 그리고 묵직하게 내리 누르던 근심도 불시에 사라졌다.

저녁 기도를 드린 후 잠자리에 누웠다. 파도가 심한지 배가 춤을 추었다. 그러나 멀미약 덕인지, 아니면 지원에게 문자를 받은 때문인지 현수네는 행복했다. 아들이 엄마 여행을 알고 있었다면… 아, 그러면사 안부전화 아니라 여행경비도 두둑이 보냈겠지. 하지만 아직은 때가 아니다. 그래, 그 애들 대출금 갚을 때까지, 그 때까지 못 기다릴 게 뭐 있더노. 그 어려운 세월도 살았는데. 뒤척이다가 잠이 들었다. 그리고 습관처럼 일찍 일어났다. 눈을 떴을 때, 여기가 어딘지, 현수네는 잠깐 어리둥절했다. 정신이 들자 자신이 일어나서 할 일이 없다는 생각에 비죽이 웃음이 나왔다. 개금동 아줌마는 현수네가 현관 벨 누를 때까지 침대에 있을 때가 종종 있었다. 비쩍 마른 몸에 두꺼운 조끼를 노상 걸치고 한여름에도 솜 버선발이던 여자였다. 그런 개금동 아줌마가 딱했지만 때때로 그런 게으름이 부럽기도 했다. 오늘 같은 날은 현수네야 말로 식사 전까지 누워 버둥거려도 되는 것이다. 그런데 이렇게 첫 새벽에 눈을 떴으니 시효가 지난 상품권처럼 야속하다.

앉은 채로 묵주를 들었다. 기도는 묵주를 돌리는 손에서 벗어나지 않았다. 썰렁한 경비실에 앉아있는 현수 아버지가 스쳤다. 무릎이 시릴 긴 데… 자고 있는 현수도 방문했다. 출근길이 먼데 일어나야 안하나. 영주를 낳고 직장을 그만두었음에도 며느리는 밥 대신에 선식을 준비해두고 출근하는 서방을 배웅하지 않았다. 묵주를 돌리는 손이 부르르 떨렸다. I' PARK 쓰여 있는 거대한 건물도 나타났다가 사라졌다. 둘째 채원이도 아직 자고 있을 것이다. 사위도 혼자 아침을 챙겨 먹는가? 아마 그럴 것이다. 그런데도 괘씸하지 않다. 채원에겐 아들이 있다. 기도가 끝나고 식구들 모습도 사라졌다. 안젤라가 하품을 쏟으며 일어났다

"어머, 형님 벌써 일어나셨네. 몇 시나 됐을까요?"

"더 자라꼬. 여섯시도 안 됐구마."

"그만 일어나야지요. 나일 먹었나. 아침잠이 전 같지 않아요. 다들 한밤중이네"

"그라게 뭘러 일어나. 더 자제. 어제 화투는 어찌 됐는고?"

"모르겠어요. 재미로 치긴 했는데 누가 딴지는 모르고 잤어요. 보나마나 안나가 또 깨졌겠지요. 씻으로 갈까요?"

안젤라가 목욕준비를 하고 일어섰다.

"그럴까?"

"어젯밤에 형님 잠꼬대 하던데. 지원이가 누구예요? 형님 딸이지요?"

"어-엉? 내가 잠꼬댈 했나. 심하게 하드나."

"아니요. 그냥 지원아아- 야가 외카노! 하더라구요. 자식은 눈 안에 있으나 밖에 있으나 어쩔 수 없는 모양이에요."

"다른 말은 없꼬?"

"뭐, 저도 잠들었으니까요. 딸한테 무슨 일이 있어요?"

"무슨 일은, 난 기억도 없는데 잠꼬댈 했구마."

지원이가 독립해 나가고 어느 날 남자를 데려 왔다. 모든 면에서 실망스런 총각이었다. 식구들이 말렸지만 딸은 듣지 않았다.

"난 엄마, 다른 건 중요하지 않아. 성진 씨는 내가 어떤 입장에 있어도 내 편에 설 수 있는 사람이야. 자식은 갖고 싶지 않으니까."

"야아가 뭐라카노! 와! 말해보그라. 와 자식을 안 둘라카는지."

"그냥 싫어. 딸이면 관심두지 않을 거고 아들이면 아마 엄마처럼 묶일 거야. 난 그런 게 싫어."

가슴이 내려앉았다. 지원의 혼사는 저들끼리 진행했다. 식구들은 손님처럼 식장에서 사돈네와 첫 인사를 했다. 맘에 들지 않던 사위지만 이왕이면 잘 살아주길 간절히 바랐는데 지원이는 일 년을 넘기지 못하고 사위와 헤어졌다. 일이 이렇게 되고 보니 현수네는 정신이 번쩍 들었다. 채원이가 혼인 적령기에 있었다. 다행히 채원이가 데려 온 총각은 흡족했다. 채원이는 양가 부모 모두 축복해 주는 결혼을 했다. 그리고 지금 아이가 둘이다.

목욕을 다녀오면서 현수네 기분이 밝아졌다. 아침을 먹으면서는 꿈인지 생신지 하는 생각을 다시 했다. 남이 차려 주는 밥은 처음이었다. 며느리를 들였지만 안방에서 며느리 밥상을 받은 건 아니었다. 섭섭하지는 않았다. 며느리는 고학력이었고 주방일은 모르는 듯 했다. 사실 여러 집에 일을 다니지만 며느리 밥상을 받았다는 말은 듣지 못했다.

스스로 생각해도 여러모로 이해심이 넓다고 생각하지만 꼭 한번 현수네는 며느리에게 심한 말을 한 적이 있다. 시아버지 제사 때였다. 아들 며느리가 먼 데서 왔다. 현수네는 제사음식 외에도 현수가 좋아하는 소고기 장조림과 약밥을 따로 해 두었다. 며느리에게 본을 보여야 한다는 계산이 있었다. 늦은 제사를 마치고 식사를 할 때 며느리가 상 귀퉁이에 앉아 바쁘게 수저질을 했다. 현수네가 산적을 뒤적이다가 며느리를 건너다봤다.

"산적이 너무 크구마. 새 아이는, 가서 가위 좀 가져 온나"

며느리는 냉큼 일어나지 않았다.

"자기야…"

며느리가 코멩멩이 소리를 하며 현수에게 눈길을 보냈다. 그러자 현수가, 바라보기만 해도 아까운 아들 현수가 엉거주춤 일어났다. 현수네 눈에서 불이 일었다.

"뭐하는 짓이고! 니가 지금 앉아서 서방 부리고 있나."

파랗게 질린 며느리가 수저를 떨어뜨렸다.

"어…어머니, 잘못했어요."

"그렇게 보지 않았는데 배운 바가 없구마. 시근 있으면 시부모 밥상머리에 앉지도 안 할긴데 앉아서 서방까지 부리다니, 어디서 배운 행실이고!"

배운바가 없다는 말은 현수네가 시어머니에게서 지겹게 들은 말이었다.

"그만하세요."

얼음처럼 차가운 목소리가 현수 입에서 나왔다. 갑자기 분위기가 바다 속같이 가라앉았다. 현수네는 목구멍으로 쏟아져 나오려는 악다구니를 지그시 눌러 다독였다. 현수 눈썹 꼬리가 올라가고 지글거리는 분노가 금방이라도 터질 듯 부었기 때문이었다. 이 날, 밥그릇을 비운 사람은 꿔다 논 보릿자루처럼 관심 받지 못하는 현수네 시어머니 뿐이었다. 분위기 파악을 못해서가 아니었다. 노인은 그렇게라도 앉아서 좀 더 아들 손자 곁에 있으려고 했다. 그가 역성든다고 말발이 서는 입장이 아니었다. 노인은 자신의 며느리와 눈을 마주치지 않는 것으로 노여움을 대신했다. 하루를 더 머무르려고 했던 현수와 며느리는 밤 기차를 탔다. 약밥과 장조림이 젊은 주인에게 버림받은 채 하얗게 말라갔다. 그 일은 며느리도 잘못을 빌고 현수네도 임신 중인 며느리에게 심했다는 생각을 해서 없는 듯이 지나갔다. 하지만 아들은 다음 제사부터는 이런 저런 이유를 만들어 오지 않았다.

안나가 식판을 들고 곁에 와 앉았다. 밥이 수북했다. 다이어트 중이지만 일본에 떨어지면 밥그릇이 작아서 출출 굶게 될지도 모른다는 설명이었다.

"어젯밤엔 잘 주무셨어요?"

"내야 잘 잤제 안나는 늦게 잤제? 화투는 어찌 됐는고?"

"두루두루 선을 만져보고 파장했어요. 늦게 배운 도둑질이 날 새는 줄 모른다더니 전 자려고 누웠어도 화투판이 천장에서 왔다- 갔다 하네요. 사천 원 잃었는데 우리 애들에겐 비밀로 해야지. 후후후…"

나가사키엔 가는 곳마다 순교 유적지가 있었다. 성당은 깔끔하고 적막했다. 텅 빈 성당에서 예수님이 적적하시겠다는 생각이 현수네는 설핏 들었지만 얼른 고개를 저었다. 불경스럽구러… 죄 될라. 그리고 순교자들을 생각했다. 자신이 현수랑 가족들을 사랑하듯이 순교자들은 예수님을 사랑했을까? 그렇다면 목숨을 걸고 신앙을 지킨 그들을 이해할 수 있을 것 같았다. 현수네는 가는 곳마다 가족들을 위해 기도했다. 잘 살게 해달라고, 착하고 건강하게 살게 해달라고 빌고 또 빌었다. 그 기도의 중심엔 항상 현수가 있었다.

벳부 온천에 몸을 담그고서는 안나가 또래들과 우수개 소리를 했다. 현수네도 흐뭇하게 듣고 같이 웃었다. 점심은 일본식 우동이 나왔다. 더러 음식이 맞지 않느니 웬 우동 그릇이 세숫대야 만 하냐느니 핀잔이 나오기도 했지만 그 마저도 훈훈하고 즐거웠다. 음식에 대해서라면 현수네도 일가견이 있었다. 처음 시집왔을 때 시아버지의 까다로운 입은 가장 견디기 힘든 시집살이였다. 시아버지 돌아가셨을 때 그 어려운 관문을 통과했나 했는데 이번엔 늦게 둔 아들이 시아버지의 까다로운 입맛을 그대로 물려받은 걸 알게 되었다. 현수가 그런지라 입이 열 개라도 며느리의 손맛을 탓할 바는 아니었다. 그런데 어찌된 영문인지 이번엔 아들이 며느리 흉을, 흉이 아니라면 그 션찮은 손맛을 전혀 불편해 하지 않았다. 어안이 벙벙했다. 현수네가 한마디 거들었다.

"음식은 손맛보다는 입맛이 중하다카이. 우리 메느리는 음식이라카믄 꿀꿀이 죽같이 생긴 카레가 전부인데 아들이 전엔 입에도 안 대던 그걸 이젠 젤 좋아한다니 참 요상하제… 마, 맛이 있으면 손맛이거니 자시고 없으면 입맛으로 자시소."

이틀을 일본에서 지냈다. 버스에선 팝콘처럼 톡톡 튀는 가이드의 설명과 쏟아지는 졸음이 엉겨 몸부림을 쳤다. 일행과 시시덕거리며 웃거나 기도하는 시간이 그나마 보약이었다. 식당엘 들어갔다. 한국 식당이 그냥 옮겨 진 듯 한국 사람들 뿐이었다. 지글거리는 된장찌개와 갈치조림에 모두들 입을 딱 벌렸다. 어느 때보다 거나한 식사를 한 뒤 현수네는 화장실에 들어갔다. 걸걸한 목소리가 칸막이 건너에서 들렸다.

"김 집사님은 사위 하나 잘 보셨드만. 인물 좋고 능력 있고, 처갓집에 그레 하기가 쉽지 않은데, 김 집사님이 사위자랑 할 만 하더만."

교회서도 성지순례를 왔는가? 현수네는 그렇게 생각했다.

"그렇지요? 나도 처음엔 사돈네 극성스럽다 싶어 망설였는데 요즘은 사위 하나는 괜찮게 얻었다 싶어요."

"괜찮은 정도가 아니제. 좋은 인물에 처갓집에 잘하고… 하긴, 색시가 좋으면 말뚝에다 절 한다니까, 그 극성스럽다는 사돈네는 요즘 어떠우"

"사위가 알아서 잘 하더군요. 출퇴근 좋은 직장 버리고 왕복 다섯 시간을 길에서 시달릴 땐 사위도 얼마나 자기 엄마가 피곤하면 그러겠어요. 첨엔 직장 때문에 부산서 살 줄 알았거든요. 한데 엄마하고 멀리 지내려고 서울로 직장 옮긴 거 보면 알 만 하지요. 경기도에서 서울까지 지하철 타고 버스 타고 다섯 시간씩 출퇴근을 하고 있으니까요."

"사위가 못 할 짓이군."

회장실을 들고 나며 주고받는 말이었다. 시러베 같은 사돈을 뒀구마. 아들이 학을 뗄 정도믄 야차같은 에미인갑다. 누군지 모르지만 야차같은 에미에게 현수네가 몽둥이를 휘둘렀다. 그가 뒤를 보고 손을 씻을 때 소매를 올리며 거울 속으로 들어오는 중년의 여자가 낯이 익었다. 그리고 화들짝 놀랬다.

"아이구 사둔! 여긴 왠일입니꺼"

여자 얼굴이 노래졌다. 분명히 사람을 잘 못 본 건 아닌데 여자는 실어증에 걸린 듯 입을 열지 못했다.

"와 그캅니꺼. 지가 영주 할매 아입니꺼. 우찌된 일입니꺼. 예까지 와서 사돈을 만나다니. 그래, 바깥사돈은 잘 기십니꺼."

"저어기, 사돈이시군요. 어떻게… 지내셨어요. 전… 느닷없이 만나게 돼서… 모두 안녕하시지요?"

"아암요. 반갑심더. 우예 이런 일이. 전 성당에서 단체로… 참, 어뜨케 오싯습니꺼."

"저어기… 갑작스런 일이라, 가족이… 딸네가… 휴가라고 해서…"

"아유, 잘되싯구마요. 그캄 어여 가 보시이소. 참말로 반갑심더. 영주는 가끔 보십니꺼. 전 당최 바빠서…"

"예에, 그게…"

이 사람이 갑자기 혼을 빼깃나. 아마도 너무 갑작스런 일이라 놀랐을 거라는 생각을 하며 현수네는 그만 물러나려 했다. 사돈은 누굴 만나려고 그러고 있는 거라 생각했다.

"사돈도 바쁠 긴데 그만 안녕이 가시이소. 낸중에 한번 보입시더. 지금은 기다리는 사람들이 있어서 먼저 가겠심더. 그럼…"

돌아서 칸막이를 돌았을 때, 정면으로 맞닥트린 여자는 며느리였다.

"아니, 니가 웬일로…"

그러다 사돈과 같이 노랗게 질린 얼굴을 보는 순간 뿌연 안개 속에서 뚜렷한 윤각 하나가 떠올랐다. 사돈과 왔다? 아이는 어쩌고. 그리고 이렇게 질린 얼굴은 또 뭐냐.

"저, 어머니… 어떻게…"

"서방은 어딨냐!"

그 때였다. 등 뒤에서, 언제 들어도 현수네 가슴을 저리게 하는 남자의 목소리가 낮고 굵게 들렸다.

"뭐하고 있어. 여보, 어머님은 어디 계시지? 아버님은 영주 데리고 차로 가셨어."

현수네는 진심으로 이 순간이 꿈이기를 바랐다. 평생에 한 번만 꿀 수 있는 꿈이라면 그 꿈이 지금이길 바랐다. 천천히 몸을 돌릴 때 하늘과 땅이 휘청하며 같이 돌았다. 목소리의 주인공이 얼어붙은 듯 자리에 있었다. 커다랗게 치켜 뜬 눈, 현수였다.

"어머니… 어떻게…"

"식구대로 먼 일이냐."

그리고 알게 됐다. 아들이 모처럼 연차 휴가를 내서 처갓집 식구들과 여행을 일본으로 왔다는 사실을. 조금 전에 시러베 같은 사돈은 바로 현수네 자신이었다는 것을. 현수네는 세상은 그냥 무너져도 좋다고 생각했다. 그냥 죽을 수만 있으면 아무 미련 없이 지금 죽는 게 좋다고 생각했다. 관광버스를 어떻게 탔고 어디를 다녔는지 현수네는 기억하지 못했다. 오늘이라는 날이 존재한다는 사실에 현수네는 절망했다. 물 한 모금 입에 대지 않고 시체처럼 누워있던 현수네 입에서 통곡이 터져 나왔다.

"아들이! 내 아들이…"

가슴을 찢는 소리였다. 어머니를 부르는 현수와 며느리 목소리가 문 밖에서 들렸다. 안젤라가 일어서려고 했다.

"열지 마!"

피를 토하는 듯한 소리였다. 안젤라가 주저앉았다.

아련한 기억 속에서 젊은 여선생이 난처한 표정으로 어렵게 말을 꺼냈다.

"현수가 요즘 좀, 친구가 현수 도시락 반찬에 손을 댄 모양이에요. 그게 싫었는지 음식을 그대로 쓰레기통에 버렸더군요. 친구 사이에서 그런 일은 예산데, 집에서는 어떤가요. 현수가 좀 이기적이지 않나요?"

뜻 밖에 말이었다. 현수네는 현수가 회장이나 반장을 했음 좋겠지만 무슨 이유에선지 본인이 싫다고 한다는 말을 듣게 될 줄 알았다.

"그런 일이 있었습니까. 하지만 싫은 건 싫다고 해야지예. 사나아가 그만한 배짱도 없으믄 되겠십니까. 싫은 걸 싫다고 하는 건 잘못이 아닌기라예."

현수 선생님 눈이 커지고 표정은 석고처럼 굳었다. 그만한 일로 현수의 기를 꺾으려 들다니, 새내기 선생이 순진하고 경험이 없어서 그런 거라고 생각했다. 현수네는 그 일에 대해 아들을 추궁하지 않았다. 시간을 그 때로 되돌릴 수만 있다면… 부질없다! 신부님은 사랑이란 자유로워야 한다고 했는데. 대체 누가 누구에게 묶였던 것일까.

"안젤라아- "

가늘고 긴 실타래처럼 낮은 목소리가 문밖에서 새어 들어왔다. 안나 목소리였다.

안젤라가 조심스럽게 나가고 아들 며느리가 들어와 무릎을 꿇었다. 현수네는 움직이지 않았다.

"형님, 어떻게 이런 일이…"

눈물이 범벅이 된 안나가 현수네 손을 붙잡고 얼굴을 부볐다.

"용서해 주지 마세요. 절대로! 형님을 내가 아는데 절대로 이럴 수는…"

현수네 일그러진 얼굴이 울음소리를 대신했다. 안나와 안젤라가 훌쩍였다. 며느리가 소리 없이 어깨를 들썩였다.

"제가 잘못했어요. 영주 애비를 억지로… 모두 제가 그랬어요."

며느리의 팔꿈치가 아들의 옆구리를 눌렀다.

"잘못했습니다. 이미니."

마지못해 입 밖으로 끌려나오는 현수 목소리였다.

늙은이가 허름한 전기장판에 앉아 현수네를 바라봤다. 봐라! 니가 내랑 다른 게 뭐 있더노. 하는 표정이 역력했다. 현수네는 삼십 여 년 전 들었던 말을 지금도 기억했다.

복도, 복도 어째 그리 없을꼬. 떡두꺼비 같은 아들이 있기를 하나, 딸만 덜렁 둘. 꼬박꼬박 말대꾸하제. 자고로 며느리는 배운 집에서 들여야 하건만 쯧쯧… 며느리 들이고 되는 일이 없다카이.

지금 그 늙은이는 어떻게든 아들 손자들 얼굴 한 번 더 보려고 기를 쓰지만 현수네는 찾지 않았다. 얼굴이 건포도처럼 쪼그라들었지만 정신 하나 멀쩡해서 아들 손주들 생일 기억하는 시어머니였다. 현수 아버지가 혹시나 자기 모르게 늙은이에게 푼돈 쥐어주는가 싶어 현수네는 눈을 부릅뜨며 살피곤 했다. 살기가 워낙 힘겹기도 했지만 몸 보다는 마음이 독한 시간들이었다. 뭣이 중해 그래 악착을 떨었을꼬…

모닝콜이 울리고 복도가 부산스러워 지고 있었다. 눈물이 마르지 않은 안나가 안타깝고 간절하게 바라보며 잡고 있는 손을 놓지 못했다.

"내가 세상을 잘 못 살았제. 안나, 개안으니 야들 아침이나 먹게 해 줘."

"형님은 어쩌시고요. 형님이 이러고 있는데, 이 날도적 같은 아들 며느리가 움직일 수나 있겠어요? 형님, 용서해 주지 말라니까요."

"아녀, 내 잘못이제. 자식은 거울이라카이. 먼저들 가. 내도 딸자식 둔 처지에 그럴 수는… 고맙네 안나."

"형님을 알아요. 자식을 위해 모든 걸 바치셨지요. 전 사실 제가 믿는 하느님이 가까이 계시다면 형님 같은 모습이 아닐까 생각하곤 했어요."

현수 어깨가 들먹이기 시작했다. 끊어졌던 안나 목소리가 훌쩍이며 다시 이어졌다.

"형님, 우리가 신자라고 하지만 늘 하느님 배반하듯이, 아들 며느리 착한 사람이지만 자식이라는 게 끝없이 부모를 배반하지요. 한번만 용서해 주시면 정말 좋은 아들 며느리가 될 거예요. 전 그걸 믿어요."

"그럼, 그러엄! 내도, 내 아들인데. 에미야 그만 일어나자. 배고프구나."

현수와 며느리의 어깨가 격렬하게 흔들렸다. 현수네가 장작개비 같은 손을 내밀어 며느리의 손을 잡았다. 어둡던 창이 희미해졌다. 어디선가 닭 우는 소리가 길게 들렸다.

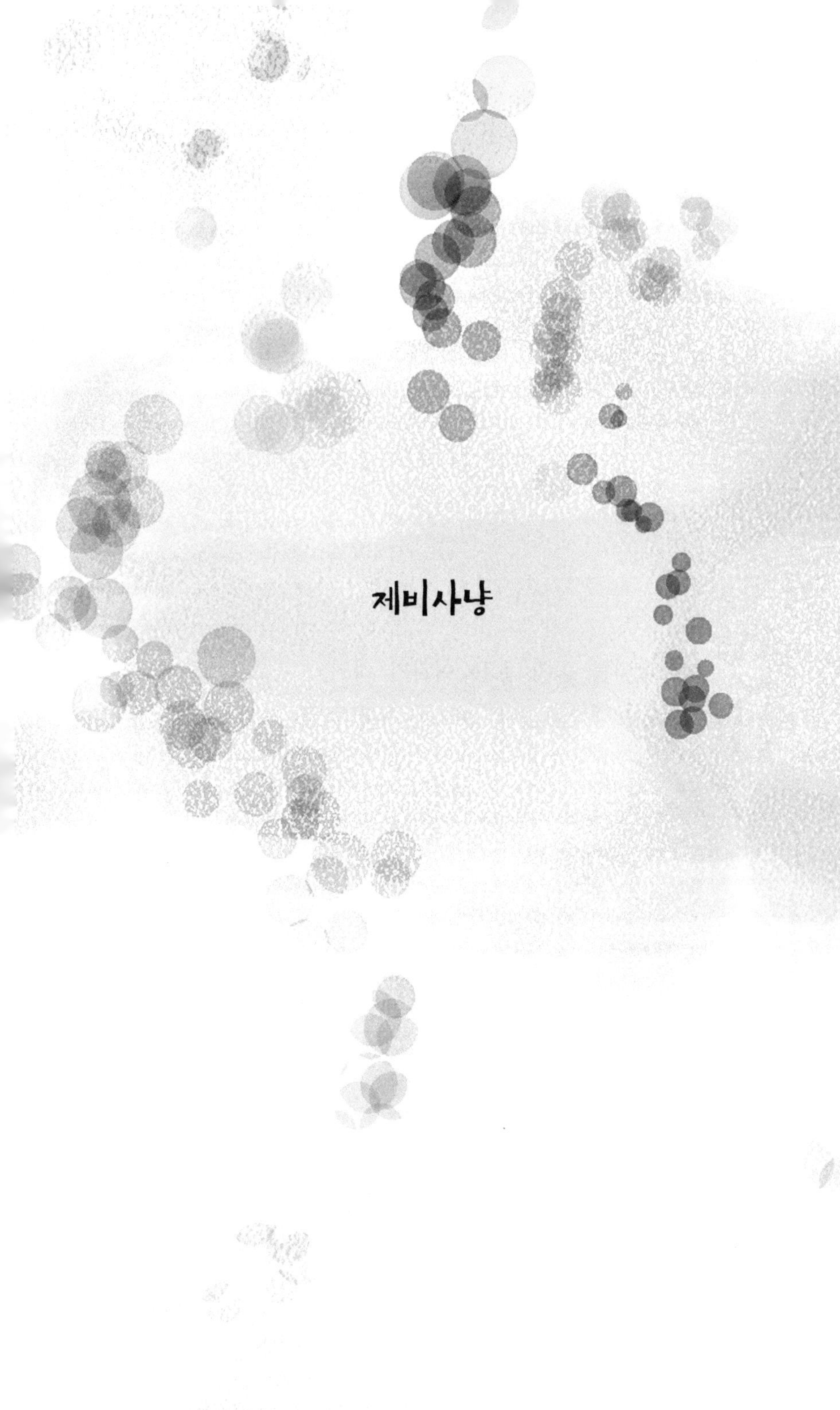

제비사냥

멍석말이를 풀자 젊은 여자가 하얀 주검으로 드러났다. 멍석 곁에서 백발의 늙은 여자가 누런 이를 드러내고 웃었다.

"흐, 흐, 으흐흐-"

미친 듯, 짐승처럼 웃던 백발의 늙은 여자가 음침한 눈으로 쏘는 듯 날 바라봤다.

"헉-!"

꿈이었다. 식은땀으로 범벅이 된 나는 거실 구석에 쪼그려 누워있었다. 세탁기 돌아가는 소리만 집에 가득했다. 옆집에서 나는 소리였다. 투둘 투둘둘…… 반복되는 소리는 멍석말이에 매타작하는 소리와 흡사했다. 질식할 것 같다. 나는 귀를 막고 무릎 사이에 얼굴을 묻었다 세탁기 소리는 그칠 것 같지 않다.

몇 시나 됐을까. 귀를 막고 힘들게 일어날 때, 벽면의 절반을 차지하는 액자 안에서 행복하게 웃는 여덟 명의 눈동자가 회오리를 돌았다. 생각해 보니 난 어제부터 굶었다. 고혈압에다 신경통, 맹장을 버리고도 십 년을 산 몸뚱이다. 며칠 굶는다고 죽을까? 지그시 눈을 감고 죽음의 종류를 생각했지만 어떤 죽음의 형태도 만족스럽진 않았다.

냉장고에서 김치와 사흘 된 밥을 꺼내 물을 끓여 말았다. 식탁에 앉았지만 수저가 천근이었다. 수저와 밥그릇이 식탁에서 팽그르르 돌며 내 팔뚝 밖으로 밀려났다. 팔을 식탁 위에 모으고 얼굴을 양팔 가운데로 묻을 때 눈에 들어오는 아이는 외손자 만기였다. 식탁 유리커버 안에서 만기는 나를 바라보며 까르르 웃었다. 그 웃음이 탄력을 잃은 내 피부를 마구 찔렀다. 머리를 식탁에 묻은 채 어깨가 들썩였다. 고문은 내 귀와 눈을 같이 파고들었다. 무지갯빛 만기의 웃음과 병든 짐승처럼 가늘고 질긴 울음이 한동안 팽팽하게 줄다리기를 했다.

"끄윽, 끄윽……"

기력이 쇄한 늙은이 울음이 먼저 잦아들었다. 만기는 여전히 노란 유치원가방을 치켜 올리며 까르르 웃었다. 일그러진 내 입술이 차가운 만기의 볼을 더듬었다.

"내 새끼…… 내 똥강아지……"

적막이 낮게 내려앉았다. 끝나지 않을 것 같던 세탁기 소리는 사라졌다. 숨쉬기가 한결 낫다. 고통도 끝이 있지 않을까? 혹시 악몽은 아닐까? 팔뚝의 살을 비틀었지만 고통을 느낄 수 없다. 꿈일지도 모른다. 그렇다면, 함지박 만하게 웃는 만기를 여전히 볼 수만 있다면 난 견딜 수 있다. 이웃에서 하는 일감을 얻어 부지런히 하면 하루 이만 원 벌이는 될 것이다. 그 돈으로 끼니를 챙길 수 있을까? 어쩌면 끼니 거를 일은 없을지도 모른다.

만기 할머니, 안사돈은 가을이면 부족하지 않게 쌀과 잡곡을 보내주었다. 겨울이면 김장김치도 보내왔다. 처음엔 받기만 할 수 없어 더러 작은 선물꾸러미를 같이 건넸지만 길게 가지 못했다. 우리 부부는 사돈네와 인사치레를 하고 살 만큼의 경제력을 오래전에 잃었다. 내 귀족적 취향의 품위유지는 아들 은수의 사업실패로 포기했다.

잠깐, 그러고 보니 아까 꿈에서 나를 바라보며 소름끼치게 웃던 늙은이는 만기할머니, 사돈이었던 것도 같다. 그럴 리가…… 아니야! 내가 강하게 고개를 저었다. 사돈의 머리칼은 그렇게까지 하얗지 않다. 그리고 그 늙은이가 지수 일을 어떻게 알 것이냐.

퉁퉁 불어터진 밥을 뜨기 시작했다. 앞으로 한 끼니의 식사가 아쉬울 날이 올지도 모른다. 요즘은 은수의 전화가 없다. 사업이 그럭저럭해서가 아니라 그야말로 부모에게 더 기댈 게 없음을 알기 때문일 것이다. 무소식이 희소식이거니 생각하지만 근심 덩어리 하나는 늘 가슴에 똬리를 틀고 있다. 남편의 사십 년 교직의 마무리를 끊어진 연처럼 날려버린 은수였다.

엘리트 교육은 나로선 최고의 가치였다. 은수가 언어 연수차 떠났던 유럽에서 이년 넘어 떠돌아다닐 때, 남편은 조기 퇴직금을 받았다. 뒤늦은 대학졸업과 함께 은수도 괜찮은 직장을 얻었지만 길게 가지 않았다. 처가에서 어깨너머로 봤던 수입 가구에 은수가 다이빙 하듯이 뛰어들면서 우린 무일푼이 됐다. 그나마 남편이 사촌 이름으로 등기문서를 해서 남아 있는 게 지금 사는 21평 아파트다. 그런데 남편은 오늘 그 아파트를 담보로 해서 대출을 받으러 갔다. 이번엔 딸, 지수를 위해서였다.

애틋한 딸이었다. 지수가 처음 사위를 데리고 왔을 때, 우리 부부는 망설였다. 아홉 살의 나이차는 적은 게 아니다. 세차장 주인인지 일꾼인지 하는 그의 직업도 지수의 배필로는 성에 차지 않았다. 지수 나이 이제 스물 셋, 고전 무용을 전공하고 학원에 취직도 했다. 홀쭉한 볼에 지수는 불만이 있었지만 빠지는 외모는 아니었다. 얼마든지 엘리트 총각을 찾아도 될 지수였다. 하지만 난관은 내 뒤에서 폭포처럼 덮쳤다. 사돈네가 지수를 맘에 들지 않아 결사반대했다. 나중에 안 일이지만 그들이 마음에 둔 며느리 감은 약사거나 교사들 가운데 있었다. 내가 보기에 구멍가게보다 나을 게 없는 사돈네의 세차업과 서너 개의 부동산이 그들의 우월감을 부추겼을 것이다.

지수는 결혼했다. 화려하고 당당한 8월의 신부가 되었다. 손자 만기는 그 때 지수의 뱃속에서 무럭무럭 크고 있었다. 만기의 등장으로 생기는 혜택은 생각보다 컸다. 만기의 손을 잡고 찜질방이나 놀이공원을 거쳐 대형마트로 마무리하는 우리 부부의 주말은 고위 공직자의 안식년처럼 만족스러웠다. 은수의 휘청거리는 사업과 반비례해서 지수는 순조로웠다. 은수가 내 통장의 잔고를 말리는 속도만큼 지수가 그 통장을 채워주곤 했다.

입이 험한 시누이는 지수가 제 서방을 발톱의 때만큼도 여기지 않는다고 이따금 훈계를 했다. 나도 그 점이 불안하긴 했지만 불안도 오래되면 익숙해지는 법이다. 더구나 나는 쌍둥이처럼 닮은 지수의 어미가 아닌가. 시누이의 훈계에 내 대꾸는 점점 대담해졌다.

“아유 아가씨, 그것도 다아 자기 능력 아니겠어요?”

다행인지 입이 험한 시누이는 많지 않았다. 반면에 시집 잘 간 지수가 어려운 친정 돕는다는 칭찬은 자자했다. 은수가 내 가슴에 화염병을 던질 때마다 사람들은 딸이 잘 사는데 뭔 걱정이우. 하며 내 걱정을 일축했다. 약발이 있는 말이었다. 내 가슴은 그 말에 얼마간 중화되어 폭발하지 않았다. 그런 지수가 내 뒤통수를 쳤다. 현관에 들어서면 신도 벗기 전에 재재거리던 지수였다. 지수가 만기를 앞세우고 들어오는 현관은 전등을 올리지 않아도 환했다. 그런 지수가 코를 높이고 볼에 실리콘을 넣었다. 그리고 키메라처럼 짖은 화장을 할 무렵이었다. 사흘이 멀다고 친정을 드나들며 만기를 맡기고 외출을 할 무렵, 제 서방을 헌신 팽개치듯이 하고 친정에 껌딱지처럼 붙어있을 무렵, 무언가 지수에게서 삐그덕 소리가 났지만 그 소리의 실체를 알 수 없어 불안하게 바라만 보던 무렵, 그 때 다그쳤더라면 지수는 달리는 호랑이 등에서 안전하게 착지할 수 있었을까? 하지만 난 지나가는 말이라도 지수의 요란한 변신을 간섭하지 못했다. 옷이 그게 뭐야, 쇼핑 좀 해. 하며 상품권 쥐어주는 것만 늘 황감해서 철없는 딸을 우려렀다. 그때 자중을 시켰더라면 지수는 어미 말에 고분고분했을까?

그토록 화려하고 생기 넘치던 지수가 언젠가부터 말없이 창문너머로 시선을 던지며 꺼질 듯 한숨을 쉬었다. 그 애 한숨에 내 억장이 같이 무너졌다. 나이를 먹으면 사람의 감각도 둔해진다는데 내 감각은 아직도 바늘 끝처럼 예민했다. 문제는 그 바늘 끝 같은 감각이 대체로 부정적인 사건에서 감지된다는 것에 있었다.

사위는 무던했다. 내 아들과는 달라도 너무 달랐다. 그야말로 대박엔 관심 없고 쪽박만 두려운 줄 알아 개미처럼 부지런하고 성실한 위인이었다. 그 무던한 사위가 지난달엔 장모와 한 판 붙을 기세로 들이닥쳤다. 그러나 천성이 단순하고 무던한 데는 방법이 없는지 자신이 죄인인 양 장모 얼굴은 바로 보지도 못하고 곁눈으로 흘끔거리며 지숙의 살림살이에 구멍이 뚫린 것에만 눈물을 글썽이며 흥분했다.

“황서바앙! 내 잘못했네. 알다시피…… 재 오빠가 하는 사업이 어려워서……”

뒷말은 하지 않았다. 지수가 시킨 데로 신문 읽듯이 주워읊는데도 목이 메었다. 내 말에 사위는 더 추궁하지 않을 듯했다. 대신 이제부턴 생활비에 대해서 일일이 간섭을 해야겠다는 토를 두 번 세 번 달았다. 그리고 일어서는듯하더니 다시 주저앉기를 서너 번, 끝내 사위는 녹아내린 얼음주머니처럼 퍼질러 앉았다. 그리고 더듬더듬, 긴 말을 쏟았다.

"장모님도 알다시피요오, 지가 용돈을 넘들 같이 썼습니까. 벌이가 못했습니까. 운동 삼아라고 하지만 일요일도 없이 일에 매여 있는 게 전들 좋아서 했겠습니까. 지가 버는 돈은 그렇다 쳐두요. 부모님에게 다달이 받는 만기 교육비 백만 원, 그 돈이요, 지는 우리 엄니 생각하면 손이 오그라든다고요. 그런데 장모님은 아들 사업이 아무리 중해도 어떻게 손자 학원비를 석 달이나 밀리게 하고, 사채를 쓰도록 우릴 거덜 낼 수 있냐고요. 우리 엄니 장모님보다 형편 넉넉하다고 해도 찜질방은 이름도 모른다고요. 당뇨에다 신부전이 심하지만 파출부도 두지 않고……"

내가 들어본 사위 말 중 가장 긴 말이었다. 그림자처럼 존재감이 없던 사위 입에서 나온 장모의 비판이었다. 벌겋게 달아오른 사위의 눈자위가 내 가슴에 담금질을 했다. 그런 와중에도 지수의 불륜을 사위가 모른다는 사실에 난 가슴을 쓸어내렸다.

우편함에서 무심코 들고 들어온 청첩장만한 봉투엔 여자의 벌거벗은 사진이 들어있었다. 지수였다. 긴 말이 필요하지 않았다. 석장의 사진이 설명하는 바는 간통이었다. 살이 떨린다는 말은 과장이 아니었다. 나는 차마 그 사진을 남편에게 바로 보이지 못했다. 해파리처럼 풀린 지수의 얼굴에 엉겨 있는 사내의 얼굴은 까맣게 지워졌지만 헐거운 어깨는 분명했다. 오래 전에 노안이 온 시력이지만 백번을 봐도 황서방의 성근 머리카락과 투실한 어깨는 아니었다.

그 날 저녁 전화를 받았다. 보험사 외판원처럼 나긋나긋한 목소리였다.

"따님 사진 보셨겠지요. 그런 사진이 내게 또 있는데, 어떤가요. 우리 흥정하는 게."

전율이 일었다. 덜덜거리는 입으로 무슨 말인가를 하려고 했지만 입 밖으로 나오지 않았다. 살다가 이런 악몽도 꿀 수 있을까. 하지만 꿈이 아닌 듯했다. 곁에 있던 남편이 내 손에서 전화를 거두었다.

"뭐…… 뭘 원하시오."

그의 턱이 고장 난 세탁기처럼 덜덜거렸다. 가늘고 예리한 사내소리가 송곳으로 후비듯이 내 귀에까지 파고들었다.

"돈이 필요해서요. 물론 한번이면 돼요. 다시 지수를 볼 일도 없고요. 딱 오천, 한번으로 끝낼 생각인데, 제에기! 지수가 그걸 거절하더라고요. 한 푼도 없다나? 그래서 어쩔 수 없이 훈장질 하셨던 아버님에게 말하는 거예요. 흥정 어떠세요. 아님 이 사진을 아버님 사위한테 보낼까요?"

남편이 수화기를 떨어뜨렸다. 흙빛이 된 그의 얼굴이 옥상에서 떨어진 수수떡처럼 일그러졌다.

다음날 지수가 왔다. 구겨진 사진이 지수 손에서 허공을 향해 날았다. 나체사진은 거실 벽면 가족의 얼굴을 때리고 내

발 아래 떨어졌다. 방으로 들어가 짐승 소리를 지르며 울던 지수가 얼마 후 나왔다. 그 애 얼굴이 해를 넘긴 푸성귀처럼 노랬다. 우리 부부는 쓰나미처럼 덮친 절망 앞에서 내외를 하듯 돌아앉은 채 입을 봉했다. 지수가 더듬더듬 입을 열었다. 짐작은 역시 한 치의 각도도 비켜가지 않았다.

"몇 달 전부터 돈을 요구해서…… 그 때, 통장이란 통장은 모두 털렸어. 지난달엔 만기 돌반지, 결혼 패물까지. 황서방이 곧 알게 될 거야. 악마는 집을 팔래. 나…… 그냥 죽을까? 내가 죽기 전엔 끝나지 않을 거야."

"부모 앞에서……"

불쑥 튀어나오던 남편의 말이 끝을 맺지 못하고 가냘픈 한숨 속으로 사라졌다. 그가 무심을 가장하려 애쓰며 창밖으로 시선을 돌렸다. 싸라기눈이 창문에 부딪히며 길게 흘러 엉겼다. 하늘도 운다. 누군들 울지 않으랴.

"자식 잘못 키운 내 죄다. 일찍 갔더라면……"

젖은 목소리였다. 없는 집 토종 옹기만큼 쪼그라든 남편의 체구가 휘청거리고 일어섰다. 그가 신발을 끌며 현관 밖으로 사라졌다. 내가 지수 무릎을 잡아 흔들었다.

"이런 날벼락이…… 대체 어떤 인간이야. 어디서 만났어!"

"그게 뭐 중요해. 그는 독사라구. 죽기 전엔 놔 주지 않을 거야. 요즘은 인터넷에 올리겠다구 협박하는데 엄마, 난 어떡하지?"

산발한 머리칼 사이로 빨갛게 충혈 된 눈이 내 얼굴에 구멍을 뚫었다. 그 애 입으로 나오는 설명은 군더더기였다. 호랑이 손에 한 줌 먹이로 남겨진 지수의 어깨가 감전된 꿩처럼 떨었다. 아들 때문에 끓이던 속앓이는 배부른 투정이었다. 사십 년 퇴직금과 살던 집이 사라졌을 때 남편은 심혈관 수술을 받고 6시간 만에 살아날 수 있었다. 그런데 이번엔 지수다. 지수는 믿었던 도끼다. 그토록 이웃과 친지들에게 칭찬이 자자해서 부러움을 모으던 딸 지수다.

"날벼락도…… 다 큰 만기를 노상 끌어안고 잘 때 눈치 챘어야 했는데. 좋거나 싫거나 젊은 부부가 한 자리를 써야지 이게 웬 날벼락이야!"

차마 머리를 쥐어박지는 못했다. 벼랑 끝에 선 지수가 어느 방향으로 몸을 던질지 알 수 없었다.

"엄마두 내가 딴 방 썼다고 생각해? 어떻게 엄마까지 그럴 수 있어? 시어머니한테 만날 듣던 게 그 말이야. 그런데 엄마까지 어떻게 그런 속 편한 소리를 해?"

"무…… 무슨 말이야. 안사돈이 그걸 어떻게 알아!"

"황서방이 만날 베개 들고 빈 방으로 갔으니까."

맙소사! 난 대번에 상황을 파악했다.

지수의 이빨 가는 소리는 특이했다. 한 밤에 이가 부러질 듯이, 고장 난 태엽 돌리듯이 뿌드득거리는 소리는 엄마인 나조차도 소름이 끼쳐 귀를 막곤 했다.

"성형수술 했을 때, 그 돈 시어머니가 준 돈이었어. 이 치료 받으라고. 하지만 치과의사는 잘 때 고무치아를 하라고 했어.

수명이 한 달도 안 되는 고무치아를. 결국 치료가 어렵단 얘기잖아. 그 때 그 돈 들고 성형외과를 갔어. 이 인간은 내가 화장이 짙어진 줄만 알지 성형까지는 생각할 줄 모르더라고. 등신."

같이 사는 서방이 그 정도라면 등신은 등신이다.

"니 시어머니도 그래 생각 하던?"

"아는 것 같았지만 어쩌겠어. 자기 자식이 베개 들고 도망다니는데, 내 잘못은 아니잖아. 있는 집에서 치과비용 들고 나가 성형했다고 며느리 내쫓아?"

"휴우- 무던하기는 모자가……"

"무던해서야? 늙은이가 그저 지 손자 하나 어떻게 될까 봐 벌벌벌…… 나한테 무슨 정이 있어서 그런 줄 알아? 아들 며느리 헤어지면 손자 불쌍해지니 그게 두려웠던 거지. 아들이 각 방 쓰는 거 뻔히 알면서도 나보고만 만날 만기 끼고 잔다고…… 왜 젊은것들이 각방 쓰냐고…… 내가 무슨 짓은 못하겠어!"

"그런다고 외간 사내와…… 이제 어쩔거야. 어쩔거냐고오! 어이구……"

내 손에서 지수의 팔이 망가진 인형처럼 마구 흔들렸다.

"죽지 뭐."

"니 새끼는 어쩌고."

"나 없으면 그 늙은이가 만기는 끼고 살 거야. 당뇨에, 신장염에, 관절에 몸뚱이가 고장 나서 너덜거리는데도 구멍 난 옷은 기워 입는 늙은이야. 그런 늙은이가 손자한테는 벌벌 떨지. 메이커가 뭔지도 모르면서 만기 옷은 유명 메이커 좋은 옷만 고르잖아. 어쩌면 내가 아들하고 각방 쓰는 게 못마땅한 게 아니고 자기가 손자 끼고 자고 싶어서 그런지도 몰라. 만기한테는 징그럽게 유난을 떨지."

짐작하고도 남는다. 씨도 먹히지 않는다고 몇 달을 두고 지수의 결혼을 반대했던 사돈네였다. 하지만 지수의 임신이 기정사실로 드러나자 그들은 아들 혼사에 최선을 다했다. 처음 보는 사돈네는 외모 허술하고 어디에 돈 있을 것 같지 않는 몰골이었다. 하지만 지수는 성대한 결혼과 함께 캐럿이 넘는 다이아를 패물로 받았다. 그게 전부가 아니었다. 혼사를 앞두고 사돈의 단골 한복집에서 마주 앉았다. 그 때, 사돈은 그동안 마음 아프게 했던 일을 잊어달라며 내 손을 잡았다. 그리고 조심스럽게 순금 한 냥의 한복 노리개와 같은 무게의 팔찌를 내 손에 쥐어 주었다.

해거름해서 남편이 들어왔다. 노숙자 형상이었다. 난 낮에 꿈에서 봤던 멍석말이 여자가 입 밖으로 나올까 두려워 입술을 물었다. 허물어지듯 그가 누웠다. 생명이 있을 것 같지 않은 그의 등에다 대고 내가 물었다.

"어떻게…… 됐어요."

"음…… 오천에 끝냈어. 내일 얘기하지."

집문서는 우리 부부에게 남겨진 유일한 등기문서였다. 흡혈

귀는 그걸 물고 늘어졌다. 아들이 모르고 있는 이 집의 등기 문서를 악마는 알고 있다는 뜻이다. 지수가 저도 모르게 흘렸을 것이다. 오전에 남편은 그 집문서를 들고 나갔다.

“설마…… 그냥 주진 않았겠지요. 무슨 약속을 받던가……”

남편이 힘들게 일어나 앉았다. 그러지 않아도 작은 체구가 구멍을 뚫을 듯 바닥에 붙었다. 일그러진 그의 입이 그림자처럼 움직였다.

“사진이랑 사진 들어있는 핸드폰이랑 컴퓨터도 받았어. 자필로 된 각서도 받고.”

“그래도…… 그 질긴 악마가 거기서 그칠지, 나중에 또 뭘 또 요구하면……”

“그 땐 죽여 없애야지.”

여태껏 들어본 말 중 가장 또렷한 말이었다. 그의 눈이 독을 품은 뱀처럼 날카로워졌다. 찌를 듯한 섬광을 주체 못 하고 그가 눈을 감았다. 악마는 남편의 저 눈빛을 과연 봤을까. 봤다면 섣부른 짓은 다시 않을지도 모른다. 그렇게만 된다면……

부동산에 집을 내놨다. 아무리 생각해도 오천만 원의 이자를 감당할 방법이 없었다. 제 값만 받으면 그럭저럭 살게 될지 모른다. 난 손자들의 재롱을 포기했다. 사흘이 멀다고 들러 며칠을 뭉개던 지수가 예전처럼 집에 오지 않았다. 우리가 뭔가를 일러주기 전에 그 애가 스스로 자신의 도리를 채득했을 것이었다. 입만 열면 수전노라는 시집 식구들의 비난도 사라졌다. 무엇보다 궁상스런 늙은이, 라고 부르던 시어머니에 대해서 지수의 입이 다소곳해졌다. 그리고 전에 없이 주말이면 만기를 데리고 시집을 방문했다. 누가 요구하거나 시켰을 리 만무했다. 지수로서는 그야말로 뜨거운 불씨가 남은 현재 위치에서 안전지대로 대피하려는 자구책일 것이다. 그 안전지대가 만기에게 성을 물려준 황씨 일가일 것은 말할 나위가 없다.

사위는 지난겨울에 쳐들어와 내게 심하다 싶은 말을 한 뒤론 오히려 우리 부부를 만날 적마다 죄인인 듯 기를 못 폈다. 지수로부터 다달이 들어오던 칠십만 원의 돈은 절반이 뚝 꺾였다. 그 절반의 돈이 이젠 사위의 이름으로 들어온다. 사위가 우리 앞에서 기를 못 펴는 건 심했던 말 말고도 그런 금전적인 이유도 있을 것이다. 그러잖아도 말수가 없어 불편했던 사위였다. 우리라고 새삼 살가워 할 이유는 없었다. 집은 보러오는 사람조차 없었다. 사위에게서 받는 생활비 명목의 돈은 속절없이 은행 이자로 나갔다.

하루하루는 바늘방석이었다. 주말마다 외손자를 가운데 세우고 대형마트와 찜질방, 멀게는 해외까지 돌던 우리 모녀는 천리만큼 뚝 떨어진 거리를 느끼면서도 그리워하고 자시고 할 처지가 되지 않았다. 보름 전엔 사돈네로부터 하루 만나 식사를 하자는 요청을 받았다. 별장처럼 쓰는 촌집이 한 시간 거리에 있었던 사돈네였다. 그러므로 촌집 뜰에서 삼겹살을 구우며 사돈 간에 돈독을 다지는 일이 종종 있었다.

그 중심에 손자 만기가 있었다. 녀석은 네 노인의 시선을 한데 모으며 반딧불처럼 날아다녔다. 어이구, 우리 개똥벌레. 장한 내 새끼. 이 소리는 안사돈이 만기를 부른 후에 따라붙는 후렴구였다. 만기의 몸은 안사돈이 지어준 별명, 한여름 밤의 개똥벌레처럼 빛을 뿌렸다. 소박하기론 무일푼인 우리네와 별 차이 없는 사돈네였다. 그러므로 없는 우리도 부담스럽지 않았다. 우리는 한 번도 사돈의 식사요청을 거절 한 적이 없었다.

친정에만 붙어 지내고 살림에 관심 없는 지수가 사랑받는 며느리일 거라는 황당한 착각은 나도 하지 않았다. 그 점이 없이 산다는 이유보다 더 나를 사돈 앞에서 외소하게 만들었다.

"시에미가 친정 부모처럼 좋을 수는 없을 깁니더. 차차 세월이 가르치지 않겠습니꺼."

만기가 내 치마 꼬리에만 매달릴 때 안사돈이 했던 말이었다. 지수의 결점은 손자의 어미라는 이유 하나로 그냥 묻히는 듯했다.

그 무렵, 지수가 제 서방에게 터무니없이 앙탈이 심한 건 사위가 그만큼 순진해서라고 난 생각했다. 지수의 빠드득거리며 가는 이와 잠귀 밝은 사위는 같이 생각하지 않으려고 난 의도적으로 노력했던 것 같다. 밤마다 사위가 배게 들고 딴 방을 찾는다는 사실은 나로선 마지막까지 확인하고 싶지 않은 부분이었다. 자존심 강한 지수였다. 그의 상처는 내 의도와 관계없이 철철이 피를 흘리고 있었는데도.

그런 지수가 요즘 둘째를 가지려고 노력한다. 간절히 둘째를 기다리던 시부모에게 하나도 많은 세상이라며 한마디로 일축했던 지수가. 신경이 잇몸까지 드러난 지수는 과일은 쳐다만 보고도 진저리를 치곤했다. 그런 지수가 요즘 석류를 먹으며 호르몬 주사를 맞는다.

사돈네의 식사 요청은 거절했다. 도저히 그들의 얼굴을 태연하게 바라볼 자신이 없어서였다.

"알았어. 엄마 그렇게 전할게."

지수도 당연하게 받아들였다. 행여 우리가 거절하지 않았으면 지수가 난처했을지도 모르겠다.

연둣빛 계절이 왔다. 하지만 누구도 계절에 대해서 입을 열지 않았다. 반 년 만에 찾은 의사는 제대로 된 식사와 운동을 하라고, 그렇지 않으면 명줄이 어찌 될지 모른다는 엄포를 놨다. 하지만 우린 무시했다. 아침저녁으로 오르던 체육공원은 찾지 않았다. 대신 가까운 절을 찾았다. 염주를 쥐었다고 벌린 입으로 모두 진리를 읊지는 않는다. 악마가 개과천선 하리라는 기대는 하기 어려웠다. 간절히 바라는 바는 나로선 하나밖에 없었다. 그 악마가 죽기를, 빨리 죽기를. 내 딸이 아니라도 사회악인 흡혈귀는 사라져야 마땅했다. 법화경을 외는 입에 저주를 같이 담을 수는 없는 일이었다. 가슴에 사무치는 저주는 목구멍을 넘어오지 못하고 응어리를 만들었다. 때문에 음식은 맛을 모르고 먹은 음식은 걸핏하면 체했다.

그 날도 같았다. 늦은 아침 후, 소화제를 먹으려던 참이었다. 사색이 된 지수가 연락도 없이 들이닥쳤다. 딸이 친정을 방문하는데 이런 두려움이 있으리라고는 난 생각지 못했다. 괜한 두려움이 아니었다. 그동안 지수는 제 남편을 동반하지 않고는 내 집을 여간해서 찾지 않았다. 그런데 혼자였다. 문간에 들어서는 자식을 보고 어서 오라는 말 대신 난 새파랗게 질린 그 애의 표정부터 분석해야 했다.

"무슨 일이라도……"

뒷말이 나오기 전에 지수가 현관입구에 쓰러지며 오열했다. 그리고 알게 됐다. 지수는 여전히 독사의 먹이였다. 그 독사가 다시 지수를 만나고 싶다 하는 것, 그리고 나체 사진이 더 자기에게 있으며 만나주지 않으면 그 사진을 요긴하게 사용할 것이라는 협박을 지수가 받는 중이었다. 남편이 그 길로 악마의 집을 다녀왔다. 반 지하의 집은 그러나 굳게 문이 잠겨 있었으며 남편은 그를 만나진 못한 듯했다.

잠들지 못하는 밤이 다시 시작됐다. 지수가 산발한 머리로 다녀간 후, 우린 절에도 발길을 끊었다. 부처의 자비는 허물없는 사람들의 몫일 것이었다. 희망 같은 건 이젠 없었다. 난 속절없는 주문을 부처님 눈치도 살피지 않고 입에 달았다. 그를 죽일 수 있는 방법이라면 어떤 주문이라도 좋았다. 남편은 오직 악마를 제거하기 위해서 하루하루를 지탱하는 듯했다. 식사 때도 TV를 볼 때도 그의 눈에선 시퍼런 독이 안구 밖으로 튕겨 나왔다.

남편이 작은 칼을 들고 들어왔다. 어디서나 구할 수 있는 평범한 칼이었다. 그는 사제가 제구를 관리하듯이 칼에 공을 들였다. 쓰윽- 쓰윽- 차갑고 음침한 소리가 내 집을 점령했다. 절도를 가진 그 소리는 내 숨통을 죄었다. 방석만한 베란다 공간은 누구의 침입도 허락하지 않는 남편의 성소였다.

"여보오! 어쩌려고……"

뒷말은 둘 다 삼갔다. 비손을 하듯 경건하게 하는 일을 입으로 나불거려 부정을 타면 안 된다. 땅꾼은 독사를 동정하거나 두려워하지 않는다고 했다. 남편이 독사를 제거하기 위해 하는 일에는 일말의 망설임도 없어보였다. 질식할 듯한 칼 가는 소리와 그의 출타가 하루 단위로 넘어갔다. 칼이 성소에 들어온 지 닷새째, 어제였다. 먼저 침묵을 깨트린 사람은 남편이었다.

"이거 잘 둬. 혹시 모르니까 위험해지면 마시자고. 지수가 위험해 지기 전에 둘 다 입을 봉하면 우리 지수는 괜찮을 거야."

야쿠르트 병 두 개가 내 손으로 넘어왔다.

"꼭 그렇게 까지, 여보!"

"다른 방법은 없어."

남편은 신문지에 말린 단도를 나갈 때처럼 저녁 무렵에 들고 들어왔다. 그의 표정을 읽으려고 했지만 해독이 불가능했다. 우리는 따뜻한 밥상 앞에서 수저를 든 채 둘 다 저녁을 굶었다. 그리고 아침, 습관처럼 TV를 켜고 아침을 준비할 때였다. 사상의 반 지하방에서 삼십 대의 임모 씨가 변사체로 발견됐다는 뉴스가 내 귀를 붙잡았다. 오랫동안 실직상태였던 남자가 절망에서 헤어 나오지 못하고 환각 상태에서 약을 먹었다는 보도였다. 기자는 우리사회가 겪는 청년실직의 단면을 보여주는 사례로 보이며 정확한 사인은 경찰이 더 조사를 해봐야 한다며 다음 소식으로 넘어갔다. 한동안 장승처럼 움직이지 않던 남편이 벌떡 일어났다. 그가 침대 서랍에 넣어 둔 야쿠르트 병을 꺼내들었다.

"여…… 여보!"

몸이 사시나무처럼 떨렸다. 심장이 쿵! 쿵! 코끼리 발소리를 냈다. 남편은 침착했다. 그가 야쿠르트 병 두 개를 한 손에 들고 차례로 마개를 열었다. 그리고 푸른 액체를 하수구에 쏟아 냈다. 남편이 내 어깨를 잡았다.

"잘 들어요. 그 독사가 자살했을 리 없어. 지금부턴 아무와도 통화하면 안 돼. 누구도 만나지 말고. 나중에 무슨 의심을 받을지 알 수 없으니까."

그가 바쁘게 밖으로 나갔다. 21평 아파트는 혼자 있기엔 숨이 막히는 공간이었다. 여삼추 같은 시간이 흘렀다. 경련을 하듯 핸드폰이 울렸다. 지수였다.

아무와도 통화하면 안 돼.

남편의 명령이 내 손을 잡아 묶었다. 폴더를 열지 못하고 전화를 서랍 수납장에 넣었다. 수납장에서 전화기가 요동을 쳤다 지금은 안 돼 지수야. 수납장에서 나온 핸드폰은 장롱 이부자리 속으로 깊숙이 들어갔다. 머리를 찌르는듯하던 멜로디는 잦아들었다.

"관세음보살……"

덜덜거리는 손으로 염주를 들 때 낮고 음침한 멜로디가 다시 이부자리를 들썩였다. 어쩌면 그 애가…… 지수가…… 그럴 리가! 전화를 꺼냈다. 폴더를 열자 지수의 다급한 목소리가 폭포처럼 내 귀로 쏟아져 들어왔다.

"엄마, 나 지금 장수병원이야. 지금…… 지금 좀 빨리 와줘. 빨리이!"

망설일 수 없었다. 택시를 타고 병원에 도착했을 때, 지수는 현관 구석에서 동동거렸다. 허수아비같이 마른 지수의 몸이 허겁지겁 비상계단으로 나를 몰았다.

"엄마, 설마 아빠가……"

"아닌데, 엄마도…… 엄마도 몰라. 혹시 아빠가? 그렇다면 왜 약은 버렸을까. 아빤 뉴스를 보고 나가셨다. 혹시 신문을 구하려고 가신 게 아닐까?"

"약이라니! 무슨 소리야?"

지수의 충혈 된 눈이 치켜 올라갔다. 내가 그간의 사정을 얘기했다. 지수가 숨죽여 울며 내 말을 끝까지 들었다.

"아빤 아니야. 그는 약을 먹었어. 그렇다고 그 독사가 자살할 사람도 아니고."

"황서방, 설마 그 어진 사람이."

"아니야 엄마!"

지수의 태도는 단호했다. 황서방은 꿈에도 지수를 의심하지 않는 모양이었다. 장인장모에게 생활비를 절반으로 줄이고는 그것만 미안해서 요즘 더 지수에게 마음을 쓰며 눈치를 본다고 했다. 그도 그럴 것이, 지수 역시 예전에 지수가 아니지 않은가. 지수가 사흘도리로 친정에서 외박을 할 때도 제 처에게 군말이 없던 사위다.

그렇다면…… 정말 그렇다면…… 이럴 때 내가 빌고 또 빌어 마지않던 부처님의 자비를 생각하기엔 너무 황당하지 않은가. 어쨌거나, 남편이나 황서방이 관여된 일이 아닌 것만은 확실했다. 나는 이제 정말 죽어도 여한이 없게 된 것인가. 숨죽여 울던 지수가 티셔츠 앞자락을 올려 팽- 하고 코를 풀었다. 그 때 뒤에서 기척이 났다.

"에미야."

나직한 소리였다. 링걸 주사를 길게 늘어뜨리고 휠체어에 앉은 안사돈이었다. 사위가 휠체어를 밀고 있었다. 현기증으로 내가 비틀할 때 사돈이 나를 알아봤다.

"아이고, 사돈! 이 먼데까지 뭐러 오싯습니꺼. 내가 별기 아니라고 그맨이나 일렀구만 자아가…… 오싰으니 들어가십시더."

속절없이 내가 그의 병실로 끌려 들어갔다. 도살장에 끌려가는 소처럼 참담했다. 말 없고 표정 없는 사위 얼굴이 부드럽게 펴졌다. 식사요청을 거절하고 자신의 엄마가 입원해 있는데도 무심하던 장모가 찾아준데 대한 뿌듯한 위로였을 것이다. 전에 없이 흰 머리가 성성한 안사돈은 뜻밖에도 독실에 있었다. 알뜰하고 소박한 그로선 예상할 수 없는 일이었다. 이번엔 당뇨와 심부전보다는 어지러움 때문에 입원하게 됐다며 부연 설명을 그가 했지만 내 귀엔 들어오지 않았다. 병실에 들어서자 사돈이 자기 아들을 올려다봤다.

"만기에비는 그만 가 봐야제?"

예사롭게 하는 말이지만 내겐 명령처럼 들렸다. 사위가 가벼운 인사를 내게 건네고 병실을 나갔다.

"경황이 없어서……"

빈손인 내가 구구한 변명을 하려고 하자 사돈이 손사래를 쳤다. 그가 내 팔을 잡아 곁에 앉히며 파리하게 서 있는 지수에게 눈을 돌렸다.

"와카노, 니도 앉제. 야아가 요즘 먼 일인지 넋이 빠져서…… 젊은 아가 와 그리 히마리가 읍노. 참, 만기 외삼촌은 요즘 어떻십니꺼."

"예에, 그만…… 저만……"

목구멍이 바싹 말라 움직이지 않았다. 너구리같은 안사돈은 지수의 패물이 하나도 남아있지 않다는 걸 알고 있음이 분명했다. 갑자기 뒤통수에 맥없이 묶인 지수의 머리카락이 아슬아슬했다. 사돈의 표정은 스산스러울 정도로 침착했다.

"아침에 흉한 소식을 들어서……"

그가 양미간의 심지를 세우며 지수에게 병실 문을 닫으라고 했다. 별스러운 늙은이다. 난 어서 여길 벗어났으면 싶은데 흉한 소식까지 읊으려나. 그러잖아도 답답한 가슴에 맷돌 하나가 터억, 올라왔다. 육중한 병실 문이 무겁게 닫혔다.

"앉그라."

사돈의 흔들리지 않는 시선이 간이의자를 지목했다. 지수가 히스테리 발작을 일으킬 듯이 눈동자를 굴리며 엉덩이 끝을 의자에 걸쳤다. 그런 지수의 태도를 점사를 주는 무당처럼 형형한 눈빛으로 뚫어질 듯 지켜보던 사돈이 입을 열었다.

"내 어려선 이혼이란 큰 수치였제요."

뜬금없다. 오랜만에 만난 사돈에게 이혼…… 순간, 철퇴가 내 정수리로 떨어진 듯했다.

'알고 있었구나! 늙은 너구리는 지수의 불륜을 진작에 알고 있었구나.'

세상은 그냥 캄캄했다. 내 허리가 밑동 잘린 수숫대처럼 널브러지려고 했다. 나무 의자를 잡고 팔에 힘을 모은 내가 간신히 허리를 지탱했다. 대꾸를 허락하지 않는 표정이 한동안 뜸을 들였다.

"이웃에 반반한 색시가 안 있었습니꺼."

그의 말이 마디마디 토막을 친 듯 얼른 이해되지 않았다. 파편처럼 튕겨 들어오는 말을 회전그네를 타는 듯한 머리로 어렵게 분석했다. 반반한 색시, 반반한 색시야 얼마든지 있지. 지수랑은 상관없는지도 모른다. 아무튼 좋다. 지수만 무사하면 난 늙은이의 반반한 색시 얘기를 얼마든지 들어 줄 수 있다.

난 아직도 희망의 끈을 놓지 못하고 있었다.

"그 처자가 시집서 쫓기나 친정엘 왔구마요. 외간 사내랑 정분났다고 하드만."

지수랑 상관이 있었다. 희망 같은 건 없었다.

"친정서 가만있을 턱이 없제. 동생들이 줄줄이 혼기에 있던 때라요."

일방적인 말이었다. 엄격한 표정과 달리 안사돈의 음성은 흐르는 물처럼 조근 조근 했다. 평소와 다름없는 예사로운 그의 말이 구렁이처럼 내 목을 감았다. 말이 길어지면서 그의 시선이 가늘게 흔들렸다. 흔들리는 그의 시선이 다시 지수의 얼굴을 더듬었다.

"우얄기고, 결국 그 처잔 친정아버지에게 머리를 쥐 파먹은 듯이 깎이고 광에 갇혔네라. 이웃선 알은척도 않았제. 그카고 다음 날, 여자가 천장에 저고리 고름을 묶어 목을 매지 않았나."

피할 데 없는 한 마리의 꿩이 총을 든 사냥꾼 앞에서 새파랗게 얼어붙었다. 사냥꾼의 표정이 오돌오돌 떠는 꿩 앞에서 얼마간 부드러워졌다. 나직한 말이 이어졌다.

"불나방이 말이다. 에미야, 택두 아니게 불을 좋아해서 불로만 나 댕기다 결국은 지가 그 불에 타 죽제. 그 처자가 그랬는기라."

양미간을 다 차지하는 깊고 서늘한 눈이 나와 지수의 얼굴을 찬찬히 흩었다. 몰라보게 수척해진 얼굴이었다. 고뇌한 흔적이 역력했다. 한 번도 흥분한 적이 없던, 지수의 말에 의하면 삼대 묵은 능구렁이가 들어앉은 크렘린이라고 하던 사돈의 표정이 옛 이야기 하듯이 아주 천천히 지수의 목을 죄었다. 얼굴을 두 손에 묻고 들썩이는 지수의 어깨를 내가 안았다. 독한 여자다. 차라리, 차라리 딸 잘못 키운 이 사돈을 불러 족치지. 어떻게……

끄윽 거리며 터져 나오려는 울음을 난 이를 악물고 삼켰다. 한 번 터져버리면 수습할 수 없을 것이다. 머리를 조아리고 사돈에게 무릎 꿇어야 할지도 모른다. 그렇게 해서 지수의 허물이 덮어진다면 모르지만 그 허물을 만천하에 드러내게 된다면, 그럴 수는 없었다. 이럴 때 엉! 엉! 울 수 있는 통곡은 얼마나 배부른 사치냐. 입이 하나밖에 없다는 건 다행이었다. 입이 여러 개라면 나는 무슨 변명이라도 해야 하지 않았을까. 사냥 창에 찔린 채 오랏줄에 묶인 듯한 고통이 우리 모녀를 하나로 관통했다. 지수가 울음을 억누르며 딸꾹질을 하자 사돈이 자신의 물병을 들어 플라스틱 컵에 따라주었다. 한 모금의 물로 지수는 진정했다. 사돈이 크렘린의 밀정처럼 말소리를 더 낮췄다.

"새끼를 버릴 맴이면 모는 못하겄노마는,"

노인의 말을 멈추고 긴 한숨을 땅이 꺼질 듯 쏟았다.

"세상은 말이다 에미야. 기분대로 살아도 될 맨치 만만한 게 아니라카이. 새끼를 둔 에미느은 매사 진중해야 하니라."

새끼를 둔 어미의 울음이 다시 끄윽거리고 터져 나왔다. 그

소리가 병실 밖을 나간 듯했다. 간호사가 문을 열고 들어와 어리둥절한 눈으로 분위기를 살폈다. 누가 자기 환자의 심기를 불편하게 하는지 추궁하려는 표정이었다. 그가 습관처럼 체온기를 꺼내들었다.

"아프긴 내가 아픈데 야가 우는구먼."

사돈이 간호사를 향해 부드러운 웃음을 흘렸다.

"정말 괜찮으세요?"

"벨일 아니요. 야아 마음이 심약해서……"

간호사가 돌아서자 노인이 그에게 문을 좀 잘 닫아달라고 했다.

문은 잘 닫혔다. 지수의 울음도 쿨럭거리며 한소끔 끓고는 가늘어졌다. 질긴 침묵이 다시 목을 죄었다. 늙은이가 일그러진 표정을 애써 다듬으며 다시 입을 열었다.

"내사 이제 혈액 투석까지 받음서 살아야 얼마나 더 살것노. 니가 남은 식구를 챙기야 할긴데, 내가 니만 보믄 참말로 애참고마. 만기 에미야, 난 이젠 둘째는 바라지도 않네라. 니 시아버지가 일구월심 바라제. 하지만 만기, 그 아는 니가 거둬야 안하나. 시상에 제 피붙이 맨치 중한 기 어딨더노. 가아를 위해서라도오 단디해야, 부디…… 에미, 니가 지혜로와야 하니라."

사돈의 말은 끝났다. 난 망치에 머리를 얻어맞은 듯 한동안 멍했다. 분명한 것은 한 마리의 꿩은 이제 사냥꾼의 총구에서 벗어났다는 것이었다. 그 꿩은 이제 안전했다. 그러나 사냥꾼을 피해 꿩이 숨어 든 곳은 내 울타리가 아니었다.

다음 날, 나는 이웃으로부터 폐 전기선을 한 자루 얻어왔다. 남들은 부업으로 하는 일이지만 우리는 전업이 될 일, 팬지로 전기선의 구리를 뽑는 일감이었다. 하루 만 원이 될 때도 있고 이만 원이 될 때도 있는 일감을 방바닥에 부려놓은 뒤, 나는 눈을 감고 합장 했다.

투둘, 투둘둘둘…… 옆집의 세탁기 돌아가는 소리만 화창한 초여름의 적막을 깨뜨리고 있었다.

가을풍경

갑자기 언성이 높아졌습니다. 하얀색과 까만색의 커다란 동그라미 두 개가 두 여자의 허리를 빗어나지 못하고 나란히 원을 그리는 곳입니다.

“뭐라꼬! 내가 말을 함부로 하고 다닌다꼬. 야아- 보자보자 하니까 벨 말을 다 듣것네. 그래, 내가 없는 말 지어내더노!”

주변을 제압한 여자의 소프라노가 프리마돈나처럼 적막한 아침공기를 찢어놓습니다. 숲속 공원에서입니다. 공원이라고 하지만 보릿고개를 겪던 시절에 만들어진 계단식 다랑이 논입니다. 사람들이 굳이 이곳을 공원이라고 하는 건 ‘산불조심’과 ‘마하골약수터간이체육공원’이라는 간판이 샛길 양 옆으로 장승처럼 우두커니 서 있기 때문입니다. 오종종한 숲 다섯 개의 다랑이엔 운동기구가 이십여 개 널려 있고 꼭대기 다랑이에도 훌라후프 서너 개가 나뭇가지에 걸려 있습니다. 운동기구만 아니면 다람쥐 마을이나 고라니 측간이라고 하는 게 어울릴 듯싶은 곳입니다. 낮엔 갈색 줄 다람쥐가 쌍쌍이 숨바꼭질을 하고, 밤이면 고라니가 콩자반처럼 반질반질 윤기 나는 똥을 무더기무더기 싸고 태연히 사라지는 곳이기 때문입니다. 그나마 가운데 다랑이에 말발굽처럼 생긴 평지가 조금 길어서 사람들은 거기서 걷기와 달리기도 합니다.

프리마돈나의 소프라노에 운동기구에 매달려 있던 사람들이 그대로 멈춰서 휑뎅그렁한 눈을 훌라후프로 던졌습니다. 벤치에 가부좌를 하고 있던 핑크모자는 벌떡 일어나 석고처럼 섰습니다. 벚나무 꼭대기에서 얼쩡거리던 다람쥐 한 쌍이 기겁을 하고 숲으로 달아났습니다. 그 바람에 벚나무 귀퉁이에 밤새 수고롭게 지어진 거미줄이 산산이 부서졌습니다. 진주를 달아 만든 신부의 면사포처럼 아름다운 거미줄입니다. 졸지에 노숙자가 된 왕거미가 위태롭게 외줄에 매달려 파르르- 떱니다. 지구의 종말이 온 듯 모두 긴장 합니다. 한 옥타브를 넘나들던 소프라노는 고장 난 테이프처럼 잠깐 연결이 끊겼습니다.

공원은 적막을 뒤집어쓰고 다시 조용해졌습니다. 사람들이 마술에서 풀린 듯, 하던 운동을 다시 합니다. 약수터에서 긴 막대 빗자루를 휘두르며 골프 스윙을 하는 나이키 운동화, 중풍 든 팔을 배꼽 위치에 고정시키고 한쪽 발로 원을 그리며 바쁜 걸음으로 좁다란 말발굽을 도는 노인. 핫둘, 핫둘, 구령 맞춰 노인을 추월해 달리는 대머리남자. 국민체조를 하는 체크무늬 티셔츠, 허리가 부실해서 물구나무를 특히 열심히 하는 핑크모자의 남편, 비닐봉지 들고 뒷짐으로 어슬렁거리는 노파.

"문디, 지가 언젯적 부자였다꼬 사람을 그렇게 괄시함시러 도도하더노. 내가 도토리를 주서 묵을 쑤 묵던가 다람쥐 먹이를 주등가 뭔 상관고! 뭐어? 내가 도토리를 다 주어서 다람쥐 먹이가 읎써? 참, 뺀질나게 외국 싸돌아 댕기고 낯짝 뺀도롬-하게 쳐 바르고 증권사다 머다 출타해 감시러 삐뚜름한 눈으로 내를 치다볼 때 알아봤다. 뭐? 이제 지는 모임에 부르지도 말라꼬오? 내 땜시 자존심이 상해? 흥, 그놈의 증권이 억수로 대박이 났는갑다. 증권을 하는지 서방질을 하는지 알게 머꼬! 엉성스럽구러, 넘의 산에 다람쥐 걱정 콰두고 밀린 곗돈이나 퍼뜩 내고 꼬라지 사라지라 카그라!"

하얀 훌라후프에게서 나는 소리입니다.

"짜달스럽다. 가아가 주식 한담시러 니한테 손 벌리드나."

까만 훌라후프의 침착한 대꾸는 주변 사람들의 청각에 이르지 못했습니다. 두 여자의 언쟁이 치열하지만 원을 그리는 동그라미 두 개는 제 위치에서 한 발치도 더 벗어나지 않은 채 정확히 제 자리를 돕니다. 충직한 프란다스의 개처럼 주인의 허리를 돌고 또 도는 훌라후프를 바라보던 핑크모자가 현기증이 나는지 벤치에 모로 눕습니다. 그녀가 시선을 훌라후프로 고정하고 주파수를 두 여자에게 맞춥니다. 시월의 공기는 여자의 언성에도 찹찹하기만 합니다.

"아아가? 니 자꾸 염장 지를끼가. 손 벌린다고 괭이 같은 사기꾼에게 생선 맡기것나. 그기 사기 아이고 뭐고!"

"봐라, 물고기는 언제나 입으로 낚인다. 니도 그 눔의 입 때문에 고깃바구니에 던져질 끼라. 인제 그만 좀 하라카이!"

조사(弔詞)를 읊듯 침착한 까만 훌라후프의 대꾸입니다. 하얀 동그라미가 그 말에 잠깐 휘청했습니다.

"그래! 내는 가벼운 입 건사 못해서 호구로 산다. 니는 와 바른 말 못하노. 그 무거운 입이 열둘이면 머하노! 곗돈 왕창 떼게 생깃는데."

"그라믄 곗돈 야그만 해야제. 짜달스럽게 가아 자존심은 와 긁노. 가가 샘이 흐리지 어데 돈이 읎나. 서방 벌이가 억대 연봉인데. 마, 관두라카이."

다시 적막해졌습니다. 얼레? 정말 관두려는가? 핑크모자가 슬그머니 일어나 남편 곁으로 자리를 옮깁니다. 국민체조를 하던 체크무늬가 등산 백을 들고 약수터로 갑니다. 남의 싸움을 엿듣기에는 거리가 있지만 그는 두 여자에겐 도통 관심이 없습니다. 아직 한 번도 남의 일에 끼어든 적도, 말을 섞은 적도 없는 사람입니다. 핑크모자는 이 남자에게 진선비라는 별명을 붙였습니다. 진짜 선비라는 뜻이 되겠습니다. 그야말로 오줌보가 터지려 해도 절대로 소나무 옆구리에 실례하지 못할 남자이기 때문입니다. 약수터 주변이 늘 깔끔한 것은 진선비의 수고 덕분입니다.

폼 나게 빗자루를 휘두르던 나이키가 슬그머니 철봉으로 자리를 바꿉니다. 두 여자에게 가까워졌습니다. 중풍노인의 걸음이 빨라졌습니다. 불편한 다리가 그리는 원의 크기도 넓어졌습니다. 입씨름은 여자들이 하는데 노인이 흥분했나 봅니다.

평소에는 언변이 좋아 핑크모자에게 변호사라는 별명을 얻은 대머리남자는 사라졌습니다. 자신이 끼어들어 선후를 가리기에는 과하다 싶어 꽁무니를 뺐는지도 모릅니다. 여자들이 실망합니다. 핑크모자의 남편이 부실한 허리로 물구나무를 마친 후 벤치에 앉습니다. 잠시 쉴 모양입니다. 핑크모자가 남편에게 속삭입니다.

"재밌지 않아요? 불난 집 구경처럼. 극장에 들어온 것 같기도 하고."

신중한 핑크모자의 남편이 아내의 말이 거슬리는지 지팡이를 양팔로 가운데 세워 잡고 입을 꼭 닫은 채 눈을 지그시 감습니다. 나이키가 여자의 말에 킥- 웃습니다. 끊어졌던 소프라노가 다시 분위기를 휘어잡았습니다.

"그래! 내는 읍써서 다람쥐 먹이나 축내고 산다! 그러는 지는 삼억이 푼돈이었던갑지? 뭐라카더노, 넘의 돈 삼억을 말아먹든 십억을 말아먹든 상관이 읍써? 서방이 선장이라꼬오? 선장인지 사공인지 으찌 알끼고, 세빠지게 배타서 벌어다 주는 돈을 그래 써 제낌서, 그것도 사람가! 뭐? 경제를 모리면 주둥이를 가만히 있으라꼬오? 오오-냐! 지는 경제를 그래 잘 알아서 몇 억씩이나 말아먹었다 카더노. 내도 입 아프게 씹고 싶지 안타. 밀린 곗돈이나 퍼뜩 도라캐라!"

하얀 훌라후프의 언성이 높아지자 까만 훌라후프는 입을 다무는 눈치입니다. 다시 적막이 찾아듭니다. 핑크모자가 참지 못하고 남편에게 속삭였습니다.

"여자들이 얼마나 생산적인 경제구조를 가지고 있는지 보세요. 절대로 운동을 중단하고 다투지 않잖아요. 우아하고 침착하게, 운동은 운동대로 하면서 입으로만 싸울 수 있다는 거, 기가 막힌 생산성이잖아요. 우리 여자들은 텔레비전을 보면서도 밥이 끓는지 국이 넘치는지 서방이 어느 여자랑 기집질을 하는지 까지 다아 안다구요. 남자들은 왜 그걸 못하나 몰라."

남편이 아내의 말이 못마땅한지 인상을 구기고 일어섭니다. 혹시 이 여편네가 자신의 과거행적에 대해 짐작하는 바가 있어 이렇게 넘겨짚는 것은 아닌지 두렵습니다. 때때로 이 여편네는 궁예처럼 관심법으로 사람의 속을 볼 때가 있습니다. 그때처럼 남자는 지금 불안하고 황당합니다. 허리띠 잘못 푼 과거가 있는 까닭입니다.

삼십 년 전, 자식들 돌, 백일 반지 열두 개는 아홉 개의 여우꼬리를 가진 로즈카페 마담의 사랑타령에 녹았습니다. 남의 떡 넘겨다 본 죄, 그 댓가로 열 두 개의 금반지는 석 달 치 수업료치고 과한 비용이었습니다. 그게 관심법으로 여편네의 안테나에 잡히는 날이면 끝장입니다. 그 땐 청소나 설거지로 어영부영 넘어가지 않을 것입니다. 아프리카에 가서 손수 다이아를 캐다 바쳐도 면죄부를 얻기 어렵습니다. 여편네는 아직도 그 반지들을 손버릇이 험한 사촌 시동생 짓이라고 의심

합니다. 허리띠 사건 이후 20평부터 시작해 35평 현재 아파트까지 문서로 된 모든 집을 심청이 인당수에 몸 던지듯 남자는 공손히 아내 이름으로 등기 상납했습니다. 아픈 통찰이 있었기 때문입니다.

하지만 이제 와서 여편네가 자신을 홀아비로 만든다면 이런 저런 통찰이 무슨 소용이겠습니까. 요즘 아내는 공주병이 들었습니다. 밥상에 수저 두 벌 놓는 일보다 힘든 일은 무리라며 한사코 몸을 사리는 여편네입니다. 그렇더라도 남자에게 가장 큰 두려움은 홀아비로 남겨지는 것입니다. 오년 전에 상처(喪妻)한 고추 친구가 무료급식소를 이 잡듯이 뒤지는 걸 알기 때문입니다. 홀아비가 뭔 죄이겠습니까. 문제는 양귀비 같은 과수댁에게 금반지 열두 개와 똑같은 사고를 홀아비가 당했다는 것입니다. 대박인 줄 알았던 과수댁 양귀비는 친구와 입을 쪽쪽 맞추는 동안 귀신도 모르게 쪽박을 안기고 사라진 것입니다. 다음에 남자가 두려워하는 것이 허리 통증입니다. 결혼한 자식들은 제 반지에 대한 수난의 역사를 아는지 모르는지 일개미처럼 그럭저럭 살아 큰 심려는 없습니다. 어쨌거나, 이럴 땐 이쪽이든 저쪽이든 점잖게 꼬리를 내리는 게 상책입니다.

"씨잘 데 없이…. 어여 운동이나 혀-."

도둑놈이 개 꾸짖듯 남편은 조용히 아내를 타이릅니다.

"삼억이라잖아요. 와아 삼억! 말아먹더라도 만져나 봤으면…."

남편이 슬그머니 자리를 뜹니다. 그리고 가능한 아내와 먼 거리를 두기 위해 후들거리는 다리를 지팡이에 의지해서 가장 아래 다랑이 구석으로 가서 벤치에 앉습니다. 서늘하고 청아한 아침 공기에도 그는 식은땀으로 흥건히 젖었습니다. 핑크모자도 별 수 없이 입을 다물고 다음의 진행상황을 기다려 보지만 프리마돈나의 육성은 여기서 그쳤습니다. 두 여자는 약수터에서 물을 받아 배낭에 넣어 메고 앞서거니 뒤서거니 마을이 있는 상수리나무 사이로 멀어집니다. 사람들이 호박고구마 속살처럼 노랗게 익어가는 단풍사이로 사라지는 두 사람을 아쉬운 표정으로 전송했습니다. 핑크모자의 남편이 가슴을 쓸어내립니다.

나이키와 키다리가 자리이동을 하는 사이 새로운 가족이 등장했습니다. 엄마에게 억지로 끌려 나왔는지 초등학생쯤 보이는 녀석이 돌계단을 오르다 말고 입이 찢어져라 하품을 합니다. 백설기처럼 떡진 흰 머리카락의 노인이 녀석의 뒤를 따릅니다. 노랑머리를 상투처럼 올려 비틀어 맨 여자가 앞의 두 사람을 닭 몰이 하듯이 구시렁대며 올라옵니다. 노랑상투는 딱 벌어진 어깨며 쫄바지가 터질듯한 허벅지 근육이 힘깨나 쓸 듯합니다. 그녀가 그만-!을 낮게 외치자 녀석이 어기적거리며 정자 안으로 들어가 퍼질러 눕습니다. 금방 쓰러질듯 하던 노인은 여자의 그만 소리에 왔던 길을 다시 돌아섭니다. 여자가 급하게 노인의 팔을 잡으며 다그칩니다.

"와! 와… 어딜 그새 갈라고. 운동 좀 하라꼬오! 아빠가 기운을 차려야 정신도 돌아오고 밥도 먹고 하지! 내가 심심해서 아빠 데리고 나다니는 줄 알아?"

그러고 보니 노인은 허깨비처럼 말랐습니다. 병들어 밑둥 잘린 고목의 그루터기처럼 이마는 골이 지고 볼은 꺼졌습니다. 초점 없는 눈동자는 부서질 듯한 얼굴 가장자리에서 휑뎅그렁합니다. 어쩌다 저렇게 정신을 놓아 버렸을까. 핑크모자가 노인에게 빠졌던 시선을 건져 노랑상투에게 던지며 긴 한숨을 대신 쉬어줍니다.

노인이 늙은 염소처럼 노랑상투의 손에 끌려와 벤치에 쓰러질듯이 주저앉았습니다. 노랑상투가 녀석에게 노인을 맡긴 후 바벨을 들어올리기 시작합니다. 와아! 노랑상투가 들어 올리는 바벨의 무게를 가늠하며 모두들 속으로 물개 박수를 보냅니다. 노인이 정물화처럼 움직이지 않자 게으른 하품을 하던 녀석이 하늘걷기로 와 어설픈 운동을 장난처럼 하기 시작합니다. 심심해진 핑크모자가 녀석 곁으로 왔습니다. 그녀가 헤프게 웃는 녀석에게 물었습니다.

"얘, 니 할아버지니?"

녀석의 고개가 스프링 인형처럼 끄덕거립니다.

"츳, 니네 엄마가 저엉말로 힘들겠다."

핑크모자의 한마디가 공감을 불러 일으켰습니다. 여기저기서 쯧쯧, 에구, 저승사자는 머허고… 다들 입속으로 한마디씩 중얼거립니다. 바벨을 들던 여자가 외마디 소리와 함께 황급히 노인에게 쫓아갑니다. 노인이 어느새 바스러질 듯한 어깨를 떨어뜨린 채 공원을 빠져나가려 하고 있습니다. 억센 딸의 손에 잡힌 노인이 휘청거리며 돌아와 정자에 다시 앉혀졌습니다.

"대체 왜 그러는데? 아빠 혼자 가서 머 할려구! 또 무슨 짓 할려구우!"

노여움에 떠는 목소리와 함께 사나운 눈초리가 고목의 그루터기를 뚫습니다.

"가자…"

"어딜! 어딜 간다고! 내가 지금 아빠랑 놀려고 나왔어? 난 오늘 헬스장도 못가고 협상하려고 여기까지 온 거 아니냐구. 대답을 해! 확실한 대답을 하란 말이야!"

노랑상투는 묵은 돈 받아내는 조폭처럼 노인에게 반말입니다. 빗장이 입에 걸린 듯, 노인의 입은 움직이지 않습니다. 여자의 얼굴이 일그러졌습니다.

"지금 배 째라 버티는 건 얼렁뚱땅 부엉이 셈하자 그러는 거지!"

"에구, 오락가락 하는 정신에 무슨 협상. 그냥 병원에나 모시는 게… 자식이 얼마나 힘들꼬."

핑크모자가 중얼거립니다. 노랑상투가 다시 노인의 팔을 흔들며 집요하게 협상을 요구합니다. 그때였습니다. 공원을 흔드는 뇌성병력이 노인 입에서 터져 나왔습니다.

"협상은 뭔 협상! 내가 죽으려 들면! 고작 오층으로 올라가? 옆에 십층을 두고? 그만 가잔 말이여! 내 집에. 협상이고 뭐고 그런 거 읍써!"

번개가 떨어진 듯, 사람들이 하던 운동을 멈추고 노인을 향해 그대로 멈췄습니다. 노랑상투가 아랑곳 않고 허깨비 같은 노인의 어깨를 잡아 흔들며 악을 씁니다.

"그럼! 그럼 이부자리 속에 수면제들은 다 뭐야. 그 약들을 왜 한 주먹이나 숨겼어. 내가 모를 줄 알았지!"

노랑상투의 다그침에 노인의 얼굴이 석고처럼 핏기를 잃었습니다. 공원을 흔들던 노인의 뇌성병력은 다시 터져 나오지 않았습니다. 과연 공원을 흔들던 그 목소리가 노인의 소리였는지도 의심스럽습니다. 그가 다시 맥을 잃고 두 눈동자는 허공에 떴습니다. 여자의 목소리는 낮아졌습니다. 그 낮은 목소리가 울타리를 치듯 가까운 곳부터 차근차근 공원을 점령합니다.

"그나마 아빠 그 연금으로 학원비야 전화비야 겨우 숨통 트는데 그거 죄다 날리고 싶어? 지난 달 백만 원, 왜 나 몰래 오빠 빼줬어. 그게 오빠거야? 오빠가 사업입네 해서 아버지 땅 판 돈 홀랑 날린 거 잊었냐구. 지금 내 코가 석잔데 이젠 오빠가 라면을 먹던 빵을 먹던 아빤 상관 말라구우!"

"난… 그만 갔으면 좋겠다."

노인이 이승을 뜨고 싶다는 말을 노랑상투는 집에 가고 싶다는 말로 들었습니다. 두 사람은 입장의 차이 때문에 오해도 하고 화해도 합니다.

"그러니까 협상을 하자구우! 지금 협상 안하겠다고 버티는 건 오빠가 라면을 먹네 밥을 먹네 자꾸 딴지를 걸어서 그런 거잖아. 아빠 연금이 또 오빠 주머니로 들어갈 수도 있단 얘기잖아. 내가 그거 협상하자는데 싫어서 옥상에 올라가? 대체 무슨 짓을 하려고! 그리고 아빠 집이 어딨어. 엄마 죽고 여즉 내가! 이 딸이 아빠 받들어 모시는데 이제 와서 내가 거리로 나가야겠어?"

"그럼 니 집으로 가자. 난 누워야것어."

"협상은 어떡하고! 아빠 통장 말이야. 집문서하고."

가볍게 흔들리던 태극기가 얼어붙었습니다. 재재거리던 참새도 숨을 죽였습니다. 못들은 체하고 움직이던 운동기구도 한순간에 멈춰 섰습니다. 핑크모자의 가냘픈 어깨는 파르르 떱니다.

"가져가…"

노인의 한마디에 여기저기서 한숨이 새어 나옵니다. 노랑상투의 눈초리는 부드러워졌습니다. 그윽하고 애처로운 눈이 고목의 그루터기를 바라보면서 허연 머리를 쓸어줍니다.

"진작에 그랬어야지. 남들이 날 뭐라겠어. 그건 그렇고, 머리카락이 이게 뭐야 노숙자처럼. 오늘은 이발부터 해야겠네. 내가 예쁘게 해 줄게. 면도도 좀 깔끔하게 해 봐. 세상 다 산 사람처럼 그러지 말고. 잠깐만 기다려. 왔으니까 운동 좀 하게. 아주 잠깐이면 되거든?"

목소리도 제 음가를 찾았습니다. 조곤조곤한 여자의 음성은 그동안 조폭인 듯싶었던 소리가 과연 누구의 입에서 나왔는지

의심하게 합니다. 노랑상투가 주변의 시선을 아랑곳 않고 헬스강사처럼 허리 돌리기를 합니다. 여자는 전생에 투우사 출신이었는지 획! 획! 돌아가는 허리가 날렵합니다. 여자의 날이 선 동작에 모두들 가만있으면 벌점을 받는 학생처럼 떨떠름하게나마 하던 운동을 합니다. 잠시 후, 노인이 비틀거리며 자리에서 일어섰습니다. 노랑상투가 허리 돌리기 발판이 혼자 팽그르르 돌다 혼절하도록 내버려 두고 바쁘게 쫓아갑니다.

"그래도… 여기까지 왔으니 운동 좀 하지? 도토리라도 주우면 좋지 않아? 그래야 아빠 장수한다고."

"기운 읍- 다."

비틀거리던 노인이 쓰러지듯 정자에 눕습니다. 그리고 티베트의 천장(天葬)처럼, 독수리에게 시체 보시하듯 움직이려 들지 않습니다.

"니네 엄마 정말 위대(胃大)하다."

밥통이 크다고 한 핑크모자의 말을 녀석이 제대로 알아들었는지는 알 수 없습니다.

"니 조상님들이 분기탱천하시겠다고!"

여전히 얼띤 웃음을 흘리는 녀석의 귀에 대고 핑크모자가 속삭였습니다. 노인이 죽은 듯 움직이지 않자 노랑상투가 녀석을 불렀습니다. 노인은 독수리에게 시체보시를 단념했습니다. 그가 힘겹게 일어나 오던 모습으로 다시 내려갔습니다.

중풍 노인이 카악! 가래침을 뱉습니다.

"에이- 씨, 드런눔의 시상."

나이키가 몽둥이를 들어 기도하듯이 엎드려있는 타이어를 숲이 흔들리도록 펑! 펑! 내리 칩니다.

"말세구마."

여기저기서 신흥종교의 전도사처럼 말세 소리가 불거집니다.

"생각해 봤는데…"

파랗게 질린 핑크모자가 남편 곁으로 와서 속삭입니다. 허리 부실한 남편이 인상을 구기며 젖 먹던 힘까지 허리로 모아 윗몸 일으키기를 할 때입니다.

"당신은 자식들에게 기대려고 하지 마세요. 나 죽으면 당신은 수더분한 여자 만나서 재혼 하는 게… 난 아무래도 오래 살 자신이 없네."

"씨잘 데 없는 소리!"

"씨잘 데가 있어서 하는 말이에요. 수술 잘 됐다고 해도 옆구리에 배변주머니 차고 사는 거 힘들어요. 항암 치료도 점점 견디기 힘들고…"

"당신만 아픈 거 아냐. 난 운동이 즐거워서 하남? 내라고 이것저것 포기하고 싶은 생각 없는 줄 아냐고!"

"이이가 좋은 공기 마시면서 왜 성질이야? 내가 어쨌다고."

"성질 긁지 말고 운동 싫으면 도토리라도 주워. 보약이라잖어. 암에도 좋을 겨."

"흥, 당신 허리 걱정이나 하세요오! 내 오래 살자고 다람쥐 먹이를 없애요? 뱃사람 마누라가 들으면 경찰에 신고하려 들겠네."

"어이구, 입만 살아서…"

그럭저럭 입씨름은 무승부입니다. 핑크모자는 남편이 전에 없이 성질을 부리자 참새처럼 재재거리던 입을 일단은 닫아 둡니다. 남편의 성질을 더 긁었다간 그동안 견공처럼 잘 훈련되었던 청소며 주방일이 어느 순간에 배구공처럼 네트를 넘어 자기 몫으로 떨어질지 모르기 때문입니다.

"청천 하아늘엔 잔별도 마안코오오오- 이 내 가아스음엔 수심도 많타- "

도토리 줍는 아낙의 민요 한 자락이 공원의 분위기를 다독였습니다. 키다리가 물구나무로 올라가 둥근 바를 당겨 거꾸로 매달렸습니다. 숲이 거꾸로 뒤집어졌습니다. 화들짝 놀란 구름이 휘청거리다 상수리나무에 주저앉았습니다. 소나무에선 졸지에 초가 단칸을 잃은 까치부부가 깍깍거리며 SOS를 합니다. 국민체조를 마친 진선비는 약수터 주변을 깔끔하게 청소하고 옮게 물드는 단풍사이로 사라집니다. 중풍노인은 운동을 마쳤는지 라디오의 볼륨을 높이고 벤치에 앉아 오고가는 사람들을 살핍니다. 남편과 입씨름에서 건진 게 없는 핑크모자는 엉뚱하게도 중풍남자에게 시선을 돌리고 쏘아봅니다. 그러거나 말거나 호주머니 속에 라디오는 자기 소리를 다시 찾아준 주인의 배려에 황감해하며 새로운 사건을 끊임없이 늘어놓습니다.

"배추 값이 폭등하는 바람에 소비자들은 고통을 받고 있지만 농업과 식품 관련주는 강세입니다. 포장김치를 생산하는 업종은 추석 전보다 주가가 8%나 폭등했습니다. 일본은 올해 처음으로 노인용 팬티기저귀 매상이 아기기저귀 매상을 앞질렀다고 밝혔습니다. 주가와 원화가 연일 강세입니다. 정부는…”

“시끄러워서 원, 누구 혈압 올릴 일 있나.”

핑크모자가 혼잣말로 쫑알거립니다. 주식 쪼가리 하나 없는 통장이 불현듯 생각났기 때문입니다. 핑크모자가 다시 한 번 라디오 주인을 쏘아보고 두 개의 동그라미가 돌던 꼭대기로 올라갑니다. 그리고 가냘픈 나뭇가지에서 아라비아 공주의 팔찌처럼 무겁게 늘어진 훌라후프들 중에 작은 것 하나를 내립니다. 그녀가 나지막하고 푸른 동산에 시선을 던진 채 뒤통수에다 깍지를 끼고 유연하게 동그라미를 그리기 시작합니다.

문방구 여자가 계단을 올라와 가쁜 숨을 쉬며 두리번거립니다. 화장이 덕지덕지한 게 주입식보다는 나름 자기주도화장을 했던 모양입니다. 그녀에겐 요즘 식자(識者)들이 모두 비판하는 문교부의 그 알량한 주입식 교육의 기회조차 없었기 때문입니다. 가난과 여자라는 이유 때문이겠습니다. 물구나무에 나무늘보처럼 거꾸로 매달린 키다리가 그녀의 시선에 들어왔습니다. 왕년에 구청 간부였던 키다리는 삼년 전에 상처한 홀아비입니다. 문방구가 키다리를 흘끔거리며 너스레를 떨기 시작합니다.

“카아- 공기 좋구마. 이기 신선이 사는 동네가 아이고 뭐고!"

문방구의 곁을 지나가던 젊은 남자가 코를 쥐고 소태 씹은 인상을 합니다. 문방구의 입에서 폭탄처럼 쏟아지는 마늘과 양파 냄새 때문이겠습니다. 어쨌든, 맑은 공기를 욕심껏 들이마시던 문방구가 벤치 아래 강아지풀 속에서 컵라면 그릇과 나무젓가락을 발견했습니다. 문방구 역시나 핑크모자가 붙인 별명입니다. 외관상 이 여자와 문방구라는 별명은 상충되는 부분이 없지 않습니다. 그럼에도 불구하고 문자를 많이 쓰는 습성 덕에 얻은 명예입니다.

"보소! 뉘가 이 씨레기를 여기다 또 내비리고 내뺏구마, 그 눔의 손모가지를… 이래서야 선진국 되겠는교. 이라고도 제 집에 들어가믄 씰고 닦고 하겄제. 그 눔의 목구멍으로도 밥 넘어 가겄제. 선진국은 이래서 안 되는기라. 문디, 사램이 사램 노릇을 몬하는데 나라가 온전하겠는교!"

"그럼요. 그럼 안 되죠. 자기 쓰레기도 치우지 못하면서 자기 몸은 어떻게 간수하나 몰라."

핑크모자의 대꾸에 문방구는 목소리에 확성기를 달았습니다.

"하모, 사램이 배운기 읍써서 이라는기라. 위아래도 읍꼬 때와 장소도 읍는기라. 문디 자슥들, 배때지 터지게 쳐 묵으쓰믄 챙기 가야 옳제, 아뭇데나 내팽개치고 내삐? 오라질 눔의 개새끼. 사대 강 사업에 이십 칠 조를 쏟아 부믄 머하노. 사램이 사램 도리를 안코 아뭇데나 내삐는데. 대체 어느 손모가지고!"

문방구의 입에서 삼강오륜과 육두문자가 컵라면의 손모가지를 두들겨댑니다. 물구나무에서 내려온 키다리가 고양이 앞에 쥐걸음으로 문방구 곁을 뜹니다.

며칠 전, 숲 속에 외롭게 홀로 있는 무덤 근처에서였습니다. 정말이지 키다리는 문방구가 무덤 건너편 숲에서 도토리를 줍고 있으리라곤 생각지 못했습니다. 그가 초코아이스크림처럼 굵직한 변을 모처럼 시원하게 내리던 중에 여자의 기척을 들었습니다. 그야말로 일촉즉발, 얼마나 바빴는지 변은 중간에 끊기고 키다리는 밑도 닦지 못하고 그곳을 빠져나왔습니다. 그 후로 남자는 소심증 환자가 됐습니다. 주변에 문방구와 비슷한 여자만 얼쩡거려도 아랫배가 묵직해지고 멀쩡하던 엉덩이에선 초대하지 않은 대포가 붕붕거립니다. 그의 몸이 바야흐로 불신의 시대를 겪는 것입니다. 방귀는 아내와 더불어, 날아가는 가스를 잡고 시비를 거니 마니, 물방귀는 냄새가 있느니 없느니, 심심풀이로 가지고 놀던 생리현상이었습니다.

사실 키다리가 마누라 앞에서 강아지처럼 한쪽 다리 들어올리고 발사했던 대포는 그로선 아내에 대한 배려였습니다. 아내가 그토록 남편인 키다리에게조차 숨기고 싶어 했던 요실금, 외출 때 마다 입어야하는 팬티기저귀를 부끄럽지 않게 해주려는 의도가 가스 분출로 대신했던 것입니다. 그런 팬티기저귀를 요즘 키다리가 공원에 오를 때면 첫돌배기처럼 꼼꼼하게 입습니다.

지난봄이었습니다. 처음엔 어쩌다 실수로 흘리는 배변으로 생각했습니다. 하지만 실수가 오래 간다 싶어 병원을 찾았을 때였습니다. 두꺼비 낯을 한 비뇨기과 의사는 친절하게도 키다리의 증상을 전립선질환에서 오는 배변장애라고 망설임 없이 말했습니다. 장애라니, 그것도 배변장애라니. 철퇴를 맞는 기분이었습니다. 키다리로선 아내의 췌장암 진단만큼 받아들이기 힘든 고통이었습니다.

요즘 키다리에겐 물방귀 한번이 너무 두렵습니다. 비뇨기에서 분사된 물질이 기체일지, 액체일지, 고체일지를 가늠할 수 없기 때문입니다. 먼저처럼 남의 묘지를 이용한 배변이나 가스분출이 몰래 카메라 같은 문방구의 감각기관에 잡히는 날이면 그 재앙은 상상할 수도 없습니다. 눈덩이처럼 커지는 혐오와 수치는 문방구의 확성기를 빌릴 것도 없이 키다리는 오라질 놈의 개새끼가 되기에 충분하기 때문입니다.

문방구가 컵라면 쓰레기를 들고 광견병 걸린 개처럼 짖어대지만 더 이상의 응원군은 나타날 기미가 없습니다. 사실 많은 응원군이 필요한 건 아니었습니다. 똑 한 사람, 인물 훤칠하고 지적으로나 물질적으로나 든 게 있어 보이는 키다리의 호응이면 문방구는 족했을 것입니다. 헌데 지금 키다리는 잘 하던 물구나무를 버리고 비척거리며 문방구의 곁을 뜹니다. 컵라면과 나무젓가락은 완전범죄가 될 모양입니다. 모두들 다행이라고 생각합니다. 문방구의 상식이 좀 더 길었더라면 유엔평화유지군에 유니세프까지 떠버리고 누구를 붙들어 자수를 요구할지 모를 일입니다.

"아침-부터 이런 고옹-해가 없군."

라디오에 귀를 모으던 중풍노인이 자신의 라디오가 제 몫을 못하자 심통이 났습니다. 그가 어눌한 발음으로 문방구에게 한마디 했습니다.

"보-소, 다람쥐가 다 먹어-치우기 전에 가서 도토리 좀 주-우소."

"와요! 얼라 맹키로 옳은 말 듣자니 귀가 거슬리요. 넘이 새빠지게 바른 말 하믄 새기 들을 줄 알아야 일등시민이제. 에구, 오나가나 니 씨부리라 낸 모린다. 이라니 정이(正義)도 읎고 나라 경제가 이 꼴인기라."

식은땀으로 등이 축축한 키다리가 중풍노인을 지나치듯 다가가 슬며시 검지를 입에 세웁니다. 맞서지 말라는 신호입니다. 운동기구에 매달린 남자들은 연산군 치하의 유생(儒生)들처럼 입을 열려고 하지 않습니다. 메아리 없는 허공에 대고 상식을 운운하던 문방구의 확성기는 냄비 속의 개구리처럼 서서히 죽어갔습니다.

그 때, 주먹만 한 선글라스를 코에 얹고 도토리 봉지를 들고 숲에서 나오는 여자를 문방구가 발견했습니다. 문방구와는 체격이랑 말투, 나이까지 엇비슷한 여자입니다. 둘은 견원지간처럼 티격태격하면서도 쌍둥이처럼 붙어 다닙니다. 문방구가 반색 합니다. 죽어가던 그녀의 확성기가 부활했습니다.

"어제는 와 안 왔노. 내, 죽었능가 켓다."

"문디, 낼 다 기다렸나."

"그라믄, 니 같은 웬수도 만날 보다 안 본게 섭하더만."

"내사 어제 하루 맘먹고 돈 많고 맹 짜린 남자 있능가 복지관서 헤맸다."

"그래, 찾았나."

"미칫나, 그랬으믄 내가 여 와서 눈 부릅뜨고 도토리나 뒤지겄나."

"대충도 없등가베?

"읍드라."

"우짜노. 니 쌍꺼풀 수술 한 거 말짱 헛돈 쓴 거 아이가."

"와 아니라. 백만 원 떡 사 묵읏다. 죄다 돈은 읍고 맹은 길겠드만. 하기사 돈 많고 맹짜린 사내가 복지관에서 얼쩡거리겄나. 종합병원 특실에 쳐박힜겠지. 뭐하노."

문방구는 그새 삼강오륜과 육두문자를 잊어버렸습니다. 복지관의 분위기가 궁금하기 때문입니다. 문방구가 꿈에 본 돈 아쉬워하듯 간절한 시선을 모아 한 번 더 키다리를 흘끔거립니다. 그리고 맹짜린 남자를 읊는 선글라스를 따라 편백나무 숲으로 들어갔습니다.

"거 참, 고양이와 쥐도 함께 먹이를 먹는 동안은 싸우지 않는-다더만. 허허…"

중풍노인이 입 가로 흐르는 침을 팔뚝으로 쓱- 닦으며 허허거립니다. 키다리가 안도의 한숨을 쉽니다.

"읔- 거 마늘 냄새하고는… 원, 몸에 좋다고 하면 뱀도 잡을 여자여."

"그러게, 아침부터 악다구니 치는 거 보믄 마늘이 효과가 있기는 있는갑소. 허허."

문방구가 사라지자 남자들이 그녀를 도마에 올리고 바쁘게 칼질을 합니다. 키다리가 괴로운 갈매기 주름을 이마에 그리며 자리를 뜹니다. 아까부터 청각을 선글라스의 주파수에 맞추고 도끼눈으로 바라보던 핑크모자가 허리 돌리기를 하는 남편 곁으로 바쁘게 갔습니다. 남자의 허리는 예전보다 많이 부드러워졌습니다.

"저어기, 생각해 봤는데."

잠깐 말이 끊겼습니다. 여자의 입에서 무슨 말이 나올지 두려운 남자가 지그시 눈을 감습니다. 예나 제나 여편네가 자신을 홀아비로 만들까봐 두려운 남자입니다.

"새 여자 집에 들이더라도 하나 있는 집문서, 덜렁 여자 앞으로 넘겨주진 마세요."

남자는 누구에게 하는 말인지 못 알아들은 척, 눈을 감은 채 반응이 없습니다.

"에구, 어벙벙한 사람. 물가 내 논 얼라처럼 안심찮아서…"

집 등기문서 관리가 지상최대의 과제였던 핑크모자였습니다. 25년 전, 은행대출을 받아 처음 집을 샀을 때입니다. 남편이 20평 아파트 등기문서, 그 무거운 짐을 가냘픈 핑크모자의 어깨에 얹었습니다. 그 이후 여자의 어깨는 집문서를 지키기 위한 투쟁으로 휘었습니다. 돈이 되는 일이면 험한 일 궂은 일 마다않고 들소처럼 쫓아다니던 여자였습니다. 그런 까닭에 여자의 냉장고는 빵이나 피자 음료 등, 가공식품이 널브러져 있곤 했습니다. 그런 그녀가 시어머니가 중풍으로 쓰러졌을 적에는 석 달을 꼬박 갖가지 전통 죽과 밑반찬을 만들어 시어머님 냉장고를 채워놓곤 했습니다. 없는 형편에 집이 잡히지 않으려면 몸이 헌신해야 했습니다.

친정오라비 사업이 부도를 맞았을 때는 여자가 먼저 깨갱거리며 없는 척, 모른 척, 죽는 척 앙살을 부렸습니다. 행여 집을 담보로 대출 얘기가 나올까 봐 선수를 친 것입니다. 남편의 집에 대한 관리는 그의 허리처럼 부실해서 그녀 자신의 지난 한 고행이 아니었다면 집 등기문서는 온전하지 못했을 거라고 믿는 여자입니다.

깡통로봇처럼 허리를 돌리던 남자가 입을 열었습니다.

"염려 말어, 낸 계산이 읎나?"

여전히 눈을 꾹 감은 채 잠꼬대처럼 대꾸합니다.

"무슨 계산?"

창백하게 일그러졌던 여자가 법정에 선 원고처럼 두 눈을 부릅뜨고 남자를 올려다봅니다. 남자의 허리 돌리기는 아내의 브레이크에 한 템포 느려졌습니다. 그가 피고처럼 원고의 눈을 피해 맥없는 시선을 허공으로 던졌습니다.

"아, 그렇잖냐구. 어느 여자가 빈 몸뚱이에게 오려 하것어. 지금 생각했는데, 애들 앞으로 들어 논 보험을 재혼할 때 생각해서 회수할까 생각중이야. 집이야 당연히 재혼하면 여자에게 등기해야제. 그사 뭐, 당연한 거고….”

갑자기 남자가 악- 소리를 지르며 나동그라졌습니다. 가녀린 핑크모자가 허리 부실한 남편의 정강이를 걷어찼기 때문입니다. 여기저기서 킥! 키긱, 소리가 팝콘 터지듯이 합니다.

“아따, 아팠다더니 여즉 힘 좋네.”

벤치에 앉아 도토리를 고르던 노파가 불난 집에 기름을 붓습니다.

“아, 방송 좀 크게 하세요오! 소리가 작아서 지방까지 들리지 않아요!”

훌라후프를 돌리던 나이키가 메가톤처럼 두 손을 입에 모으고 소리칩니다. 나동그라진 남자가 꾸역꾸역 일어나 나이키에게 두 팔을 엇갈려 X를 만들었습니다. 더 이상의 방송은 없다는 표시입니다. 하지만 부부싸움이란 한 번 밀리면 회복하기 어렵습니다. 그가 분노로 이글거리는 여자의 시선을 피하며 마무리 합니다.

“아, 내 말 그르냐구! 이왕에 팔자 바꾸는 거, 내는 젊은 여시가 좋아. 수더분한 늙은이는 이제 싫다구. 그건 내 입맛이여. 허리도 못 씀시러, 늙은이가 젊은 여자에게 재물이라도 앵겨야 허지 않것어?”

언제나 민주주의가 매를 법니다. 뚫린 입이라고 하고 싶은 말 다 하고 살아선 흥부처럼 매를 벌게 돼 있습니다. 팽- 토라진 핑크모자가 벤치에 얌전히 놓여있는 남편의 지팡이를 들었습니다. 그리고 겨우 일어선 남편의 장딴지를 다시 후려칩니다.

"억! 깽! 깨갱- 어이쿠! 내 다리…"

허리 부실한 남자가 다시 고꾸라집니다.

"더 작신하게 패소. 거 시근 없는 사나아는 몽둥이가 약이라카이."

"혀도, 아무데나 막 패믄 쓰남? 거 씰모 없는 허리랑 주둥이를 좀 골라감서 패소."

화톳불에 장작개비 보태듯 여기저기서 던져지는 말입니다. 핑크모자가 쓰러진 남편의 얼굴에 이글거리는 눈총을 박습니다. 남자가 쇼트트랙의 오노처럼 할리우드 액션을 취하며 죽을 듯이 엄살을 부립니다. 오노액션은 성공했습니다. 여자가 지팡이를 팽개친 것입니다. 액션도 멈췄습니다. 여자가 팽- 돌아서 동백나무 사잇길로 올라갑니다. 남자가 엉거주춤 일어나 지팡이를 주워들고 벤치에 엎드려있는 배낭을 둘러맵니다.

"갑니다-!"

"가소-!"

남자의 독창에 남은 사람들이 합창으로 대꾸했습니다.

"거 입조심이 정 안되겠거던 아랫도리 간수나 여물게 하소."

키다리가 후렴을 읊었습니다. 남자가 휘청휘청 여자 뒤를 따르며 한 손 높이 들어 흔듭니다. 알았다는 표시입니다. 부부가 골짜기로 사라지자 공원은 다시 적막해 졌습니다. 그 때였습니다. 온 산을 울리는 고함이 터져 나왔습니다.

"와아- 심! 봤! 다아!!"

공원에 있는 사람들이 일제히 하던 운동을 멈추고 소리 나는 곳으로 고개를 돌렸습니다. 언제 나타났는지 핑크모자에게 변호사라는 별명을 얻은 대머리남자가 공원 가운데서 양팔을 높이 치켜 올리고 고함을 거푸 지릅니다.

"심! 봤! 다아-!!"

너도나도 대머리에게 시선이 쏠려있을 때, 그에 손에는 도토리 두 알이 쌍둥이처럼 들어 있었습니다.

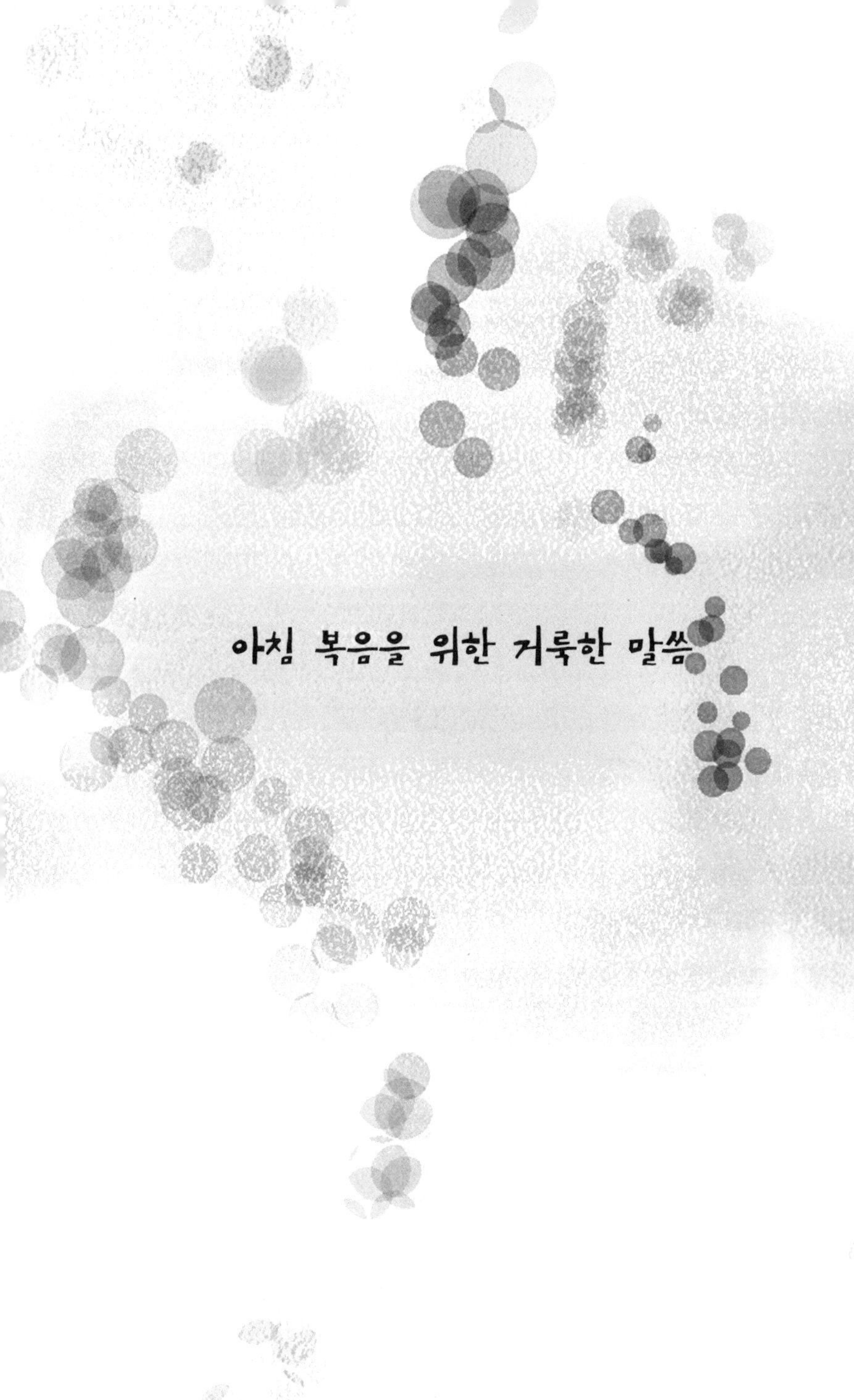

아침 복음을 위한 거룩한 말씀

남자

우중충한 하늘을 보며 한참을 망설였는데 나오길 잘했다. 아침공원은 그냥 환했다. 온천에 들어온 듯 훈훈하기까지 했다. 여자가 벤치에 있었다. 새벽부터 무슨 일일까. 그녀의 핸드폰이 볼에서 떨어질 줄을 모른다. 빠른 걸음으로 이십 분을 걸었으니 나도 마무리 하고 산을 내려가야 할 판이다. 하지만 난 걸음을 중단하지 못한다. 곁눈질로 보는 여자의 둥근 턱이 토실하니 건강한 시절의 아내 모습이다. 내가 이 좁은 공원을 벗어나지 못하고 시계추처럼 핸드폰의 여자를 맴도는 게 그 이유다. 외로운 여자임이 틀림없다. 텔레비전 소음을 헤매며 날밤을 하얗게 새웠는지도 모른다. 하지만 아무리 여자가 외로워도 새벽을 겨우 넘기는 시간에 웬 전화가 저리 기냐.

여자는 한동안 얼굴을 볼 수 없더니 오늘 공원에 나타났다. 반가운 마음에 넙죽 허리 숙여 손이라도 붙들고 싶지만 그랬다간 여자가 기겁을 하고 난 해괴한 늙은이로 소문이 퍼질 것이다. 손은 고사하고 가까이서 눈인사 나눌 용기도 없다. 드디어 여자가 벤치에서 일어섰다. 그만 공원을 내려가려는가? 그렇다면 나도 돌아가야겠다. 집 생각을 하자 동토의 땅처럼 썰렁한 냉골에 일회용 밥그릇과 빈 소주병이 먼저 떠올랐다.

설에 두 아들네가 번개 치듯이 다녀갔다. 큰아들은 반년만이다. 난 모처럼 왔는데 그새 가느냐고 붙잡지 못했다.

"장모님을 오랫동안 못 찾아뵈어서요."

젠장! 그럼 아버지는 오래오래 받들고 살았냐? 목구멍으로 올라오려는 말을 구겨 넣었다. 며느리 샐쭉한 표정이 내심 두려웠다. 손주 놈에게 두둑한 용돈 없이 대책 없이 붙드는 건 며느리한테 경우가 아니다.

"그… 그래, 가 뵈어야지. 가면 인사 잘 여쭙고."

작은 아들이 들고 온 곶감과 한과를 보자기째 거실 입구에 놓았다. 큰며느리 표정이 심드렁했다. 아무래도 한과나 곶감보다는 두툼한 돈 봉투가 그 애 표정을 등대처럼 환히 밝힐 것이다. 하지만 난 애써 모르는 척 외면했다. 작은 며느리가 들고 온 이십 만원 봉투가 침대 서랍에 있지만 형제간 싸움에 빌미를 제공하고 싶지 않다. 게다가 요즘 들어 물침대니 식도 수술비니 해서 아내의 병원비가 솔찬케 든다. 병원비용만큼은 작은아들에게 떠넘기고 싶지 않다. 그러잖아도 아들들은 아내의 요양병원에 다녀오면 더 으르렁 거린다. 지금 내가 비루한 목숨 보존하듯이 이십 만원을 사수하려 드는 건 아내의 존엄이 그 돈에서 시소를 타기 때문이다.

큰아들은 교수님 소리를 듣는 박사다. 문제는 자기 연구실 하나 없는 뜨내기 강사라는 거다. 내가 아들 벌이에 왈가불가 할 입장은 아니겠으나 그 높으신 교수님의 벌이로 제 가족 입치레 하나 못한다면 심각한 문제다. 그래서 부모가 밑 빠진 독에 생활비야 교육비야 들이 부어야한다면 계산기를 다시 두드려 볼 일이다. 그냥 작은아들처럼 힘쓰는 일이나 배우게 할 걸 그랬나 하는 생각이 요즘 세록이 들곤 한다. 그런데 그 땐 왜 그렇게 공부, 공부 안달복달을 하며 좋은 대학 좋은 학벌을 애국가 부르듯이 했을까.

실패는 성공의 어머니라지만 큰아들은 다양한 방법으로 실패를 했다. 대학 강단은 2년을 채우지 못하고 다른 학교로 옮겨 다녔다. 뒷돈 대주어 시작한 인테리어 사업은 삼년 만에 말아먹었다. 미국서 금의환향했을 때 박사학위와 함께 내 눈을 부시게 했던 메르세데스도 중고시장으로 갔다. 아내의 귀금속도 결국 어느 전당포에선가 돌아오지 않은 듯했다.

공사대금 깎을 수 있는 만큼 이빠이 깎고 그도 모자라 5. 6개월 어음을 끊어 잔챙이 소리 들으며 모은 알토란같은 재물이었다. 그 재물은 불경기와 아들의 유학이 하이파이브 하더니 곶감 빠지듯이 사라졌다. 짜고 치는 고스톱에 당한 것 같았다. 유구한 시간을 넘어 아직도 큰아들에게 남아 있는 건

버터를 바른 듯이 매끄럽게 구르는 영어발음 뿐이었다. 영어라고 해도 난 알아듣지만 큰아들은 굳이 잉글리쉬- 하며 혀를 매끄럽게 굴린다. 하지만 버터를 바른 매끄러운 잉글리시가 밥 먹여주지는 않는 모양이다. 정기 수입이 없는 상태에서 부모로부터 들어오던 생활비마저 사라지자 큰아들은 성질만 더 러워졌다.

"내 이래 봬도 라스베가스에선 빅 브라더 소릴 들었는데 이 - 씨팔, 이눔의 집구석 팍! 불살라버리던가 해야지…. 대체 날더러 살라는 깁니꺼 죽으라는 깁니꺼."

내가 노가다 판에서 내지르던 욕지거리는 유도 아니다. 이건 그냥 철이 없는 건지 철딱서니까지 없는 건지 내 주먹이 부르르 떨었다.

큰며느리도 만만치 않았다. 아들이 자살골 넣은 얼굴을 하고 X맨처럼 기갈을 부리면 며느린 좀비얼굴로 레드카드를 번쩍 치켜들었다. 그리고 배씨네 그라운드에서 퇴장하겠다고 선언했다. 그 가운데 나와 손주 놈들이 벼랑에 몰린 펭귄 새끼처럼 오도카니 서서 오돌오돌 떨었다. 손주 놈들이야 무슨 죄가 있을까만 나는 입장이 달랐다. 시아버지를 밥으로 여기는 며느리다. 그 며느리에게 밥줄을 끊었으니 그 죄가 적다 할 수 없을 것이다.

사건의 시초는 삼 년 전이었다. 기우는 회사를 살려 볼 거라고 메뚜기처럼 뛰어다니던 작은 아들이 제 형의 입에서 요즘 강사 벌이가 어쩌고 할 때였다.

"교수고 나발이고 때려치우라 하소. 나이 사십에 늙은 부모에게 껌딱지처럼 엉겨 붙어 사는 박사도 있는교."

위험수위에 있던 큰애 신경이 여기서 팍! 점화됐다. 주먹이 바로 날아갔다. 하지만 작은 아들은 체육대 나오고 공사판 오야지들과 상대하던 놈이다. 가냘픈 주먹 한 대로 맞은 듯이나 했는지 모른다. 어쨌든, 작은 아들은 그 열배로 제 형에게 갚았다. 돌려차기와 당수로 형을 고꾸라트린 동생이 널브러진 형을 노려보며 황소콧숨을 몰아쉬었다.

"내에! 말 안하려 했는데, 형에게 들어간 그 무더기 돈 반만 공사비에 썼으면 대진건설은 살아남았을 기요. 대답이나 한번 들읍시다. 전임 하나 얻겠다며 로비자금으로 아부지에게 울궈간 그 수억 원, 다 어느 똥구녁에 들어가고 여즉 보따리 강사인교."

"이 무식한 놈이…. 찢어진 아가리로 나오면 다 말인 줄 아나."

큰아들이 벌떡 일어나 주방으로 향했다. 개가 주방서 돌아올 땐 갈치비늘처럼 번쩍이는 칼이 손에 있었다. 그 때 가냘픈 몸으로 작은 아들 팔에 매달려 있던 아내가 눈동자를 하얗게 지우고 쓰러졌다. 이웃집 신고로 경찰이 들이 닥쳤다. 쓰러진 아내는 이 년을 응급실과 입원실을 오르내렸다. 그리고 일년 전에 요양병원으로 옮겼다.

아들 며느리 싸가지 없는 대로라면 난 노가다 판에서처럼 멱살을 쥐고 한바탕 헹가래를 쳐도 쳤겠다. 하지만 그건 아내가 곁에 있을 때 얘기다. 혈압 약은 내가 아내보다 먼저 먹고 있었다. 내가 터무니없는 성질을 부릴 때마다 아내가 날 어린 애 다독이듯이 토닥이곤 했다. 노가다 백정이라는 주위의 비난에도 유일하게 나를 이해하고 격려해준 아내였다. 그런 아내가 지금 병원에 있다. 역성들어주는 사람 없이 오만을 떨다간 내 기갈에 쓰러질지 모른다. 오라에 묶여 어딘가로 송치될지도 모른다. 그리고 무엇보다 두려운 건 손주 놈들이다. 그 고라니 같은 말간 눈망울을 삼팔따라지처럼 어미 잃고 방황하게 할 수는 없다. 그럴 바엔 차라리 내가 거리로 나 앉는 게 백번 낫다. 더구나 큰아들은 박사가 아니냐. 교수님이 아니냐. 어느 시기에 로또 당첨되듯이 전임교수 하나 떠억 얻어 교수실 회전의자에서 아버지를 올려다볼지 기다려 볼 밖에….

평생에 일군 건설업은 작은아들의 손에서 빛을 보기 전에 은행 빚으로 넘어갔다. 지금은 조그만 체육관을 운영하는 작은 아들은 그럭저럭 벌이를 했다. 그나마 내가 작은 아들에게 누를 주지 않는 건 몇 년 전부터 군소리 없이 들어오는 국민연금 덕이었다. 처음, 보험료가 내 통장에서 강제인출 될 때는 목에 핏대를 세우고 대갈일성하며 거부했었던 그 연금이었다. 어쨌든, 이웃집 제삿날 헤아리듯이 통장 잔고에 목을 매는 내가 오늘은 물오른 버들처럼 몸이 가볍다. 핸드폰 여자는 대체 그동안 어디에 있었던 걸까.

벤치에서 일어선 여자가 자전거로 가서 폐달을 밟는다. 체육공원에 왔으니 뭔가를 하긴 해야겠는데 운동이 성가신 듯 마지못한 모습이다. 안쓰럽다. 아내가 쓰러지기 전에 저런 모습으로 자식걱정을 했다. 여자의 핸드폰이 다시 주머니에서 나와 볼에 붙었다. 아내와 패키지여행 중에 프랑스에서 봤던… 그 뭐라더라. 맞다. 모습이 로댕인지 오뎅인지 하는 사내의 조각과 비슷하다. 세상의 고민을 다 짊어진 듯, 여자에게 몹쓸 병이 있나?

"아이 참, 이모도, 내가 얼마나 이모에게 고마워하는지요."

내가 아직도 그녀 곁을 시계추처럼 돌며 주워들은 말은 이게 다다. 이모란 여자한테 고맙단다. 대체 무슨 신세를 졌길래. 돈을 빌렸나? 차림새로 봐선 빚지고 살 여잔 아닌 듯한데. 알 수 없다. 외양 번듯한 사람일수록 남의 주머니는 더 잘 턴다. 핸드폰 여자를 두고 하는 말은 아니다. 부뚜막의 고양이처럼 젊잖고 외양이 번듯한 학장님이 생각나서다. 그 분은 공사도 들어가기 전에 내게 이중 영수증 운운하며 거금의 구전을 챙겼다.

여자는 자전거 안장에 묶여 한참을 소곤거렸다. 그리고 반대쪽으로 전화를 옮기는가 싶더니 이번엔 대모님, 대모님 하며 수화기 너머에 대고 미안하고 감사하단다. 감사하다? 뭐가? 갑자기 내 기억의 실패가 수십 년 전으로 돌려 감기를 했다. 공사 하나 얻기 위해서 만나는 업주마다 관리마다 구십도 허리를 꺾고 감사합니다. 덕분입니다. 를 입에 달고 살았다. 휴일이면 사돈에 팔촌 혼사까지 좇아다니며 얼굴도장 찍으며 봉투 들이밀었다. 부고가 있어도 역시 장례식장에서 날밤을 새며 술을 죽이느라 간이 다 망가졌다. 핸드폰 여자도 역시 대모라는 여자에게 구십도 허리를 숙여야 할 입장인가보다. 부도수표만 서랍에 수북한 하청이 모처럼 원청에게 받은 신용수표처럼. 아니면 초로의 아녀자가 뭣이 그래 미안하고 감사할까. 고독하기만 한 게 아니라 살림이 쪼들리는 모양이다. 가엽게도….

꾸물한 날씨 탓인지 사람들이 없다. 이 말은 내가 여자에게 접근하기 좋을 때라는 거다. 하지만 어떻게? 고독한 사람끼리 소주나 한 잔 합시다. 하나? 명절은 어찌 보내셨습니까? 에이, 그건 아니고. 자식들은 왔다 갔습니까? 도 아니고, 그냥 안녕하십니까? 해도 될 법한데 입이 떨어지지 않아 시기를 놓쳤다. 난 왜 그 많은 술집을 드나들면서도 여자 후리는 법 하나 건지지 못했을까. 한참을 나긋이 속닥이던 여자가 물구나무서기로 갔다 핸드폰은 작은 책자와 함께 버려진 듯 벤치에 있었다. 다행이다. 거꾸로 매달린 상태에서 계속 전화기 들고 지절대면 혈압이 온전치 못할 것이다.

좀 더 서성이던 내가 여자가 앉았던 자전거에 앉았다. 아직도 안장에 남은 여자의 체온이 내 엉덩이에서 꿈틀했다. 난 얼굴이 화끈해서 나도 모르게 둘레를 살폈다. 약수터에 남자가 날 쳐다보는 듯도 했다. 설마 날 성추행자로 보는 건 아니겠지. 페달을 밟았지만 내 더듬이는 뒤통수에 있는 물구나무에서 움직이지 않았다. 드디어 여자가 땅바닥에 발을 디디고 섰다. 주섬주섬 핸드폰과 작은 책자를 챙긴 여자는 구식 영화의 주인공처럼 쓸쓸하게 체육공원을 벗어나 마을로 향했다. 그녀의 뒤를 쫓고 싶었지만 발이 떨어지지 않았다. 말 한 번 잘못 걸었다가 여자가 내 가슴에 대나무 구멍을 뚫고 싸늘하게 사라지면 곤란하다. 내 시선이 연 꼬리처럼 여자의 뒤를 따랐다.

이럴 때 여자 발목이 돌멩이에 걸려 제비다리처럼 똑 부러진다면, 그럼 내가 착한 홍부처럼….

황당한 생각을 할 때였다. 처음 여자가 앉았던 벤치에 고아처럼 버려진 우산 하나가 번쩍 눈에 들어왔다. 여자 것이 틀림없다. 그러고 보니 오늘 체육공원이 유난히 쓸쓸한 건 언제 비 쏟아질지 모르는 우중충한 하늘 탓이었다. 천우신조다. 우산을 냉큼 주워들고 발정 난 다람쥐처럼 여자를 쫓았다.

"저어기- "

여자가 돌아봤다. 최소한 성추행 자를 바라보는 표정은 아니다. 볼수록 건강했던 아내 모습이다.

"우산을 잊으신 듯해서-."

"어머나!"

여자가 자신의 손을 보더니 드디어 한마디를 했다. 상전으로부터 듣는 헌사처럼 난 그 '어머나'에 감읍했다. 말을 붙이고 보니 이번엔 가슴이 쿵쾅거리고 다리가 후들거린다. 여자의 눈이 잔주름 속에서도 반짝반짝했다. 아들이 유학에서 돌아왔을 때 아내 모습이 저랬다.

"내 정신머리가… 고마워요. 정말 어떻게 감사를 해야 할지…."

"뭐… 고마울 것까지야. 운동을 오셨구먼요."

"네에, 집에 있어봐야 그렇고 해서. 그런데 혼자세요?"

순간 당황했다. 공원엘 혼자 왔느냐는 말인지 아니면 독신이냔 말인지 얼른 정리가 되지 않았다. 내가 머뭇거리자 여자가 말을 이었다.

"운동을 꾸준히 하시네요."

"운동보다는 그저 가슴이 답답할 때면…."

내가 미쳤는갑다. 가슴 답답하단 얘긴 말았어야 했다. 뒷방 늙은이로 보이면 어쩌나. 그나저나 오늘따라 동네와 공원의 거리가 요것 밖에 되지 않았나? 아파트 단지가 눈앞에 있었다.

내가 걸음을 멈췄다. 그리고 공사장에서 일꾼 다그치던 힘을 끌어내 용기를 냈다.

"저어기, 괜찮으시다면 제가 차 대접이라도…. 요 아래 해장집이 있는데. 물론 찻값은 공짜입니다."

어이구- 이 주책! 공짜란 말은 왜 또 튀어나오누. 하빠리 노가다 출신 아니랄까봐. 이러다 정말 여자가 날 파렴치로 보면 어쩌나. 하지만 기우였다. 여자가 나를 바라보는 눈에 부챗살 주름을 모으며 방그레 웃었다.

"아유우! 그러시면 안 되지요. 우산도 찾아 주셨는데 차 대접은 제가 해 드려야 하는 거예요. 하지만 아침을 먹을 수 있다면 더 좋겠네요. 전 아직 아침 전이거든요."

"아, 아니… 차 대접은 지가… 물론 식사도… 지도 아침 전이고, 그럼 냉큼 내려가십시다."

후들거리던 다리가 가뿐하게 앞장섰다.

"아니에요, 그럴 수는…."

여자가 갑자기 똥마려운 고양이처럼 선 자리에서 끄응 거렸다. 그 때 내 머리를 후려치는 한 가지, 돈이 없다. 머리가 띵 - 했다. 이런 실수는 삼십여 년 전에 끝낸 줄 알았는데.

그 날은 아침도 못 먹고 집을 나왔다. 아들 유치원비가 두 달 밀렸다는 아내의 궁시렁에 기분 잡쳐서였다. 새벽부터 창원 공사현장을 달릴 때, 커브 길에서 말벌처럼 갑자기 나타난 교통경찰이 차를 세웠다. 과속이었다.

"바쁜 줄은 아요만 운전면허 좀 봅시다."

재수가 옴이다. 헌집을 사서 말끔하게 수리해 되팔아 호구하던 때였다. 중요한 건 내 지갑엔 달랑 만원 한 장이 전부라는 거다. 오늘 하루 내 일용할 양식과 용달의 끼니가 지전 하나에 묶여있었다. 순간 난 벌금과 만원의 무게를 저울질했다. 벌금이 조금 가볍다. 그렇더라도 설마 하는 간절함으로 면허증 뒤에 유일한 지전을 선택했다. 설마, 구겨진 용달 꼬라지를 봐서도 이 거금을 꿀꺽 하지는 않겠지. 남루한 지전이 손끝에서 바들바들 떨었다. 목구멍으로 올라오는 소리는 더 떨었다.

"저어기, 지가 가진 거라곤 달랑 이거 하난데…. 거슬러주십쇼. 집이 부산인데 기름이 없구먼요."

사내의 얼굴이 튀김기름에서 막 건져낸 통닭처럼 느글거리며 웃었다. 처음이 아니라는 투다.

"보소, 내도 지금 마수요."

내 간절한 설마는 상납되지 않았다. 나와 용달의 일용한 양식은 수첩 아래로 잠수하고 돈 먹은 하마는 엄지를 뒤로 꺾으며 오라잇! 을 외쳤다.

그날 이후, 난 절대로 지갑에 천 원권을 떨어뜨리지 않았다. 요즘엔 그 천 원권의 가치가 거의 사라졌음에도 난 죽고살기로 천 원 지폐를 지갑에 모신다. 그러면 뭐하냐. 그 지갑이 내 주머니에 없는데. 첫 새벽에 운동복 차림으로 공원을 찾았으니. 지갑은 지금 문갑 위에 있을 터다. 어렵게 잡은 기회를 이렇게 놓치다니. 손주 놈처럼 퍼질러 앉아 울고 싶어졌다. 여자도 그걸 눈치챈 듯했다.

"사실은 지갑을 가지고 나오지 않았어요. 선생님은 어떠세요. 주머니에 지금 돈 있으세요?"

"지도 사실은… 하지만 냉큼 가지고 올 수 있는데. 잠깐만 기다려 주시면… 바로 요 앞이니까."

여자가 갑자기 배를 움켜잡고 까르르 웃었다. 이건 완전히 나를 어린애로 보는 태도다. 상관없다. 관공사 하나에 관기 수청 들 듯 나으리들의 굴욕을 견디던 나다. 지금 이 시간만 놓치지 않으면 이건 수모도 아니다.

"그러실래요? 하지만 제가 어떤 여잔지도 선생님은 모르시잖아요. 남자 주머니 터는 사기꾼일 수도 있어요. 텔레비전 보셨으면 아실 텐데."

"아- 암요. 아다마다요. 지도 사기꾼일지 으찌 압니까. 여자 후리는, 그- 그럼사 피장파장이구만요. 잠깐만 기다려 주시면, 여기서 잠깐만…."

그야말로 노루처럼 껑충거리며 뛰어 들어갔다. 지갑을 운동복 안주머니에 넣고 침대서랍에서 보청기를 꺼내 단추를 눌러 잉- 소리를 확인한 후에 귀에 꼽았다. 그리고 돌아서려 할 때 문갑 위에서 날 바라보는 여자, 아내가 액자 속에서 날 바라봤다. 따뜻한 눈이다. 목구멍이 뜨거워졌다. 난 요즘 아내 사진만 마주치면 울컥한다. 미안해. 미안해. 여자랑 차 마시고 노닥거리는 거 처음 아니잖어. 잔소리는 나중에 들을게. 눈물을 주먹으로 훔치고 돌아섰다.

여자가 아랫골목에서 운동화를 아스팔트에 톡, 톡 튕기며 핸드폰을 들고 소곤거렸다. 내가 고샃에 비켜서 조신하게 기다리자 여자가 핸드폰을 닫아 주머니에 넣었다.

"가십시다. 여- 여사님."

공사비 완불했을 때만큼 어깨가 벌어지고 목소리가 올라갔다. 팔뚝만한 우산을 들고 새초롬하게 뒷짐을 진 여자가 내 뒤를 따랐다. 그런데 오-! 식당 안은 먹칠을 한 듯 깜깜했다. 출입문은 요지부동이었다. 난감했다. 심장이 헐떡거리고 등에선 식은땀이 흥건했다. 난 이런 경우에 여자들이 어떻게 해주길 바라는지 모른다. 여자가 입술을 지그시 깨물고 눈주름을 지으며 날 바라봤다.

"선생님 주머니에 지갑 있으신고… 혹시 시간도 있으세요?"

"아- 암요. 얼마든지."

어이구 주책, 늙은이가 헤프게 군다 하겠다. 얼마든지는 이럴 때 쓰는 게 아닌 듯싶은데.

"그럼요오."

여자가 말을 끊고 은근하게 웃었다. 대체 무슨 말을 하려는고? 순간이 여삼추다.

"좋은 영화를 근처에서 해요. 괜찮으시면 차 대신 영화 한 편 어떨까요."

그렇게 해서 지하철을 탔다. 지하철의 시선들이 깔때기로 모으듯 내 얼굴로 쏟아졌다. 부끄러우면서도 어깨가 으쓱했다. 사실 영화라고 하면 서면에 극장 공사 하고 개업식 때 본 영화 '미션'이 전부였다. 그나마도 엉덩이 의자에 붙이고 내처 졸았지만 마지막 장면을 기억했다. 총알이 몸을 뚫는데도 코큰 양키는 십자가 같은 걸 가슴 위로 받쳐 들고 앞으로 행진하던 모습이었다. 그때처럼 또 엉덩이 의자에 붙이고 고개 하나로 절구질은 하지 말아야 할 텐데… 여자가 낮게 속삭였다. 괜찮다. 보청기가 내 귀에서 어렵지 않게 여자의 소곤거림을 두뇌로 통과시켰다.

"있잖아요, 인간이 문명에 도달하는 길은 교양을 쌓거나 타락하는 거래요. 선생님은 어느 쪽이세요?"

"그… 글쎄요. 아마 후자가 아닐는지. 사실 영화보다는 술을 좋아했습니다."

"후후후… 그러실 줄 알았어요. 전 전자인 셈이지요. 가끔

영화를 봐요. 로맨스를 좋아하지만 벤허 같은 종교영화나 주색잡기도 뭐, 싫어하는 건 아니에요. 그런데 오늘 정말 이렇게 시간 뺏겨도 괜찮아요?"

"연휴니까요. 자식들은 다녀갔습니까?"

평소에 난 아내 병원이나 작은아들 체육관에서 잔일을 도우며 소일한다.

"네, 낼 까지는 띵호야! 자유예요. 연휴 끝나면 딸네 집에서 손주 놈이랑 또 짝짜꿍해 가며 알바해야지요."

손주를 돌보며 알바 한다니 역시 생활이 어려운가보다. 외기러기마냥 적막해 보이던 모습은 그 때문이었을까? 순간 난 남은 통장 잔고를 훑었다. 영화야 얼마든지 괜찮지만 만약 보석이나 신장이식이 필요하다면? 그건 피눈물을 쏟더라도 절대 불가하다. 그런데 남편 얘기가 없다. 죽었나? 이혼했나? 아님 아내처럼… 갑자기 명치가 쿡! 결려서 호흡을 가다듬었다. 아닐 거야, 그건 아닐 거야. 외국에 나갔는지도 모르지.

큰 아들네가 미국서 돌아 왔을 때 손주들은 두 살, 네 살이었다. 아내가 두 팔 번쩍 벌려 손주를 안으려고 하자 며느리가 비명 지르듯이 안 돼요. 를 외쳤다. 씻지 않은 손으로 아이를 안으면 세균감염이 된다는 이유였다. 그런 며느리에게 아내는 교회 십일조 바치듯이 생활비를 송금했다. 아내가 쓰러지고 송금은 중단됐다. 공사대금 받으러 왔던 전기업자 송 사장은 혼수상태의 아내를 보곤 입도 못 열고 돌아서며 봉투를 들이밀었다. 건축주는 법원 호출장을 직원 대신 보냈다. 명절마다 촌지 건네고 길흉사에 쫓아다니며 골프장과 요정으로 모셨던 관청의 어르신은 과수댁 저고리고름처럼 그간의 인연을 삭둑 잘랐다. 아내의 병원비는 언제 작은 아들에게 떠넘기게 될지 모른다. 그렇게 되면 그렇잖아도 자식 노릇에서 치이는 형이 동생 앞에서 더 열등해진다. 큰 아들이 작은 아들에게 더 뭉개지지 않으려면 아내가 내 손에서 병구완을 받을 때까지만 살아야 한다. 내가 간절히 바라는 소망, 자식들에게 누가 되지 않을 때까지만 있다가 떠나는 것. 과연 내 간절한 소망은 이루어질 것인가.

"도… 를… 싸…"

똥을 싼 아내는 가래 올라오는 소리로 간병인을 불러달라고 했다. 침을 흘리면서도 내가 엉덩이를 들추면 아내는 부끄러워했다. 지금은 자신이 똥을 쌌는지조차 모른다. 음식을 목으로 넘기지 못해 아내는 가슴에 구멍을 뚫었다. 살이 내린 아내는 숨 쉬는 해골이다. 난 아내에게 기적 같은 건 바라지 않는다. 자식들이 만나기만 하면 싸움질인 건 죄책감에 시달린다는 증거다. 기적은 자식들에게서 일어나야 한다. 이해하고 존중하는 것. 용서는 하느님만의 특권이 아니니 이제 화해하고 사랑하는 것, 하느님이 이런 기적을 자식들에게 내려 준다면 난 거리에서건 지하철에서건 할렐루야를 외칠 수도 있다. 어디 그런 기적을 일으켰다고 하는 영화는 없을까.

'국제시장'이란 영화표 두 장 끊는데 난 젊은이들 틈에서 전쟁을 치렀다. 영화표를 쥔 여자가 이번엔 커피를 부탁했다. 내가 이름도 어려운 카페라테 두 잔을 막 주문하려 할 때 여자가 곁에서 한잔을 취소했다. 여자의 손엔 어느새 빈 종이컵이 들려 있었다.

"피곤 좀 덜려고 마시는 게 커피예요. 마셔봐야 배도 부르지 않는 거에다 돈 쓰는 거 낭비 아니에요?"

"그… 그렇지만 지는 아침 전이라서…."

"저도 그래요. 그러니 커피는 반 잔씩 나눠 마시고 대신 샌드위치 먹어요. 우리."

등에 식은땀이 아직 마르지 않았는데 이번엔 머릿속에서 실뱀이 기었다. 여긴 이쑤시개로 이빨 후비며 카운터에 계산서와 신용카드를 들이대는 토종식당이 아니다. 음식 주문 방식이 완전 날라리다. 얼마나 계산대 아가씨에게 시달려야 그놈의 샌드위치가 여자의 입으로 들어갈 수 있을 것이냐. 여자는 유식한 듯했다. 내가 당최 모르는 샌드위치 주문을 실수 없이 거들었다. 드디어 커피와 샌드위치를 들고 테이블 의자에 앉았다. 속이 느글거리는 걸 여자는 잘 먹었다. 난 미끄덩거리는 마요네즈 맛이 큰아들의 잉글리시처럼 거북했다. 하지만 속이 든든해지니 커피보다는 괜찮은 음식이란 생각이 들었다. 여자는 교양만 있는 게 아니라 셈도 밝고 지혜로운 모양이다.

아내는 홍합과 땡초를 넣어 지지는 정구지전을 잘했다. 손주들이 오면 호떡이나 떡볶이도 만들었지만 난 주전부리라면 아내가 만들어주는 정구지전만 먹었다. 차는 그 때나 지금이나 닥치는 대로 마신다. 아내의 셈은 어두웠다. 집 밖에서 천

원이 넘는 커피를 마신 적이 없는 아내였다. 그런 아내가 아들들의 학원비로 생활비의 절반을 쓰곤 했다. 건설사와 유일한 내 등기문서의 서면 모텔건물이 날아갈 때 큰아들의 유학이 일조를 했지만 아내 탓은 아니었다. 아들에게 관직의 꿈을 부채질한 건 나였다. 회전의자에 앉아 도장 탕! 탕! 누르고 내가 줄을 서서 골프장과 요정으로 받들어 모셨던 그런 관리 말이다. 대학교수는 차선책이었다. 아무렴, 내 자식이 중학교 겨우 나온 에비처럼 노가다라니, 가당찮다. 덕분에 큰아들은 대학만 다섯 곳을 다녔다.

여자

"영화 어땠어요?"

남자가 계면쩍게 웃었다. 굵은 주름 사이로 드러나는 눈자위가 아직도 빨갛다.

"거, 비싼 돈 받고 눈물 짜게 하는 게 영화구먼요. 이산가족 나올 땐 얼마나 눈물이 쏟아지던지… 남사스럽구러 허허…"

"바가지 쓴 거 같지는 않지요?

"아무렴요. 괜찮은 영화다마다. 지는 정말 모처럼 재밌게 봤습니다만 여사님은…"

"저는 양성자예요. 오늘이 지나면 잊어버리고 말 이름이지만 그래도…"

내가 손을 내밀어 정식으로 악수를 청했다.

"예에, 저- 전, 배정홉니다."

황감한 듯, 두 손으로 내 손을 조심스럽게 잡던 남자가 지갑에서 명함을 꺼내 건넸다. 내가 별 의미도 없이 명함을 오래 들여다봤다.

"대학 때 같은 서클에 윤정호란 친구가 있었어요. 선생님 이름 잊어버리지 못하겠네."

명함엔 대진건설 대표이사 배정호 라고 쓰여 있었다. 오래전에 만들어 지금은 이름 석 자만 진짜라고 그가 설명했다. 관심 없는 일이었다.

배정호 씨는 체육공원에서 종종 마주치는 남자였다. 미아리 눈물고개를 방금 넘어온 듯 상처투성이 패잔병 같았다. 그 때문이었을까. 얼마 후, 굳이 내외를 하지 않아도 좋을 만큼 낯이 익을 무렵이었다. 안녕하세요? 내가 한껏 밝은 표정으로 인사를 건넸다. 백작부인 소리를 들을 만큼 도도했던 나였다. 남편이 세상 뜬 후, 자신감 넘치는 홀아비들은 대모님을 통해 차라도 한 번 같이 하기를 소원했다. 하지만 난 탱자나무 가시로 울타리를 치고 죽은 달팽이같이 움직이지 않았다. 내가 이 남자에게 인사를 건넨 건 그야말로 유유상종에서 오는 측은지심이었다. 자살바위에 올라선 듯 가여운 사람에게 보이는 따뜻한 관심이었다. 그런데 남자가 본 척도 않고 나를 외면해 지나쳤다. 그 땐 정말 백화점 투명 유리벽에 부딪힌 듯 아찔하고 창피스러웠다. 뭐야, 여자의 인사를 외면하는 건 혼자 수도자입네 하는 거야? 아니면 내가 사람처럼 보이지 않아 말

섞고 싶지 않다는 거야. 내가 이 나이에 황진이처럼 사내를 유혹하려 한 것도 아니고, 어떻게 이럴 수 있지? 피가 거꾸로 솟았다. 입술을 지그시 물며 파르르 떨었다. 아무 일 아닌 듯 돌아 섰지만 난 그 때 일을 잊지 않았다.

남자는 눈치 못 챘겠지만 그가 헐레벌떡 들고 쫓아온 우산은 사실 내가 남자를 낚아서 본때를 보이기 위한 미끼였다. 그런데 허망하다. 아직은 쓸 만한 시력을 가진 내 눈 건너편, 남자의 왼쪽 귀엔 달팽이만한 보청기가 침대 나사처럼 박혀있지 않느냔 말이다. 날 모른 채 외면했던 게 어두운 귀 때문이었다니. 짧은 대화에도 끈끈이처럼 내 입에 붙어있던 그의 시선도 결국 같은 이유였다니.

"대학을 다니셨군요. 전… 가방끈이… 아들이 교숩니다. 그래봐야 시간 강사지만."

"보청기를 하셨군요."

"예에… 공사장에서 다치는 바람에."

가방끈이 짧다. 그리고 공사판에서 밥벌이를 했다. 상관없다. 내가 마음 둘 사람이 아니다. 이런 사람과 깔끔하게 헤어지는 방법을 난 안다. 남편이 대학 강단에서 엽차로 입술 축이며 떠들던 라부아지에의 '질량 보존의 법칙'이나 마르크스의 '유물론'을 십여 분 떠들면 나가떨어질 것이다. 쇼팽의 피아노곡 서너 개만 꺼내 널어도 된다. 그런데 지하철에서 자신은 술을 좋아하니 문명에 도달하는 방법으로 타락하는 쪽 이라는 말을 들을 때부터 내 계산이 자꾸 엇갈린다. 그의 입에서 포장되지 않은 무식한 어투가 툭, 툭 튕겨 나올 때마다 왠지 옆구리가 훈훈하다. 하필 이렇게 초라한 남자에게서…. 내 자존심이 용트림하듯 모가지를 뺐다. 하늘이 무겁게 내려앉았다. 금방 터질 듯한 오줌을 잿빛 하늘이 엉덩이를 꼬아가며 간신히 참는다.

"지하철 좀 태워 주시겠어요? 돈이 없어서…."

"허어, 성자 씨가 돈 없다는 말이 왜 기분 좋게 들리지요? 제가 지하철 비용을 주지 않으면 더 같이 있을 수 있다는 소리로 들리는데."

"가야 해요. 오늘 영화 즐거웠어요."

설레발을 치고 주머니에서 핸드폰을 꺼내 켰다. 문자가 두 개, 전화가 두 개다. 문자는 답을 넣어 전송하고 부재중 전화는 망설이다가 그냥 껐다. 남자가 내 태도를 물끄러미 보더니 표정이 굳어졌다. 농담을 튕겨 버리는 건 내키지 않는 사람에게 보내는 이별경고라는 걸 그 새 분석한 모양이다.

"영화는 지가 잘 봤구요. 택시를 탈 수도 있지만 부담스러울 수도 있으니까 지하철로 오사마리 하겠습니다. 가시지요."

남자가 앞장서 성큼성큼 걸었다. 아무래도 사대부집 양반님네 태도는 아니다. 이건 우산을 미끼로 던질 때 계획이 아니다. 그는 지금 좀 더 간절하고 무모하게 날 좇아다녀야 한다. 오늘 하루, 꼭두각시의 주인은 도도한 양성자이지 그가 아니다. 어쩌면 대학 이야기를 꺼냈을 때 남자는 미끼를 끊고 도망쳤는지 모른다. 내게 호감을 얻으려 했다면 아들이 시간 강

사라는 말은 안 할 수도 있었다. 이 남자는 신경이 ON, OFF로 움직이는 깡통로봇인가? 홀아비로 봤는데 부인이 집에 있나? 별 수 없이 내가 그의 뒤를 따랐다. 한두 방울 비가 떨어졌다. 우산을 편 내가 그의 곁으로 다가섰지만 그는 팔 하나 거리를 유지했다.

"성자 씬 통화 할 데가 많구먼요. 지는 간절하게 받아야 할 전화도, 소식 전할 곳도 없고 그렇습니다. 병원에 아픈 사람이 있어서…. 하지만 오늘은 성자 씨 덕분에… 정말 고맙구먼요."

지하철 입구에서 군밤장수가 바쁘게 떨이를 외쳤다. 내 시선이 군밤에서 움직이지 않자 앞서 가던 남자가 곁으로 왔다.

"잡숴보실랍니까?"

"괜찮으면 한 봉지만…. 아시다시피 제가 지금 돈이 없네요."

"허허허… 영화 재밌게 봤는데 군밤이 어렵겠습니까."

군밤을 입에 넣으며 그에게 권했지만 그는 사양했다. 군밤보다는 밥 생각이 간절하다고 했다. 이럴 때 여자에게 호감을 사려면 싫어도 군밤 하나 받아야 옳다. 난 모래처럼 깔깔한 군밤을 목구멍으로 넘겼다. 캔을 하나 마셨으면 싶지만 남자는 그런 눈치까지는 없는 듯했다.

"어려서 고구마로 끼니를 삼았구먼요. 그래선지 지금은 고구마 비슷한 것도 좋아하지 않습니다."

내가 아무리 나무 둘레를 파고 거름을 줘도 이 남자는 내가 좋아하는 우람한 떡갈나무 될 가능성은 없어 보인다. 빨리 집에 들어가 난방 올리고 이모로부터 온 전화나 확인해 보는 게 옳다. 몇 시간 사이에 엄마에게 더 무슨 일이 생길까마는 모른 채 내버려 둘 수는 없지 않은가. 엊그제 다녀온 왕복 네 시간 길을 여차하면 오늘 중으로 다시 달려야 할 지 모른다.

난 근래에 주로 딸네 집에 있었다. 딸이 외출을 하거나 운동을 나가면 내가 손주보기 당번이 되기 때문이다. 이런 핑계로 치매가 있는 엄마를 유료 양로원에 입원시켰지만 엄마가 견디지 못했다. 별수 없이 시골에 있는 이모에게 사정을 하고 맡겼다. 남들이 쓰는 만큼의 비용을 이모에게 지불했지만 이모의 요구사항은 돈 말고도 얼마든지 있었다. 내 유년의 시간처럼.

초등학교 저학년 무렵이었다. 외출에서 돌아온 엄마가 내게 십 원짜리 지전을 쥐어주었다. 나로선 눈 번쩍이게 하는 큰돈이었다.

"점심을 못 먹었으니 우얄꼬. 바라, 세실리아야, 옴마가아 지금 다른 돈이 없어 그란데, 이거 오원은 성당 가믄서 묵고 싶은 거 사 묵고 남은 오원은 주일봉헌 하그라. 엄마 말 알것제?"

두 말이 필요 없는 일이었다. 내 고개가 스프링인형처럼 끄덕거렸다.

골목을 나왔을 때 동네언니들이 고무줄뛰기를 하다가 날 잡았다. 놀이에 끼워주겠다는 것이었지만 사실대로라면 사람이 한명 부족해서였다. 난 그 고무줄은 뛰어보지도 못했다. 언니들이 시키는 대로 허리춤에 꼭 붙잡고만 있다가 미사에 왕창 늦었다. 그러나 내가 성당 사람들의 시선을 한데 모은 건 미사에 늦어서는 아니었다. 바야흐로 봉헌 시간이었다. 엄마가 준 십 원이 축축한 손에 있었다. 나란히 줄을 따라 봉헌 바구니까지 왔다. 그러나 바구니 앞에서 내 몸이 붙박이처럼 움직이지 않았다. 뒤에서 언니들이 등을 밀 때 내가 왕-! 하고 기어이 울음을 터뜨렸다. 느닷없는 울음에 오르간소리가 멈췄다. 제대 건너편에 신부님이 의자에서 일어서고 수녀님이 쫓아와 내 어깨를 잡았다.

"세실리아, 봉헌 금을 잃어버렸니? 왜 그래?"

엉엉 울면서도 난 사정을 얘기했던 것 같다. 수녀님의 얼굴이 웃는지 우는지 알 수 없게 일그러진 후였다. 손에 있던 십 원이 봉헌바구니로 들어가고 오원이 내 손에 들어왔다. 울음은 잦아들었다. 나보다 다섯 살이 많은 오빠는 그 후 내 주먹을 피해 다니며 '오원은 내꺼어!'라며 놀렸다.

유년이나 지금이나 하느님과 나의 관계는 일정했다. 지구와 달의 거리처럼 일정한 그 위치에 내 몫의 오원이 균형을 잡고 있었다. 그 거리와 무게만큼은 난 공평했다고 믿는다. 계산기는 늘 내 손에 있었으니까.

엄마라고 예외가 될 수는 없었다. 내 계산에 엄마 몫과 내 몫을 혼동하는 일은 없다고 생각한다. 그런데 이모는 지금 필요 이상으로 요구하는 게 많고 보고 할 일이 많다. 눈이 어두워서 자꾸 넘어지시니 안과에 데리고 가야한다. 배가 들어간 물김치를 잡숫고 싶어 하신다. 홍어회를 잡숫고 싶어 하신다. 어제는 발톱을 깎아 드렸다. 오늘 새벽엔 변비가 있어서 관장을 했다. 등등…. 이모라는 문자만 핸드폰에 뜨면 내 신경은 코팅한 악보처럼 빳빳해지고 가슴이 내려앉는다.

"육십 전에 생때같은 서방도 하룻밤에 죽어 나갔어요. 엄만 살만큼 살았잖아요. 엄마 나이에 눈 어둡고 정신없는 거 당연하지 않아요? 그런데 사흘도리로 불러대면 대체 날더러 어쩌라구요오! 돈은 내 주머니에서 뭉텅 나가는데 이모가 왜 내게 갑질이냐고요오!"

발악이었다. 날 바라보는 의사의 눈빛이 측은했다. 내장을 드러내고 헐떡거리는 실험실의 개구리를 관찰하듯이. 그런 그가 신경안정제 0.5미리그람을 그날 추가 처방했다.

내가 남자를 좋아할 것 같진 않지만 해프닝 같은 오늘 데이트는 나쁘지 않았다. 잠깐이나마 엄마생각에서 벗어날 수 있었다. 그런데 이 남자는 대체 누가 병원에 있는 걸까. 내가 그의 바쁜 걸음을 막았다.

"전 밥 살 돈은 없지만 어때요. 지하철 타기 전에 밥 먹는 거. 사실은 저도 배가 고파서요."

"그… 그러믄요. 지금 시간이 몇 신데. 아무렴, 배를 촐촐 굶고 오사마리하면 두고두고 생각 날 깁니다. 을미년 정월 초사흘을 춥고 배고프던 1.4후퇴 흥남부두처럼."

남자의 눈이 커지면서 갑자기 말이 많아졌다. 그가 탄환처럼 튀는 비를 맞으며 인파 속을 사냥개 달리듯이 했다. 식당은 서울서 건축주가 내려오면 안내했던 단골이라고 했다. 하지만 외관이 근사한 장어구이 집은 어두웠다. 문고리에 걸린 금일휴업이란 팻말만 딸깍거리며 우릴 차갑게 바라봤다. 유리문에 박치기할듯하던 남자가 물러섰다. 그의 이마가 때 기름으로 파도를 그렸다. 콧잔등에 송골송골한 땀을 투박한 손이 자동차 와이퍼처럼 쓸어 돌렸다. 이별의 미아리고개를 다시 넘어야 할 인상이다. 나도 입이 말랐다. 내가 젖은 생쥐처럼 초라한 남자의 팔을 잡아끌어 우산 안으로 들어오게 했다.

"비에 맞으나 안 맞으나 지 모습이 원래 이렇습니다."

"산성비일지 몰라요."

"허허… 비 맞으면 키 큰다는 말은 들어봤어도…."

남자가 하회탈처럼 웃었다. 남자를 옆구리에 바투 세우고 골목을 빠져 나오자 돼지국밥집이 나타났다. 내가 식당 앞에서 걸음을 멈추자 그가 문을 열었다. 누린내가 기다린 듯 몰려들며 마룻바닥에 물 도장을 찍는 두 사람을 받았다. 물수건이 나오자 남자는 수건으로 얼굴을 문질러 닦았다. 아무리 생각해도 내가 기대하는 떡갈나무와는 거리가 멀다.

식사는 곧 나왔다. 웃기를 놓은 빨간 양념장이 보글거리는 뚝배기에서 폭탄처럼 퍼졌다. 핏빛이다. 얼마나 아팠을까. 남편이 죽고, 난 붉은 고춧가루와 국물음식을 거부했다. 붉은 빛은 고문이었다. 내 손이 붉은 고추양념을 건져내려다 멈췄다. 고춧가루를 거부한 샌드위치가 내게 면죄부를 주진 않는다.

지금이 유교사회였다 해도 난 남편 따라 순장할 사람은 아니다. 이젠 내 상처를 바로 봐야한다. 도망만이 능사는 아니니까. 고추양념을 뚝배기 바닥까지 깊게 눌렀다. 남편을 보내고 삼 년 만이다. 묵은 찌꺼기를 수세미로 닦아내듯 입이 얼얼했다. 진땀을 흘리며 건너편의 남자처럼 전투를 하듯이 국밥을 먹어치웠다. 죽은 사람으로 해서 내 입맛까지 국밥에서 샌드위치로 바뀐 건 아니었다. 핏자국이 기억에서 사라진 건 아니지만 화랑에 걸린 추상화처럼 바라볼 수 있었다. 추상화는 시간만큼 희미해 있었다.

"부인이 아픈가요?"

남자의 얼굴이 서리 맞은 무청처럼 시무룩해졌다. 허공에서 잠깐 헹가래 치던 그의 시선이 식탁 아래로 떨어졌다.

"삼년 됐습니다. 지금은 의식도 없고… 어차피 날 받아 논 사람인데 그 날이 왜 빨리 안 오나 기다리는 독종도 있습니다."

"아- "

"전 하느님을 믿지는 않지만 죽으면 지옥 갈깁니다. 집사람은 용달 조수석에서 아이 젖 먹이고 공사현장을 따라다니며 일을 거들던 사람이었습니다."

모딜리아니의 여자처럼 목이 길고 눈동자가 휑한 여자가 찻잔 속에서 나를 흘겼다. 흑! 어깨가 흔들리고 눈이 질퍽이기 시작했다. 남자가 여자애를 울린 아이처럼 당황해서 안절부절 못했다.

"마음이 아파서요. 저도 사실은 엄마가 치매에 걸리셨어요. 그런데 전 엄마를 이모 손에 맡겨 놓고… 이모 전화가 뜨면 또 뭘 요구하나 하는 두려움에 가슴이 먼저 내려앉아요. 전 선생님보다 먼저 지옥에 가 있을 거예요."

하지만 지옥에 간다면 난 엄마보다는 남편 때문일 것이다. 시누이는 피범벅이 된 남편의 손가락을 보고는 내 멱살을 잡고 비명을 질렀다.

너 때문이야! 이 독한 년. 니가 오빠를 죽였어! 어떻게… 어떻게 사람이 이 지경이 되도록 딴방에서 잠을 잤니이!

남편의 코고는 소리가 싫어서 내가 거실로 나가 리모컨 들고 잔 지 두어 달 후였다. 심장발작이 났을 때, 남편은 문간까지 나오긴 했다. 그런데 작은 작두만한 방 손잡이를 내리지 못했다. 문을 열기 위해 얼마나 용을 썼는지 손잡이 아래 호두나무색 문이 손가락 피로 먹칠을 했다. 손톱은 하나도 제자리에 있지 않았다.

눈을 치뜨고 손에 피범벅이 된 채 쓰러져 있는 모습에서 난 헤어 나오지 못했다. 밤마다 눈을 감고 쇠 수세미에 럭스를 적셔 문짝을 문질러댔지만 그럴수록 핏자국은 더 선명했다. 식탁에선 붉은 고춧가루가 날 파랗게 질리게 했다. 오랫동안 수면제 없이 잠들지 못했다. 중학교 음악교사는 접었다. 그런 내가 대모님을 따라 기도회에 참석하고 정신과 치료를 받으며 안정을 찾을 무렵이었다. 예기치 못한 일이었다. 엄마가 당신 집 호수를 기억하지 못하고 딴 세상에서 헤맸다. 당신 손에 큰 손자들 이름도 기억하지 못했다. 내 불행의 끝을 엄마의 치매가 바턴터치 하듯이 붙들고 늘어졌다.

사실 엄마의 치매는 상당한 전조증상이 있었다. 그런데도 나는 내 고통에 함몰돼서 엄마의 쪼그라드는 두뇌는 관심 두지 않았다. 마음이 아팠지만 난 엄마보다는 엄마로 인해 내가 겪어야 할 고통이 무섭고 두려웠다. 내 자식들을 키워준 엄마였다. 난 그동안 내 집에 주방기구가 어디에 있는지조차 모르고 살았다. 음악교사라는 전문직을 엄마를 하녀처럼 부려도 된다는 특허처럼 생각했다. 그런데 지금 엄마의 기억이 다른 건 모두 지우고 내가 갚아야할 부채만을 고스란히 기억하고 있는 건 아닐까? 그래서 그 빚을 받아내려고 물간 동태눈빛으로 날 이방인 보듯이 하는 건 아닌지.

"부군은…."

"삼 년 전에 갔어요."

소주를 따르는 투박한 손이 가늘게 떨었다. 결코 이런 시간을 만들려고 내가 밥 타령을 했던 건 아니었다. 노동을 요구하는 손주, 빚쟁이 같은 엄마를 구실로 끝도 없이 뭔가를 요구하는 이모로부터 벗어난 모처럼의 시간이었다. 며칠 전부터 철야기도에 가자는 권유를 대모님에게 받고 있었다. 하지만 얼굴에 검버섯이 핀 이 남자를 한적한 공원에서 본 순간 그를 어찌 해 볼 심산으로 미꾸라지처럼 빠졌다. 우울한 분위기는 아침에 행려자처럼 핸드폰 들고 배회했던 한 시간으로 끝내야 했다. 배정호 이 남자도 이런 우울한 이야기나 하자고 지금 시간과 돈을 쓰는 건 아닐 것이다. 당장 분위기를 바꿔야만 한다. 하지만 어떻게? 내가 눈물을 훔치고 남자의 잔에 소주를 따랐다.

"들어 보셨는지…. 악마가 바빠서 인간에게 찾아 올 시간이 없으면 대신 술을 보낸다고 하던데요."

"푸하하… 그런 악마라면 사돈하자고 하겠습니다."

남자가 목젖이 보이도록 웃었다. 빙고다.

"맙소사! 남자들이란… 술이 머리로 들어가면 비밀이 나온다고 했어요. 지금 외간여자와 있는데 괜찮아요?"

"외간여자보다는 외간남자가 늘 위험하지요. 지도 들은 말인데, 어떤 남자가 대머리를 고민하던 중 이식을 했다합니다. 그 털을 어디서 옮겨 심었냐 하니…."

남자가 말을 중단하고 나를 흘끔거렸다. 말을 마저 하나 마나 고민하는 투다. 마냥 기다려도 해 줄 말이지만 그건 연인들의 대화법이 아니다. 난 유식한 남편과 평생을 살았는데 왜 이럴 때 적당한 위트 번쩍 떠오르지 않을까.

"어디서요?"

초라한 대꾸였다.

"그기… 엉덩이에서 이식 받았다 하지요. 그래선지 대머리 남자 머리숱은 많아졌는데 머리 감고나면 휴지로 털어 말린다 하더구먼요."

"푸하하… 재밌어요. 그런 이야긴 대체 어디서 들었어요?"

"친구들이 몽땅 대머립니다."

"다행이군요. 선생님은 대머리 걱정은 없으시잖아요."

"그래봐야 내도 다 가짭니다. 명함, 치아, 귀, 얼마 전에 백내장 수술을 안 받았습니까."

즐겁다. 남편은 내가 이런 농담을 하면 씨잘 데 없는 소리! 한마디로 일축하고 쳐다보지 않았다. 동양과 서양의 사상을 넘나드는 그의 학식을 난 존경했다. 그런데도 그의 희고 반듯한 이마는 왜 그렇게 날 허전하게 했을까. 그의 높은 어깨는 휴전선의 철조망처럼 늘 견고했다. 사람들이 우리 부부를 잉꼬부부라고 할 때마다 난 속으로 쓰게 웃었다. 난 아마도 연기자 기질이 있는가보다.

남편은 술 마시면 코고는 소리가 크긴 했지만 일찍 잠드는 내가 수면을 방해받을 정도는 아니었다. 굳이 각방까지 쓸 이유는 없었다. 그 때 각방을 쓰지 않았다면… 진작에 내 집 울타리에 둘레를 파고 거름을 줬더라면, 그랬다면 지금쯤 고향 어딘가에서 입버릇처럼 뇌던 흙집을 짓고 푸성귀를 거두며 살지도 모른다. 밤마다 좋아하는 논어와 별자리를 더듬으며. 쇼팽과 조르주 상드를 속삭이며.

이 남자는 존경스럽지 않다. 내 훌륭한 연기를 필요로 하지 않을 만큼 무식하고 투박하다. 누린내 나는 돼지국밥을 전투하듯이 먹어도 불편하지 않은 사람. 백작부인처럼 포장이 잘 됐지만 내 태생은 본시 무수리였는지도 모른다.

식사를 마치고 그가 좋아하는 공짜 커피도 마셨다. 헤어질 시간이었다. 내 십자가를 다시 들쳐 질 때가 다가오는 걸 피할 수 없다. 외간남자와 주거니 받거니 하는 농담 따먹기는 죄가 되나? 그럴지도 모른다. 오늘은 자기소개차 악수를 나눴지만 다음에 만나면 난 팔짱을 끼고 싶어 할지 모른다. 손주놈을 안았을 때처럼 그의 시선이 따뜻하다. 대모님을 따라갔던 기도원은 이렇게 풋풋하고 즐겁지 않았다. 하지만 홀아비도 아닌 남자와 더 이상의 친교는 죄가 될 것이다. 대모님의 철야기도를 거절할 때 악마가 술을 들고 바쁘게 찾아온 모양이다. 술이 머리로 들어가기 전에 안전장치를 마련해야 한다. 작은 책자를 주머니에서 꺼냈다.

“전 성당에 나가요.”

“그런 거 같았습니다. 가끔 들고 있는 게 묵주지요?”

“묵주를 아시는군요.”

“작은 며느리가 신자입니다. 아들 형제가 싸울 때 그나마 그 애가 절 돕드만요.”

“전 힘들 때 이 책을 읽곤 해요.”

책을 남자 앞에 밀었다. ‘아침복음을 위한 거룩한 말씀’을 뚫어져라 바라보던 그가 얼굴을 돌리고 마른세수를 했다. 그와 만나고 싶다. 하지만 고백성사도 한두 번이지 매번 이렇게 사람 눈을 피해 만나고 습관처럼 고백소를 드나들 수는 없는 일 아닌가. 이번엔 그가 선택할 차례였다.

“지는… 자식들이 화목하면 성당 아니라 지옥 어디라도 갈 수 있습니다. 그런데 그 화목이… 불가능해서….”

남자가 코를 훌쩍이며 아들들 애기를 했다. 나도 모르게 그의 손을 잡으려다가 불에 덴 듯, 찔끔 물러났다. 내가 도울 수 있는 방법은 없었다.

"불가능에 도전해 보는 것도 나쁘지 않을 거예요. 일요일에 우리 성당에서 만나는 거 어때요. 저도 선생님 가족을 위해 기도할게요."

"하지만 지가 성당에 나간다 한들 그건 성자 씨 보려고 하는 짓거리고… 하느님이 괘씸하다 할깁니다."

좋은 남자다. 하지만 유부남이다. 게다가 촌스럽고 무식하다. 안타까운 노릇이다. 이 사람을 데리고 성당에 가면 다들 눈이 휘둥그레지겠지. 하지만 다른 방법은 생각나지 않았다. 술 대신 악마가 보낸 남자다. 이렇게 초라하고 무식한 남자를…. 악마가 날 만만하게 봤나? 주름지고 투박한 얼굴을 찬찬히 흩었다. 그의 팔짱을 끼고 광복동 거리를 거니는 상상을 했지만 이내 고개를 흔들었다. 팔짱에서 더 발전하지 않을 자신이 없었다. 어쩌면 포옹 생략하고 바로 입맞춤으로 건너뛸지도 모를 일이었다. 그 옛날, 짙은 속눈썹 차악 내리깔고 허밍으로 남편을 유혹할 때처럼 내 어딘가에 있는 화냥기가 언제 불쑥 나타날지 알 수 없다. 이번엔 그를 미사시간에 성당 옆자리에 세웠다. 그리고 두 손을 모으고 '평화를 빕니다.' 인사를 건넸다. 옆구리가 잠깐 허전했지만 고개가 끄덕여졌다.

그럴 수가…. 이건 계산에 없는 일이다. 악마가 이런 꾀를 냈을 리 없다. 그렇다면 대체 이건 누구의 엉뚱한 속셈이냐. 하느님이? 그럴 리가 없다. 아니다. 어쩌면 그럴 리가 있을지도 모른다. 내가 처음 남자에게 말을 건넸던 건 순수한 측은지심이었다. 이 남자를 좋아하게 되리라곤 난 상상도 안했다.

그런데, 하느님이 좀 심심하셨나?

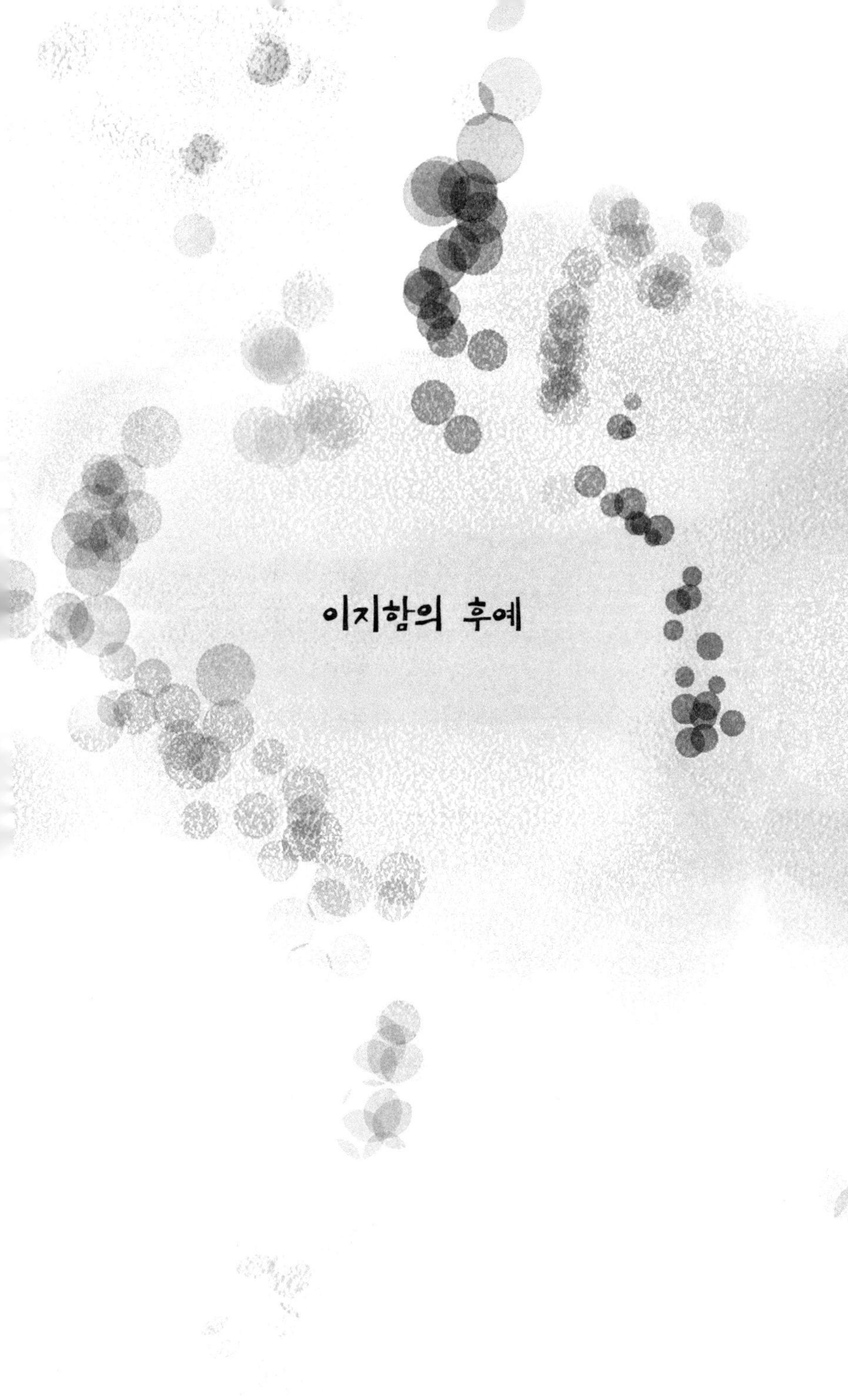

이지함의 후예

여자의 몰골은 꾀죄죄했다. 화장기 없는 오종종한 얼굴에 파마기 없는 반백의 커트머리가 한 눈에도 여자도 살기를 포기한 듯한 모습이었다. 게다가 잡역부도 입지 않을 푹 퍼진 생활한복바지에 작은 몸이 둘은 들어가도 될 듯한 허벙한 검정조끼차림이다. 세련된 표준어 때문에 전문직 종사자일 거라고 점친 건 실수였다. 내 직관도 흔들릴 때가 있다. 잠이 모자라서일 거다. 좋다! 실수는 한 번이다. 저들을 지금 바로 내쫓기에는 이른 감이 있다. 내일로 하자. 여자의 초라한 몰골에 내가 흔들린다. 안 좋은 징조다.

간호사가 새 침대보를 씌울 때까지 난 그럭저럭 수면 중이었다. 하지만 잠은 곧 양파껍질 벗기듯 말그렇게 사라졌다. 조심깨나 한다는 태도였지만 미등을 켜고(그 땐 몰랐지만 장모와 사위였다.) 소곤거리는 소리는 내 잠을 깨워놓기에 충분했다. 어머니가 벌떡 일어나 긴 머리를 한 데 모으며 나비 머리핀을 들고 커튼을 제꼈다. 이 때 헉! 소리를 내 예민한 청각이 감지했다. 예기치 못한 모습에 놀란 태도다. 이상한 일은 아니다. 어머니를 처음 대면하는 사람들이 모두 그랬으니까. 사람들은 대체로 자신과 크게 다른 모습을 보면 외계인 대하듯 놀란다. 그게 긍정적이든 부정적이든.

"이게 먼 자다가 홍두깬지. 한 밤중에 자는 사람 화다닥 깨워놓고. 이제 잠은 완전히 글렀구만. 제에기!"

어머니의 첫 번째 시위였다. 반갑잖으니 이 방에서 나가라는 억지였다. 하지만 커튼 너머에 두 사람은 얼어붙은 듯 침묵했다. 그리고 조심스럽게 짐을 정리하기 시작했다. 전조증상이 수상했다. 짐을 싸는 소리가 아니라 푸는 소리다. 누울 자리보고 다리 뻗는 법인데 저 치들은 분위기 파악이 전혀 되지 않는 모양이다. 나무늘보처럼 둔한가? 맹꽁이들인가? 근래에 내 점괘가 빗나간 적이 없는데. 어쨌든 실수다.

어머니 태도는 경우가 아니었다. 응급환자는 시간이 어찌됐든 의사가 결정할 수 있는 게 아니다. 어머니가 그걸 모를 사람이 아니다. 난 어머니의 속내를 안다. 어차피 저들은 이 병실을 떠나야 할 사람들이다. 어머니는 그들의 결정을 다만 얼마라도 짧게 해주려는 거다. 상대에 대한 미움 같은 건 없다는 뜻이다. 오랫동안 2인실의 221호는 누구도 침범할 수 없는 나와 어머니의 성역이었다. 오랫동안이라고 했지만 정확하게

만 7개월이다. 물론 그 동안에도 눈치 없는 간호사들이 빈 침대에 보를 새로 씌우고 새로운 환자를 밀어 넣곤 했다. 하지만 하루를 버티지 못하고 어머니의 첫 번째, 길게 가면 두 번째 시위에 맥없이 물러나곤 했다. 어머니와 대거리 하는 사람은 드물었다. 수술환자에 전념하느라 자잘한 신경전은 모두 피하려는 듯했다. 그런 중에도 석 달 전엔 꼭 한 사람이 221호 이 병실에서 퇴원 했다. 하지만 그는 사람이라고 보기는 어렵다. 내 점괘를 무참하게 망가트린 사람. 아마도 그는 괴물일 것이다. 그러므로 내 실수에 대한 페널티는 없다. 과거의 사건이 현재의 사건에 개입해선 안 된다. 산만해지면 안 된다.

수수께끼는 두 시간 후에 밝혀졌다. 침대수레에 실려 온 환자는 예닐곱 살 꼬맹이였다. 다닥다닥한 링거를 왼팔에 연결하고 어깨소매가 절반은 내려와 팔뚝에 걸려있는 성인 환자복을 입고서였다. 대신 오른팔은 전체가 ㄴ자로 된 석고에 갇혔다. 내게서 잘려나간 오른쪽 다리도 일곱 달 전엔 저랬다. 수술부위마다 누런 고름이 흘러 사용이 불가했지만 어쨌든 제자리에 균형을 잡고 있었다. 수술과 항생제, 첨단 의료기기가 석 달간 나와 함께 투쟁했지만 내 다리는 불운한 운명에 패배했다. 결국 난 지금의 병원으로 옮긴 뒤 절단수술을 받았다. 그리고 지금 이 침대에서만 일곱 달이다.

핸드폰을 열었다. 네 시다. 더 자야할 시간이다. 난 요즘 시간관리를 엄격하게 한다. 언젠가 내 몸이 항생제 투여를 중지하고 로봇다리를 써서 사이보그의 가능성이 생기면 達理(달리)철학이라는 간판을 걸고 역술인이 돼 볼 생각이다. 내 다리를 무자비하게 바스러뜨린 작업장으론 가지 않을 생각이다. 그 때를 대비해 보는 사람마다 관상을 읽고 점을 친다. 그리고 밤잠을 충분히 자서 정신이 흐려지는 걸 경계한다. 어머니가 나비 머리핀을 머리에 꼽고 들어왔다. 여전히 소태 씹은 듯 불편한 심기다. 그도 그럴 것이, 지금쯤은 커튼 너머 침대가 깔끔이 비워져 있어야 옳다. 그런데 웬 뚱딴지가 설기벌기 고무호수를 늘이고 넝마 차림으로 안달복달을 하지 않느냐.

"할머니, 언제 집에 가요?"

밭은기침과 함께 녀석의 입에서 나온 첫마디였다. 그리고 난 꼬박 사흘 동안 똑같은 소리를 수백 번은 들었다. 여자의 대답은 한결같았다.

"의사선생님이 말씀해 주셔야 알 수 있어."

"으으윽- 빨리 갈래요. 할머니, 난 여기가 싫어요. 언제 갈 수 있어요?"

마취가 덜 풀린 듯 징징거리는 소리를 수백 번 들으면 머리가 회까닥 돈다. 돌지 않더라도 뚜껑은 열리게 마련이다. 그런데 할머니라는 여자는 on off로 작동되는 로봇처럼 한결같다.

"쉿, 조용해야지. 집엔 의사선생님이 허락해 주셔야 해."

"그렇지만 할머니, 난 빨리 집에 가고 싶어요. 여기가 정말 싫다고요. 언제 갈 수 있어요?"

이쯤 되면 굴러온 돌이 박힌 돌 밀쳐내는 꼴이다. 난 서랍을 열어 더듬거리며 귀마개를 찾았다 그리고 하수구 구멍 막

듯이 꼼꼼하게 귀에 틀어박았다. 보톡스로 탱탱한 어머니의 이마와 눈가에 어색한 금이 그어지는 걸 난 슬쩍 피한다. 어머니 인내심에 한계를 녀석이 마구 넘나드는 걸 알지만 난 아직까지는 녀석에 대해 예스다. 심심한 김에 곁에 두고 관찰하고 싶은 녀석이다. 말이야 바른 말이지 방금 수술 받고 온 꼬맹이와 어머니가 대거리를 하면 내 체면도 구겨진다. 영험한 박수무당은 그래선 안 된다. 별 수 없이 우리 모자는 녀석의 집 타령을 들으며 날밤을 하얗게 샌 채 아침을 맞았다. 그리고 드디어 굴러온 돌을 내팽개칠 수 있는 묘수를 어머니가 발견했다. 어머니가 한 시간의 꼼꼼한 화장을 마치고 일어났을 때 녀석의 침대에 걸어 둔 어머니의 수건이 풍덩 젖은 채로 어머니 눈에 들어온 것이다.

"아니, 이 타올은 우리 건데 누구 맘대로 풍덩 적셔놨데?"

어머니가 녀석의 침대칸으로 들어가 수건을 확! 잡아채었다.

"어머나, 미안해요. 전- 전 모르고, 원래 여기 있던 건줄 알았어요. 방이 너무 건조해서… 미안합니다."

여자는 어머니가 던지는 오라에 걸려들지 않았다. 보통은 어머니의 시비에 말려들어 코 평수를 넓히고 회오리바람을 일으키며 간호사를 찾아 나선다. 그렇겐 안 하더라도 내 자리 넘의 자리하며 싸움닭처럼 볏을 세우는 게 인지상정이다. 그런데 잘못은 어머니가 했는데 여자가 사과했다. 또 한 번 내 예상이 빗나갔다. 여자는 어쩌면 녀석의 고문보다는 어머니의 시비가 견딜 만 했는지 모른다. 남자는 하도 조용해서 난 없는 줄 알았다. 그런 그가 녀석이 죽 먹는 걸 보고 일어섰다. 그리고 횡경막을 울리는 바리톤 목소리로 저녁에 올게, 라는 말을 남기고 안단테 걸음으로 병실을 나갔다. 괴짜들이다. 내 점괘가 이렇게 어긋날 수가 있단 말이냐.

아침을 먹는 동안 정보를 수집했다. 분위기로 봐서 여자는 녀석의 외할머니다. 후줄근한 모습 때문에 처음엔 병실 도우미로 착각 했는데 아니다. 세상엔 외모 가꾸기가 지상최대 과제인 어머니 같은 사람만 있는 게 아니라는 걸 난 인정했다. 여자는 어머니가 부러워하는 표준어를 완벽하게 구사하지만 어머니는 여자를 노숙자 수준으로 볼 것이다. 그도 그럴 것이 어머니가 긴 머리를 감고 화장을 마치는 동안에도 여자는 양치 외엔 얼굴에 물 대는 걸 보지 못했다. 굳이 이 인실에 들어온 이유는 녀석의 안달복달을 예상해서일 것이다. 아무렴, 여러 사람의 민폐를 고려하지 않을 수는 없는 노릇이니 돈을 얼마 더 쓰더라도 궁여지책으로 이 인실, 내 방에 둥지를 튼 게다. 벙어리 행세를 했지만 저녁에 올께 소리를 남기고 사라진 남자는 녀석의 아버지. 그런데 녀석의 엄마가 안 나타난다. 녀석도 엄마 찾는 기미가 없다. 이렇게 되면 내 상상이 흥미로워진다. 녀석은 생각보다 외로운 처지인지도 모른다. 난 녀석이 이 병실에서 쫓겨날 시기에 여유를 준다. 좋아, 오늘은 여기서 지내도록 해 주지. 그럼 내일까지다. 석 달 전 괴물처럼 이 방에서 퇴원을 허락할 마음은 전혀 없다. 내 가슴에 화덕 하나를 던지고 떠난 괴물은 하나로 족하다. 그 괴물이 얼마 전 사과상자를 들고 꿈결처럼 나타났다.

“거, 오다가 보니 환자들이 더 색시해졌더만. 자넨 그거 못 느꼈나?”

“그럴리가요. 아저씨 시력에 사시가 온 거 같은데요.”

“허허… 그럴지도 모르지. 난 참한 여자만 보면 시력이 막 널을 뛴단 말이지. 어머니가 예전보다 훨씬 젊어지셨어. 전엔 삼십 대로 보였는데 지금은 그냥 이십 대란 말씀이야. 자넨 좋은 아가씨 없나? 어머니 말고.”

간이 덜 된 싱거운 이야기를 한참 지껄이고 나서 내 머리를 말끔하게 다듬어 줬다. 그리고 226호 아가씨에 대해서 잠깐 이야기했다. 아저씨는 얼굴에 살 붙으니 좋구마, 하며 말끔한 내 머리를 헝클어놓고 안개 걷히듯 사라졌다.

녀석의 집 타령이 사라졌다. 침수에 든 모양이다. 여자도 기척이 없다. 같이 자겠지. 어머니의 연속극이 병실을 장악했다. 처음엔 그 소리가 견딜 수 없었지만 언젠가부터 나도 다이빙 선수 입수하듯이 연속극에 빠져 들었다. 그런 까닭에 요즘은 연속극의 다음 진행상황을 미리 점치기까지 한다. 미래 내 밥벌이를 위한 일종의 스팩 쌓기다. 난 연속극의 젊은 연인들이 이별할 때와 재회할 때를 큰 오차 없이 맞출 수 있다. 내가 가장 희열을 느끼는 부분이다. 내 희열이 극에 달할 무렵 부스스 일어난 녀석의 입에서 집 타령이 포문을 열었다. 평화는 산산이 깨졌다.

"할머니, 언제 집에 가요?"

여자가 바쁘게 일어나 터진 포문을 막으려 애쓴다. 그 노력만큼은 방파제를 막은 네덜란드 소년처럼 가상하다. 쉬운 대로 조용 하지 못해? 날카롭게 한마디 빽 지르면 될듯한데 여자는 그 한마디를 아껴 백치 아다다처럼 녀석에게 당하기만 한다.

"어이구, 우리 준이 일어났네? 팔이 많이 아프지. 할머니가 어떻게 해 줄까."

"괜찮아요. 선생님은 내가 자는 동안에 수술해서 아프지 않았어요. 근대 언제 집에 가요?"

"글쎄, 할머니도 모르지. 그런데 의사선생님이 왜 안 오실까?"

"히힝- 난 집에 가고 싶다고요. 선생님은 왜 안 와요? 오다가 넘어졌을까요?"

"넘어지긴, 선생님이 왜 넘어져. 준이나 뛰어다니다 넘어져 이렇게 다치지."

"그럼 여기 오다가 죽었을까요?"

"마, 죽긴. 바빠서 그런지도 모르지. 간호사님한테 물어보고 올까?"

간호사는 병실만 나가면 열 발짝 안에 있지만 여자는 한참 후에나 돌아왔다. 녀석의 고문을 잠깐이나마 피하려는 꼼수일 터다. 우리 모자도 덕분에 연속극을 편하게 봤다. 여자 없는 커튼 너머는 숨도 멈춘 듯 조용했다. 여자가 먹거리를 들고 왔다. 녀석은 할머니 손에 든 먹거리는 관심도 없는지 또 징징거린다. 한 대 쥐어박으면 좋으련만 여자는 충성로봇이다.

"의사 선생님은 오늘 못 오신다네? 내일은 볼 수 있을 거야. 어때, 우리 기다려볼까?"

"으으윽- 난 여기가 정말 싫다고요. 집에 가고 싶어요. 어떻게 하면 집에 가요?"

"음- 그럼 우리 이렇게 하자. 준이랑 할머니가 간호사 누나들 모르게 주사를 빼고 아무도 모르게 뒷문으로 나가서 지하철 타고 집으로 도망치자. 어때, 할머니 생각. 좋은 방법이지?"

뭐야? 어디 저런 늙은이가 다 있나. 내 어깨가 꿈틀하고 입에서 욕이 나오려고 했다. 여차하면 비상벨을 눌러야 할지도 모를 일이었다. 침착한 쪽은 녀석이었다.

"에이, 그건 안 돼요. 선생님이 보내 주셔야 해요. 할머니, 선생님은 언제 와요?"

끙- 도루나무아미타불이다. 그래도 여자가 녀석에게 한 방 먹인 셈이다. 녀석이 집 타령 소리가 확! 줄었다. 허- 그런 방법도 있다니. 그러고 보면 녀석도 때가 심해서 그렇지 미련하진 않은 모양이다. 좋아, 그만하면 하루 더 두고 봐도 나쁘지 않을듯하다. 여자가 우유 두 개를 넣기 위해 냉장고 문을 열었다. 하지만 냉장고 두 개는 우리 모자의 건강식과 찜질기로 빽빽하게 들어찼다. 이쯤 되면 내가 붙잡아두려 해도 저들이 이 병실을 떠나게 마련이다. 이번엔 진짜 간호사를 부르려 나갈지 모른다. 그런데 여자는 살림이 서툰 며느리가 실수하듯이 냉장고가 한사코 거부하는 우유를 넣어보려고 용을 쓴다. 보다 못한 어머니가 한마디 했다.

"우리가 이 병실에 들어온 지 일곱 달이요. 그러니 뭐… 저어기 나가면 복도 끝에 냉장고가 더 있을 긴데…"

"뭐, 전 괜찮아요. 금방 소비할 거라서요. 그나저나 일곱 달이면 고생이 크셨겠어요."

"하믄요. 그 고생을 뭐, 말 할 수도 없지."

어머니가 실타래처럼 사연을 풀어놓기 시작했다. 우리는 작은 제과공장을 한다. 기계 작동에 실수가 있어 이톤 무게가 아들 다리를 으스러뜨렸다. 산재처리가 돼서 병원비는 걱정 없지만 기술자 아들이 이러고 있으니 공장을 닫아야 할 판이다. 아들은 아직 총각이다. 등 일사천리다. 하지만 중요한 핵심, 내 다리절단은 끝내 어머니 입에서 나오지 않았다. 이 부분에서 누구와도 나눌 수 없는 어머니의 고통을 난 느낀다. 어쩌면 어머니의 자존심일지도 모르지만. 대신 어머니의 외모 자랑이 장황하게 늘어진다.

"내 이래 뵈도 일흔 셋이요. 헌데 이레 쌩쌩하지. 넘들이 내를 몇이나 보는지 압니까."

괴물을 만나기 전까진 어머니 저 소리가 나오면 난 귀를 막곤 했다. 젊은 자식이 다리를 잃고 누웠는데 늙은이 몸매와 건강이 그렇게도 자랑하고 싶을까. 정말이지 그 때는 저 말만 나오면 싸이고 쟁여뒀던 십여 년 전 일까지 소급해서 난 어머니를 죽이고 싶도록 미워했다.

"어머나, 그렇게 되셨어요? 정말 젊으신데요. 건강관리를 정말 잘하셨네요."

여자가 화들짝 놀란다. 어쩌면 화들짝 놀란 모습을 연출하는지도 모른다. 그녀의 눈빛이 서늘하고 깊다. 상대방의 속내를 들여다보는 듯이. 후줄근한 모습은 여전한데 어쩐지 함부로 할 수 없게 하는 분위기가 있다. 왜일까.

"집엔 나이가 어떻게 되셨오?"

"아, 전 예순 셋이예요. 전 한 번도 나이보다 젊다는 말을 못 들었어요. 정말 부럽군요."

어머니의 흐드러진 자랑에 여자의 맞장구는 여기까지였다. 녀석이 쉬가 마렵다고 하자 그녀는 몸을 돌려 어머니의 긴 사설을 중단시켰다. 어머니와 친밀을 유지하고 싶다면 녀석의 쉬를 봐 주면서도 얼마든지 주거니 받거니 후속편을 들었을 것이다. 후줄근한 모습에도 만만하지 않다. 이상하다. 새벽잠을 설친 까닭에 정신이 흐려졌을까? 어머니의 외모 자랑에 내 얼굴만 화끈거린다. 그 때 늙수그레하고 뚱뚱한 여자가 트렁크 가방과 계집아이를 데리고 병실로 들어왔다. 녀석의 입에서 고함이 터졌다. 난파선에서 구조대를 만난 듯한 함성이다. 트렁크에서 쏟아져 나온 건 책과 노트북, DVD였다. 어머니의 외모에 대한 찬사는 여자에게서보다 뚱보 노인에게서 화끈하게 나왔다.

"정말 일흔이 넘으셨습니까. 뒤에서 보면 꼭 사십 대로밖에 안 보이는데, 정말 믿을 수가…"

하지만 이 말은 어머니에게 충분한 기쁨이 되지 못한다. 어머니는 내심 삼십 대나 이십 대를 기대했을 것이다. 앙상한 나무 같은 몸에 올챙이처럼 아랫배만 볼록 나온 어머니 몸은 당연히 S라인으로 보이지 않는다. 키가 커서 그렇지 어깨와 다리도 좀 굽었다. 그런 몸매지만 옷은 결코 이십 대 이상의 옷은 걸치지 않는다. 스키니 진에 허리주름을 가볍게 잡은 귀엽고 앙증맞은 검정코트를 입고 나서면 그 옷 자체가 S라인을 연출해서 뒤에서 보면 마치 치어리더라고 해도 믿을만하다. 어머니는 그런 때의 감탄사를 기대했을 것이다. 난 어머니가 너무 화려한 장신구는 피했으면 싶지만 말하지는 않았다. 누구나 삶에 의미부여는 필요한 법이니까.

내 병실은 서너 개의 링거 대가 어머니의 행거로 쓰인다. 욕실마저도 한쪽 벽을 차지하는 게 어머니 옷과 구두다. 앞머리를 눈썹 길이로 동글게 자르고 숱 적은 뒷머리는 어깨 아래까지 치렁하게 기른 건 십 대가 아니면 드물지만 어머니는 남이 뭐라든 자신에게만은 어울린다고 믿는다. 그렇게 완벽하게 관리를 해도 잔인한 게 세월이다. 어머니의 얼굴은 자연스럽지 않다. 보톡스 때문이다. 두꺼운 쌍꺼풀 수술에 동양화 붓질처럼 날아갈 듯 그린 눈썹문신을 보면 사람들은 당황한다. 첫새벽, 여자의 입에서 헉 소리가 났던 건 그런 이유에서일 것이다.

프로그래밍이 된 유전자 때문인지 나 역시 꼬지지한 모습은 못 참는다. 그런 내가 다리 하나가 사라지면서 거울보기를 거부한 채 여러 가지로 죽는 방법을 모색할 무렵이었다. 백수광부처럼 머리칼이 온통 하얗고 토끼처럼 뻐드렁니를 드러낸 중늙은이가 내 병실에 들어왔다. 난 하루를 넘기지 않게 할 생각이었다. 하지만 그는 스무하루를 이 병실에 있었다. 그게 가능했던 이유는 있었다. 그는 어머니처럼 냉장고나 TV 리모컨, 간이침대를 필요로 하지 않았다. 수술 이틀 후, 화장실 출입이 가능해지자 가족도 못 오게 하고 혼자 목발을 짚고 다녔다. 그렇더라도 백수광부는 내 예상보다 오래 있었다. 난 수술상태만 알면 그 환자의 입원기간을 점친다. 그리고 대부분은 정확하게 맞춘다. 어머니는 그런 나를 신통하다고 한다. 하지만 그건 신통력보다는 병실에서 보낸 연륜 때문이다. 백수광부는 골수염이었다. 그래서 오백 원 동전크기만큼 다리뼈를 깎아냈다. 난 열흘을 점쳤다. 수술 의사도 그 쯤 퇴원시기를 말해 주었다. 그런데 염증이 가라앉지 않았다.

우리의 동거가 닷새 됐을 때 한밤중에 젊은 여자 비명이 쨍- 하고 이층 병동을 울렸다.

"죽여 주소오-!"

젊은 아가씨였다. 어머니는 그녀가 콜걸이라고 확신했다. 코가 오똑하고 우윳빛 피부를 가진 여자였다. 그녀는 만취 상태에서 고속도로 중앙 분리대를 들이받았다. 콜걸은 스무 시간에 걸쳐 여덟 군데를 수술했지만 몇 차례 수술이 더 남아 있었다. 간신히 응급실을 벗어나기는 했지만 누구도 그녀의 생명을 장담하지 못했다. 그런 여자가 신기하게도 얼굴만은 멀쩡했다. 그녀가 침대서 처음 한 것은 누운 상태에서 침대에 비닐을 깔고 치렁치렁한 머리를 감는 일이었다. 허깨비같이 말라 한 줌도 안 되는 콜걸의 엄마가 봉건사회의 노예처럼 딸의 머리를 감겨 주었다. 어머니의 설명은 비교적 세밀했다. 엄마가 아가씨 머리 양 옆으로 다리를 벌리고 엎드려서 감는데 두 통의 물을 침대 곁에 받아 둔다고 했다. 그 일을 이틀에 한 번씩 했다. 밤마다 병실이 떠나갈 듯한 죽여주소의 비명으로 이층 병동을 공포로 몰아넣으면서도 그녀의 어머니는 무통주사를 끊었다. 대신 찰랑찰랑 아름답고, 하지만 중세의 귀족들처럼 손이 많이 가는 긴 머리는 공을 들여 손질해 주었다. 결코 싹둑 자르려 들지 않았다.

죽여 주소의 비명이 사흘째 되던 날, 백수광부가 휠체어에 링거를 걸고 226호를 방문했다.

"허허… 죽고 싶어 환장하던 아가씨로군, 보소, 우리가 이래 봬도 이 병원 동기동창인데 카드 한 번 안 해보겠소?"

그렇게 해서 백수광부와 아가씨는 친구가 됐다. 그리고 그날 백수광부는 아가씨가 훈수를 둬서 쳤던 그녀 엄마에게 카드놀음으로 오만 원을 잃었다. 무통주사 비용이었다. 그날 밤은 모두들 평화롭게 잠들 수 있었다. 이후, 젊은 레지던트가 콜걸의 코맹맹이에 녹아난다는 소문이 돌았다.

"아잉- 샘님, 어젠 왜 얼굴도 안 보여 주고… 내가 얼마나 기다렸는데. 아잉- 섭섭해용."

심심하기 짝이 없는 병원에서 콜걸과 레지던트의 야릇한 눈맞춤은 풍성한 화제를 만들었다. 백수광부 역시 콜걸의 코맹맹이를 들으며 아잉- 내가 또 졌어? 하며 카드로 수만 원씩 뜯기곤 했지만 풍성한 화제는 만들지 못했다. 그가 바빠졌기 때문이었다. 시간과 비용을 아끼려는 사람들 머리손질을 해주면서였다. 시작 동기는 어머니였다. 어머니가 긴 머리염색을 혼자 하는 걸 본 백수광부가 어머니의 손에서 염색 솔과 빗을 뺏어 들었다.

"내가아 말이지, 이래봬도 미용사 경력이 수월찮소. 밥벌이가 못 되서 그렇지 아무렴, 아마추어 할망구보다야 훨 낫지 낫고말고!"

두 번째 손님은 콜걸의 엄마였다. 그런 그가 내 점괘를 비웃으며 다리 염증을 가라앉히지 못하고 스무하루를 같이 있었다. 사방팔방 염색이다 이발이다 쏘다녔으니 수술부위가 온전하지 못했을 것이다. 조용하던 내 병실이 때를 맞춰 번잡스러워졌다. 소식을 들은 그의 지인들이 뒤늦게 찾아온 것이다. 그들이 백수광부를 보고 기절할 듯이 놀랐다.

"미용실 차렸구먼, 죽는 날 기다리는 줄 알았는데 정 사장 우리보다 오래 살겠는데."

"허허… 내 지금 업종전환을 생각중이야. 내도 이렇게 장사가 잘 될 줄은 미처 몰랐거든."

그를 방문한 지인들은 대부분 봉투를 그의 손에 쥐어 주었지만 과일이나 주스도 심심찮게 들어왔다. 그것들은 어머니 냉장고를 채우거나 226호로 통째로 들어갔다. 그리고 봉투는 이제 카드를 도우미로 할 것도 없이 콜걸의 엄마 손에 갔다. 국가 보조금과 폐지를 팔아 생계를 잇던 콜걸의 엄마였다. 모녀는 간이 덜 된 듯 싱거운 백수광부를 부처님처럼 우러르고 국민동생 아이돌처럼 좋아했다.

"이발기술을 어디서 배우셨어요?"

드디어 그가 내 산발한 머리에 가위와 면도를 들이대던 날, 궁금증을 못 이겨 물었다.

"왜, 불안한가?

"궁금해요. 아저씨는 참 여러 가지로 이상한 사람이에요. 내 예상이 하나도 맞지 않는 사람은 아저씨 밖에 없었어요."

"그 예상이 대체 뭐고."

"처음엔 노동자 계급일 거라고 생각했어요. 그런데 새벽녘에 읽는 책을 보면 그건 아닌 듯하고, 사람들하고 어울리는 거 보면서 혹, 광대출신이 아닐까 하는 생각도 들었어요. 정식 이발사는 아닌 게 분명하지요?"

"거 이발 하나에 참 여러 가지로 궁금했군. 그런데 긍정보다는 부정적인 게 맘에 안 든단 말야. 자넨 지금 면도칼이 누구 손에 있는지 알고는 있나?"

"어디서 배웠어요? 이발."

"이실직고하면 난 노가다 출신이 맞아. 하빠리 목수 질 하다가 오야지하면서 내 간판을 걸었지. 이발은 치매 든 아버지 덕에 경력이 붙었구. 어때, 이만하면 전문가라고 사기 쳐도 되지 않겠나? 이발 솜씨가."

"자식들은 없어요?"

"한 놈은 군대에 있고, 또 한 놈은 직장에 있지."

뉴스는 연신 이슬람 전사들의 자살테러로 화면을 채우고 있었다. 난 공포로 전율했다. 그런 날 밤은 악몽에 시달렸다. 김밥에 시금치 빼 내듯이 뉴스를 피하느라고 내가 채널을 마구 돌릴 때였다. 젊은 여자가 들어왔다. 후줄근한 의사가운에 병든 닭처럼 몰골이 형편없는 꽁지머리였다. 여타한 소리도 없이 가운은 백수광부의 침대에 올라가 쪼그리고 누웠다. 어머니가 눈을 희게 뜨고 혀를 찼다. 여자는 뭔가 실수를 하고 도피 중인 듯했다. 얼굴은 모자이크처리가 되고 손에 수갑을 찬 여자의 환영이 머리를 스쳤다. 이런 신통력은 흔한 게 아니다. 뒤에 백수광부가 들어왔지만 꼬지지한 가운에 대해선 한 마디도 없이 커튼을 꽉 닫았다. 그 순간 난 왜 이스라엘의 모사드가 떠올랐을까. 백수광부가 간이침대에 앉아 뭔가를 뒤적였다. 그의 간이침대가 그렇게 처음으로 쓰였다. 숨길 게 있는 모양이다. 어쩌면 저들은 의사라는 직함을 이용해 모르핀이나 헤로인을 밀거래 하는 마약밀매단일지도 모른다. 대체 내가 저 백수광부 뭘 믿고 머리를 맡겼을까. 자넨 지금 면도칼이 누구 손에 있는지 알고는 있나? 이 소름끼치는 말을 어떻게 농담으로 들었을까. 내가 저들의 비밀을 눈치 챈 줄 알면 난 온전할 수 있을까.

난 지금 죽고 싶지 않다. 난 더 살아야 할 나이다. 다리 하나가 아니라 두 개를 잃었다 해도 내가 저 미친놈 손에 마흔 하나의 나이로 죽어서는 안 된다. 오랫동안 죽는 방법을 연구했지만 그건 내 진심이 아니었던 것 같다. 절망과 우울이 뇌신경을 지배하면 사람이 무슨 생각은 못하냐. 하지만 그건 들숨과 날숨처럼 절망에서 오는 자기연민이다. 사람은 연민으로 자살하지는 않는다. 그런데, 그런데 저들의 정체를 내가 안다는 걸 눈치 채면 그들은 날 살려두려 할 것인가. 긴 마취에서 깨어날 때처럼 전신이 와들거리고 이가 따닥따닥했다. 내 심장은 밖으로 튀어나올 듯했다. 순간 내 의지와 상관없이 아랫도리가 뜨뜻한 것으로 축축해지기 시작했다. 불가항력이었다. 이렇게 되면 그가 곧 눈치 챌 것이다. 위험하다. 어머니는 눈치 못 챈 듯했다. 다행이다. 커튼너머서 진동음이 울리자 가운이 벌떡 일어났다.

"언제 왔는고?"

백수광부가 가운에게 물었다.

"어- 나중에, 나중에요."

가운이 바쁘게 나가고 커튼도 활짝 열렸다.

"싸가지구마. 의사믄 허락도 없이 넘의 침대에 들어서 그래 퍼질러 자도 되는가베? 대체 누군교."

어머니가 특종을 건진 듯 눈에 솔방울 같은 폭탄을 담고 다그쳤다. 모르는 건 확실히 약이다. 예쁜 것과 추한 것 외에는 존재 자체를 거부하는 어머니, 그런 어머니는 이런 상황에서도 두려움이 없다. 그래서 행복하다.

"그 싸가지? 여그서 밥벌이하는 여식이구마요."

여식? 딸? 그럴 리가 없다. 저 미치광이는 위장술이 카멜레온이 아니더냐. 믿을 수 없다.

"여그서 일한다니, 딸이 의사였던가베. 그런데 와 한 번도 안 와 봤는교."

"수술실에서 잠깐 봤소만 뭐- 인턴이 어디 사람취급을 받습니꺼."

"허이구! 자식 하나 용하게 키웠구만. 그런데 진짜 딸 맞는교."

"싸가지 상판이나 이 상판이나 비슷 안하요. 닮은 데가 있을 긴데."

"늙은이는 온통 하얗고 꽁지머리는 새카맣고, 그러니 알 수 있나. 딸이 맞는가베."

가위눌림은 끝났다. 난 식은땀과 오줌으로 채운 욕조에 빠진 듯했다. 두려움이 부끄러움에게 자리를 양보했다. 백수광부에게 보초를 세우고 긴 목욕에 들어갔다. 아랫배에서 굵직한 메밀국수를 밀고 있을 때 커튼사이로 증명사진 같은 얼굴이 불쑥 들어왔다. 꼭 하회탈처럼 현실감 없는 백수광부가 정색을 하고 물었다.

"아쉬운 대로 식당에서 소금 한 됫박 얻어다 줄까? 그냥이야 안주겠지만 사정을 말하면…"

"꼼짝 말고 문이나 잘 지켜요."

내가 젖은 수건을 던지며 악을 썼다. 정말이지 내 손에 목발이 있었더라면 그의 성한 다리 한쪽을 마저 작살을 냈을 것이다.

"허- 내게 성질 낼 일은 아닌 듯한데. 내 입이 본시 나뭇잎처럼 가벼워서 말씀이야."

"그 가벼운 입 가지고 딸이 의사란 얘긴 왜 안했어요!"

"낸들 알았나. 그게 침대에 쉬를 해야 할 만큼 중요한일인줄 미처 몰랐지."

"뭐 그래쌌노. 몸에서 냄새가 폴폴 했는데, 다아 신령님 뜻이다. 아무렴, 세상만물을 달관하시는 신령님께서…"

어머니가 물 만난 어미오리처럼 입과 손이 부지런했다.

내가 미쳤지, 저런 괴물을 두고! 대체 내 신통력은 어디서 뭘 하느라고… 그 날 밤, 악몽과 해피엔딩이 내 긴 밤을 마구 어지럽혔다.

모처럼 괴물의 부인이 왔다. 평생 전업주부관상이다. 그녀는 연속극이 끝나자 하나마나한 질문을 백수광부에게 했다. 심심하지 않는가, 밥은 잘 먹는가. 등.

"참, 일심회 회원들이 왔드만. 한라봉이랑 이십 만원 봉투를 주고 갔어."

"총무한테서 전화 왔길래 얘기했어요. 벌에 쏘여 입원하는 사람도 있냐고 한참 웃더라고요. 그런데 과일이랑 봉투는 어쨌어요?"

"어? 어… 식구 많은 건너편 병실로 들어갔어. 봉투는 교통사고 처녀에게 가고. 아직도 무통주사를 달고 있어서."

이 때, 여태껏 들었던 말 중 가장 아름답다고 느끼는 한마디를 그 때 들었다.

"잘했어요."

잘했어요. 그럼 잘했다고 하지 못했다며 싸울까? 당연한 말인지 모른다. 그런데 그 땐 그 한마디가 너무나 품격 있고 아름다워서 전신이 짜릿했다. 봉덕사의 종소리처럼 여운은 오래 머물렀다. 괴물의 아내는 어머니의 잡다한 얘기를 흥미 있게 듣다가 돌아갔다.

백수광부 괴물이 퇴원하고 내 시선이 앙상한 가로수 나뭇가지에서 휘청거릴 때 콜걸이 휠체어를 타고 내 병실을 드나들었다. 오빠앙- 난 오빠같이 핸섬한 사람이 조앙! 그녀는 예의 그 코맹맹이 소리로 내 외모에 후한 점수를 줬다. 하지만 거기까지였다. 그녀는 괴물과의 추억을 한 오라기 빠트리지 않고 이탄 삼탄 주질러 댔다. 차츰 난 어머니의 외모와 건강에 대한 수다를 예사로 들을 수 있게 됐다. 요즘은 나도 어머니처럼 외모에 신경을 쓴다. 난 침대서 면도와 세수를 한다. 물론 어머니가 그 시중을 든다. 괴물은 타인에게조차 친절했던 사람이다. 내가 어머니와 나 자신에게 친절하지 못할 이유가 없다. 베를린 장벽보다 높았던 울타리는 허물었다. 하지만 성급한 일이었다. 얼마 후 새로운 환자가 내 병실로 들어왔다. 어머니가 냉장고와 옷가지를 대충 정리했다. 또 다른 백수광부를 기대했으리라. 나도 그랬으니까.

"좀 불편해도 심심찮으니 좋다 아이가. 냉장고는 그래서 치운기라."

"잘 하셨어요."

가장 단순한 긍정, 잘했어요. 내가 써도 어울리나? 그러리라고 믿는다. 새 환자는 어깨수술을 했고 난 일주일을 점쳤다. 하지만 사단은 환자보다 간병인에게서 났다. 어머니가 짙은 화장을 하고 소녀처럼 귀여운 코트를 입고 외출했을 때 커튼 너머 두 여자의 소곤거리는 소리가 내 예리한 청각을 아프게 찔렀다. 병실생활은 내 청각을 바늘 끝처럼 다듬었다.

"창부출신인가? 새벽엔 어찌나 놀랐는지. 컴컴한데서 늙은이가 긴 머리를 풀고 시커먼 눈으로 바라보는데 난 한번 터면 비명을 지를 뻔했어."

"쉿-! 듣겠어요."

쉿 소리가 너무 늦었다. 그들이 어머니를 창부라고 하던 갈보라고 하던 저들끼리 하는 말에 난 개의치 않는다. 하지만 그 소리가 내 청각을 울렸다면 사정이 다르다. 난 어머니에게 넌지시 그들이 불편하다고 했다. 쫓아내 달라는 신호였다. 이럴 때 어머니와 나는 좀도둑과 장물아비처럼 호흡이 맞는다. 그들은 어머니의 억지를 견디지 못하고 다음날 일인실로 옮겼다. 헐렸던 내 장벽이 서둘러 울타리를 쳤다.

눈이 동그랗게 커서 인형 같았던 계집애는 제 오라비와 만화영화를 한 편 보고는 뚱보할머니 손에 잡혀 돌아갔다. 이별의 부산정거장처럼 녀석은 누이와의 이별을 안타까워했다. 그런 녀석을 데리고 여자가 링거를 밀며 나갔다. 그리고 연속극이 절정일 때 다시 들어왔다. 도살장의 소처럼 간호사의 손에 끌려서.

"세상에, 이러시면 절대로 안 돼요. 링거는 반드시 링거 대에 걸려 있어야 해요. 그렇지 않으면 수액이 거꾸로 돌게 되거든요. 세상에, 큰일 나겠네."

맙소사! 링거는 링거대 대신 오척 단신 여자의 목에 사형수의 올가미처럼 매달려 있었다. 고무호수는 칭칭 묶여서 링거팩과 함께 점잖지 못하게 덜렁덜렁 흔들렸다. 여자는 그 모습으로 녀석의 손을 잡고 슈퍼니, 책방이니 다섯 개의 병동을 휘젓고 다닌 모양이었다.

"어머나, 전 몰랐어요. 밀고 다니기 불편해서, 그래서 좀 수월하게 움직이려고 했는데, 그래도 아이보다는 제가 좀 크니까 괜찮으려니 했어요."

지나가던 사람들이 TV의 세상에 이런 일이,를 보듯이 걸음을 멈추고 신기한 눈으로 바라봤다. 고무호수는 너무 여물게 묶였는지 풀리지 않았다. 한참을 그것에 매달려 씨름을 하던 간호사는 결국 주사를 빼서 하나하나 풀은 후 다시 꼽았다. 여하튼 조용할 날이 없다. 녀석이 웬일로 조용하다 싶었는데 이번엔 녀석의 보호자가 녀석의 몫을 대역하려고 든다. 둘은 그 모습으로 지하철까지 다녀온 모양이다. 손에는 마저 먹지 못한 붕어빵에 아이스크림까지 들렸다. 무식한 늙은이다. 어머니는 내 나이 마흔이 넘었지만 거리음식과 계절을 벗어난 음식은 철저하게 감시한다. 외양을 가꾸는 것, 운수를 보는 것, 건강식을 하는 것은 어머니의 삼대 철칙이자 삼위일체다. 그런데 여자는 그 세 가지를 모두 역으로 한다. 나조차도 녀석의 미래가 정말로 염려된다.

평화롭던 병실이 녀석의 만화영화로 시끄러워졌다. 이상한 것이, 녀석의 만화는 처음부터 끝까지 영어로 떠든다. 녀석의 꼬락서니를 안 봤다면 코쟁이 양키가 커튼 너머에 있다고 착각할 지도 모른다. 녀석은 어쩌면 생각보다 똑똑한 놈인지도 모르겠다. 얼굴이 노랗게 떠서 평생 링거를 매단 채 내신 일등급짜리 고달픈 인생을 살아야 할지 모르는 녀석이다. 어머니 말마따나 운수소관이지 어쩌겠는가. 그런 녀석이 극적인 장면이 나오면 예외 없이 고함을 질러댄다. 여자 입에서 쉿! 소리가 급하게 울타리를 치지만 녀석의 고함은 울타리를 가볍게 넘어 이층 병동을 쨍- 울린다. 원숭이처럼 본능에 충실한 녀석이다. 만화영화가 끝나고 둘은 간호사 훈육에 따라 착실하게 링거를 밀며 병실을 나갔다. 그 모습이 군대 열병식 같다. 얼마 후, 어머니가 급하게 들어오는 폼이 새로운 뉴스를 건진 모양이다.

"어이구, 이 여자! 기가 막혀서. 지금 이 두 사람 뭐하고 있는 줄 아나."

묻지 않아도 듣게 될 말이지만 난 호기심 가득한 얼굴로 뭐냐고 묻는다. 늦은 감이 있지만 백수광부, 괴물의 친절을 모방한다.

"글쎄, 이 여자가 지금 저 복도 구석쟁이서 녀석이랑 신발 던지기 하고 있다 아이가. 푸하하- 별 짓 다 보제. 글쎄 신발을 이렇게 반 쯤 벗어서 휙- 걷어차면 멀리 날아가지 않나. 그걸 시합이라고 둘이 한다. 링거를 주렁주렁 가운데 매달고. 미친 거 아이가."

수수께끼 여자다. 도무지 어느 쪽으로 튈지 모르는 개구리다. 괴물과 한 종이다. 괴물은 타인에게 친절했지만 여자는 손자에게 자기 방식대로 친절하다고 보면 무리 없다. 어디에선가 밀대걸레질을 하는 여자의 환영이 영상처럼 내 머리를 스쳤다. 가끔 나타나는 영험한 초능력이다. 난 여자를 노동자 중에서도 빌딩 청소원으로 점친다. 그는 고달픈 노동에 특별한 재미를 가져보지 못했을 것이다. 그런데 노동자들이 남의 시선을 의식하지 않던가? 모르겠다.

"처음엔 말이다. 두 사람이 한 손씩 링거 대를 잡고서 훈련받듯이 발 맞춰 거꾸로 걷드만 지금은 그 놀이로는 성이 차지 않은 기라."

밥 한 그릇씩 뚝딱 먹어치우는 녀석에게 뒤로 걷는 놀이가 성에 찰리 없다. 그렇더라도 어린이들도 어른들 몰래 하는 놀이를 아무렇지도 않게 손자 놈과 하는 늙은이 태도는 대체 뭐냐. 이건 진짜 토정선생이 봐도 풀기 어려운 난제다. 난 어쩌면 내일도 그들과 이 공간을 공유하게 될지 모르겠다. 두 사람이 들어왔다. 슈퍼엘 다녀왔는지 둘 다 볼이 얼어 발그레하다. 여자는 여전히 세수도 안하고 꼬지지 했지만 처음 인상보다 훨씬 젊다. 아니나 다를까 여자가 어머니에게 잡숴보시라며 귤이 든 봉투를 건넨다. 혹 정신이상자는 아닐까 하고 콜롬보 눈초리로 살피던 어머니가 당황해하며 고맙단 말도 없이 엉겁결에 과일을 받는다. 신종경기를 하고 왔지만 녀석이 집타령을 아주 잊은 건 아니었다. 그래도 난 용납하기로 한다. 도대체 정체가 뭐지? 수수께끼를 풀지 못하면 잠이 올 것 같지 않다.

이튿날도 의사는 오지 않았다. 대신 젊은 아낙이 아이를 안고 왔다. 숙모님이라고 부르는 거 봐서 조카며느리일 것이다. 녀석은 만화에 빠졌다.

"어서 와. 어- 이놈 언제 이렇게 컸지? 호- 대추처럼 붉은 얼굴이 똑 관우상이군."

두 여자가 아이를 안고 어르는 동안 깔끔한 여자가 들어왔다. 이번엔 전문직 여자가 틀림없다. 선생님, 선생님 하는 걸로 봐서는 사제 간이나 선후배로 볼 수도 있지만 여자의 몰골 때문에 난 둘 다 인정하지 못한다.

"봐, 녀석이 똑 관우 상이지? 김 선생 어때, 내 안목."

"그런데요오 숙모님, 얘 가마가 둘이예요."

내 신경이 날카롭게 섰다.

"호오! 그렇군."

"어쩌지요?"

"뭐가?"

"그- 그러니까, 가마가 둘이면 결혼을 두 번 한다고들 하잖아요."

사제 간일지도 모르는 두 여자가 까르르 웃는다. 내가 마른 침을 삼켰다. 어머니로부터 귓구멍이 뚫리도록 들었던 말을 저들이 한다. 나도 가마가 둘이다. 내 나이 마흔 하난데 아직도 미혼이다. 두 번의 결혼은 대체 언제나 가능할까.

이십 대 후반에 간절하게 결혼하고 싶었던 여자가 있었다. 홀어머니와 동생들이 있던 동갑내기였다. 어머니가 홀어머니에 반감을 나타냈다. 그러나 결정타는 용한 점쟁이의 한마디였다.

"아들이 죽어. 안 죽으면 병신이 될 거야. 본래 독버섯이 먹음직하지. 하지만 사람이 죽어. 독버섯 같은 여자야."

그녀와는 어머니 몰래 오 년을 만났지만 결국 여자가 떠났다. 난 알코올로 몇 년을 보냈다.

"자네 대체 어느 시대에 살고 있나. 책도 없고 TV도 없던 옛날에 심심한 사람들이 유희삼아 지어낸 이야기를 자네가 믿는군. 과학의 시대에 참 어울리는 믿음이야."

"하지만 근거가 있으니까 그런 말도 생기지 않았을까요?"

"글쎄, 그렇게 말하면 내가 아는 사람 중에 재혼, 삼혼 한 사람이 열은 되지만 그들은 모두 가마가 하나였어. 근거 같은 건 없어."

어머니가 저 말을 귀를 활짝 열고 들어야 한다. 어머니는 미신에 대해서 맹종이다. 내 이름은 용하다는 철학관에서 지었지만 난 입시에 실패했다. 어머니가 철학관을 다시 찾았다.

"이름이 안 좋구먼. 당장 이름부터 바꿔!"

어머니가 펄쩍 뛰었다.

"그럼 이십년 전엔 와 이 이름을 지어 줬는교!"

철학자와의 인연은 삭둑 잘렸다. 두 번째 이름은 박수무당에게 얻었다. 그는 제과로 시작해 현재는 기업 총수가 된 인물이 자문을 구한다는 남자였다. 하지만 그 후 내 다리가 절단됐다. 영험하지만 神기가 흐릴 때 어머닌 점을 본 모양이다. 그래서 두 번의 이름을 더 바꿨다. 그런 까닭에 난 요즘 치매 노인처럼 내 이름이 자꾸 헛갈린다. 어머니가 영험한 그들에게 바친 돈만 해도 집이 한 채 될 거다. 오죽하면 내가 그 돈을 다만 얼마라도 회수해 보려고 이렇게 용을 쓰지 않는가 말이다.

얼마 후, 아기엄마가 어린 관우를 안고 돌아갔다. 녀석의 만화영화는 연속극보다 길다. 신기한 장면에서는 놓치지 않고 비명도 날린다.

"선생님, 아까 말씀하신 쌍가마 얘기요. 그거 진짜 교수님이 확인하신 거예요?"

"푸하하- 왜, 김 선생도 쌍가마에 대해 옛날 얘기를 믿나?"

"물론 안 믿지요. 하지만 과학이나 합리성보다는 옛날 사람들 미신이 솔깃하잖아요."

"확인이 뭐 필요해, 뻔 한걸. 신념이 중하지. 자넨 그래서 사회학자가 못 되는 거야."

"하지만 신화나 무속신앙 따위를 제거하면 사는 게 무슨 재미예요. 선생님은 그래서 소설을 못 쓰시는 거예요."

"한 방 먹이는군. 꼭 그렇게 복수를 해야 해? 손에 든 책은 뭐야?"

"이번에 책을 하나 냈어요. 단편을 모았는데 선생님이 모델이 된 것도 있어요."

"어? 정말이야? 거 흥미롭군. 설마 지킬박사와 하이드 중 하이드는 아니겠지. 대체 뭐야."

"그건 선생님이 찾아보세요. 모두 일곱 편인데 가장 하이드적인 인물을 찾으면 맞아요."

"내가 괴물이 됐다 이거지. 어쨌든 부럽군. 나도 예전엔 시간 널럴해지면 글을 쓸까 했지만 요즘 봐서는 전혀 아니야. 바빠 죽겠다고. 요즘은 출근하는 자식들 선식을 만들어. 채소와 곡식을 햇볕에 말려서 만드는데 그게 여간 손이 많이 가지 않아. 녀석들하고 숨바꼭질도 해야 하고. 지루할 틈이 없어. 쓸고 닦고, 적성에 맞는 모양이지? 앞치마 벗을 겨를이 없어."

"선생님은 학교에 나오실 때도 청소부처럼 보일 때가 있었어요. 허방한 생활한복에 빵모자는 정말 유난했어요. 강의는 반짝반짝했지만 코디는 지루했다구요. 점수도 후하지 않고."

"그랬어? 난 말이야. 지금 생각해 보지만 진짜 경제적이 사람이 아닌가 싶어. 외양에 시간투자하기 싫었거든. 직장 맘이 신경 쓸 일이 얼마나 많아. 읽고 싶은 책은 얼마나 많구. 그런데 옷에 신경 써? 머리도 모자 하나면 일주일을 버틸 수 있지. 잘려나갈 머리칼에 신경 쓰기 싫었어. 학생들 성적도 말이야 그 비싼 등록금을 내고 다니는 학곤데 사회가 요구하는 지식은 학교에서 챙겨 나가야 하는 거 아냐? 교수도 학부모들 뼈아픈 돈 제대로 관리되나 확인하려고 중간시험 기말시험 달달 볶는 거 아니냐고."

"덕분에 수강생들 피똥 쌌지요."

"그러게, 그런데 손주 놈들은 그게 안 돼. 마냥 놀게 하고 예쁜 게 자꾸 눈에 들어와."

"언젠간 선생님 치마 입고 화장하고 오신 적도 있었어요. 그 때 모두들 와아- 했잖아요."

"그 정도로 예뻤어?"

"그 정도로 촌스러웠어요. 살던 대로 사시지 하며 모두 킥킥거렸어요."

"생각나는데, 사실은 그 날 부부모임이 있었어. 시어머니가 당신아들 체면 좀 세우라고 얼마나 닦달을 하시던지, 그래서 사고 친 거야. 중학생 딸이 화장을 도와줬거든."

"어련하시겠어요."

"얼마 전엔 딸네 동네서 이상한 여자와 한바탕 한 적도 있어."

"네에?"

"유모가 어깨 수술을 받아서 몇 달 내가 딸네 묶여있을 때야. 글쎄 말끔하게 차려입은 중년부부가 날마다 아파트단지를 돌며 운동하길래 내가 먼저 안녕하세요? 하고 인사했지. 여자는 공작부인처럼 목이 빳빳하고 남자는 중풍이 들어서 걸음이 불편한 사람이었어. 아, 그런데 갑자기 여자가 걸음을 딱 멈추고 나를 요오렇게 쏘아보더니 안녕하지 못하다! 하며 냅다 소리를 지르잖아."

"맙소사!"

"황당했지. 그 후에도 계속 마주치는데 이건 너무 불편하더라고. 그냥 있을 수 없었지. 그들이 운동기구에 있을 때 쫓아가 따졌지. 나한테 무슨 감정 있냐고. 당신 혹시 정신감정을 받아야 하는 거 아니냐고 말야. 그러자 여자가 날 요오렇게 노려보면서 하는 말이 당장 여기서 나가지 못하겠느냐고, 밖에도 운동할 데가 천진데 왜 남에 동네 들어와 성가시게 하냐고 눈을 부릅뜨잖아. 경비는 대체 뭘 하는지 모르겠다고 앙탈을 부리면서."

"그래서요?"

"뭐 그래서야. 그럴 때 사건 종결이야 간단하지. 내가 그 고상한 여자의 허리 채를 쥐고 딸네로 끌고 갔지. 처음엔 고분고분 끌려오던 여자가 우리 딸이 엄마, 무슨 일이야? 하자 꽁지를 빼더군. 엘리베이터도 못 타고 비상계단으로."

"하하… 역시 선생님다운 일이예요. 그런데 그 얘길 왜 이제야 하세요오. 진작에 들었으면 소설에 써먹었을 텐데. 아유, 아까워라."

"김 선생이 당하는 입장이 아니어서 그래. 명예훼손으로 고소하고 싶었다구."

"사위 판사겠다 자문 좀 구해서 그 여자 법정에 세워보지 그랬어요. 볼만 했을 텐데. 그 잘난체하는 부르주아들."

"경제력하고는 상관없어. 사람을 물질로 보는 인간상실의 문제지. 정의는 무엇인가, 왜 도덕인가 하는 서적이 그래서 필요한 거야. 결국 인격이지."

"시드니 셸던인가요?"

"이그- 글쟁이 아니랄까봐. 마이클 셸던이야."

"아하, 그렇지. 깜박 했어요."

잠깐, 저 여잔 녀석의 할머니가 확실한가? 목소리는 같은데, 내 영험이 자꾸 휘둘린다.

"출판사 일은 할 만 하고? 웬만하면 글에 더 집중하지 그래. 재주 아깝잖아."

"목구멍이 포도청이라서요. 확실한 증인이 되 준 의사 딸은 병원에 잘 나가지요?"

"연수차 외국에 나갔어. 그 사이에 녀석이 사고를 친거야."

이 때, 만화영화에 빠져 인사불성인줄 알았던 녀석이 끼어들었다.

"우리엄마요오 외국이 아니라 이탈리아에 갔어요. 베수비오 화산이 있는 이탈리아요."

"와- 이놈 똑똑하네요. 베수비오 산을 다 알고. 그런데, 자막도 영어로 읽어요? 일곱 살짜리가?"

"낸들 알아? 알고 보는지 모르고 보는지."

"퇴원은 언제 해요?"

"글쎄, 내가 지금 그걸 알면 원이 없겠어. 얘 에미는 계속 어떤 상태냐고 묻자오지, 녀석은 집에 가자고 조르지. 그런데 내가 아는 게 있어야 말이지. 의사라고 영 개떡이야. 여긴 정말 이상한 동네라고. 난 담당의사가 누군지 아직 본 적도 없어."

"정말 개떡이네요."

"그런데 말야. 난 그 개떡을 마음 놓고 미워할 수가 없는 거야. 새벽 두 시까지 우리 준을 기다렸다가 수술해 줬거든. 식사 후 여덟 시간의 공백을 지켜야 해서. 다른 병원으로 보낼 수도 있었을 텐데 고맙지. 사랑과 증오는 동전의 양면이라더니 어떻게 이런 모순이 있는지 모르겠어."

녀석의 할머니가 확실했다. 연속극의 대사가 귀에 들어오지 않았다. 둘의 대화가 사실이라면 내 달리철학 간판이 와장창 부서진다. 이게 대체 있을법한 말이냐. 내가 어머니 한 사람 단골을 잡기 위해서라도 저 여자는 일용직 노동자여야 한다. 그런데 사회학 교수였다니. 내가 돈벌이를 목적으로 하겠다는 것도 아니고, 단지 고장 난 수도 보수하듯이 앰한데로 지나치게 흐르는 돈을 다만 얼마라도 막겠다고 하는 일인데. 여기서 내 방점은 지나치게 에 찍는다. 그러니 적당히는 나도 인정한다. 타인의 영험을 인정해야 내 영험도 인정받는다. 영험만 소문나면 그 땐 돈이 대순가. 그런데 이건 너무하다. 하늘은 내가 이 지경이 됐는데도 날 도울 뜻이 전혀 없는 모양이다. 어쩌면 난 내 다리를 뭉갠 작업장으로 다시 가야 할지도 모른다.

여자의 사위가 들어왔다. 그가 장모 대신 녀석으로부터 집 타령의 고문을 당하다가 돌아갔다. 판사라는 고위 공직자의 관상이 궁금해서 내가 청각과 시각을 커튼 너머로 집중했지만 시커먼 잠바와 검은 구두만 어릿했다. 다만 얼마라도 힌트가 있어야 하는데 이렇게 되면 내 점은 허방일 수밖에 없다.

오후에도 그들은 내 병실에서 건재했다. 커튼 너머는 여전히 영어 만화가 떠들고 덕분에 집 타령은 젖은 낙엽처럼 탄력을 잃었다. 대신 여자가 안절부절못한다. 아직도 담당 의사는 코빼기도 보이지 않았다. 독수리 날개처럼 폼나게 펼쳐진 책은 여자 손에서 십 분을 못 갔다. 대신 간호사가 들락거릴 때마다 의사는 언제… 하며 여자가 안달복달을 한다. 나도 마음이 초조하다. 녀석이 안쓰러워서가 아니라 새카맣게 속이 타 들어갈 할망구 입장을 헤아려서다.

"전 아무데도 못가고 오전 내내 병실을 지켰어요. 혹시 자리 비운 새에 선생님 오시면 어쩌나 해서요. 그런데 이렇게 무례한 경우도 있군요. 이건 경우가 아니잖아요. 대체 담당의사는 언제 만날 수 있지요?"

녀석의 모진 고문에도 뚜껑이 열리지 않던 여자가 드디어 간호사를 닦달했다. 눈치껏 여자의 시선을 피해 다니던 간호사가 죄송합니다. 전화해서 알려드리겠습니다. 하며 꼬리를 감췄다. 오전 내내 같은 말이었다. 그 간호사가 얼마 후 들어왔다.

"오늘 중으로는 오신다고 했습니다. 좀 늦을지도 모르지만 늦게라도 오신다고요."

눈을 지그시 감았다가 뜬 여자가 잠시 후, 알았다. 그러면 기다리겠노라고 짧게 대꾸했다. 이후, 둘은 휴가 받은 일등병처럼 병실에 있지 않았다. 어제와 같이 복도 끝에서 신발던지기를 하거나 보폭을 맞춰 거꾸로 걷는 열병식을 휠체어 오르막에서 한단다. 점심으로 들어온 오첩반상은 주인 없는 침대에서 무참하게 식었다.

연속극이 한참일 때 흥분한 여자가 콧김을 거칠게 내뿜으며 들어왔다. 뒤따라 경찰 둘이 들이닥쳤다. 난 아직 허가 없는 내 달리철학 간판이 누군가에게 노출된 건 아닌지, 어머니의 무례와 사치가 어느 정도 위험수위였는지를 가늠하며 훅! 거친 숨을 골랐다.

경찰은 여자가 불렀다. 내막은 간단했다. 그녀가 자판대에서 녀석의 책을 사천 원에 사면서 오만 원을 냈다는 것이다. 그런데 받은 쪽에서는 오천 원을 받았다고 길길이 뛰어서 결국 카메라 검사를 해달라고 신고한 거였다.

"전 많이 망설였거든요. 사천 원짜리 책 사자고 오만 원을 헐기 아까웠으니까요. 그런데 판매원이 절더러 미쳤다느니 사람 잡을 여자라느니 별별 소릴 다 하면서 결국 오만 원은 돌려주지 않았어요. 억울하잖아요. 돈도 물론 아깝고요. 전 꼭 CC를 확인해야겠어요.

"그런 일은 비일비재합니다. 하지만 카메라 거리가 멀어서 정확하지 않을뿐더러…"

"그래도 확인하고 싶어요. 혹 제가 실수했다면 전 사죄할 거예요. 당연히 그래야지요."

경찰이 여자를 달래려고 했지만 결국 포기했다. 그들이 나가자 여자가 녀석에게 물었다.

"준이는 할머니가 얼마짜리 내는지 혹시 보지 않았어?"

그토록 징징거리고 집 타령으로 사람을 볶던 녀석이 분명하게 말했다.

"난 할머니가 오만 원 내는 거 봤어요. 할머니가 맞아요."

"오! 그렇지? 분명하지?"

내 영험한 초능력은 나타나지 않았다. 난 늙은이보다는 녀석의 기억력과 시력을 신뢰해서 여자 말이 사실이라고 점한다. 하지만 얼마 후 찾아 든 경찰은 저들이 오히려 미안해하며 카메라에 찍힌 돈이 오천 원이라고 했다.

"아! 그럴 수가…"

여자의 얼굴이 씹어뱉은 칙 뿌리처럼 일그러졌다. 여자가 페딩 잠바를 옷장에서 꺼냈다. 사과하러 간다는 거였다.

"뭐, 꼭 그러실 필요는 없겠습니다. 그런 일은 흔하거든요."

경찰은 상황을 조용히 덮고 싶은 듯했다. 하지만 여자는 녀석에게 잠바를 입히고 링거 걸이를 밀며 축 쳐진 어깨로 병실을 나갔다. 여자는 저녁식사가 차갑게 식은 후에 들어왔다. 장원급제를 한 듯 의기양양한 표정이었다. 어머니가 연속극에 몰두해 있지 않으면 상황을 물어보겠지만 포기했다. 221호 TV는 잠자는 시간 아니면 꺼지지 않는다. 대신 큰 키에 고지

혈증이 의심되는 남자가 찾아들어서 난 결말을 들었다. 이번엔 내 점괴가 맞았다. 여자의 남편이 대머리일 거라는 점 말이다. 하지만 그 정도 실력으로 운수를 보기엔 무리가 있다. 그래서 달리철학은 일단보류다. 신경흥분제를 과다복용한 조울증 환자처럼 여자가 떠들기 시작했다.

"글쎄 판매원에게 사과하고 미안한 마음에 책을 두 권 더 사지 않았겠어요? 그리고 돌아오는데 머리가 번쩍 하더라고요. 경찰이 확인한 돈이 처음에 오만 원이 아니라 나중에 시비 붙어서 돌려받은 오천 원이라는 게. 난 분명히 오만 원을 자판대 위에다 놨거든요. 오천 원은 나중에 오고 갔어요. 다시 신고했지요. 하지만 교대했다. 기다려야겠다. 하며 경찰이 모른 체 하는 거예요. 할 수 없이 내가 카메라기사를 구슬려서 확인했어요. 오만 원이 분명하더라니까요?"

"거 잘했군."

"그렇지만 돈을 돌려받지는 않았어요. 나도 그 여자가 나쁜 사람이란 생각은 하지 않아요. 착각해서 생긴 일인데 그만큼 시달렸으면 그냥 눈감아 주는 게 좋을 듯해서 돌아왔어요.

"잘했어."

이상한 사람들이다. 백수광부의 처가 했던 잘했어요, 를 지금 대머리가 같은 리듬으로 한다. 시간이 많이 경과했는데 꼭 어제 일처럼 잘 했어요, 의 감동이 축축하게 가슴을 적신다. 대머리는 의사가 개떡이라고 빡빡 우기는 여자의 말을 건성으로 듣는 듯했다. 대신 녀석만 붙들고 허허거리다 바이바이와 뽀뽀를 스무 번쯤 하고 갔다.

마지막 연속극이 한창일 때 흰 가운이 들어와 녀석을 응시했다. 젊은 의사였다.

"누구세요?"

변기를 비우고 돌아온 여자가 범법자 문초하듯이 물었다. 의사는 빙긋이 웃을 뿐 말이 없다. 뭔가를 각오한 얼굴이다.

"혹, 우리 준이 수술해 주신 의사신가요?"

"네."

"어이구, 세상에!"

"미안합니다."

"그러게요. 왜 그렇게 사람 피를 말리게 하세요? 우리 준이를 보세요. 이 애가 본래 이렇게 목이 긴 애가 아닌데 선생님 기다리다가 이렇게 목이 빠져서 길어졌어요. 저도 그렇구요. 한 자는 더 길어졌잖아요. 참, 그런데 우리 준이 상태는 어떤가요?"

"난처한 상황에선 그냥 웃지요, 의 노랫말을 떠올리게 하는 의사가 녀석을 들여다봤다."

"아픈 건 어떻지?"

"조금 아팠지만 참았어요."

"어- 그래, 잘했구나."

"그래도 씩씩하게 우리 준이 잘 견뎠어요. 제가 선생님 몰래 도망가자고 하는데도 선생님이 허락해 줘야 한다고 준이 절 꼭 잡고 말렸어요. 정말 얼마나 의젓한지."

여자는 사기꾼 기질이 농후하다. 전혀 의젓하지 않은 녀석이 할머니의 너스레에 비행기를 막 탄다. 이렇게 되면 영험한 도사도 회까닥 한다. 뭐, 어떠냐. 끝이 좋으면 다 좋은 거다.

"그랬군요. 착하네? 책도 읽고"

젊은 의사가 녀석의 책을 들추며 머리를 쓰다듬었다. 책은 뭔 책, 만화영화만 줄창 봐서 내 귀가 청맹과니가 됐는데. 醫術만 알지 巫術을 모르는 의사가 그걸 알 리 없다. 하지만 내가 고자질 할 필요는 없다. 운수를 잘 보려면 요령과 눈치가 있어야 한다. 어느 쪽이 돈 될지 냉큼 파악해야한다.

"수술은 잘 됐습니다. 성장판을 다쳐서 좀 지켜봐야겠습니다만 아프지 않으면 퇴원하도록 하지요. 이삼일 후에."

이 때 녀석의 입에서 정말 의젓한 말이 나왔다. 이번엔 내 예언과 주술이 바로 먹혔다.

"처음엔 조금 아팠지만 지금은 하나도 아프지 않아요."

"오호, 그렇군! 그럼 내일 퇴원하도록 조처하겠습니다"

의사가 나갔다. 녀석은 좀 전에 의젓한 모습은 사라졌다. 침대에서 펄쩍펄쩍 뛰었다. 여자도 말리지 않았다. 어머니가 장비 눈초리를 하고 벌떡 일어날 때 내가 쉿! 손가락을 입에 대서 말렸다. 간이침대에 풀썩 주저앉은 어머니가 나를 따라 웃었다.

"니가 맞다. 우야노, 좋아서 하는 짓을. 사람마다 지 좋은 게 있는 기라. 그래 내 참는다.

"잘 하셨어요."

쏴- 썰물에 모래 구르는 소리가 났다. 내가 내걸어야 할 達理(달리)철학 간판이 바닷가 모래사장에서 밀물에 씻겨 사라지고 있었다.

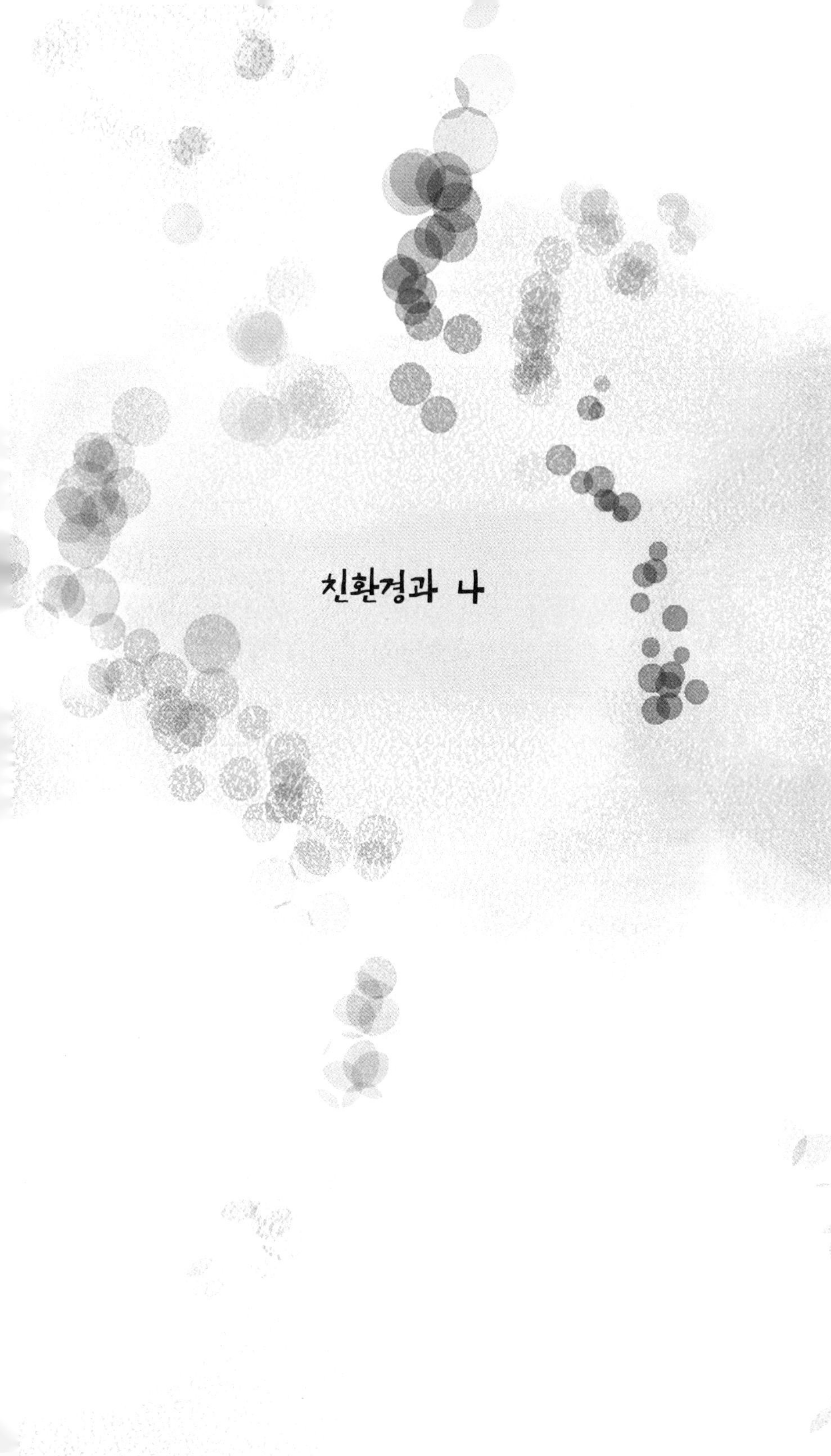

친환경과 나

그야말로 내 눈이 번쩍 띄었다. 산타 자루에서 선물 굴러 나오듯이 계순 씨 가방에서 꾸역꾸역 테이블로 떨어져 나오는 건 노랗게 잘 익은 단감이었다. 이게 웬 횡재냐. 내 마흔 세 개의 얼굴 근육이 일제히 환호했다. 다섯 명의 독서회원의 입에서 탁구공처럼 테이블을 튕겨 오르던 '안개의 사나이'가 노란 단감에 밀려 주춤했다. 이렇게 되면 오늘의 주인공 안개의 사나이의 살인행각은 그럭저럭 면죄부를 받을 공산이 크다.

올해는 과일이 풍년이다. 내가 이 풍년의 계절에 고작 그 잘 익은 감에 눈이 먼 건 아니다. 하지만 그 감은 한 눈에 봐도 예사 감이 아니었다. 여기저기 찢기고 울퉁불퉁 상처투성이다. 게다가 마마자국처럼 구멍이 뻥뻥 난건 아마도 까치와 까마귀 등쌀이었을 것이다. 바라보는 감 주인은 피똥 쌌겠지만 농약 없는 낙원에서 단감과 희롱하고 놀던 날짐승들은 신났겠다. 감은 한마디로 촌티가 줄줄 흘렀다. 잘사는 사촌언니가 까탈을 떨며 유기농 자연드림에서 비싼 돈 주고 사먹는 바로 그 오종종한 때깔이다.

"촌집에서 오늘 딴 건데 맛이 괜찮아요. 다 들고 올 수 없어서 요만큼만 들고 왔어요."

오호라! 재숙 씨 외양이 만날 비까번쩍하더니 과수나무가 설기 벌기 한 별장을 가지고 있었던 모양이다. 어쩐지, 도시 공해에 찌든 우리네와 다르게 뭔가 싱그럽더라니. 과실 때깔로 봐서 전문가 손에서 화학비료와 농약 세례를 받은 감이 아니다. 아마추어 냄새가 퐁퐁 풍겼다. 유기농상품에서만 볼 수 있는 우거지상의 그 때깔 말이다. 내가 눈을 차악 내리뜨고 뭉실뭉실 굴러 나오는 감의 숫자를 헤아렸다. 오늘 독서토론에 모인 사람은 일곱 명인데 이게…… 열 셋, 열 넷…… 그렇다면 이 칠이……! 계산이 미처 끝나기 전에 내가 냉큼 두 개를 주워들었다.

"나아, 집에 가져가서 먹음 안 될까요? 지금은 김밥이랑 떡도 있고 하니."

물론 단감보다 김밥을 더 좋아해서는 아니었다. 하지만 내가 아무리 친환경 농산품을 우러른다지만 껍질도 깍지 않고 맨 감을 어적어적 씹어 먹기는 아무래도 상그럽다. 그렇다고 이렇게 마구 굴려 놓았다가 마지막 일어설 땐 누구 가방으로 통째 쓸려 들어갈지 불안했다. 단감 말고도 떡이니 김밥이니 저녁 땟거리가 테이블 위에 널브러져 있지 않은가 말이다. 내가 얌전한 고양이처럼 부뚜막 아래서 내숭이나 떨고 있을 상황이 아니었다. 분위기로 봐서 이 감들은 우왕좌왕 밀리다가 삼선선배 가방으로 골인할 가능성이 가장 높다. 우선 그는 이 조직의 리더로서 팀을 위해 일하는 수고가 누구와도 비교할 수가 없다. 여름 베짱이처럼 게으른 내가 일개미처럼 바지런한 그녀와 대적할 수는 없다. 여론이 선배에게 그 감을 몰아줄 때, 내가 감히 토를 달만한 위치는 아니라는 거다. 선배는 게다가 딸네 집에서 손자들 육영사업을 하느라 그 식구가 두 자리 숫자를 육박한다. 그 중 마지막 위험인자, 선배는 우리의 일용한 양식, 김밥과 떡, 음료를 싸들고 다니느라고 이삿짐 보따리만한 가방이 늘 옆구리에 대기 중이다. 때문에 다들 배가 만삭이 되고 독서토론이 끝나 얼기설기 일어설 때면 아무도 거들떠보지 않는 주스니 빵이니 하는 가공식품의 부스러기(내, 솔직히 표현하자면 불량 먹거리들)가 대부분 그 가방으로 쓸려 들어간다.

어쨌거나, 어느 낙원에서 왔는지 까치들 주둥이 접선으로 구멍이 뻥뻥한 단감 앞에서 내 동작은 날쌘돌이처럼 재빨랐다. 그런데, 그게 실수였다.

"뭐, 가져가고 싶으면 그렇게 해요. 먹고 싶은 사람만 먹으면 되니까."

재숙 씨 가방에서 미처 나오지 않은 게 있었으니 신문지에 돌돌말린 과도였다.

"아유우! 진작에 칼을 준비해 왔다고 할 것이지!"

머리나 가슴보다는 그래도 부끄러움을 아는 내 손이 움켜쥐었던 단감 두 알을 얼른 테이블로 올려 슬그머니 가운데로 밀었다. 마른입에서 침이 고이기 시작했다. 내 입속의 화학작용과 상관없이 재숙 씨 과일 깎는 솜씨는 느려 터졌다. 이건 완전히 장애를 가진 굼벵이다. 공주처럼 하고 다니더니 그는 과도는 쥐어보지도 못한 모양이다.

에구, 목마른 사람 돌아가시겠네. 어느 순간에 그 칼을 뺏으러 내 손이 테이블 건너편으로 날아갈지 몰라 불안했다. 실수는 한번으로 끝나야 한다. 반복하면 인간성 불량하다고 소문나고 왕따 될 소지가 있다. 유혹을 견디는 정도가 인격의 척도라고 하지 않던가. 내가 손을 엉덩이 아래로 찔러 넣고 체중을 실어 지그시 눌렀다.

"칼 이리 내요. 어째 솜씨가……."

보다 못한 삼선선배가 재숙 씨로부터 과도를 넘겨받았다. 옳거니! 내가 보이지 않는 양손을 번쩍 치켜들고 물개박수를 보냈다. 과연 선배의 과일 깎는 솜씨는 물 찬 제비처럼 날렵했다. 내가 나서지 않는 건 현명한 처사였다. 참는 자에게 복이 있나니…… 두고두고 새겨 둘 일이다.

잔챙이가 공병 헤아리듯이, 내가 유기농 과일에 눈독을 들이는 데는 이유가 있다.

오년 전이다. 이마에서부터 목까지 십자 모양으로 피부가 빨갛게 성이 났다. 난 성난 피부를 모자와 마스크로 깊숙이 가리고 집근처 피부과를 십여 군데나 쫓아다녔다. 그러니 이렇게 지겨운 이야기를 최소한 열 번은 했던 셈이다. 아무도 관심두지 않는 어리석은 짓이었다. 차라리 대나무 숲이라도 찾아가 임금님 귀는 당나귀 귀-! 하고 혼자 고함이라도 쳤으면 좋았을 뻔 했다. 가끔은 나도 그 때 일이 긴가, 민가 한다. 어쩌면 하룻밤에 겪은 요란한 꿈이었는지도 모른다. 그런데 꿈도 생시처럼 흔적을 남기나? 그래서 지금까지 백색 무더기 알약을 아침저녁으로 삼키게 하나? 그런 까닭에 어리석은 짓인 줄 알면서도 마지막으로 한 번 더 그 때 일을 지금 끄집어내는 것이다.

추석을 열흘 앞두고 배 한 상자가 선물로 들어왔다. 남편은 출장 중이었고 난 혼자 주말을 보내고 있었다. 배는 얼마나 우람하던지 어린아이 머리통 만 했다. 내가 장학퀴즈에 시선을 고정시키고(지적 허영이 살짝 있던 때였다.) 배 하나를 깎아서 다 먹었다. 맛도 있었지만 입이 궁금해서였다. 하나를 거의 다 먹을 무렵 입술 감각이 이상했다. 치과 치료를 받고 마취가 풀리지 않았을 때의 느낌과 비슷했다. 하긴, 장학퀴즈와 연속극이 끝나도록 입에 고달픈 노동을 시켰으니 마비가 올 만도 했다. 연속극에 이어 뉴스도 끝났다. 배 하나가 뱀 허물 벗듯이 껍질만 남기고 사라졌다. 더 볼 일이 없던 나는 잠자리에 들었다.

한 밤중에 잠이 깼다. 미칠 듯한 손가락 가려움 때문이었다. 얼굴도 느낌이 이상했다. 가렵지는 않았지만 가면을 쓴 듯 갑갑했다. 해서 전등을 밝히고 거울을 봤을 때, 맙소사! 내 얼굴은 사람의 형상이 아니었다. 입술과 그 언저리가 얼마나 부었는지 금방이라도 뻥! 하고 터질 풍선처럼 아슬아슬했다. 어젯밤에 먹은 배가 농약에 오염된 것이 아닐까 하는 생각이 번개처럼 내 머리를 쳤다. 비누로 얼굴과 손은 물론이고 팔뚝까지 씻고 또 씻었다. 그리고 다시 잠자리에 들었다. 아침에 일어났을 때 부은 입술은 가라앉았다. 대신 볼과 이마에 흉측한 발진이 생겼다. 그리고 이번엔 몸 전체가 가렵기 시작했다. 배를 버릴까 어쩔까 망설이다가 아까운 마음에 고무장갑을 끼고 차 트렁크에 실었다.

느닷없는 배 상자에 올케언니는 어젯밤에 무슨 꿈을 꾸었던가 하는 표정이었다. 내가 초딩 훈육하듯이 올케언니에게 지시했다.

"잠깐! 언니, 배 만지기 전에 고무장갑부터 끼세요. 자아, 장갑 꼈으면 수세미로 문질러 씻어요. 암말 말고 그렇게 해요."

조울증 환자처럼 쪼그리고 앉아서 난 그 과정을 일일이 확인했다.

식구가 많기도 했지만 먹성 좋은 친정식구들이었다. 열한 개의 배는 앉은 자리에서 없어졌다. 과연 어떨지……. 내가 두려운 시선으로 그들의 얼굴빛을 놓치지 않고 지켜봤다. 하지만 다들 멀쩡했다. 아무도 나 같은 증상은 생기지 않았다. 떠버리 알리처럼 호들갑을 떨다가 콤비네이션 펀치에 나동그라진 기분이었다. 올케언니와 조카들도 흉측한 얼굴을 하고 푼

수 짓을 하는 나를 토끼 눈으로 바라봤다. 하지만 내가 밤새 겪은 일을 곧이듣는 것 같지는 않았다. 설마, 까마귀 날자 배 떨어졌겠지, 심드렁했다. 모처럼 만난 그 웅대한 배에다 농약 오염이라니, 이 무슨 억하심정이냐는 듯 내 말은 서푼어치의 가치도 없이 무시되고 말았다. 무참했다. 그냥 요란한 꿈 꿨거니, 생각해도 그만이었다. 하지만 어리석은 나는 하룻밤에 겪은 일을 꿈으로 덮어두지 못했다. 찾아가는 의사마다 설명하고 또 설명했다. 피부과 의사들이라고 친정식구와 크게 다르지 않았다.

"우연히 그럴 수도 있지요. 하지만 이 피부병은 음식 때문은 아닌 듯합니다."

한 가지 증상에 참 여러 가지 병명이 나왔다. 그런 의사들을 신뢰할 수 없던 나는 결국 종합병원에서 수십 가지의 검사를 받았다. 그리고 류머티즘 과에서 홍반성 루푸스라는 진단을 받았다. 병원을 쫓아다닌 지 오 개월 만이었다.

"루-푸-스요? 그게 뭐예요?"

"자가면역 증상입니다. 면역체계에 이상이 생겨 면역성이 자신의 인체를 공격하는 병입니다."

이렇게 어려운 말은 난 모른다.

"치료는 얼마나 하면 될까요?"

"난치병이어서…… 치료가 어렵습니다."

이번 말은 대번에 알아들었다. 난치라니. 설마, 다시 한 번 의사들에 대한 불신이 약 오른 고추처럼 발끈했다. 줄을 잘못

선 게 틀림없다. 피부과에선 의사마다 병명이 다르고 치료 방법도 제각각이었지만 난치니 불치니 하는 말은 하지 않았다. 치료기간도 삼 개월을 장담하곤 했다. 피부과에서 그냥 저냥 치료를 받았더라면 좋았을 걸. 마지막 남은 희망을 오진에 걸었다.

"하지만 정확하지 않을 수도 있잖아요. 루푸스가 아닐 가능성도 있지요?"

"백퍼센트입니다. 간수치가 800이어서 오늘 중으로 입원해야 합니다."

드라큘라처럼 창백하고 냉정했던 의사였다. 그는 시도 때도 없이 내 팔뚝에서 피를 뽑고 주사를 놓았으며 한 주먹씩의 약을 먹였다. 그리고 천적을 만난 황소개구리처럼 눈을 부릅뜨고 한 번 더 당부했다.

"처방받은 약 이외에는 다른 어떤 약도 쓰면 안 됩니다. 드링크도 마시지 마세요."

맙소사! 이 의사는 또라인가? 자기가 처방해주는 한 주먹의 약도 목으로 다시 기어 올라올 지경인데 여기다 또 무슨 약을 내가 먹는단 말인가.

드라큘라가 하는 말의 의도를 난 나중에야 알았다. 여학교 친구들은 내 병을 알게 되자 수십 가지 기적의 약을 폭포수같이 쏟아내었다. 간단한 칡 뿌리에서 오메가 쓰린지 매운지 하는 고가의 영양제까지. 내 병에 대한 치료제는 내가 백수를 해도 다 못써볼 만큼 종류가 많았다. 자격증이 없을 뿐이지

의학지식이 고대중국의 화타만큼은 됐던 친구들이었다. 만약 담당의사의 지나친 당부가 없었다면? 모골이 송연해진다. 아마도 나는 의사로부터 또라이라는 비난을 들으며 벌써 영면했을 것이다. 그래서 지금쯤 내 친구들과는 검은 리본을 두룬 영정사진 안에서 그들과 안타까운 상봉을 하고 있을 것이다.

어쨌든, 지금도 그 어린애 머리통 만한 배만 생각하면 늙은이 횟배 앓듯이 내 오장육부가 뒤틀린다. 그런 까닭에 추석에 들어오는 배는 탈출의 화신 빠삐용처럼 내 집에서 바삐 빠져나간다. 그리고 미처 탈출하지 못한 배는 냉장고 속에서 해를 넘기며 곯는다.

드디어 감 하나가 온전히 깎여 네 토막이 나고, 두 개째. 이때쯤이면 내가 시부저기 먼저 주워들어도 인간성 의심받을 일은 없으렸다. 한 쪽이 입으로 들어갔지만 성에 차지 않았다. 유기농 과일이라면 얼마나 오랫동안 굶었는지 헤아릴 수도 없다.

“저어기, 난 그냥 통째로 하나 먹어 볼게요. 아, 물론 남으면 말이죠.”

남으면 먹겠다고 했지만 그건 어디까지나 체면치레고, 그 말을 순진하게 곧이듣는 사람도 있을까? 미끼는 효과가 있었다. 통 큰 선배 손에서 남자 주먹만 한 감이 통째로 내 손에 들어왔다. 순간, 난 우리가 오늘 만난 목적이 뭔지 까맣게 잊어버렸다. 오늘의 주제가 되는 책, ‘안개의 사나이’는 그야말로 안개 속으로 하얗게 사라졌다. 음식 앞에서 언제나 새초롬하게 교양이 높은 영숙 씨 경선 씨도 유기농 단감 앞에서 대충 안개의 사나이와는 결별하는 눈치였다. 아무렴, 이런 무공해 과일을 언제 또 먹어본단 말이냐. 하나를 통으로 먹었지만 내 손은 여전히 사분의 일 토막을 젖먹이들 엄마 젖꼭지 만지작거리듯이 집적거리다 입으로 날랐다.

음식이 헐빈해졌다. 살인자 안개의 사나이는 유기농 단감 덕분에 사면된 듯했다. 다음 달 토론할 책으로 뭔가가 결정되는 것 같았지만 그 뭔가가 내 귀에 들어오지 않았다. 대신 내 손과 입이 시바의 손처럼 바지런을 떨었다. 내 배는 헬륨 풍선처럼 빵빵해졌다. 소리 없는 아우성으로 뱃속이 들끓었다. 그럼에도 참고 인내할 수 있었던 건 말 그대로 내 특수한 고무줄 배 덕분이었다.

마지막 여섯 쪽이 남겨진 상태에서 내 손이 스톱했다. 음식 앞에서 교양 있는 여섯 사람이 딱 하나씩 맛 볼 분량이었다. 눈치 없는 놈은 범보다 무섭더라고, 내가 아무렴 그런 눈치까지 없을까. 내 체면치레는 거기까지가 한계였다. 그러다 계산이 잘못됐음을 알았다. 계순 씨가 제 집에서 들고 온 과일에 미련 둘 사람이 아니라는 계산 말이다. 난 얼른 내 한계에서 한 발짝 물러섰다. 슬그머니 하나를 들어 입에 넣었다. 그리고 이제 정말 마지막으로 오래오래 내 입에서 무공해 단감과의 작별을 고했다.

작별을 고한 뒤엔 미련두지 않고 떠나는 게 숙녀 된 도리다. 하지만 그러지 못하는 사람도 더러 있다. 내 시선이 벌거벗은 채 수줍게 얼굴 붉힌 감에서 헤어나지 못했다. 그 감들은 알몸이 부끄러워서 누군가의 입에 빨리 들어가길 간절히 소망하고 있었다. 내 시선 때문이었을까. 아무도 그 것에 손이 오지 않았다. 뭐, 그렇다면……. 난 그야말로 마지막 봉사하는 심정으로 혼자 오사마리를 했다. 그리고 무거운 배를 안고 선배를 따라 일어섰다. 봉사하는 심정이라는 거, 다들 믿지 않겠지만 난 진심이다.

떠날 때는 말없이, 라고 하지만 진짜 말 없는 사람은 나 뿐이었다. 다들 다음 달에 읽어야 할 까뮈의 뭐라고 하는 책이 어느 도서관에 있느니 없느니 분분했다. 난 조용했다. 주인공이 되는 책 제목을 외우지 못했기 때문이었다.

저어기, 그런데 다음 달 읽어야 할 책이 뭐라고 했어요? 하는 한마디가 목구멍에서 간당간당 했지만 구겨 넣었다. 틀림없이 이들은 날카로운 눈 화살을 날리며 내게 사오정이라는 별명을 붙여줄 것이다. 그렇게 되선 안 된다. 여학교 친구들이 그런 나를 윽박지르곤 했다. 야, 밤새 울고 나서 누가 죽었냐고 묻는다더니, 니 걸핏하면 왜 그러는데? 사오정이냐? 정신과 소개해 줘? 정말 인정머리 없는 친구들이었다. 같은 실수는 안 된다. 미래 베스트셀러 글쟁이가 될 지도 모르는 이들에게까지 내가 우사당할 이유는 없다. 그러잖아도 뜬소문이 잡초처럼 무성한 동네다. 참는 자에게 복이 있나니…… 주차장으로 나가는 길에 재순 씨가 목소리를 높였다.

"저어기! 내 자동차에 감이 더 있는데 가져가서 먹을 사람!"

이게 먼 자다가 봉창 두드리는 소리? 그럼 이제껏 보약, 오! 나의 보약이여- 하며 소가 여물 씹듯이 알뜰히 씹어 삼켰던 감은 대체 뭐고!

아무리 빈대 낯짝이라도 나요! 하고 내가 먼저 번쩍 손 들을 수는 없는 일이었다. 사실 감이라고 하면 내 집 냉장고에도 지금 미어터지게 들어있다. 그야말로 험도 티도 없는, 농약과 화학비료의 세례를 한 몸에 받은 호박만한 단감이다. 지난주에 남편이 누군가에게서 받았다며 물먹은 하마 입을 하고 들여 온 거다. 그런데 내가 주중에 집을 비우는 바람에 미처 먹을 시간이 없었던 감이다. 오년 전 기억이 두려워 그 잘생긴 감을 괄시했던 건 결코 아니다. 근래에 나는 유기농과 비유기농 식품의 우열을 가려 식탁에 올린 기억이 별로 없다. 저렴한 비유기농이 비싸고 희귀한 유기농을 음해한 까닭이었다. 그러기에 요즘은 팍팍한 주머니 사정과 납작 엎드려 겸손한 비유기농이 하이파이브 해서 내 집 식탁을 좌지우지한다.

"가져가서 먹을 사람!"

재숙 씨가 다시 외쳤다. 나요! 나요오-! 소리가 목구멍 속에서 회오리를 돌았다. 이럴 때 내 입은 호리병 속에 든 개구리처럼 갑갑하다. 내 어설픈 친환경 지식으로 인해 그나마 유지하고 있는 품격이 설익어 꼭지 떨어진 감처럼 주차장 바닥에 나뒹굴게 해서는 안 된다.

관자님 말씀에 사람은 배부르고 등 따시면 체면과 예의를 차리게 된다고 했는데 지금의 난 배가 불러 목구멍으로 밀고 올라올 상태다 그런데도 체면과 예의를 모른다면 난 사람도 아니다. 그러니 내가 재숙 씨 자동차까지 쫓아가서 그 감이 대체 어떤 때깔인지 확인하고자 한 것은 욕심이 아니라 단순한 호기심 때문이었다. 감이 유기농이 아닌 일반 상품이었다면? 믿기 힘들지만 손 벌리지 않았을 가능성도 있다.

과연 감은 상처투성이 오종종한 모습으로 트렁크에 자루때기로 들어앉아 있었다. 열 개의 눈동자가 도시 행려자처럼 우왕좌왕 했다. 그리고 곧 힌두사원의 시바처럼 열 개의 손이 바쁘게 백을 열고 트렁크로 모여들었다. 내가 속으로 코웃음을 쳤다. 어디 실컷 들 담아 보시지. 하지만 그들은 백만 작은 게 아니었다. 손도 작았다. 관자님이 말씀하시는 그 체면과 예의범절이 그들의 손에 브레이크를 걸었으리라. 적당히, 그렇게 적당히 가방이 봉봉해지자 그들은 자동차 트렁크에 읍소를 하고 뒤로 물러섰다. 마지막으로 삼선선배가 트렁크 앞에 섰다. 그야말로 자루때기 감을 다 쓸어 넣어도 될 시장 가방이 있는 사람이다. 하지만 그 역시 관자님의 추종자였고 주변의 눈총에서 자유로울 수 없는 사람이다. 감은 별로 축도 나지 않고 자루 주둥이가 풍 맞은 나귀 입처럼 떠억 벌린 채 선배가 물러섰다.

구경만 하겠다고 따라왔던 내가 트렁크 앞에서 공손하게 읍소를 하고 백을 열었다. 하지만 내 백은 소지품 담는 백이지

감 담는 백이 아니다. 백에서 끌려 나온 것은 형형색색의 꽃무늬 시장 가방이었다. 난 언제나 어느 때나 시장 가방을 백에 넣어 다닌다. 어느 순간에 쇼핑의 지름神이 내게 강림할지 알 수 없어서다. 비단 나뿐일까? 숙녀라면 손수건 하나 백에 들어있어야 하듯이 주부라면 그거 당연한 거 아닌가? 그런 까닭에 나는 일회용품 마구 써 제키고 냉장고를 둘, 셋씩 마구 돌려 대면서도 원전반대를 외치는 인텔리겐치아들을 속으로 혐오한다. 똥 뀐 놈이 성내더라고, 그런 사람들이 대체로 시민운동엔 빠지지 않고 현수막 아래서 주먹질을 하지 않느냔 말이다. 말만 번지르르 한 그들이야말로 머리에 먹물만 든 문어라고 난 속으로 픽픽거린다. 하지만 입 밖으로 내지 않는다. 책망은 하느님과 어린애들이나 하는 거라고 했다. 알량한 지식으로 내가 떠버리 알리처럼 명명백백을 외쳐댄들 바벨탑 같이 높은 그들의 귀에 도달할 리 없다. 결국엔 내 푼수만 한 급 더 추락한다. 그런데 이런 내 사고(思考)가 어쩌다 한 번씩 사고(事故)를 친다.

소설수업을 마치고 근사한 찻집에서였다. 내가 우러러 마지않는 보스 옆자리에 앉았다. 이게 참 애매한 것이, 난 가능하면 보스와 눈 마주칠 자리는 피한다. 평소에 그가 내 글에 칼자루 들고 가차 없이 동강을 내거나 내 가여운 것을 벌거벗겨 여러 사람 앞에서 우사 시켜서는 아니다. 소주 몇 잔 같이 대작하기 싫어서도 물론 아니다. 이유는 간단하다. 남녀상열지사라고, 혹시라도 내가 스승님을 남자로 보고 좋아한다고 소문 날까봐서다. 내 나이 지금 청춘인데 칠십 줄에 노작가는 연민의 대상이어야 하지 연정의 대상이 돼서는 곤란하지 않은가 말이다. 그가 아무리 험프리 보가드 같은 매력 짱이라도 말이다. 그런데 그 땐 글발 있고 인격 출중한 지성파들이 일찍 자리를 떠서 내가 그 자리를 메웠다.

팥빙수가 나왔다. 쟁반엔 누런 빛깔의 조각티슈가 중전을 따르는 상궁나인처럼 납작하게 엎드려 팥빙수를 모셨다. 순간 내 눈이 번쩍 했다. 인공감미료로 감칠맛 나는 저녁을 먹은 후였다. 칼로리만 넘쳐서 새들거리던 내 두뇌에 한줄기 빛이 들어와 파랗게 광합성을 한 것이다. 내 오지랖이 이 때 사고를 쳤다. 내가 그 조각티슈를 서너 개 집어 들고 할리우드 액션을 취했다. 남들은 눈치 못 챘겠지만 내 호들갑엔 나 이만큼 유식해요. 하는 우쭐이 있었다.

"어머나! 어머나, 선생님. 이 티슈 보세요. 누리끼리 하잖아요. 계면활성젠가 뭔가로 표백 되지 않았다는 증거예요. 말하자면 럭스같은 형광물질로 오염 되지 않았다는 거죠? 제 건 아니지만 몇 개 드릴 테니 손수건 대용으로 쓰세요."

나를 바라보는 스승의 눈이 고대 상형문자 들여다보듯이 낯선 곳에서 헤맸다. 도통 알 수 없다는 표정이다.

"어-엉? 이런 건 재활용품인데-."

"아유- 상관없어요. 재활용이 나쁜 게 아니라요. 고니같이 거만한 흰색이 위험한 거거든요. 선생님은 순진하게도, 이렇게 흰 티슈들이 그럼 순수 원자재로 만들었다고 믿으세요? 모두 재활용이에요. 단지 럭스로 표백을 했는가 안 했는가가 중요하지요. 고깃집 물수건도 표백한 거예요. 그 물수건들, 계면활성제니, 형광물질이니 하는 약품 쓰고 얼마나 맑은 물에 헹궜을 거 같아요? 어쨌거나, 재활용이 두려우면 손수건을 넣어다니시던가요. 앞으론 이런 종이 만나면 슬쩍 주머니에 챙기세요."

"믿을 만한 말이여? 거 무슨 근거가 있는 말이냐구?"

보스의 표정이 울릴까 말까 망설이는 탬버린처럼 엉거주춤했다. 이그- 할배여, 나의 캡틴이여. 제발 좀 텔레비전에 머리 조아리고 그 환경 스페셜이라는 방송 좀 보셔요오! 할배 머릿속엔 만날 누가 범인이게? 하는 소설 나부랭이나 굴러다니겠지. 내 목소리가 한 옥타브 더 올라갔다.

"이레뵈두요오, 제가 AM 아날로그예요. 텔레비전에서 영양가 있는 거 아니면 안 보고 메이커제 아니면 안 써요. 절 믿으세요. 믿는 자에게 복이 있다고 했어요."

제갈량처럼 지혜로운(?) 내 충언은 수렴되지 않았다. 코끼리 주름을 닮은 보스의 눈이 내 얼굴과 티슈를 몇 번 무단 왕래했다. 그리고는 끝내 그 티슈는 테이블 제자리로 얌전하게 착지했다. 자타가 공인하는 지성의 대표로서 내 것과 남의 것에 대한 엄격한 구분, 양심일지도 모른다. 뭐, 나랏님 없는데서 씨불이듯이 하자면 소심증 환자의 악성종양이라는 양심이 그의 손에 태클을 걸었는지도 모른다. 어쨌거나, 연식과 무관하게 험프리보가드를 능가하는 인기 맨이 아니냐.(보스가 없는 데서는 때때로 그의 추리소설에 등장하는 살인범들과 그의 글을 한 묶음으로 해서 어금니에 넣고 잘근잘근 씹을 때도 있긴 하지만.) 이해하기로 했다.

내 신뢰는 문학관에서 바닥이다. 평소에 수업과는 관계없는 앰한 소리만 툭, 툭 질러대고 글 하나에 밤하늘에 별자리만큼 오자 탈자를 남발해서 글이 곤죽을 쑤던 나였다. 수업 중엔 장님 단청 구경하듯 두 눈만 뒤룩거리며 어떤 질문에도 끝내 모르쇠로 일관했던 나다. 그러니 지금같이 음식을 앞에 둔 때 아니면 내 존재감은 없다.

난처한 고백이지만 그런 내가 먹는 데는 빠지지 않는다. 강의실 커피 테이블엔 어쩌다 귤 박스도 올라올 때가 있었다. 그럴 때면 총무인 혜정 씨 눈을 피해서 옆자리 선배, 뒷자리 후배까지 챙겨주다 마지막엔 슬쩍 내 주머니까지 챙겨 넣곤 해서 폭탄주 마신 후처럼 뒤끝이 안 좋은 나다. 그런 내가 주제넘게도 스승을 가르치려 했으니 우리의 보스께서 내 말을 새겨들을 리가 없다. 해서 내 말발은 내 글발과 같이 무시됐다. 나도 애석해 하지 않았다.

아침저녁으로 한 주먹씩의 알약을 목으로 넘겨야 하는 사람은 가녀린 이 몸이지 우리의 보스는 아니었다. 달마다 우황 든 나귀처럼 병원 끌려 들어가 흡혈귀에게 피를 뽑히고 여차하면 얼굴이 호박만 해지도록 스테로이드를 삼켜야 하는 나다. 추리문학이라는 무릉도원에서 투실한 몸으로 텃밭 일구듯이 새내기 글에 잡초 뽑고 일필휘지하는 보스와는 사정이 많이 다르다. 그를 이해하고도 남는다. 유식한 사람이 설탕도 약이라 하면 약발이 난다했다. 플라시보 효과다. 뒤집어 생각하면 답이 나온다. 무식한 수강생이 독을 독이라 하면? 독? 땡! 약이 된다. 이런 걸 노시보 효과라던가 뭐라던가.

어쨌거나, 난 그 유식한 드라큘라의 처방에 따라 지금도 면역억제제와 스테로이드를 포함해 한 줌씩의 백색물질을 아침저녁으로 목구멍에 쏟아 붓는다. 흰색이라면 설탕, 백미, 밀가루를 포함해 비누, 티슈는 물론이고 하얀 강아지까지 두려워하는 내가 말이다. 해서 우리 집 행주도 흰 색은 퇴출이다. 당연히 시장가방도 빨주노초파남보 무지개 색이다.

"와아! 시장가방을 다 준비했었어요?

시장 가방이 악어 주둥이처럼 쩍 벌어지자 여섯 명의 눈과 입이 떠억 같이 벌어졌다. 헉! 소리는 내가 거리에 자리 깔아도 되지 않을까 하는 두려움일 거다. 믿을 수 없다는 표정이다. 내가 침착하게 한 손에 두 개씩 단감을 주워 시장 가방에 담기 시작했다.

"보세요. 내가 이걸 가방에 주워 담는 건 순전히 봉사와 희생이에요. 계순 씨가 도로 가져가게 된다면 자동차가 무거워서 아야, 아야 할 수도 있거든요."

염치없는 사람이 이기게 돼 있다. 당나귀가 똑똑해서 여우를 따돌리나? 막무가내는 예절이나 체면으로는 당해 낼 재간이 없는 것이다.

"아무렴, 그렇고말고요. 더 맘껏 담으세요."

정작 계순 씨 표정은 밤하늘에 별처럼 초롱초롱 맑겠다. 우거지상으로 바라보던 다섯 명이 각자의 가방을 다시 풀어 제꼈다. 하지만 손바닥 만 한 백에 들어가 봐야 얼마나 들어가겠냔 말이다. 마지막에 그들은 코트 주머니까지 열었다. 안타까운 노릇이었다. 내가 속으로 이죽거렸다. 이그- 쓸모가 있거나 없거나, 볼품이 있거나 없거나 시장가방 좀 챙겨 다니세요오!

시장가방 덕에 은수저 한 벌이 굴러 들어온 적이 있었다. 옛날하고도 고릿적인데 얘길 하자면 좀 길다. 그래도 나로선 모처럼 인기를 한 몸에 받았던 일이니 씨불여야겠다.

부부 모임이었다. 승학산 정상에서 점심 도시락을 먹은 후, 쓰레기 처리가 문제였다. 그래서 시장가방에 쓰레기들을 구겨 담은 것이다. 여기까지야 모두 쌤쌤 또이또이 피장파장이다. 그날 운이 붙으려고 했는지 하산하는 내내 길 가 쓰레기들이 핀셋으로 집어내듯이 내 눈에 쏙쏙 들어왔다. 기왕에 버린 몸,(시장가방 말이다.) 가속이 붙은 내 손이 시장 가방을 눈사람처럼 만들었다. 내 시장가방이 야물게 오사마리를 했다는 얘기다. 내가 양의 탈을 쓰고 있어서 착한 여자라는 소리도 심심찮게 들을 때였다. 그 시간이 토끼꼬리만큼 짧긴 했지만.

입법사법행정 어느 것 하나 내겐 권한이 없던 때였다. 그러니 입법사법행정의 권한을 가진 남편에게 난 별주부전의 거북처럼 순명했다. 용왕이 원하면 돼지 간이라도 구해서 토끼 간처럼 포장해 바쳤다. 용왕의 신뢰는 그렇게 얻었다. 이후, 서서히 힘의 판도가 자리이동을 했다. 용왕의 쥐꼬리가 내 통장으로 들어오면서 난 양의 탈을 벗어던졌다. 남편도 용상에서 하차했다. 자연스럽게 메가톤이 내 손으로 들어왔다. 그 후, 이유는 모르겠지만 남편은 술통에만 빠지면 내게 순악질 여사라고 주저 없이 삿대질이다. 감히.

길게 떠들었지만 축약하면 이거다. 소싯적엔 이 몸도 부지런했다. 착했다. 루푸스라는 괴물도 없을 때였으니 얼굴도 예뻤다.

어쨌거나, 회장은 등산길에서 내 모습을 눈여겨 본 모양이다. 그 해 송년회 때 회장은 황감하옵게도 쌈지를 풀어(곗돈이었겠지만.) 순도 98%의 은수저를 내게 하사했다. 남편의 어깨를 출렁이게 했던 예쁜 짓은 여기까지.

이번엔 내가 일기장에도 숨겼던 일급비밀이다.(일기장은 처음부터 없었다.)

그날, 승학산을 내려와 나경이네 식당에 들었다. 나경이네가 고향을 뜨게 된 건 여덟 살 무렵부터 소아당뇨를 앓는 나경이의 병구완 때문이었다. 나경엄마 손맛은 근방에 자자했다. 다들 허기져서 해롱해롱 하는 일행이 거꾸러지듯이 쏠려 들었다. 오십 대 후반에도 소피아 로렌처럼 쫘악 빠진 나경엄마가 우리를 받았다.

"어델 싸돌아뎅기다 디비 드러오노."

회장이 배낭을 풀며 예사롭게 받았다.

"산엘 갔었지러. 배꼽이 요동이구마. 제육볶음 얼큰하게 해 주소."

"간뎅이들 부웃나 낫짝을 얼기미 하구선 험한 델 와 점도록 싸돌아댕기노. 기다리소."

그 때만 해도 난 파랗게 젊었고 몸도 재서 주방을 넘나들며 잔심부름을 했다. 막걸리와 안줏거리를 나르고 드디어 제육볶음이 상에 오를 차례였다. 나경엄마가 가스 불 위에서 빨갛게 윤기 흐르는 제육볶음에 화학조미료를 한 숟가락 크게 푹 떠 넣었다. 조미료라고 하면 난 어릴 적부터 익숙했다. 그런데도 그 순간 화학조미료가 설탕처럼 저렇게 푹푹 먹어도 괜찮은 거였나? 잠간 돌부리에 받힌 듯 머리가 휘청했다. 그러나 곧 잊어버렸다. 건망증보다는 심각하게 생각하지 않아서다. 제육볶음은 훌륭했다. 매콤하고 알싸한 감칠맛이 혀에 착착 감겨 내 입을 황홀하게 했다.

"야 이년아, 사람 있을 때 퍼뜩 나와서 재게 묵어."

나경인 스물이 넘은 나이에도 여덟 살 키였다. 당뇨 후유증으로 시력도 잃었다. 그런 딸에게 이년이라니, 내 목울대가 울컥했다. 나경엄마가 어깨를 두드리며 제육 보시기를 바닥에 던졌다. 그때 고양이가 어슬렁거리며 구석에서 나왔다. 나경이 아니었다. 울컥 했던 내 목울대가 동치미 국물을 들이켠 듯 시원해졌다.

"푸하하- 그 고양이 출세했구마. 하모, 이 새끼 저 새끼보담 이년 저년이 양반이제."

나경엄마와 동창이었다는 회장이 공정한 판정을 내렸다.

"이년이 새끼 뱄다고 얼마나 유센지. 더럽게 까탈을 부리싸서 원. 간이 맞나."

"얼큰한 게 오장육부를 녹이는구마."

"아줌씨 음식 맛이사 어디 입 댈 데 있습니꺼."

"하모. 제육볶음이 직이요."

제육볶음과 소고기국보다 더 소고기 맛이 나는 시래기 국맛에 홀려 무아지경에 빠졌던 사람들이 한 마디씩 던졌다. 형이상학으로나 형이하학으로나 입이 행복한 시간이었다.

십여 년 뒤, 나경의 남동생이 죽었다. 서른하나의 나이였다. 매일 인슐린 주사를 맞고 병원을 건넛방처럼 드나들던 나경이 아니었다. 나경의 동생은 키 훤칠하게 크고 이목구비가 뚜렷하고 서글서글해서 처녀들 가슴을 설레게 했던 총각이었다. 난 모르고 있었는데 그는 한동안 심장병을 앓았다고 했다. 내가 받은 충격은 컸다. 일 년 전, 폭탄처럼 떨어졌던 루푸스 진단만큼 아찔했다. 까맣게 잊고 있었던 일, 제육볶음에 들어가던 한 스푼의 조미료가 야구글러브만치 커져서 내 머리를 샌드백처럼 두들겼다. 날밤을 하얗게 새우며 난 물음표만 쉼 없이 던졌다. 왜지? 대체 무슨 이유지? 그러다 가벼운 입을 건사 못해서 터뜨렸다. 남편이 팔자 주름을 긋고 아침상에 앉았을 때였다.

"나경이 소아당뇨도 그 화학조미료 때문이 아닐까? 설탕처럼 막 뿌려 먹던데."

"씨잘 데 없는 소리!"

"씨잘 데가 왜 없어. 부모는 사지육신 멀쩡한데 조미료 세대의 자식들이 쓰러지는 거 이상하잖아."

"어-허!"

남편이 눈을 부라렸다. 뉘 집 소가 방귀 꿨다는 말처럼 귓등으로도 듣지 않았다. 하지만 난 사시나무처럼 떨었다. 그동안 내 가족의 입으로 들어간 화학조미료의 양이 가히 한 가마니는 될 듯했다. 밀가루 음식이라면 사죽을 못 썼으니 방부제 양도 만만치 않았을 것이었다. 캡사이신이 든 물대포를 맞은 듯 밤새 쓰린 몸으로 뒹굴었다. 내 입으로 들어간 아지노모도와 방부제가 축척되어 루푸스라는 괴물을 잉태했는지도 모를 일이었다. 그렇다면 농약 오염이라고 누명 뒤집어쓰고 그토록 무시당하고 괄시받은 배(梨)는 얼마나 억울할 것이냐. 스테로이드로 성난 사자얼굴을 한 내 면상을 거울에 들이댔다. 그리고 퀴리 부인처럼 확대경을 하나 더 들고 상하좌우를 구석구석 관찰했다. 하지만 어느 쪽의 농간에 양귀비가 호박으로 둔갑했는지 내가 알아낼 수 있는 게 아니었다.

눈을 부릅뜨고 주방을 뒤졌다. 감자 씨 같은 악성종양들이 내 주방에 널려있었다. 그 날로 감칠맛으로 혀를 녹이는 MSG 성분의 요물을 일고의 가차 없이 모두 쓰레기통에 투하했다.

가공식품에도 방부제가… 어허, 위험! 추방했다. 냉장고엔 오직 우유! 어쩌다 공짜로 생기는 콜라나 주스는 냉장고에 들어보지도 못하고 이웃에게 갔다.(친한 체 했지만 속으로는 날 별로 좋아하지 않던 이웃.) 자식들이 먹다가 내게 걸리는 날에는 내 잔소리에 걔들이 먼저 탈진했다. 앓느니 죽는다는 말은 그냥 생긴 게 아니었다. 난 자식들의 엄마보다 간수(看守)가 되기로 했다. 설마에 발목 잡혀 적당히 타협해서 될 일이 아니었다. 내성이 생긴 요물이 식구들을 어떻게 요절을 낼지 빤했다. 요즘도 난 특별히 맛있다고 소문난 음식점은 독사 피하듯 도망 다닌다. 그러잖아도 형편없던 내 음식은 개차반이 됐다. 군대에서 휴가 온 아들이 여름 캠프라도 다녀온 중딩처럼 주절댔다.

"음식이요? 우리 집보다 훨- 좋아요."

조자룡처럼 치켜 올라간 내 눈을 사뿐 건너뛰어 아들이 마저 떠들었다.

"왜들 다 군대 밥 못 먹겠다고 난린지 모르겠어요. 내가 맛있다고 먹으면 다들 날 동물원 원숭이 보듯이 한다니까요? 신기하대요."

조자룡의 치켜 올라간 눈에 아들이 펀치를 날렸다. 속수무책이었다. 얼마 후 파발을 타고 온 후쿠시마 펀치는 헤비급이었다. 이번엔 나도 당하고만 있지 않았다. 난파된 배에서 도망치는 쥐처럼 난 재빨랐다. 그런 순발력이 있는 줄은 나도 처음 알았다. 바다는 한 덩어리. 이게 내 상식의 범위였다. 울산서 버려진 막걸리 통이 후쿠오카까지 쓸려갔다는 말은 헛소문이 아닐 것이다. 그렇다면? 후쿠시마의 핵 오염이 어디는 못 가냐고! 난 콜럼버스의 달걀처럼 단순한 여자였다.

소금을 다섯 포 들였다. 재래시장을 뒤져 건어물을 모셔 들이느라고 팔이 한 자는 길어진 듯했다. 통장에 잔고는 제로를 만들었다. 매점매석의 대표주자인 허생 어른이 봤어도 혀를 내둘렀을 게다. 허생 선배와 다른 거라면 난 그 때나 지금이나 실패의 달인이라는 거다. 얼마 후, 내 지갑이 돈맥경화에 걸렸다. 별수 없이 담보대출이라는 급 수혈로 지갑은 겨우 소생할 수 있었다. 주방과 베란다, 거실까지 점령했던 매점매석은 절반 이상이 이웃집 식탁에서 사라졌다. 건어물에도 유통기한이 있다는 걸 그땐 왜 몰랐을까. 어쨌거나, 그런 까닭에 난 지갑이 없는 내 백은 상상할 수 있어도 시장가방 없는 백은 상상할 수 없다.

그나마 요즘은 그 핸드백조차 확! 줄었다. '건망증 여자에게 하나 이상의 핸드백은 재앙!' 이건 내가 만든 표어다. 시장 가방이야 이멜다 마르코스처럼 색색이 사이즈별로 가방마다에 모실 수 있지만 지갑이나 핸드폰은 그럴 수 없다. 난 핸드백을 바꿔 들면 그 날은 여지없이 지갑과 열쇠 꾸러미, 핸드폰 중 한두 개는 꼭, 반드시, 예외 없이! 빠트리고 집을 나온다. 그리곤 또 무슨 사고 쳤냐? 고 묻는 친구에게 버버거리며 삼만 원을 빌린다. 친구들이 그런 나를 아다다라고 한다. 토요일이면 장학퀴즈도 열심히 보지만 내 건망증은 여전하다. 한파가 길면 배수관을 비우라고 했다. 그래서 난 위대한 간디처럼 오로지 단 하나의 핸드백만 모신다. 근래에 남편이 이런 나를 우러른다. 속내도 모르고 쇼핑 중독이 일시 잠수한 여편네를 철들었다 한다. 친구들은 전에 없이 내게 검소하다던가, 소박하다던가. 기억력이 7초밖에 안 된다는 물고기가 포복절도(抱腹絶倒)할 노릇이다.

집으로 돌아오는 길이 룰루랄라 즐거운 건 꿍치고 숨겨 두었던 일급비밀을 터뜨려서 속이 후련해선지, 공짜가 생겨선지, 아니면 모처럼 유기농 단감을 실컷 먹을 수 있어선지 알 수는 없다. 공짜 좋아하다가 비행기 활주로처럼 넓디넓어진 내 이마가 헤드라이트처럼 밤길을 밝혔다. 난 바라만 봐도 배가 부를 유기농 단감 생각에 콧노래를 흘리며 어둠을 뚫고 집으로 돌아왔다.

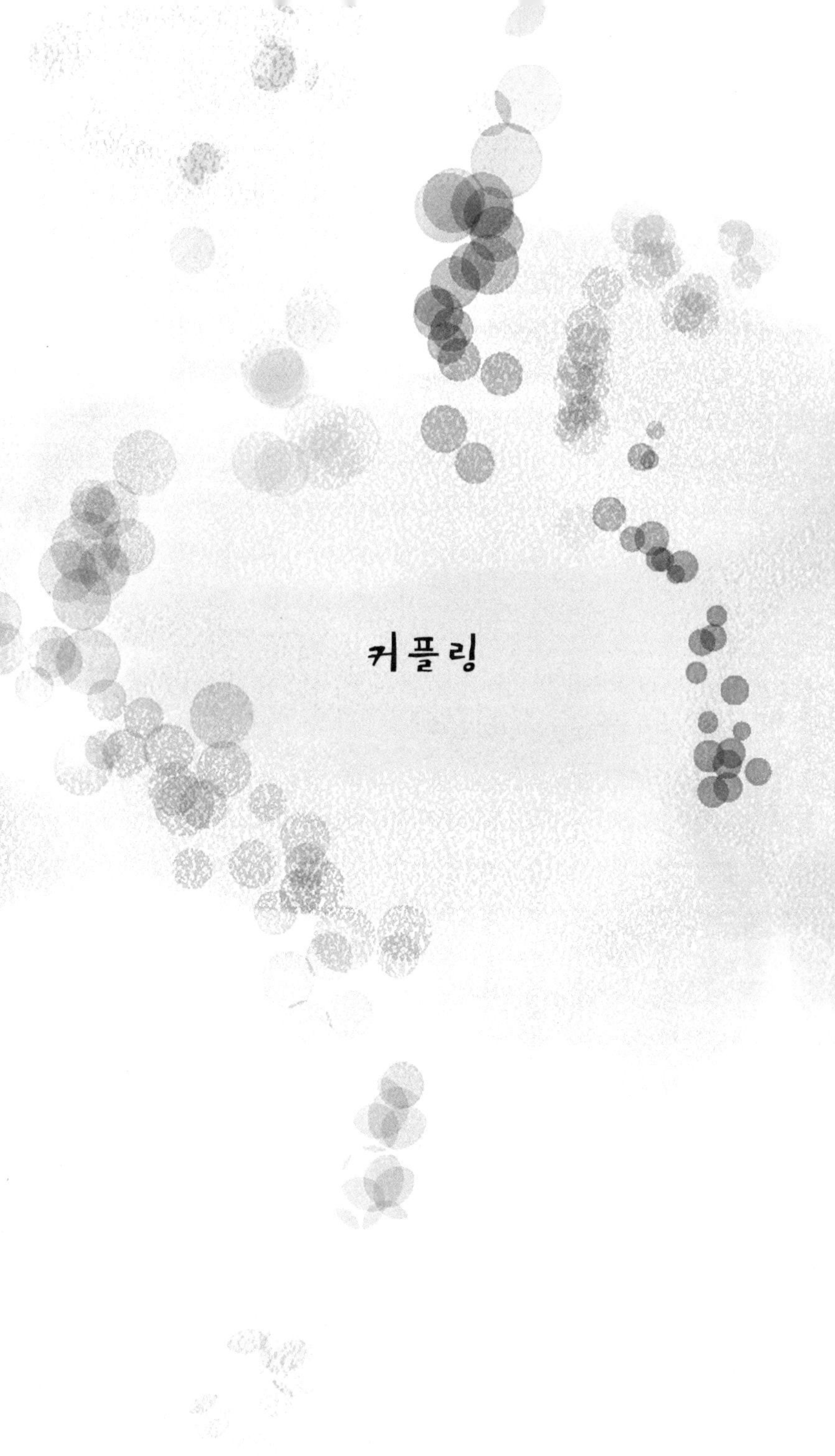

커플링

♦ ♦ ♦

삼년 전, 지루한 봄날이었어.

떠돌이 약장수는 그날도 예외 없이 거문도 관광지 길거리에 좌판을 벌리고 우리를 주-욱 널려놓았지

"두통이나 요통이 있으신 분, 심장이 나쁘거나 콩팥이 안 좋은 분들에게 특효가 있습니다. 자아! 와 보시면 검사는 공짜로 해드립니다. 효과 없으면 돈 안 받습니다. 검사만 해 보십시요오- . 검사는 물론 공짜입니다. 한 개는 삼만 원, 두 개는 오만워언! 팔아팔아 싸게 팔아! 건강반지 막 공짜로 드립니다아- . 아! 사장님, 사모님 얼굴색이 안 좋은데요. 검사만 받아보십시오."

약장수는 확성기를 들고 떠들며 지나가는 관광객들에게 호객행위를 하곤 하지. 이왕이면 곱고 귀한 이의 손에 들어가면 더 바랄게 없지만 난 그다지 기대도 하지 않았어. 왜냐면 우리는 흔하디 흔한 은가락지일 뿐 특별히 예쁘지도 귀하지도 않았으니까. 하지만 떠돌이 약장수의 상술은 대단했어. 늙수그레한 아저씨가 호기심에 끌려 믿거나 말거나 하는 표정으로 우리에게 오지 않겠어? 뒤에서 아줌마가 사기라고, 가짜라고 아저씨 팔을 잡아당겼지.

"어이구, 제발 바보 짓 좀 하지 말아요. 돌팔이 약장수라구요. 세상에 만병통치가 어디 있어요."

하지만 아저씨는 아줌마가 가지고 있는 지병, 늘 피로해 하고 얼굴이 퉁퉁 붓는 병에 혹시 이로울라나 하는 호기심이 발동했던 모양이야. 난 조금 긴장됐어.

아!- 이왕이면 젊고 어여쁜 사람이었으면. 어쩌면 좋아, 저이가 정말로 떠돌이 말을 믿는 모양이네. 변변치 못한 사람. 늙고, 인물도 없고. 게다가 아줌마는 무슨 병인지 얼굴마저 퉁퉁 부었잖아.

사기꾼들이 벌어먹고 사는 데는 아저씨처럼 물컹하게 당하는 사람이 있기 때문이야.

난 좌판에 널린 흔하디흔한 은가락지야. 하지만 싸구려로 팔렸다고는 할 수 없어. 은가락지 한 쌍에 오만 원이면 잘 받은 셈이지. 나와 내 짝지 말이야. 떠돌이 약장수가 떠벌이는 만병통치 덕분에 그나마 그 값에 팔린 거야. 근거 없는 말로 순진한 아저씨를 속인거지. 우린 이렇게 해서 커플로 만나 난 아줌마 약지에 내 짝은 아저씨 약지에 인상 구겨가며 낑겨 들어갔지.

아줌마는 사기니, 가짜니 하며 아저씨를 말렸어. 하지만 이왕에 아저씨가 속으면서 사 준 나를 특별히 귀하게 여기지도 않지만 또 그렇다고 쓸모없다고 아무데나 내던져 두지도 않았지. 내 커플도 마찬가지야. 아저씨는 검으죽죽한 피부에다 술꾼이어서 넥타이 맨 체 거실 소파에서 쓰러져 잠들길 다반사로 해. 하지만 순박한 사람이어서 내 짝지를 초라하다고 부끄러워하지는 않아. 루비니 진주니 하는 보석 끼운 반지도 있긴 해. 그래도 남들처럼 커플링이란 유행을 따라 하기는 처음이거든. 아저씨는 내 짝지를 밉다 곱다 말도 없이 쭉 삼년 째 끼고 있어. 따지고 보면 여러 반지를 거치긴 했지만 부부 커플링은 결혼 삼십여 년 만에 우리가 처음이거든. 떠돌이 말마따나 혹시 은이라는 성분이 건강에 이로울지도 모른다는 기대가 조금 있었는지도 몰라. 밑져야 본전이니까. 그렇다고 이후에 아줌마 건강이 많이 호전됐다는 사실을 우리 은가락지 덕이라고 믿는 건 절대로 아니지만.

처음엔 나도 유쾌하지 않았어. 이왕이면 젊고 아리따운 사람이면 좋았으련만 그렇지 못하기 때문이야. 하지만 지금 돌이켜 보면 다행이지? 만약에 말이야 우리가 그 유명한 앙드레 김의 모델들이나 부잣집 철딱서니에게 갔어 봐(아, 물론 길거리 좌판에 널려 있으면서 엄감생심 꿈도 꿀 수 없는 일이긴 해.) 약장수가 아무리 만병통치를 외쳐도 그 어여쁜 손에서 며칠을 버티지 못했겠지. 얼마 지나지 않아 싸가지들은 쓰레기통에 우리를 슉! 했을 거라고. 젊고 개성이 넘치는 애들은 만병통치를 믿지도 않지만 빛바래고 유행 지나고 하루살이 같은 사랑 깨지면 너저분한 상자에 버려두고 다시 찾지도 않잖아. 그렇다면 우리 아줌마 아저씨는 어땠을 거 같아?

아줌마도 물론 결혼반지라는 걸 가지고 있었어. 어렵던 시절이라 다른 거 일절 생략하고 대신 콩알보다 큰 자줏빛 루비 반지를 아저씨는 아줌마 손가락에 끼워 주었다지.

아줌마가 스무 살, 아저씨가 스물다섯 살 때였어. 도시 변두리 작은 어촌에서 아저씨가 아줌마를 만나던 무렵이었지. 뚜쟁이 감언이설에 선을 보고 결혼을 약속했지만 고속도로 질주하듯 바로 예식장으로 직행하기는 아쉬웠던가 봐 데이트랍시고 일요일 하루, 아줌마는 이웃집 언니의 겨울코트를 빌려 입고 까만 구두를 하나 사 신었어. 나름대로 모양을 한껏 낸 셈이지. 아저씨도 모처럼 이발소에서 이발을 했지. 하지만 옷 빌려 입을만한 친구도 없고 해서 평소 교회 갈 때만 입어서 사람들이 교회잠바라고 놀리던 잠바를 차려 입었어. 그리고 한 시간마다 오는 버스를 타고 읍으로 나가 두 시간마다 오는 완행기차를 갈아타고 해운대에 도착했어.

썰렁한 겨울 대합실을 들어서며 두 사람은 처음으로 곁눈으로 비스듬이 바라보며 수줍게 웃었어. 왜냐면 두 사람이 결혼 약속한 사이라는 건 동네에서 비밀이었거든. 결혼 적령기에 든 처녀들이 득실거리는 동네에서 이제 겨우 스무 살 된 아가씨가 결혼한다고 하면 모두들 바람이 났기 때문이라고 소문날게 빤하기 때문이지.

아줌마 친정은 형편이 몹시 어려웠어. 아줌마의 오빠가 대학공부를 하며 빌린 빚이 새끼를 치더니 이자가 눈덩이처럼 불어났기 때문이야. 결국 하나 남은 집마저 빚쟁이에게 넘기고 아줌마의 외삼촌이 살고 있는 어촌 구석으로 들어온 거였어. 형편이 그런지라 아줌마는 중학교도 마치지 못하고 학력은 단종(短終) 됐지. 그런 까닭에 괜찮은 총각 나타났을 때 허술하게나마 혼례 해서 하나뿐인 사위를 아들처럼 곁에 묶어 두려고 하는 욕심을 아줌마 엄마는 가졌어. 동네 사람들도 그런 눈치를 모르지 않았지. 하지만 동네사람 아무도 내색하지 않았어. 후환이 두려워서였지.

둘은 그렇게 서로 전혀 모르는 사이처럼 해운대역에 도착했고 역시 모르는 사람처럼 역사를 나왔을 때야. 아무도 모르는 곳이니 손 좀 잡아도 될 거라고 아저씨는 생각했어. 하지만 아줌마 손은 코트 주머니 속에 깊숙이 들어가 있겠지. 이제나 저제나 기다릴 적에 아줌마 손이 코트 주머니에서 나왔어. 달랑달랑 팔목에 매달린 백 때문에 남의 코트 주머니가 늘어질까 봐 걱정이 됐기 때문이지. 반질반질한 비닐 백을 한 손에 들고 한 손은 시려운 채로 꼭 쥐고 걸었어. 아저씨가 슬그머니 자리를 옮겨 아줌마 빈 손 쪽으로 자리를 옮겼어. 그리고 시선은 멀리 바다를 바라보며 손을 내밀어 쭈삣쭈삣, 아줌마 손을 잡을 듯 말 듯 할 때였어. 뚜-! 기차 경적이 울렸지. 아저씨가 갑자기 도둑질하다 들킨 사람처럼 펄쩍 뛰며 몇 걸음 옆으로 물러섰어.

"왜 그래요?"

영문을 모르는 아줌마가 여드름 투성이 아저씨 얼굴을 눈 동그랗게 뜨고 바라보며 물었어.

"아… 아, 난… 심장이 좀 약해서… 경적 소리만 들으면 늘 그래."

아줌마는 뚜쟁이(사실은 아줌마네 외숙모) 말은 믿을 게 못 된다는 걸 이 때 알았어. 타향에서 들어온 총각이 가진 건 없지만 부지런하고 건강해서 색시만 얻으면 처갓집 식구까지 챙겨줄 것이란 얘기를 외숙모는 입에 침도 바르지 않고 자주 했거든. 그런데 심장이 약하다는 얘기를 본인이 지금 하잖아. 아줌마는 생각했어. 건강하지도 않고 인물도 없지만 부지런하고 성실하다는 건 사실이니까…. 아저씨도 생각했어. 눈만 커다랗고 볼품없지만 착하다잖아. 비쩍 말랐다고 밥이나 빨래를 못 하는 것도 아니니까…. 두 사람은 해운대 바닷가에 도착할 때까지 팔 하나 거리를 유지했어.

아저씨는 한 때 정말로 세련되고 지적인 서울내기 숙녀를 몰래 좋아하며 가슴앓이를 한 적도 있었어. 하지만 그 아가씨는 아저씨에게는 눈길 한 번도 주지 않았지. 아저씨는 연애편지를 몇 번 썼지만 아가씨에게 전할 용기까지는 없었어. 그 동갑네기 처녀는 키 훤칠하게 크고 집안 빵빵한 총각한테 일 년 전에 시집가고 말았어. 세월 간다고 모두 잊어지는 건 아닌가 봐. 아저씨는 서울살이를 접었어. 상처가 깊었기 때문이야. 그렇다고 고향으로 가 봐야 농사지을 땅마지기가 있는 것도 아니고 해서 남으로 내려왔지. 성죽리라는 어촌은 서울서 같은 회사를 다녔던 친구가 사는 동네였어. 방세가 쌌지. 아줌마의 외숙모 집이었어.

아줌마는 갯가 처녀답게 촌스러웠지. 말라깽이에다가 인디언 여자처럼 까맣고 눈만 커다랬어. 서울 아가씨랑 너무 달랐지. 하지만 뚜쟁이 외숙모의 감언이설이 스무 살 촌 여자를 천상의 순결한 여인 마리아처럼 아름답고 착한 처녀로 둔갑시켰던 거야.

두 사람은 해운대 바닷가에 어색하게 서서 사진을 찍었어. 이 때 사진사의 지시에 따라 처음으로 손을 잡았지. 둘 중에 누가 더 떨었는지는 알 수 없어. 데이트라고 하지만 넓은 백사장을 거닐고 사진을 한 장 찍은 게 전부야. 반지 같은 거? 물론 없었어. 아저씨는 그 때 마아가린과 이웃서 얻는 묵은지로만 찬을 삼던 때였어. 회사에서 받는 월급은 적금을 넣고 시골 부모님께도 보내드려야 했으니까. 아줌마는 아저씨보다 철이 좀 없었어. 새로 신은 구두는 발가락에 물집을 냈지. 반질거리는 비닐가방은 얼마나 부끄럽던지. 데이트고 뭐고 빨리 집으로 돌아갈 궁리만 했어. 바닷가엔 아무도 그런 가방을 든 여자가 없었거든. 빌려 입은 코트도 신경이 쓰였지.

어쨌든, 데이트에도 형식이라는 게 있다면 두 사람은 그 형식을 잘 따른 셈이야. 먼 데까지 나와서 처음으로 손을 잡았고 사진도 찍었으며 가락국수도 먹었지. 돌아오는 길은- 아, 이 부분도 중요해. 두 사람은 읍까지만 같은 기차로 왔어. 물론 손을 잡고서 말이야. 처음 한 번이 힘들지 다음은 아무것도 아니라는 걸 아저씨는 이 때 알았어. 총각이 처녀 손 한번 잡는다고 심장이 약해질 까닭이 없는데 아까는 아줌마에게 괜한 소리를 했다고 돌아오는 길 내내 아저씨는 후회를 했어. 기차역을 나와서는 따로 걸었지. 마을까지는 아줌마 혼자 버스를 타고 왔어. 아저씨는 남의 시선을 피하려고 십 리 길을 혼자 걸어 왔지. 스무 살 처녀와 바람이 났다고 소문이 나면 얼굴 들고 다니기 힘들던 시절이었거든.

반지는 아줌마가 임신을 하고 결혼을 서두르며 아저씨가 해주었어. 잠깐! 결혼도 하지 않았는데 무슨 임신이냐고? 그게 말이야… 이게 참 부끄러운 얘긴데, 아저씨는 스무 살 아줌마에게 덜컥! 임신부터 시켰어. 해운대를 다녀 온 후 아저씨는 틈만 나면 아줌마 집에 쪼르르- 달려가곤 했어. 고동을 잡았다고 가고 농사일을 거들겠다고 갔어. 처음엔 이삼 미터 거리를 잘 유지했어. 하지만 이미 손을 잡은 사이야. 뽀뽀는 해운대까지 갈 필요도 없이 아줌마 집 부엌에서 했어.

아까부터 부아가 난 미래 장모님이 아저씨가 건져온 돌미역을 벅벅 문지르면서도 씩씩거렸지. 그러다 이웃 아줌마를 보자 부리나케 쫓아갔다가 뭘 잊은 듯 다시 들어왔어. 그리고 부엌문을 활짝 열어 제껴 놓고 다시 쫓아 나갔어. 그리고는 이웃 아줌마랑 골목에서 삿대질을 하며 크게 다투었지. 아줌마네 소가 남의 보리밭에 들어간 사실을 이웃 아줌마가 밭주인에게 일렀거든. 그 새 아저씨가 부엌으로 냉큼 내려와 부엌문을 얼른 닫았지.

"어-, 추운데 왜 문은 열어 놨지?"

아줌마는 아저씨가 들이닥칠 때부터 가슴이 벌렁거리던 참이야. 그런데 현관문이나 다름없는 부엌문을 아저씨가 닫자 갑자기 온 몸이 와들와들 떨렸지. 얼른 개수대야에 행주 담아 들고 나가려다가 아저씨에게 팔목을 잡혔어.

"엄마가 알면…"

말이 끝나기 전에 아저씨 두툼한 입이 아줌마 입을 막았어. 아줌마는 개수대야를 가슴에 안고 첫 키스를 했어. 사랑한다는 말도 없었어. 흔한 꽃 한 송이도 없었지. 도둑 같았어. 아저씨는 바닷가 초소에서 방위 서는 날이면 소라나 고동을 잔뜩 잡아다 주며 어깨를 으쓱 했지만 그건 장모님 될 아줌마 엄마에게 주는 거지 아줌마에게 주는 게 아니었거든. 설사 아줌마에게 주었다 해도 그래. 아줌마는 결혼을 약속한 남자한테서 정말이지, 고동이니 소라 같은 걸 선물로 받고 싶지는 않았어. 그런 아저씨가 정말로 사고를 친 건 한참 들일이 바쁠 때였어.

일요일이면 교회를 다녀온 후 아저씨가 아줌마네 논 밭일을 머슴처럼 해주었지. 총각이 형편이 어려운 처녀 집일을 그냥 거든다고 동네 사람들은 생각했을까? 그건 아니야. 아저씨가 그렇게 보이려고 했을 뿐이야. 뒤에 안 일이지만 모두들 아줌마와 아저씨가 연애질 한다고 쑥덕거렸는데 본인들만 모르고 있었어. 아줌마 엄마는 외양이 여배우처럼 고왔지만 성질이 개떡이었거든. 벌집 잘못 건드렸다가 무슨 일을 당할지 몰라 모두들 쉬- 쉬- 하고 모른 체 했던 거야.

그날도 아저씨가 고추와 감자밭 고랑에 풀을 매고 냉수 한 컵을 벌컥 벌컥 들이켰지. 그리고 잡풀이 무성한 무덤가에 벌렁 누웠어. 아카시아 잎이 살랑거리고 나비 한 쌍이 눈앞에서 팔랑거리며 춤을 추겠지. 감기 기운인 듯 몽롱하고 어지러웠어. 개수대야 들고 겁먹은 얼굴로 바라보는 아줌마 얼굴이 시도 때도 없이 눈앞에서 얼씬거리면 일이고 공부고 끝장이야. 적금을 타고 읍에 셋방이라도 얻으려면 삼년은 기다려야 하는데… 방위를 마치려면 아직도 일 년은 남았는데… 준비하고 있는 전기기술 자격증 시험이 보름 앞인데….

사장님 사모님은 정말로 괜찮은 자신의 조카가 아저씨랑 동갑이라 했지. 그러니 성실하게 일하고 있으면 맺어 주겠다고 얼마 전에 귀띔 했어. 하지만 그건 뭐, 정말로 괜찮은 조카가 뭐가 아쉬워 변변찮은 자기에게 시집오겠는가 말이야. 손에 든 고기나 놓치지 않고 빨랑빨랑 어찌 해 봤으면 하는데 그게 참… 잠이 깜박 들었지.

"추운데…"

아줌마 인기척에 잠이 깼어. 아저씨는 좀 전에 아줌마를 두고 이상한 생각을 했던 게 부끄러워서 머리를 긁적이며 일어나 앉았지.

"엄마가 가보라고 해서… 한데서 잠들면 어떡해요. 서늘한데."

초여름 햇살이 으스러지고 있었어. 개 짖는 소리가 멀리서 들렸어. 말벌이 산딸기에 앉아 꿀을 빨고 있었어. 아카시아 꽃이 아줌마에게 하얗게 내려앉았어. 아저씨가 두 손으로 여드름 투성이 얼굴을 문지르는 척하며 손가락 사이로 주변을 살폈지. 그리고 찬찬히 아줌마 얼굴로 시선을 옮겼어. 아줌마가 두어 걸음 밖으로 물러났어. 아줌마 그림자가 아저씨 무릎에 길게 드러눕겠지.

"감긴가 봐. 어지러운데 좀 일으켜 줘."

"아무데서나 잠드니까…"

아줌마가 다가 와 손을 내밀자 아저씨가 아줌마 손을 끌어당겨 잡아 나꾸었지.

처음엔 뽀뽀만 하려고 했을 거야. 하지만 비탈에 선 수레를 멈추게 하는 방법이 있을까? 아저씨의 브레이크가 굴러 떨어지는 수레처럼 무용지물이었지. 모두들 그러잖아. 말 타면 종 부리고 싶어 하지. 아줌마 입술이 열렸을 때 달콤하고 짜릿했지. 이 때 아저씨 전두엽에 나사 하나가 더 풀렸어. 브레이크가 아작! 고장 나고 만거야. 아저씨는 결국 한 줌 거리도 안 되는 아줌마를 풀밭에 쓰러트렸지. 아줌마가 낙상한 제비새끼처럼 파닥거렸지만 전투는 오래가지 않았어. 브라자가 봉긋한 가슴 위로 밀려 올라가고 괴물은 아랫도리까지 쳐들어왔지.

"안돼!-"

외마디는 아카시아 잎 사이로 공허하게 흩어졌어. 대신 거친 숨소리가 기차화통같이 아줌마 귓전을 때렸지. 사타구니가 찢기듯 아팠어. 하지만 몸 보다는 마음이 더 고통스러울 때가 있지. 이 때 아줌마가 그랬어.

"여자는 말이다. 순아, 무슨 일이 있어도 자기 몸 간수는 스스로 할 줄 알아야 한다."

희미한 전등 아래서 양말 구멍을 기우고 실을 입으로 물어 끊으며 엄마가 나직이 말했지. 엄마가 소 때문에 이웃집 아줌마와 싸운 때 말야. 부엌문 닫고 아저씨가 아줌마 입술을 훔친 날 밤이었어. 아줌마는 그 때 고개를 못 들고 내일 아침 먹을 수제비 반죽만 치대고 있었어.

"몸 허락하고 나면 사내들은 처녀 잃은 여자에게 관심이 멀어지군 하거든."

나 어떡하지? 엄마, 나 이제 어떡하지? 그냥 죽을까? 파랗게 질린 아카시아가 태풍을 맞은 듯 마구 흔들렸지. 먼 하늘도 같이 흔들렸어. 갑자기 기차 화통 같은 숨소리가 졸아들고 경기 든 황소마냥 프르르… 아저씨가 몸을 떨었어. 그리곤 끈적끈적한 물을 꾸역꾸역 사타구니로 쏟아 부었지. 마지막으로 산채만한 무게가 조용히 아줌마 가슴을 눌렀어. 처녀성은 이렇게 잃는 거구나, 아줌마가 깨달았지.

"미… 미안해. 내… 내가 잘할게."

돌아앉아서 가냘프게 흔들리는 아줌마 등을 바라보며 아저씨가 겨우 한 말이야.

아줌마가 비틀거리며 일어나려고 할 때 아저씨가 손을 잡았어. 아줌마는 아저씨가 미안해서 부축해 주는 줄 알고 뿌리쳤어. 그런데 그게 아니었던가 봐.

"엄마한테 뭐라 할라고… 내가… 주전자도 가져가야 하고… 못 봤다고 할게."

아저씨는 전두엽의 브레이크가 다시 작동하자 장모님부터 떠올랐겠지. 나중에 지옥 불구덩이에 떨어질 값에라도 우선 눈앞에 호랑이부터 피하고 싶었을 거야. 아저씨가 물주전자 들고 바쁘게 떠난 자리는 하늘이 노랗고 빼꾸기만 피를 토하듯 하염없이 울었어.

외출에서 돌아온 숙이 호들갑을 떨었어. 참, 아줌마가 스물 한 살에 낳은 딸이 숙이야.

"세상에! 엄마, 우리대학 선배가 결혼한 지 이제 겨우 다섯 달인데 며칠 전에 아들을 낳았어. 세상에- 어떻게 그럴 수 있지?"

아저씨가 숙의 말을 듣자 슬그머니 텔레비전 리모컨을 아줌마에게 넘겨주고 방으로 들어가겠지. 아줌마가 그런 아저씨를 바라보며 킥! 웃었어.

"여보, 당신 죄 진거 있어요? 왜 그러는데에!"

그리고 딸에게 말했지.

"그런데 숙아, 세상 사람들이 모두 그 선배보고 어쩌면 그럴 수 있냐고, 기가 막힌다고 웃고 떠들어도 니는 그러면 저-얼대로 안 돼! 숙이 니는 엄마 아빠가 결혼한 지 넉 달 만에 태어났거든."

아줌마 무릎을 베고 길게 누우려던 숙이 벌떡 일어나며 검지손가락을 아줌마 입술에 꾹 눌렀어.

"쉿-! 엄마, 그거 일급비밀이지?"

숙이도 지 태도에 놀랐는지 이번엔 까르르 웃었어. 그 때서야 숙은 깨달았어. 엄마아빠의 결혼사진은 겨울 한복에 하얀 숄까지 둘렀는데 자기가 사월생인 걸 그 때야 이해를 했지.

"물어보는 사람이 없어서 말하지 않았을 뿐이야. 일급비밀을 지키려면 니 고향 사람들이 모두 사라져야 하거든."

"창피하지 않았어?"

"그러게- 창피했지. 하지만 그 보다는 남들이 다 받는 그럴듯한 결혼반지 하나 못 받은 게 그땐 섭섭했지. 지나고 보니 아무것도 아닌데 말이야."

"그것 때문에 아빠랑 싸웠어?"

"반지 때문에? 맙소사! 목구멍이 포도청인데 반지타령 하는 사람이 어딨니. 뭐, 그 후에 여유가 생기니까 반지, 목걸이부터 눈에 들어오긴 했지. 하지만 아직도 처음에 받았던 유리반지가 아직도 눈에 선해. 가지고 있었더라면… 하는 아쉬움이 늘 있지."

"왜 없앴어?"

"금은방 하는 사촌고모한테 고쳐 달라고 맡겼는데 누가 이렇게 유치한 유리반지를 끼느냐며 말도 없이 버렸어. 좋은 게 없어서 여태 가지고 있던 게 아닌데"

조근조근한 두 여자의 목소리는 아저씨를 떡거머리 총각 시절로 데려다 주었어.

임신을 알고 장모님은 부랴부랴 결혼을 서둘렀어.

"자랑 할 일도 아니지만 그렇다고 죄 진거 없는데 순이 기죽지 마라. 언젠가 해야 할 혼사, 좀 이른들 어떠냐. 본시 서씨집 딸들이 들어가면 그 집은 불티나듯 일었지. 오촌고모가 지금 그렇게 안사냐. 니는 나중에 잘 살꺼라고 어려선 할머니가 늘 우리 풍년이, 우리 풍년이 했지. 암! 잘 살고말고. 보란듯이 살꺼다."

외숙모랑 신혼 이부자리 꾸미면서 엄마가 한 말이야. 전보다 딸을 다독였지. 하지만 혼수는 인조공단 이부자리 한 채랑 스텐 요강 하나 겨우 마련해 주었어. 나머지는 아저씨가 준비했지. 아저씨는 읍에다가 셋집을 얻을 형편이 못 되어 자취방에 도배만 하고 신부를 들였어. 그리고 반지를 준비했지. 자줏빛 루비 알이 콩알보다 더 큰 반지였어. 모두들 그 반지가 가짜인 줄 알고 있었는데 아줌마만 몰랐어. 셋방 얻을 돈이 부족하자 아줌마가 그 반지를 팔자고 졸랐기 때문에 그것도 알게 된거야.

"그 반지 가짜야. 나중에 진짜 반지 해 줄게."

아줌마는 한동안 그 일로 기분 언짢았지만 곧 극복했다고 해. 살기 바쁜데 보석을 따질 겨를이 있었겠어? 그나마 아줌마는 아저씨에게 싸구려 손목시계 하나 해 주지 못했으니까. 이후로 우리 커플을 만날 때까지 여러 가락지들이 아줌마와 아저씨 손가락에 들어왔다가 나간 모양이야. 형편이 좋아지면 모으는 게 금붙이 등이니까. 실제로 자식들 백일반지와 돌반지들이 제법 모였을 때도 있었다지. 하지만 그 귀한 반지와 목걸이들은 梁上君子(도둑)에게 몽땅 털렸어.(사실은 아저씨가 사업 시작하면서 아줌마 몰래 들고 나갔는데 아줌마는 모른 체 했어.) 그 후에 모은 금은 IMF 때 아줌마와 아저씨가 의기투합해서 몽땅 은행에 가져가서 팔았대. 더러, 아줌마 친구들이 그걸 팔지 않고 쥐고 있으면 더 비싸질 텐데 왜 팔아버리냐고 말리기도 했지. 하지만 아줌마는 의연했어. 물질이란 필요할 때 요긴하게 쓰기 위한 거잖아. 그걸 국가가 필요해서 제 값을 주고 산다는데 미련 둘 일이 아니었기 때문이지.

아무튼, 아줌마와 아저씨는 IMF 이후로 생긴 패물들을 몇 개 가지고는 있어. 루비나 진주 말이야. 하지만 불편한 모양이야. 사치스럽고 비싼 만큼 조심스러웠겠지. 사용하자니 거추장스럽고, 잃어버릴까봐 신경 쓰였겠지. 그것들은 지금 다른 허드레 장신구들과 함께 묵은 상자 속에 널부러져 있기도 하고 대부분은 무슨무슨 기념일에, 출가한 자녀들 손으로 하나, 둘 넘어가 버렸지.

나도 몇 번은 묵은 상자에 보관된 그들을 볼 수 있었어. 그런데 화려하고 귀태가 나는 모습에도 왠지 외롭고 쓸쓸해 보이는 건 왜일까. 반면에 그들이 우리 커플을 부러워하고 있다는 걸 난 느껴. 소박한 모습은 부끄러운 게 아니거든. 아름답고 귀하다는 거, 좋은 거지만 필요한 것, 쓸모 있는 것보다 좋을 수는 없다고 믿어. 실제로 아줌마와 아저씨 사는 모습이 그러니까.

삼십여 년 전, 처녀 총각 때는 아줌마도 아저씨도 근사한 꿈과 이상이 있었을 거야. 하지만 두 사람은 어쩔 수 없는 匹夫匹婦(보통사람들)였고 우리 커플처럼 뚜쟁이의 한참 과장된 소개에 반신반의하면서 인연을 맺었지. 열렬한 사랑타령은 없었던 셈이야. 세상에 만병통치란 존재하지 않듯이 완벽한 선남선녀가 과연 있을까?

아저씨는 마지막 인사차 여자의 결혼식에 참석했지 그리고 후회했어. 라디오의 잡음처럼 땍땍거리는 하객들의 서울 말씨는 아저씨를 주눅 들게 했어. 오케스트라가 연주하는 결혼식을 아저씨는 그 때 처음 봤지. 하객은 넘치고 분위기도 엄숙했어. 드디어 이목구비 뚜렷하고 훤칠한 신랑이 입장을 했어. 턱시도 차림의 신랑은 왕자처럼 당당해 보였지. 신부는 과연 천상에서 하강한 선녀처럼 아름다웠어. 바로 선남선녀였어. 아저씨 가슴이 칼로 저미는 듯 했지. 그날 저녁, 세탁소에서 빌려 입은 양복을 돌려주고 오면서 아저씨는 소주 두 병을 사 들고 왔지. 그리고 생라면 씹으며 병째 소주를 비웠어. 교회 오르간 연주를 하던 여자는 결혼 후 다시 볼 수 없었어. 핑크빛으로 아름답게 울리던 오르간 소리는 사라졌어. 여자가 없는 교회는 삭막하고 음침했어. 아저씨는 월급도 제 때 나오지 않는 구로공단에서 뭉그적거릴 이유가 없다고 생각했어. 그동안 회사에서 어깨너머로 배웠던 전기기술과 전기서적을 한 권 사 들고 성죽리로 들어온 게 그 이유야.

아줌마 아저씨는 신혼여행을 사장님이 빌려주는 자가용으로 경주를 다녀왔지. 당일치기였어. 막 불러오는 배를 초록저고리 아래 다홍치마로 가렸지. 아저씨는 방위군인이어서 머리가 중학생 같았어. 장발이 유행할 때여서 아저씨 머리는 코미디처럼 우스웠지. 살림이라고 옷장도 화장대도 없었어. 하지만 아줌마는 안정과 함께 방그레- 웃음을 찾았지.

위태로운 시기도 있었어. 사장님 사모님이 자신의 조카랑 아저씨를 맺어주려고 했다는 사실을 싸움닭 같은 장모님이 알게 된거야. 한바탕 장모님과 싸웠던 이웃집 여자가 그걸 넌지시 전했어. 부탄가스를 화덕에 넣은 셈이지. 장모님은 버스도 기다리지 않고 한 달음에 아저씨 회사 사택에 쳐들어갔어. 그리고 저녁거리를 봐 오던 사모님과 마주쳤지. 처음엔 장모님도 침착했어.

"보소, 댁이 사장부인이군. 사람이 그렇게 경우가 없으면 안되지. 결혼 약속한 처녀가 번연이 있는 줄 알면서 총각에게 혼처를 들이미는 그게 대체 어디 법도요!"

"뭐예요? 경우가 없다니! 대체 누가 결혼 약속을 했다는 거예요. 당신! 남의 집에 와서 이렇게 무례해도 되는 거예요?"

사모님이 딱 잡아떼자 대번에 장모님 입에서 화통 삶아먹은 소리가 터져 나왔지.

"어디서 배워먹은 개수작이야! 세상 사람들이 다 아는 총각 연애를 훤히 알고 있으면서 몰랐다면 그 말을 믿어?"

다짜고짜 장모님 특기인 삿대질과 함께 욕을 퍼 부었지.

"내가 그걸 어떻게 알아요. 총각이 얼굴에 써 붙이고 다니는 것도 아니고, 내가 귀신이야? 점쟁이냐구!"

"이게 어디서 시치미야! 다 알고 왔는데, 몰랐다고? 그래서 요즘 색시 감으론 세련되고 최소한 고교학력이어야 한다고 총각에게 꼬드겼나? 내가 물컹하게 보고만 있을 줄 알았지! 사장 예펜네라면 떨 줄 알았지! 흥! 사장 마누라 좋아하네. 더러운 행실은 혼자 다 하는 니 따위가 사장 마누라 맞아?"

장모님은 바로 멱살을 잡았어. 가냘픈 사모님이 마구 휘둘렸지.

"이 여자가 사람 치려고 드네! 증거 있어? 봤냐고! 그냥 줘도 난 그런 총각 싫어! 잘난 총각들이 쌨는데 내가 미쳤어? 어디 와서 행패야! 이 여자가!"

사모님도 한 성깔 하는 여자였지. 둘이 멱살을 잡고 난투극을 부릴 때 경찰이 와서 두 사람을 파출소로 연행했어. 거기서도 장모님은 악다구니를 하고 사모님 긴 머리채를 휘어잡았지. 당하기는 사모님이 오지게 당했어. 머리카락이 한 주먹은 뽑히고 여기저기 얻어 터졌지. 하지만 눈에 보이는 성과는 사모님에게 있었어. 장모님이 사모님의 긴 손톱에 할퀴어 얼굴과 팔에서 피가 흘렀거든. 사모님은 자신이 당한 것만 억울하고 분해서 고소하겠다고 펄펄 뛰었어. 하지만 사장님이 와서 어떻게 솔루션을 썼는지 조용해 졌어.

사모님이 내색은 안했지만 자신의 실수를 인정했기 때문이지. 아저씨에게 아가씨가 있다는 걸 사모님은 오염된 배심원처럼 알고 있었던 거야. 물론 아줌마가 임신하기 전이었어.

자식을 낳고도 오징어 다리처럼 찢어지는 세상에 그까짓 약혼? 흥! 하고 은밀하게 자리를 만들어 자신의 조카와 저녁을 같이 먹게 했지. 하지만 아저씨는 그 아가씨에게 별다른 느낌이 들지 않았어. 아가씨는 눈에 주먹을 안겨서 시퍼렇게 멍이 든 가부키 인형 같았거든. 거리를 쓰레질하고 다니는지 빗자루같이 넓은 통(판타롱) 바지도 이상했어. 무엇보다도 여자가 눈 착 내리뜨고 웬 촌닭? 하는 거만한 표정에 속이 꼴았지. 하지만 진짜 아가씨에게 관심 두지 않았던 이유는 이미 아저씨 눈에 콩깍지가 쓰였기 때문이야.

사모님 조카도 아저씨가 그렇게 촌스러운 사람인지 몰랐다며 고모의 말을 일언지하에 묵살했지. 그 사건 때문에 아저씨는 회사원 모르게 결혼하려고 했어. 하지만 아저씨를 아끼는 사장님이 금요일 하루, 회사까지 쉬면서 조그맣고 썰렁한 결혼식장에 사람들을 모아 주었어. 아저씨는 사장님 회사에 창립멤버였고 아저씨 기술을 능가하는 직원이 그 땐 없었을 때야.

결혼 넉 달 만에 숙을 낳았지. 그 무렵 아저씨는 처음으로 중고카메라를 구입했어. 아저씨가 모처럼 행복을 느끼던 때였어. 일요일이면 아저씨 친구인 아줌마 사촌오빠가 소주나 막

걸리를 들고 놀러왔어. 그러면 아저씨는 새우깡이나 라면땅을 사다가 안주로 삼았지. 양은공기로 마시는 술이 좋았던지 아저씨는 숙이 싸 질러댄 똥 기저귀를 갈면서도 파안대소를 했지. 두 사람은 처남 매부사이가 됐는데도 이 새끼, 저 새끼, 임마, 점마 하면서 이무러웠어. 사촌오빠도 빨리 장가들기를 소원했어. 하지만 여자들은 모두 약아서 옷장도 없는 신접살림을 하겠다고 나서는 아가씨는 아무도 없었어.

바로 그 때 짝사랑했던 여자의 소식을 아저씨가 들었던 거야. 인물 훤출하고 집안 빵빵한 남자와 열렬하게 연애하고 결혼했던 여자 말이야. 여자는 결혼 일 년을 넘기지 못했다지. 헤어질 때도 결혼 할 때 받은 다이아몬드를 도로 내 놓으라니 싫다거니, 난리굿을 치뤘다지. 결국 여자는 끔찍한 이혼 절차를 밟아 헤어졌다는 소문이었어. 아저씨는 그 얘기를 교회 집사님에게 들었어. 비수에 찔린 듯했지. 조용필의 모나리자처럼 안타깝고 슬픈 소식이었어. 여자의 불행을 주절주절 끄집어내는 사람을 아저씨는 주먹으로 한 대 먹이고 싶었지. 귀를 막고 도망가고 싶었어.

여자의 불행에 몹시 마음 아팠지만 오래가진 않았어. 숙의 고물고물한 모습은 농짝도 없는 단칸방을 웃음으로 채웠어. 일찍 고향을 떠나온 아저씨에게 장모님의 푸근한 사랑도 기꺼웠지. 남의 눈치 보지 않고 시도 때도 없이 쪽쪽거릴 수 있는 아줌마가 곁에 있다는 것도 행복지수를 높였어. 하지만 아저씨 가슴에 비수를 뽑아 준 건 무엇보다도 빠듯한 살림과 시간이었어. 식구가 갑자기 셋으로 늘었잖아. 게다가 휴일이면 숙이 모습도 카메라에 박아야 하고, 사흘에 한 번은 바닷가 초소에 서서 망망대해를 바라보며 방위근무도 해야 했지. 정말 곁눈질 할 틈 없이 허덕거리던 시절이었거든.

"난 아빠처럼 촌스러운 사람하고는 결혼하지 않을 거야. 세련되고 지적인 사람 아니면 싫어! 혼자 살거야."

"그래라."

"엄마아빠는 열렬한 사랑도 없었으면서 어떻게 결혼까지 했지? 난 참 그게 불가사이라고 생각해."

"머… 어쩌다 보니 그렇게 됐어."

"어떻게 결혼을 어쩌다 보니 할 수도 있어? 난 그렇겐 안 할 거야. 진짜 좋아하는 사람 아니면 싫어."

"열렬히 사랑해서 결혼하면… 뭐, 좋겠지. 하지만 결혼은 신뢰와 책임이 우선일거야. 엄마는 그렇게 생각해."

두 여자의 쏙닥이는 소리가 이어졌어. 아저씨의 가물거리는 의식이 바다가 훤히 내려다보이는 산등성이로 날았지. 고추, 감자, 옥수수 밭이 펼쳐지고 잡초 투성이 무덤가에 방위 모자를 쓴 촌스런 남자가 잠에서 깨어 역시 촌스러운 여자를 올려다보고 있었어. 한 쌍의 나비가 팔랑거리며 두 사람 주변에서 멤을 돌았지. 결혼반지를 사촌고모가 버렸다고 질금거리며 우는 사람은 아줌마야. 곁에서 모자가 벗겨지는지도 모르고 뒤통수만 긁적거리는 한심한 남자가 바로 아저씨지. 모녀의 조근조근한 목소리는 점점 가늘어졌어. 꿈속에서도 아저씨는 나폴거리는 나비 한 쌍과 고추밭에서 가짜 루비반지를 찾느라고 허우적거렸지.

행복은 길지 않았어. 둘째를 낳고 얼마 후 아저씨가 자기 사업을 하겠다고 대처로 나갔거든. 두 사람은 6년이나 뚝 떨어져 살아야 했어. 부산에 집 얻을 돈은 물론 생활비도 없었기 때문이야. 아줌마가 처녀 때 배운 재봉 일을 해서 남은 식구가 먹고 살아야 했어. 6년은 얼음사리처럼 위태위태한 시간이었어. 성질이 장비만큼이나 무섭던 장모님도 자식까지 둔 딸 사위에게는 속수무책이었어.

"니가… 일부종사할 팔자가 아닌가부다. 니 오촌 고모가 팔자를 바꿨지. 서씨집 딸들 내력이 아마노… 그 인간에게 애들 보내고 깨끗이 헤어져라"

눈물자국으로 얼룩진 베게 속을 물끄러미 보다가 분노에 떠는 목소리로 엄마가 딸에게 한 말이야. 장모님의 사위사랑은 동네에서도 유명했어. 더러운 성질 값을 했지. 사위 허물이라면 열두 폭 치마로 가리려 들 만큼 장모님 오지랖이 대단했어. 하지만 자식의 불행을 바라보면서는 견딜 수 없었나 봐.

그날도 늦게까지 야근을 하고 아줌마가 퇴근을 서두를 무렵 사장이 불렀어.

"힘들지 않아요?"

"… "

"애들이 둘 있다고 들었는데, 애들하고 혼자 있다면서요."
"네, 사정이 있어서…"
"헤어지지 그래요."
"네?"
"희망이 없는 애들 아버지 말이요. 이혼하면 애들 양육은 내가 책임지겠소."
"무슨, 무슨 말인지…"
"애들 때문에 이혼도 못하는 거 아니요. 언제까지 그렇게 당하고 살 거요. 애들 때문이라면 내가 도와주겠소."
아줌마는 지금도 그 사장이 자기에게 딴 마음이 있어서 그런 말을 했다고는 생각하지 않아. 사장은 가끔 야근을 마치고 차편이 떨어지면 두세 명쯤 되는 재봉사들은 본인 자가용에 태워 집에까지 데려다 주곤 했거든. 하지만 그럴 때도 사적인 질문을 하거나 개인감정을 나타낸 적은 없었어. 사장은 불같은 성격이었고 그런 그에게 아마도 누군가 아줌마 처지를 좀 더 신파조적, 가여운 여자로 얘기했던 게 아니었을까? 다음날, 아줌마가 보따리를 쌌지. 이혼을 결심한 거야. 숙과 웅을 아저씨 하숙집으로 데려다 주었어. 그리고 서울로 올라가 직장을 구했어.

서울에서도 예외 없이 아줌마는 바느질을 했어.
"오빠는 왜 결혼도 안하고 그러고 있어요?"
"마, 결혼이라는 게 그렇게 간단 하냐? 왕눈이, 넌 왜 잘살지 못하고 그러고 있냐."

"오빠도 참, 나이가 몇인데 아직도 왕눈이예요? 날 또 울리고 싶어요? 모습은 변했는데 달라지지 않았군요."

"그래, 넌 많이 변한 거 같다. 어릴 적에는 왕눈이라고 놀릴 때마다 울어서 심심찮고 재밌었지. 그런데 벌써… 하긴 은주도 애 엄마다. 일은 할 만하냐?"

"하던 일이니까요. 괜찮아요."

"그렇다고 죽자 사자 재봉에 매달려 사냐? 야근에, 휴일에도 닥치는 대로 일한다면서"

"돈 벌러 왔으니까요."

긴장 풀어지는 게 가장 두려웠던 아줌마야. 냉정하게 떼어놓고 온 자식들은 불시에 관자엽의 해마를 접수했거든. 그 담엔 뭐, 눈물홍수지. 그런 시간을 피하려고 애쓴다는 말을 아줌마는 하지 않았어.

"그런다고 부자 되냐? 애들 때문에 그렇겠지. 돈 모으면 애들 데리고 살려고?

"난… 그럴 자신 없어요. 내 몸 하나 건사하기도 버거운데요"

캡사이신이 들은 물대포를 맞은 듯 아줌마 코가 맹맹하고 눈시울이 뜨거워졌지.

"왕눈이 여전하구나. 마, 그렇게 마음 약할 거면 뭐 하러 집 나왔어. 혹시, 니 서방 딴 여자 있는 거 아냐? 남자가 처자식하구 떨어져 있을 땐 이유가 있을 거 아냐"

"머- 그런지도 모르지요. 전엔 나도 종종 그런 생각을 했었어요. 그런데, 지금은 모르겠어요. 어쨌든 처자식보다 자기 사업이 항상 중요한 사람이니까."

애써 참고 있던 눈물이 아줌마 볼을 타고 굴러 떨어졌어. 은찬 오빠의 손이 아줌마 얼굴로 오다가 멈칫하고 다시 돌아가 술잔을 잡았지.

"그래, 이왕에 여기까지 왔으니까 힘들더라도 버텨봐라. 자식은 그 다음이야. 설마, 니 자식 어디 가겠냐?"

"고마워요, 오빠. 난… "

아줌마 눈물은 걷잡을 수없이 쏟아졌어. 은찬 오빠는 어린애 울리고 나서 난감해 하는 철부지처럼 고개를 주억거렸어. 그가 눈을 껌뻑껌뻑 시선의 초점을 찾지 못하겠지.

주점인지 식당인지 알 수 없는 허름한 판잣집이었지. 피곤에 지친 중년의 여자가 양팔 겨드랑이에 찌르고 낡은 난로를 끼고 앉아서 하품을 쏟았어. 나그네처럼 추적거리는 겨울비는 금방 그치지 않을 모양이야.

어릴 적 친구 은주는 자신의 오빠인 은찬 오빠를 통해 아줌마를 봉제회사에 소개해 준 거였어. 아줌마가 그에게 결혼 어쩌고 하는 것은 인사치레에 불과했어. 남의 오빠 결혼에 관심 둘 만큼 아줌마 마음이 여유롭지 않았거든. 이후에도 두어 번 더 은찬 오빠를 만났지. 은주가 알면 기분이 괜찮을까? 하는 생각도 들었어. 하지만 친구에게는 함구한 채 어정쩡하게 은찬 오빠와 만나면 오빠는 소주를 비우고 아줌마는 안주를 축

내면서 더러 울기도 하고 웃기도 하면서 휴일을 보냈어.

"은주는 잘 사는 것 같아요. 남편이 생각보다 괜찮은 사람인가 봐요."

"은주? 그 애 서방이야 괜찮지. 똑똑하고 성실한 놈이야. 그 약고 똑똑한 애가 붙잡은 놈인데 오죽 하겠냐."

"사실, 처음엔 좀 실망을 했었어요. 난 은주가 공부도 잘하고 똑똑해서 아주 잘난 남잘 만날 줄 알았거든요."

"처음엔 나도 좀 아깝다 생각 했어. 난 개가 형편상 대학을 포기해야 했을 때, 자포자기하고 결혼도 아무면 어떠냐 하고 결정한 줄 알았지. 그런데 그 애 서방은 겪을수록 괜찮다는 생각이 든단 말야. 키 좀 작지만 학력이나 외모가 뭐 중요하냐? 그 똑똑한 애가 거안제미(擧案齊眉) 할 때는 그만한 이유가 있지."

"거안제미? 무슨 뜻이에요?"

"아내가 눈썹 높이까지 밥상을 들며 남편에게 정성을 들인다는 중국 고사야. 은주가 지 서방을 존중한다는 뭐, 그런 뜻이지."

거안제미 했다…. 은주는 그렇게 제 남편에게 정성을 들였는데 난 남편에게 그런 정성이 있었던가. 일 년 열두 달 낡은 작업복을 벗지 못하던 아저씨를 아줌마는 떠올렸어.

"설엔 뭘 할 거냐. 모처럼 연휸데 여행이라도 같이 가지 않을래?"

은찬 오빠가 말을 돌리려고 했어.

"오빤 명절인데 가긴 어딜 가요. 그리고, 오빤 정말 결혼 할 생각 안 해요? 은주는 오빠 때문에 안달이던데"

"걔야 늘 그렇지. 걔는 요즘 내게 누나 노릇을 하려고 막 덤빈다니까. 그렇지만 성질 더럽고 쥐뿔도 없는 나한테 누가 오려고 하겠냐."

"그래서 지금 여행 어쩌고 하면서 날 데리고 심심풀이나 하겠다, 그 얘기군요. 내 기분이야 그렇다 치구, 은주가 알면 기겁하지 않겠어요?"

"말이 어째 그래 삐딱하냐. 그건 그렇고, 니 처지랑 내 처지랑 지금 그렇고 그런데 우리 그냥 말 나온 김에 야합해서 살아보면 어떨까.

"오빠 미쳤어요?"

"아-아, 농담이야 농담! 내가 왕눈이한테 농담도 못하냐? 그나저나 나야 슬슬 때 되면 결혼도 하고 그럭저럭 살겠지만 넌 그래, 어쩔래."

"그러면 나도 맘 잡아먹고 거안제미 하지요. 그이에게 여자가 있을지도 모른다는 생각은 내 추측일 거라는 생각이 요즘 들어요. 애들도 그렇고… 그이는 지금 내가 이렇게 있는지 모르거든요."

"그래, 그래야지. 자식들이 무슨 죄냐. 니 서방도 지금쯤 정신 차렸을 거다. 남자란 조금씩 철이 없거든. 날 보면 알 수 있지"

"알긴 아는군요. 난 오빠가 염세주의자는 아닌지, 하는 생각도 했었어요."

설엔 은찬 오빠가 선을 볼 거야. 아줌마는 은주아줌마한테 들어서 알고 있었어. 모두들 설 선물꾸러미를 들고 떠난 때였어. 혼자 숙소에 남은 아줌마는 안주 없이 캔 맥주 두 통을 들이켰지. 그리고 이불 뒤집어쓰고 울었어. 집을 떠날 때는 영원히 라고 다짐했지만 그 다짐은 이미 눈물범벅과 함께 모래성처럼 허물어지고 있었어. 아줌마가 명절을 그렇게 보낼 때 동생한테서 연락이 왔어. 매형이 집을 사서 옮기고 누나가 돌아오기만 기다리고 있다는 소식이었어. 아줌마는 망설이지 않고 다시 보따리를 쌌지. 그리고 본격적인 전투를 시작했어.

부산에 집을 사서 이사를 했다는 말은 사실이 아니었어. 아저씨로선 구명보트 전략이었지. 그러나 아줌마가 아저씨와 싸웠넌 건 그런 이유 때문이 아니야. 아줌마는 재봉 일을 다니지 않았어. 대신 저녁마다 눈을 부릅뜨며 생활비를 받아냈지. 아저씨가 외박을 하는 날이면 악다구니를 퍼부었어. 화분도 집어던지고 술을 마시고 여기저기에 토하며 엉엉 울기도 했어. 그리고 휴일이면 두 사람은 이사 갈 집을 바쁘게 보러 다녔어. 아저씨는 벌어 논 돈은 없어도 담보가 될 만한 매출과 신용이 있었지. 아저씨 거래처에서 작은 아파트를 살 수 있도록 보증을 서 주었어. 욱이 초등학교에 들어가던 봄이었어.

집 장만했다고 갈등이 왜 없었겠어. 머스마 오줌줄기 만한 생활비는 생계에 위험을 느끼게 했지. 아저씨가 저녁마다 마시는 술은 가족이 함께 나누어야 할 기초 생활비라고 아줌마는 생각했어. 아줌마 눈엔 아저씨가 술 마시기 위해 사업을 하는 것처럼 보이곤 했거든.

"남들 안 하는 사업 혼자 하나부지? 그렇게 고생해 벌어서 누구 호강시켜 준 적 있냐구요오!"

저 주둥이를 콱! 하지만 아저씨는 입도 벙긋 못한 채 팽 돌아누워 속으로 꿀지. 말로는 아줌마를 이길 재간이 없기 때문이야. 이혼의 위기를 겪었던 아줌마는 옛날에 순진하고 어리숙하던 스무 살 처녀는 이미 아니었거든. 어쩌면 그동안 드러나지 않았던 친정엄마의 유전자가 뒤늦게 나도 이런 성깔 있어! 하며 불쑥불쑥 튀어나오는 건지도 몰라.

쳇! 얌전한 고양이 부뚜막에 먼저 오른다더니 힘들다고 대뜸 가정을 박차고 나가지 않나, 눈 치켜뜨고 서방 자존심 박박 긁지 않나, 완전 늑대지 늑대. 그동안 저 여잔 양가죽을 뒤집어쓰고 있었던 거야. 그나저나 내일이 월급날인데 수금을 어음으로 했으니… 와리깡[1] 할 데도 없고… 상처(喪妻)하고 얻은 새 마누라가 억척스럽게 거들더니 문 사장은 또박또박 월급주고 자기건물까지 올리던데. 사장님 처조카에게 장가들었다면 좀 수월하지 않았을까? 쳇! 눈 씼고 둘러봐도 비빌 언덕이 있어야 말이지. 제기럴!

이런 생각이 들면 아저씨는 다음 날은 술 마시고 더 늦게 귀가하지.

"순정아, 이번에 우리 은찬 오빠 선봤는데 잘 될 거 같아."

---

1) 어음을 받고 선이자 뗀 뒤 돈을 빌려줌. 이자가 높음. 경제속어.

아줌마가 수화기를 통해 은주아줌마에게 듣는 말이었어. 갑자기 아줌마 가슴에서 싸르르- 썰물에 모래 구르는 소리가 났어.

"어머, 그러니? 정말 잘 됐다. 니가 한 시름 놨겠다."

그러나 아줌마는 더 이상 은찬 오빠와 선 본 여자가 어떤 사람인지 묻지 않았어. 부산 바닥을 뒤져 24평 아파트에 이사를 하고 아저씨와 치열한 전투를 하던 중이었거든.

그런 와중에도 변화는 있었어. 숙과 욱인 유치원도 다니지 못했지만 학교에 잘 적응했지. 아줌마도 도가 통했는지 아니면 자포자기 했는지 구닥다리 바가지를 팽개쳐 버렸어. 친구 은주에 대한 거안제미는 번연계에서 일방적으로 흐르는 아줌마 감정에 태클을 걸었어. 친정엄마도 종종 훈수를 뒀지.

"김서방이 식구들 굶기더나! 그럼 죽 끓이면 되지. 첫술에 배부르지 않는다. 여자가 안에서 언성높이면 남자들 밖에서 기 못 핀다."

아저씨도 변화를 보였어. 한 날은 모처럼 일찍 들어와서 물끄러미 아줌마를 처다 보겠지.

"먹고 올 줄 알고 저녁 준비하지 않았는데, 이런 날은 전화 좀 하세요! 전화조옴!"

아줌마가 투덜거리며 주방으로 향하자 아저씨가 아줌마 손을 잡았어.

"한사장님이 돌아가셨어."

"한사장님이라니, 우리 신혼여행 보내준 한사장님? 왜? 젊으시잖아요."

"심장마비였대. 사모님이 날 보시더니 붙잡고 막 우시는 거야. 청천벽력이었겠지. 남에 일 같지 않아. 우리 잘하고 살자."

사업보다 소중한 게 있다는 걸 그 때 아저씬 느꼈을 거야. 진수성찬인들 상다리 부러지고 나면 소용없다는 걸 깨달았겠지. 진수성찬은커녕 쪽박 깰 뻔 했잖아. 아저씨는 아줌마가 사라졌던 때를 생각하면 어휴… 지금도 가슴이 덜컹! 하지. 아저씨 사업은 몇 번의 위기를 맞았지만 조금씩 커 나갔어. 아저씨가 어려운 형편일 때도 아줌마 모르게 처갓집을 도왔지. 작은처남 대학등록금도 아저씨가 마련해 주었어.

아줌마도 공을 들였어. 생활이 아무리 어려워도 교회 십일조 바치듯이 시부모님께 생활비부터 송금해 드렸어. 차츰 두 사람은 그렇게 주어진 조건에 익숙해졌지. 싸우고 부닥쳤지만 서로의 자존심을 지켜주려고 노력했어. 우리 커플링이 젊지도 아름답지 않은 주인을 만났지만 고맙게 생각하고 관심 두듯이. 두 사람도 상대를 있는 그대로 인정하니 의외로 많은 장점을 보게 됐던 거야. 늘 끼고 있어도 불편하지 않은 은가락지처럼 그렇게 익숙해졌지. 약장수가 떠들어대던 말, 만병통치가 가짜인줄 번연이 알면서도 속아주듯이. 두 사람은 서로에게 呪術(주술)을 거는 모양이야. 뭐, 이 정도면 괜찮지 않냐고, 말야. 아직까지도? 그래, 아직까지도야. 우리 은가락지는 빛나는 광채 없이도, 만병통치란 믿음 없이도 부족하지 않잖아. 아줌마 아저씨도 사랑이란 빛나는 언어를 필요로 하지 않더군. 만병통치의 효력도 필요하지 않고, 그냥 그렇게 소중한 사람으로 서로를 바라보지. 못난이 반지에도 만족할 줄 안다면 행복의 파랑새는 내 집 울타리 안에 있다는 걸 깨달은 모양이야.

아저씨는 요즘 새벽마다 아줌마를 데리고 뒷산에 운동을 다녀 아무래도 만병통치 은가락지보다 꾸준한 운동이 아줌마 지병에 효과가 있다고 믿나 봐. 그 덕인지 아줌마 건강은 삼 년 전보다 훨씬 좋아졌어. 얼굴 부기도 빠지고 독한 스테로이드도 끊었어. 이상한 것은, 옛날처럼, 해운대까지 가서 몰래 데이트할 때 기억하지? 그 때처럼 문 밖에만 나가면 두 사람은 일 미터 거리를 유지한다는 거야. 부부가 된 지 사십 년 가차인데 연애한다고 오해받을까봐 그런 거겠지?

요즘 아줌마는 집수리를 계획하고 있어. 문제는 몇 개 안되는 패물이지. 옛날 IMF 같이 금을 모은다고 하면 후딱 들고 나가 팔아 국가에도 좋은 일 하고 통장 잔고도 늘일 텐데 지금은 그런 시절이 아니거든. 그렇다고 값이 껑충 뛰어오른 금을 모르는 사람들이 드나드는데 둘 수도 없고. 아줌마 고민 참 소박하지?

우리 커플? 그건 걱정 없어. 아줌마 아저씨 손가락에 없는 듯이 끼여 있는데 뭐, 지금 생각하지만 보통으로 산다는 거 괜찮은 거 같아. 오래 곰삭은 부부가 느끼는 행복도 그런 게 아닐까? 우리 커플링처럼. 늘 그 자리에 있어서 편안한 은가락지와 아줌마 아저씨는 많이 닮았지?

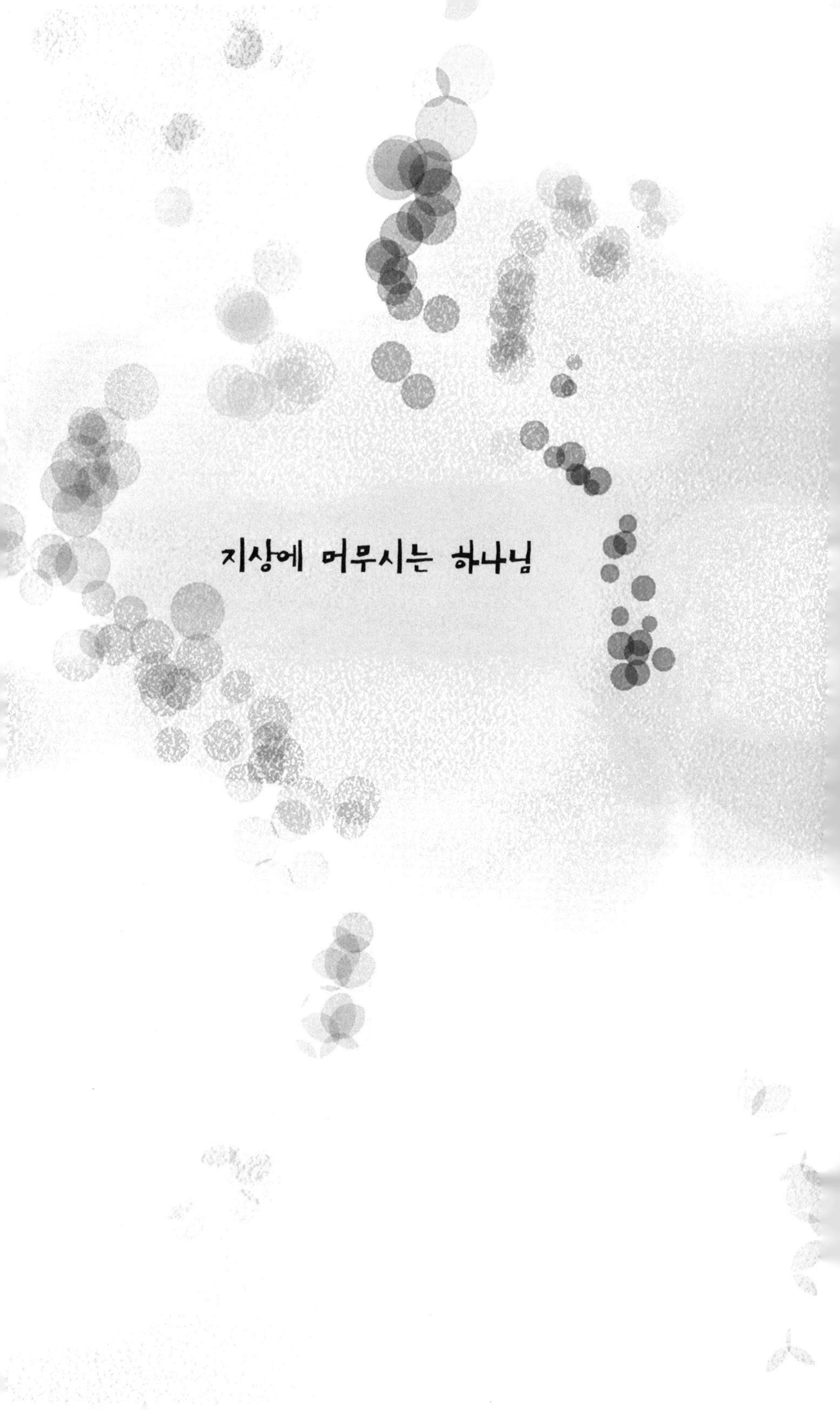

지상에 머무시는 하나님

최 씨 일가의 이야기로 한반도가 들썩이고 있었다. 얼마 전부터 한자급수에 매달려 세상일에 거리를 두었던 내가 그들에 대해 귀가 쫑긋 서는 것은 종교를 빙자한 사기꾼이라는 세간의 홍수과 같은 소문 때문이었다. 종교? 사이비 종교? 사이비라면 나도 남들만큼은 아는데. 대체 그들은 또 무슨 재주를 부린 것일까. 내가 한자시험을 코앞에 두고도 TV 앞을 벗어나지 못하고 있는 이유다.

종교는 신비한 체험과 초능력을 신화처럼 가지고 있다. 특별히 신생종교의 초능력은 우리의 상상을 초월한다. 이천 년 전에 예수는 죽은 나사로를 살렸으며 이차돈이 주살됐을 땐 흰 피가 하늘로 솟구쳤다고 한다. 종교는 이렇게 탄생하고 더러는 시간과 함께 자취를 감춘다. 내가 믿었던 하나님도 그런 종교의 생리에서 벗어나지 않는다. 나의 하나님은 다양한 기적을 행했다. 소련의 핵 공격을 당신의 말씀 하나로 막았으며 결혼했던 여자의 몸을 감쪽같이 처녀로 만들기도 했다.

사이비라면 이제 신물이 날 만도 한데 난 아직도 그 사이비에서 벗어나지 못하고 있다. 엄마 방 한쪽 벽면에 절반을 차지했던 사진 한 장이 아직도 날 지배하기 때문이다. 그렇기 때문에 난 이 이야기를 해도 괜찮을까 하고 한참을 망설인다. 신흥종교인들은 자신들의 비밀에 대해서 철저하다. 그들은 배신자에 대한 응징을 죽어 지옥에 떨어질 때까지 기다리려 하지 않는다. 그들이 말하는 지옥이라면 무섭지 않지만 살아서 받아야할 응징이라면 난 무섭고 두렵다. 내가 겪어서 알지만 그들은 교주나 조직의 지시라면 IS처럼 자살테러도 불사할 사람들이기 때문이다. 그럼에도 난 이야기를 한다. 이건 누구나 겪는 일이 아니기 때문이다. 사명감 같은 건 없다. 사이비라면 내가 입을 열지 않아도 모두 대충은 안다. 맹자님 시대에도 있었고 인류가 존재하는 한 사라지지 않을 게 사이비일 것이다. 그렇다면 왜? 보복이 있을지도 모르는 일을. 나도 잘 모르겠다. 어쩌면 소름끼치는 교주의 악몽에서 벗어나려는 방편은 아닌지. 언젠가 들은 말인데 유전과 같은 큰 불은 폭탄으로 끈다는 말을 들은 적이 있다. 내면에서 사라지지 않는 거대한 불을 폭탄처럼 정면대응으로 극복하려 한다면 답이 될까. 어쩌면 대나무 숲에서 임금님 귀는 당나귀 귀- 라고 소리치는 졸렬한 인간의 속성 때문일 지도 모르겠다.

난 유행가를 모르고 컸다. 그게 뭐 중요하랴만 추석이나 설도 몰랐다면 무식의 정도가 심하다. 학교에선 가을 소풍 때마다 토끼먹이를 구한다는 구실을 붙였다. 소풍이나 놀이는 타락행위였다. 소설책이나 라디오를 내놓고 보거나 듣는 사람은 없었다. 그렇게 난 삼십여 년을 K마을에서 살다 나왔다. 그렇다고 그곳과 인연이 끊긴 건 아니다. 엄마가 K마을에서 재작년에 돌아가셨다. 돌아가시기 전에 내가 사 드린 집과 통장의 잔고를 양지바른 무덤에서 주무시는 하나님께 바친다는 유언을 남겼다. 난 엄마가 평생을 하나님이라고 믿었던 교주보다는 엄마가 위대하다고 생각한다. 교주는 자신이 믿던 하나님을 헌신짝처럼 던져 버렸지만 엄마는 그런 교주를 60여 년 동안 한결같이 섬겼다. 이렇게 말하면 나도 반성할 일이 있다. 나 역시 하나님 이라는 교주를 배신했으니까. 그렇더라도 난 하나님보다는 내가 성의의 편에 있다고 생각한다. 난 그처럼 남의 재물을 탐하지 않았다.(솔직하게 말하자면 남의 재물을 탐할 기회가 없었다고 보는 게 옳다.) 그리고 지금, 두려움과 부끄러움을 무릅쓰면서까지 내 어리석었던 시간을 이야기 하고자 하기 때문이다. 나로선 용기가 필요한 일이다.

친정엄마! 남들은 엄마 소리만 입에 올려도 목이 멘다지만 난 아버지만큼 가슴 저리진 않는다. 대신 엄마 방 벽에 위태롭게 걸려있던 교주, 엄마의 하나님이 먼저 생각난다. 너무 크고 무거워서 아슬아슬해 보였던 사진. 앙드레김처럼 흰 옷을 화사하게 입고 역시 화사하게 웃고 있지만 난 볼 때마다 소름 끼쳤던 모습 하나님. 실물도 아니고 사진을 보면서 소름 끼쳤다는 건 교주의 주술이 먹혔기 때문인지도 모른다. 확실히 교주는 일반 사람과 달랐다. 나는 한동안 궁예처럼 교주가 관심법으로 상대의 속마음까지 볼 줄 안다고 믿었다. 그래서였을까 난 그의 사진만 봐도 으스스 한다. 그건 마치 빙의에 걸린 무당을 대하는 것 같아서 논리적으로 설명할 수 없다. 그를 싫어한 죄 때문이라면 할 말은 없다.

축복일이면 교주는 우리의 죄를 안찰로 씻어 주었다. 안찰은 눈이 쑤시며 아팠다. 죄 때문이었다. 더러는 피가 나고 기절하는 사람도 있었다. 죄가 너무 많아서 라고 우린 뒤에서 소곤거렸다. 안찰에는 머리 안찰, 눈 안찰, 몸 안찰이 있었다. 머리 안찰은 쉬익! 소리를 외치며 머리를 세게 쳐준다. 눈 안찰은 누워서 받는데 두 눈을 몇초간 비벼주고 역시 쉬익 소리로 끝낸다. 몸 안찰은 배를 비벼준다. 난 세 가지의 안찰을 두루 다 받으며 컸다. 교주, 우리의 생부님은(하나님이기 전에 생부님이라고 불렀다. 생명의 아버지라는 뜻이다.) 새벽마다 단상을 치며 우리를 콩 볶듯이 볶아쳤다.

"곧 세상이 끝나. 살아남을 자가 없어. 의인이 있어야 구원을 받지. 그대로 모두 지옥 불구덩이에 들어가고 말아. 이 어리석은 죄 버러지들. 가진 거 모두 바쳐도 의인되기 힘들어. 이긴 자, 전지전능한 감람나무 선지자가 돈이 필요해서야? 아니야. 구원은 99%의 인내와 복종이 있어야 해."

북한이 쳐들어와 불바다를 만들 거라고 단상을 내리칠 때는 예배를 마친 후에도 눈물 콧물로 범벅을 하고 엉! 엉! 울며 통회했다. 가진 건 모두 바쳤다. 덕분에 불바다는 물리쳤다. 통회가 만족스럽진 않지만 생부님이 우리 죄를 대신해서 북으로부터 내려오는 악의 세력을 몸소 물리친 덕분이었다.

하지만 특별헌금이 한번으로 끝나지는 않았다. 교주는 내가 하루 열댓 시간씩 노동을 하고 새벽마다 무릎 꿇고 통회해도 만족하지 않았다. 그는 특별헌금을 요구할 때마다 삼차대전과 세상의 종말을 다양하게 형상화했다. 하지만 우리 집은 탈수기에 돌린다 해도 더 나올게 없는 상태였다.

입이 짧은 여동생이 아프기 시작했다. 엄마는 생수(축복물)를 먹이고 씻겼지만 낫지 않았다. 이번엔 좀 더 귀한 생부님의 세숫물과 머리카락을 구해 먹였다. 그래도 기적은 일어나지 않았다.

동생은 아홉 살의 나이로 죽었다. 뼈와 가죽만 남은 몸은 짐작하건데 영양실조였을 것이다. 그 때 병원엘 갔었더라면… 나는 지금도 종종 생각한다. 하지만 약이나 병원은 허락되지 않는 곳이었다. 비늘 없는 생선, 돼지고기. 씨 하나인 과일도 먹으면 죄가 됐다. 오로지 생수와 안찰이 있을 뿐이었다. 이슬성신 은혜로 간질병을 고치고 죽어가던 사람들이 완치됐다는 기적이 장마에 하천 범람하듯이 범람하는 동네였지만, 성령의 은혜로 며칠을 굶어도 배고프지 않았으며 전기가 흐르는 전선을 만져도 손이 멀쩡했다는 등 엄마에게 귀가 뚫리도록 들었던 기적은 그러나 동생에게는 해당되지 않았다.

교주가 삼차대전의 공포를 나열하며 통회하라고 단상을 두들길 때마다 하늘이 무너지는 듯 절망스러웠지만 두려움도 자꾸 겪으면 무뎌진다. 난 종말이나 불바다에 대해서 둔감해졌다. 특별헌금은 이미 우리가족의 한계 밖에 있어서 자유로웠다. 노동은 그렇지 못했다. 난 정말이지 밤 열시까지의 노동보다는 차라리 지구의 종말이 수월하지 않을까 하는 생각까지 했다. 종말은 어느 기간만 겪으면 되지만 노동은 삼백육십오일 세상이 끝날 때까지 헤어나지 못할 듯했다. 그 무렵 난 열심히 믿고 일해서 의인이 되기보다는 일찍 죽어서 죄인이 되지 않기를 바랐다. 천년성 거룩한 땅은 허약하고 의지박약한 내가 꿈꿀 수 있는 곳이 아니었다. 그러니 유황불이 펄펄 끓는 지옥만 면할 수 있기를 간절히 바랐다. 진심으로 일찍 죽기를 소망했다. 오래 살더라도 삼십을 넘기지 않았으면 했다.

어려운 일은 아니었다. 기숙사는 죽음이 흔한 곳이었다. 아픈 언니들은 휴가를 받아 집으로 갔다. 돌아갈 집이 없으면 앓다가 그냥 죽었다. 그들이 불쌍하지 않았다. 그들은 노동도 삼차대전도 없는 그 어딘가에 갔을 것이므로. 그들은 어쩌면 순교자 반열에 들었을지도 모른다. 부모에게 돌아간 사람들은 몇 달 후면 건강해져서 돌아왔다. 그리고 찬송가를 높이 부르며 주야장창 일에 매달렸다. 하지만 오래가지 않아 다시 집에 가서 오지 않았다. 그들은 천당보다는 거리가 한참 먼 곳에서 시집도 가고 장가도 가는 듯했다. 그들은 딱하고 불쌍했다. 음란, 섹스는 가장 큰 죄였다. 그러므로 결혼은 금지된 것과 마찬가지였다. 독신을 지키지 못한다는 건 천사의 날개에 매달린 바위만큼이나 불리한 일이었으므로. 독신이 원칙인 K마을은 처녀총각과 과부들이 많았다. 그런 곳에서 난 스무 살에 결혼했다.

교주의 부인이 죽었다. 장례는 비밀리에 치러지고 나는 그 사실을 일 년 후에나 알았다. 이유는 알 수 없었다. 모두들 교주 가족의 일이라면 입을 꼭 닫고 벙어리가 됐다. 난 나중에야 교주의 아들이 마약, 그리고 여배우들과 어울리는 섹스중독자였으며 교주 부인이 교통사고로 사망했다는 사실을 소문으로 들었다. 그 때는 몰랐고 모르는 대로 불편하지 않았다. 더러는 아는 사람도 있지만 그런 얘기를 입 밖에 낸다는 건 불경한 일이었다. 배신자와 타 종교에 대한 저주와 악담은 설교 때마다 쏟아져 나오는 생부님의 단골메뉴였나.

"나를 거꾸러뜨리려던 기성교회 마귀새끼들이 어디 하나 둘이야? 이 주의 종을 잡아넣으려던 대 마귀들 다 멸망했잖아. 하나님의 종, 이긴 자를 통하지 않고 구원은 없어. 기성교회는 마귀집단이야. 살아서도 지옥이고 죽어서도 유황불이 펄펄 끓는 지옥이야. 머리카락 하나까지 다 살피는 의인, 이 주의 종의 심판을 피할 방법은 없어."

의인의 가족에 대해서는 안 보고 안 듣는 게 상책이었다. 불경한 소리는 혹 교주가 아니라도 이웃이 먼저 부르르 떨었다.

교주 부인이 죽은 후, K마을은 일대 지각변동이 일어났다. 생부님이 재혼한다는 소문이 돌았다. 설마, 하지만 사실이었다. 신부는 폐쇄 수도원의 수도자처럼 조용하고 침착한 여자였다. 그럼 모두 독신을 지키게 했던 건 뭐지? 난 순진무구와는 거리가 멀었는지 불경스럽게도 왜? 가 튀어나오려고 했다. 우리의 감람나무 생부님께서 이유를 설명해 주셨다. 선지자 생부님께서 인류 구원을 위해 몸소 종말의 시간을 뒤로 늦췄기 때문이었다. 교주는 아마도 아인슈타인의 상대성이론을 자유자재로 활용했던 유일한 사람인지도 모른다. 오늘 낼 하던 종말은 사라졌다. 그러므로 모두 결혼을 하고 후손도 두라고 하며 몸소 재혼을 실천하시는 거였다. 삼차대전도 자취를 감췄다.

어느 종교나 그렇듯이 K마을에도 남자보다는 여자들이 훨씬 많았다. 이십 대에 들어와서 나이 마흔을 바라보는 처녀들이었다. 그래서 교주는 남자들에게는 나이 제한을 두지 않았지만 여자들은 서른다섯 이상부터 결혼하라는 선을 그었다. 대부분은 그 명령에 순종하느라 연상의 처녀와 연하의 총각이 부부가 됐다. 하지만 반칙자도 있었다.

교주의 땅에서 아버지가 농사지을 무렵이었다. 그 때 옆집을 드나들던 총각이 엄마 눈에 들었다. 엄마로선 놓치고 싶지 않은 총각이었다. 하지만 내가 서른다섯 살이 되려면 십오 년을 기다려야 했다. 그래서 엄마가 궁리한 것이 약혼이었다. 나와 남편, 일가친척을 대표한 엄마 이렇게 셋이 점심을 먹고 약혼사진을 찍었다. 남들 모르게 밖에서 한 일이었지만 우리만 남들이 모를 거라고 믿고 있었다. 그 집엔 우리 집 말고도 한 집이 더 있었고 그들은 엄마와 사이가 그리 좋지 않았다.

왕성한 성호르몬이 사고를 쳤다. 천년성 거룩한 땅은 멀었고 두 청춘은 기회만 되면 몰래 만났다. 서른다섯 살이란 말뚝은 왕성한 성호르몬 앞에서 종이호랑이만큼 힘을 쓰지 못했다. 난 종이호랑이를 가뿐하게 따돌리고 엄마의 허락도 없이 임신을 했다. 처녀 총각 둘 다 얼굴에 여드름 자국이 덕지덕지 할 때였다. 결혼식은 일가친척만 모시려고 했다. 하지만 남편동료와 상사가 금요일 하루 공장 문을 닫고 모두 참석해 주었다. 일급 엔지니어였던 남편에 대한 우대였다.

그야말로 난 반칙의 아이콘이었다. 고백하지면 내가 그 무렵 언니들로부터 따돌림을 받은 건 그들의 인간성이 나빠서가 아니었다. 그러잖아도 하나님 일에 나태하던 나였다. 그런데 삼사십 노처녀들이 득실거리는 곳에서 아직도 소녀티를 벗지 못한 여자가 임신과 결혼을 했으니 순결한 그들의 눈에 반칙왕인 나는 눈엣가시가 아닐 수 없었다. 구약의 시대 같았으면 난 돌에 맞아 죽어도 할 말이 없는 처지였다. 그들을 원망하지 않았다.

결혼에 대한 환상 같은 건 없었다. 식물인간처럼 무기력했던 나였다. 난 K마을 밖의 세상은 알지 못했고 교과서에서 배운 거 외에는 교주와 엄마로부터 듣는 말이 내가 아는 지식의 전부였다. 그러므로 엄마가 의도한 바에 따르는 건 나로선 지당했다.

환상은 없었지만 난 결혼에 대해 어떤 변화를 기대했는지도 모르겠다. 사랑이나 행복이라는 추상적인 것 보다는 좀 더 구체적이고 현실적인 것. 하루 이십사 시간이 지금과는 다를 것이라는 것. 물론 내가 결혼을 한다고 해서 노동에서 벗어나리라는 꿈은 꾸지 않았다. 다만 지금과는 그 시간과 노동의 강도가 다를 것이라는 것. 그것이 더 지독해지던 그렇지 않던 지금과는 다른 시간대에 난 머무르게 될 것이라는 기대.

난 젖먹이 딸을 들쳐 업고 새벽기도에 나갔다. 일을 할 때는 친정엄마가 봐 주었다. 무료 탁아소가 공장 가까이 있었지만 내 딸에게 문을 열어주지 않았다. 혼전 임신을 하고 스물한 살에 애 엄마가 된 반칙의 아이콘에게 사람들은 냉정했다. 애가 애를 낳았다고 손가락질했다. 하지만 일을 하지 않으면 생활이 되지 않았다. 그래서 내친김에 친정엄마에게 내 멍에를 씌웠다. 친정식구들이 수제비로 끼니를 이을 때였다. 난 허리가 휘었지만 꾀를 부릴 상황이 아니었다. 세월이 길어졌으므로 딸이 크면 교육도 시켜야 할 것이었다. 잘 배우면 단상을 두드리며 예배 인도를 하는 전도관장님이 될 수 있을지도 모른다. 그들은 우리보다 사는 게 윤택해 보였다. 한 푼의 돈이 절실했다. 팔은 하나님보다 내 쪽으로 자꾸 굽었다. 본래도 아둔했던 내가 하나님께 바치는 돈 앞에서 자꾸 계산이 흐려졌다.

드디어 딸을 탁아소에 맡길 수 있게 되었다. 엄마의 충성심으로 얻은 면죄부였을 것이다. 아니면 시간이 가면서 반칙 자들이 많아진 때문인지도. 난 떳떳하게 고령의 언니들처럼 딸을 탁아소에 맡겼다. 그러나 내가 얻은 면죄부는 착각이었다. 얼마 후, 딸은 탁아소에서 쫓겨났다.

딸이 고열에 시달리던 때였다. 난 엄마처럼 생수나 교주의 머리카락에 매달려 기적을 바라지 않았다. 생부님께 안수나 안찰을 받게 하는 건 상상할 수도 없었다. K마을이 거대해진 만큼 생명의 아버지는 밤하늘의 별처럼 하늘에 있지 지상에 있는 거 같지 않았다. 미적거릴 수 없었다. 그때는 정말이지 교주는 내 딸보다 위에 있지 않았다. 자식을 저승으로 보내면서까지 지켜야 하는 신앙은 엄마 한 사람이면 족하다고 생각했다. 난 새벽마다 무릎 꿇고 박수치며 예배드리고 요구하면 휴일도 반납하고 공장에 나가 재봉을 밟았지만 예배와 생수에 내 딸의 목숨을 걸지는 못했다. 순수했던 믿음은 자식 앞에서 오염됐다.

하루 공장 결석을 하고 병원을 찾았다. 아무도 모르게 다녀온 병원이었지만 탁아소 언니는 집요하게 그 증거를 찾아냈다. 딸의 엉덩이에서 주사바늘 자국을 찾아낸 것이다. 그 언니가 누구에게나 그런 악착을 떨지는 않았을 것이다. 노산부들은 임신하면 병원에서 검사를 받고 출산까지 하던 때였으므로. 내 딸은 탁아소에서 쫓겨났다. 나는 하나님 일과 밥벌이를 같이 잃었다.

하나님 사업에서 소외됐다고 골수에 박힌 충성이 소멸하진 않는다. 역시 한사람 벌이가 끊겼다고 해서 우리가 굶은 건 아니다. 십일조를 제대로 바쳤는지에 대해서는 자신이 없다.

주일 연보도 허다하게 미뤘을 것이다. 시간이 널럴해진 나는 소설도 읽고 TV도 봤다. 자식이 아프면 병원도 드나들었다. 천년성은 까마득해졌으므로 유야무야 그렇게 살아도 될 줄 알았다. 하지만 예수님의 종 선지자 감람나무, 우리 생명의 아버지는 새 부인과 막내딸을 낳고 알콩달콩 깨소금을 볶으면서도 영적자식들의 나태를 허용하지 않았다.

하나님 사업이 부도나게 됐다는 소문이 핵폭탄처럼 퍼졌다. 파리해진 얼굴의 백부장이 사람들을 집결 시키고 그에 대한 설명을 했다. 오십부장이 집집마다 돌며 특별헌금 계약서에 서명을 받았다. 난 간신히 마련한 집, 두 달 후면 입주하게 될 집을 팔아 하나님 사업에 바치자고 남편에게 사정했다. 그동안 십일조와 연봇돈에 인색했던 것 하나하나 뉘우치며 통회했다. 세상은 온통 먹구름이 덮인 듯했다. 삼차대전이 코앞에 닥친 듯했다. 자식까지 둔 상황에서 난리가 나면… 가위에 눌리듯 몸과 마음이 고통스러웠다. 내가 남편에게 울며불며 때를 썼다.

"부도는 망한다는 말 아녜요. 생부님이 구속될 지도 모른다면서요."

남편은 침묵으로 일관했다. 반응이 없자 난 목소리를 더 높였다.

"우리가 이제껏 지켜온 신앙이 무슨 보람이냐구요오. 집은 다시 장만할 수도 있는 거잖아요."

엄마의 유전자를 고스란히 물려받은 나였다. 조상으로부터 물려받은 집과 땅을 헐값에 팔아치워 K마을에 입주했던 엄마의 유전자. 내가 그동안 특별헌금에서 자유로웠던 것은 팔아치울 그 무엇이 없었기 때문인지도 모른다.

남편이 목소리를 낮추어 제발 좀 잠자코 있으라고 나를 얼렀다. 집 팔아 바치자고 울고불고 떠드는 소리는 얼마든지 목소리를 높여도 되지만 그렇게 못하겠다는 말은 목소리를 가능한 낮추어야 했을 것이다. 이웃이 들어서 이로울 게 없으니까. 방위 기간에도 일을 놓지 못하고 잠바 하나로 가을과 겨울을 지내며 마련한 집이었다. 남편으로선 집을 포기하는 것은 일개미처럼 성실하게 모은 전부를 하루아침에 잃는 것과 같았을 것이다. 그는 내 마지막 충성심에 흔들리지 않았다. 덕분에 우리는 아파트에 입주했다. 삼십여 세대가 화상실과 연탄창고를 공동으로 쓰는 아파트였다. 그런데도 하나님 사업은 부도나지 않았고 삼차대전도 일어나지 않았다. 생부님의 어마어마한 부동산은 얼마간 축이 났는지도 모르겠다. 가슴을 쓸어내리는 내 손은 연례행사에 다녀온 듯 담담했다. 하늘을 날 듯 기쁘지도 간절하지도 않았다.

해일이 덮쳐 바닷가 철강공장이 쑥대밭이 됐다. 포항제철을 능가하는 철 생산지가 될 것이라고 교주는 예배 때마다 호언했던 공장이었다. 생부님이 가장 심혈을 기울인 사업이었다는 건 누구나 알고 있었다. 그런 까닭에 우린 파도에 쓰레기 더미가 되어버린 철강공장을 우두망찰 바라보며 가슴앓이를 했다. 교주는 철강공장을 복구하지 않고 버려두었다. 대신 다른 사업을 했다. 교주 스스로 하나님이 된 것이다.

예수는 성자의 위치에서 대마귀로 능멸해 버렸다. 성경도 마귀의 글로 전락했다. 말씀대로라면 교주는 처음부터 하나님이었지만 예수를 박멸하기 위해 그 사실을 육천 년 동안이나 숨긴 거였다. 생부님이 천지만물을 창조한 하나님? 이번에도 왜? 가 불경하게 내 입에서 튀어나왔다. 도대체 왜지? 전지전능한 하나님이 누구보다 더 재물을 탐하는 건 왜지? 반칙도 가지가지다. 난 불순종과 음란죄에 이어 이제 神까지 의심하고 배신하려 했다. 가슴이 으스스했다. 설교는 귀에 들어오지 않았다. 그대로 믿기에는 너무 황당했다. 내가 믿었던 종교에 문제가 있던 건 아닐까 하는 생각이 스멀스멀 밤안개처럼 내 정신에 스며들었다.

잠에서 깬 듯 내 이성이 몽롱한 정신으로 세상과 만났다. 그리고 황당무계한 사고를 하기 시작했다. 엄마의 말에 의하면 난 악마의 조종을 받는 중이었다. 그건 천동설의 패러다임에서 지동설의 패러다임으로 전환하는 과정과 같은 사고였다. 교주를 신의 위치에서 평범한 인간의 자리로 자리이동을 하자 안개 속처럼 풀리지 않던 수수께끼들이 선명하게 보였다. 실체도 없는 안찰의 기적이, 이슬성신이, 생명수가, 타 종교에 하는 저주와 악담이. 무엇보다 재물과 권력을 탐하는 인간의 저속한 속성이. 그런 그가 이젠 전지전능한 주의 종, 생명의 아버지 자리를 박차고 일어나 천지만물을 창조하신 하나님의 자리에 우뚝 선 것이다. 머리를 한 대 맞은 듯 띵- 했다. 하나님이 심심풀이 땅콩도 아니고, 차라리 손오공의 여의봉을 믿으라고 하지. 사기당한 기분, 자꾸만 억울한 생각이 들었다. 차츰 새벽예배도 주일예배도 나가지 않았다. 엄마가 쫓아다니며 성화를 댔다.

"하나님을 배반하다니. 네가 예수마귀에 씌었구나. 그 지옥의 형벌을 어떻게 다 받으려고. 배신의 죄가 얼마나 큰지 몰라서 그래?"

엄마의 말투는 예수에게 하는 마귀새끼소리만 빼면 하나님 말투와 비슷했다.

"자꾸 마귀 마귀하지 마. 엄마가 말하는 하나님은 사기꾼일지도 몰라."

결국 난 악마가 아니고서는 꺼낼 수 없는 말을 입 밖에 내고야 말았다.

"니가… 니가… 그 형벌을 어떻게 다 감당하려고… 지옥의 유황불을…"

엄마가 까무러치려고 했다. 공포를 머금은 눈동자가 하얗게 질려갔다. 엄마 입에서 저주와 탄식이 쏟아져 나왔다. 난 예수님을 팔아먹은 가리옷 사람 유다처럼 배신자가 됐다. 아차! 실수를 인정한 난 입 다물고 엄마의 악다구니를 마저 들었다. 엄마를 괴롭혀서 이로울 건 없었다. 이곳에 머무르는 한 아무개 집사님 딸이 악마라는 소문이 나면 내게도 이로울 게 없었다. 마귀소리를 들으며 쫓겨나고 싶지 않았다. 방 한 칸 얻을 돈이 없는 우리는 여기서 나가면 네 식구는 오갈 데 없는 노숙자가 되고 말 것이다. 엄마의 저주에 휘둘려 거리를 방황하다니 안될 말이었다. 확실히 하나님을 믿을 때보다 난 이기적이고 영악했다. 주변의 눈초리가 따가웠지만 예배는 나가지 않았다. 아버지는 옳다 그르다 하는 말없이 침묵했다.

인연이란 게 있다면 엄마와 아버지는 악연이었다. 아버지는 드센 엄마를 한 번도 이기지 못했다. 엄마가 여느 집 아낙처럼 평범했더라면 어땠을까. 그래도 아버지의 허리는 휘었겠지만 가족을 영양실조로 죽게 하지는 않았을 것이다. 자식들도 남들만큼은 공부시켰을 것이다. 배부르고 등 따신 게 행복의 척도라면 아버지는 엄마의 이상한 집착만 아니었으면 행복하게 여생을 마쳤을 사람이었다. 아버지는 책임감으로 똘똘 뭉친 사람이었다. 가족을 위해서라면 무슨 일이든 했을 사람. 아버지. 하지만 하나님을 위해서라면 무슨 일이라도 할 수 있는 엄마를 아버지는 한 번도 이겨보지 못했다. 아버지의 불행이었다. 죽은 동생의 불행이기도 했다.

"얘, 지금상황이 어떤지 알고나 있니? 미국의 카터가 뭐가 아쉬워 하나님께 한 말씀만 해 달라고 사흘도리로 전화를 하겠니. 그게 다아 전지전능하고 만물의 창조자이신 참 하나님을 카터가 알고 있다는 거 아니니. 소련에서 핵을 터뜨리려고 할 때마다 하나님이 막고, 또 막고 하는 걸 카터가 알고 있다는 증거지. 우리나라는 어떻고. 세상 사람들이 몰라서 그렇지 아침마다 대통령이 하나님과 직통전화로 이런저런 지시를 받는다는 거 청와대 사람들도 아는 사람만 안다."

하나님은 설교 때 은밀하게 해준 말씀이겠지만 그 말씀이 엄마의 청각에 이르면 엄마는 마음이 바빠졌다. 이 기쁜 소식을 들으면 내가 회개하고 뉘우칠 것이라고 믿었으니까.

엄만 그 허구맹랑한 말을 정말 믿는단 말이야? 난 목구멍에서 꿈틀거리는 말을 간신히 삼켰다. 내가 조신하게 입 다물고 있자 엄마의 목소리가 한 옥타브 더 올라갔다.

"이제 곧 전 세계 사람들이 구름처럼 K마을로 몰려올 거야. 그 때 초창기부터 따라온 우리가 왕의 반열에 서야지 않겠니."

"왕은 뭐… 엄마가 왕 되면 나도 그 끄트머리에 있겠지."

교주의 자식들이 마약과 도박판에서 살아도 하나님 자식이라는 이유로 구원받고 의인의 반열에 드는 것처럼 말이야. 하는 소리는 입 안에서만 돌았다.

한동안 그렇게 바쁘던 카터는 계절상품처럼 사라졌다. 대신 엄마가 스키부츠와 이부자리 같은 외투를 장만했다.

"애, 이번 겨울은 영하 삼사십 도로 내려갈 거라고 하나님이 예언하셨다. 너도 어서 장만해. 이번 환란엔 선택받은 자만 살아남으리라고 하셨어."

이제 교주의 주술은 놀라운 일도 아니었다. 차라리 손오공이 삼장법사를 돌부처로 만들었다고 하는 게 그럴듯하겠다는 생각이 들었지만 대꾸하지 않았다. 난 엄마의 충성심에서 우러나는 특별헌금만 내게 강요하지 않으면 다른 건 감수하기로 했다. 겨울은 따뜻했다. 언제나 그렇듯이 그 두려운 기상이변을 전지전능한 하나님이 몸소 악의 세력에 맞서 권능의 힘으로 막아내셨다는 것을 난 엄마의 설명 전에 먼저 알고 있었다. 번쩍거리는 스키부츠는 어디로 갔을까, 궁금하기는 했다.

모녀의 관계가 삐거덕거리는 건 우리 집만의 일이 아니었다. 어릴 적 친구가 이혼을 하고 부모님이 있는 K마을로 들어왔다. 언니가 오래 전에 약을 먹고 죽은 친구였다. 다들 은장도 하나씩을 마음속에 품고 독신을 지키던 때였다. 그 무렵 그의 언니가 개천에 빨래를 갔다가 성폭행을 당했다. 목숨보다 귀한 순결을 잃은 그 언니는 청산가리를 들이켰다.

내력인지 친구도 순결에 집착한 듯했다. 친구는 결혼 육 개월 만에 이혼한 상태였다. 이혼의 상처가 컸는지 악착같이 매달리던 피아노 학원을 접고 신앙심도 없이 부모가 있는 K마을로 들어온 거였다. 그는 심한 우울증이었다. 문밖출입 없이 이불 속에만 있었다. 그의 엄마나 우리 엄마나 믿는 척도는 비슷했지만 다른 게 하나 있었다. 친구의 엄마는 딸에게 투자할 여윳돈이 있었다. 딸들이 일찍 사회에 나가 돈벌이를 한 때문인지도 모른다.

친구의 엄마가 이불 속에서 벗어나지 않는 딸에게 안달복달하며 공을 들였다. 하나님께 안찰을 받게 하려는 거였다. 결혼을 했던 여자도 순결한 처녀로 만들어 준다는 특별안찰이었다. 하지만 하나님의 안찰은 예전처럼 무료가 아니었다. 처녀는 오십만 원, 처녀가 아니면 백만 원의 안찰료가 있었다. 친구가 그 말에 넘어갈 리 없었다. 하지만 친구의 엄마는 집요했다. 열 번의 열 번쯤 도끼에 찍혔을 때 친구가 넘어갔다. 친구도 어떻게든 무기력에서 벗어나고 싶어 내린 결정이었을 것이다. 친구의 엄마는 어떤 술수를 썼는지 처녀도 아닌 딸을 오십만 원에 안찰을 받게 했다. 우리 엄마보다 설득력과 이해득실에서 한 수 위라 할 만 했다.

"안찰 받았다며. 그래, 어떻든."

약간의 빈정거림이 있었을지도 모른다. 하지만 친구는 내 빈정거림에 분노한 건 아니었다. 친구가 벌떡 일어나 앉더니 부르르 떠는 얼굴로 나를 노려봤다. 살인이라도 할 기세, 한강에서 맞고 들어와 마누라 패는 격이었다.

"안찰? 두 번 다시 내 앞에서 안찰 같은 소리 하면 죽을 줄 알아!"

다시 이불을 뒤집어쓰고 쓰러진 친구는 사자처럼 으르렁거렸다. 난 친구의 분노를 짐작했다. 교주가 여자의 맨몸을 더듬는다는 사실을 난 알고 있었다. 교주의 부인이 떠나고 없을 때였다. 그의 부인은 악마에 씌어 도망갔다는 소문이 띄엄띄엄 돌았다.

내게 귀띔해 준 언니는 엄마만큼 열정이 넘쳤다. 그는 하나님으로부터 받은 안찰이 너무 감격스럽고 고마워 상대가 적인지 아군인지도 모르고 일급비밀을 흘린 거였다. 세상을 창조한 유일무일한 神 하나님이 죄인인 자신의 몸을 손수 만져 주고 더듬어가며 성령으로써 당신과 같이 깨끗하게 해 주었으니 그 감격은 이루 말할 수 없었을 것이다. 어쨌거나 모로 가도 서울만 가면 그만 아니냐. 친구는 처녀로 변신했다. 그 길로 서울로 돌아간 친구는 과거를 숨기고 괜찮은 총각과 결혼했다. 교주의 주술이 먹힌 친구는 순백의 웨딩드레스를 한 번 더 입은 것이다.

내가 친구를 다시 만났을 때 그는 돌배기 아들을 안고 있었다. 행복한 얼굴이었다. 친구는 내게 무슨 말인가를 꺼낼 듯 말 듯 하다가 입을 다물었다. 내가 안심하라고 친구의 손을 잡았다.

걱정하지 않아도 돼. 난 네 남편 만날 일도 없고, 이혼을 했던 안찰을 받았던 지나간 일이 너의 행복을 잡고 흔드는 일은 절대로 없을 거야. 나 믿어도 돼. 하지만 그 뒤로 친구는 다시 내게 연락하지 않았다. 난 친구의 비밀을 지켰다. 사실 지켰다기보다는 누군가에게 말할 기회가 없었다는 게 맞다. 그런데 지금 이렇게 주절주절 과거를 회상하는 건? 입이 가벼워서일 터다. 대숲에 대고 임금님 귀는 당나귀 귀 라고 외치는 치졸한 방법. 친구가 나와 연락을 끊은 건 역시 현명한 일이었다.

교주가 이혼 명령을 내렸다. 죄인과 죄인의 섹스는 죄 버러지들을 생산한다고 예배 때마다 단상을 두드렸다. 남편들은 가정을 떠나 기숙사로 들어갔지만 정식 이혼까지는 모두들 미적거렸다. 엄마는 완고했다. 엄마가 여자기숙사에서 경비를 할 때였으므로 아버지와는 타인처럼 지내던 때였다. 그럼에도 엄마는 아버지로부터 악착같이 이혼도장을 받아냈다. 이럴 때 충성심을 보여야 천당에서도 하나님 근거리에서 얼쩡거릴 수 있을 테니까. 아버지는 칠십을 바라보는 나이에 이혼남이 됐다. 한 칸 아파트도 속절없이 엄마에게 뺏겼다. 기숙사에서 묵는 엄마는 집을 하나님께 바쳤다.(돌아가실 때까지 엄마가 살던 집은 내가 나중에 사 드린 집이다.) 아버지는 남자숙소 대신 자식이 있는 부산으로 갔다. 엄마가 그런 아버지를 빈정댔다.

"니 아버지가 신앙이 있어서 하나님 따라온 줄 아니? 엄마가 아니었으면 지금도 죽자 사자 땅이나 파고 있을 인간이 네 아버지야. 하나님 은혜 감사한 줄 모르고 이혼하랬다고 하나님을 배신해? 그 죄 값을 어떻게 받으려고. 두고 봐라 네 아버지는 지옥불구덩이에 떨어지고 말거다."

하나님이 입만 열면 예수를 저주하던 때였으므로 엄마이 입에서 나오는 서수는 이상할 것도 없었다.

사람들은 이제 내가 하나님을 믿지 않는다는 사실을 알고 있었다. 남편이 부산으로 떠났다. 밖에 직장을 갖게 된 때문이었다. 난 자식들과 K마을에 남았다. 방 하나 얻을 형편이 못됐기 때문이었다. 백부장이 밤이면 경비들을 몰고 와 문을 두들겨대기 시작했다. 나를 내쫓기 위해서였다. 이렇다 하는 말도 없이 밤새 문짝이 떨어지도록 두들겨대는 소리는 견딜 수 없는 고문이었다. 나는 테러와 같은 고통을 어떻게 견뎠는지 모른다. 핍박은 사람을 강하게 한다. 난 테러를 견뎌냈다. 노숙자보다는 배신자라면 의당히 받아야 할 핍박이 나로선 유리했다. 엄마는 그런 사정을 알면서도 눈을 딱 감았다. 자식의 일에 나섰다가 충성심을 의심받고 싶지 않아서였을 것이다. 그러기를 며칠, 끝내 그들은 나를 쫓아내지 못하고 물러났다. 집소유권이 엄연하게 우리에게 있었던 터라 그들도 다른 방법이 없었을 것이었다. 이후, 난 아무렇지도 않게 금지된 소설을 읽고 돼지고기와 복숭아를 보란 듯이 먹었다. 엄마가 악다구니를 치며 그런 나를 저주했지만 한차례 테러를 겪은 나는 전보다 강했다.

몇 년 후, 난 내 발로 그곳을 나왔다. 집은 그토록 재물을 탐하는 교주에게 뺏겼다. 다행이 남편의 사업이 그만그만해 우린 작은 아파트를 동래에 장만했다. 아버지는 K마을을 나와서도 침묵했지만 난 종종 만나는 엄마와 입씨름을 했다. 엄마는 예수를 마귀라고 했고 나는 하나님을 사기꾼이라고 했다. 그러면서도 우린 자주 만났다. 엄마는 아버지보다 십여 년을 더 살았다. 그런 만큼 엄마의 병치레는 누군가 감당해야만 했다. 그 몫이 하나 있는 딸에게 떨어졌다. 엄마는 백내장 수술을 받았지만 후유증이 남았다. 파킨슨병은 갈수록 심해졌다. 구루병 환자처럼 둥글게 휘어진 무릎 관절은 수술받기를 거부하고 약으로 버텼다. 이웃의 권사님이 관절수술을 받고 죽었기 때문이었다. 그러므로 엄마에겐 전동차와 높낮이 조절이 되는 침대가 필요했고 그 외에도 쇠꼬리와 쇠족 홍어 영양제 등, 뼈에 좋은 음식은 다 찾았다. 그럴 때마다 난 속이 꼬였다.

그렇게 살고 싶어? 엄마가 지금처럼 자식 몸에도 신경을 썼더라면 명예(죽은 동생)가 죽었을까?

기억력을 빼면 온전한 데가 없는 엄마였다. 그런 엄마에게 난 냉정했다. 시어머니께 아깝지 않은 송금이 엄마에게는 늘 아까웠다. 교주에게 십에 삼조를 바친다는 걸 알기 때문이었다.

"우리가 하나님을 몰랐을 때 십일조가 뭔지도 모르고 살지 않았니. 그걸 인제 깨달아서 바치는 거야. 십에 삼조도 많은 게 아니지. 하나남도 몰랐을 때라고 하지만 어쨌든 하나님 돈을 도둑질한 거나 다름없으니까."

나긋나긋한 엄마의 하나님 타령에 난 피가 거꾸로 솟았다. 차라리 송금을 끊어? 나는 한 번 더 이런 생각을 하다가 그만뒀다. 그렇게 했다간 없는 병까지 만들어내어 사흘도리로 날 불러들일 것이기 때문이었다. 작년에도 그랬다.

"얘, 너 지난달에 돈 보내지 않았더라. 통장을 몇 번이나 확인해 봤지만 분명히 오지 않았어."

"무슨 소리야. 지난달에 전기장판 사들고 오면서 직접 손에 쥐어드린 돈은 그럼 뭐야."

내가 펄쩍 뛰었다. 엄마가 잠깐 생각하더니 그랬니? 하하하… 하고 웃었다. 이제 생각이 난 듯했다. 이후로 난 엄마에게 열 번을 다니러 와도 돈만은 반드시 통장으로 송금했다. 증거자료는 범인을 밝히는 데만 필요한 게 아니었다.

엄마의 하나님 타령이 이어졌다. 구원은 99%의 인내와 공로가 있어야 한다는 것. 아무개 권사님 딸은 지난번에도 하나님께 바치라며 거금을 드리고 갔다는 이야기를 할 때는 넌 부끄럽지도 않니? 하는 표정이 역력했다. 난 엄마와 상대하기엔 인내심이 한참 부족했다.

"엄마, 자식도 좀 생각해 주면 안 돼? 자식들이라고 돈이 남아돌아서 드리는 거 아니야. 엄마 분별없는 거 보면 정말 그 돈 아깝고 손이 오르라든다고."

자식으로서 해서는 안 될 말이었다. 수제비로 끼니를 때우면서도 내 딸을 돌봐준 엄마에게 해서는 안 될 말이었다. 엄마 가슴에 비수를 꽂은 나는 얼른 뭐가 잡숫고 싶은지, 불편한 건 없는지 딴전을 피웠다. 엄마가 눈을 차악 내리뜨고 황소도 날릴 듯한 콧바람을 내뿜으며 대꾸했다.

"없다. 넌 엄마가 빨리 죽었으면 하는구나."

"그럴 리가… 엄마 삐졌어? 섭섭했구나? 그냥 한 말인데 노여웠어?"

내 안절부절에도 조자룡처럼 치켜 올라간 엄마의 눈 꼬리는 내려오지 않았다. 난 어쩔 수 없이 다음 달부터는 좀 더 송금을 넉넉하게 넣어야겠다는 생각을 했다. 노련한 엄마의 술수에 내가 또 넘어간 것이다. 엄마도 내 속내를 알고 있었다. 유전자가 같은 모녀간이었으니까.

"지금 네가 남부럽지 않게 사는 게 누구 덕인지 알고 있니? 다아 엄마가 하나님께 바치는 기도와 헌금 덕분인거야."

입만 건강한 엄마가 끝까지 내게 당당했다. 열 번 찍어 넘어가는 나무라면 나는 얼추 아홉 번은 찍히고 있는 중이었다.

엄마로부터 물려받은 유전자가 발끈하며 하나님의 옥체를 상하게 했다.

"하나님은 무슨 하나님, 사기꾼이지."

가장 큰 비수였다. 엄마가 지그시 눈을 감고 입을 닫았다. 지옥의 불구덩이에 떨어지는 딸을 차마 더 바라볼 수 없다는 듯이.